The Scarlet Letter

지은이 **너새니얼 호손** Nathaniel Hawthorne

1804년 7월 4일에 미국 매사추세츠주 세일럼의 독실한 청교도 집안에서 태어났다. 집안의 성은 헤이손(Hathorne)이었으나, 1659년 조상인 윌리엄 헤이손이 퀘이커 여신도들을 학대한 것을 수치로 여겨 호손 본인이 'w'자를 삽입했다. 학창 시절, 학업에서는 탁월하지 못했으나 벌써 영국의 위대한 문학에 비길 만한 미국 문화 창조라는 야망에 불타 열심히 집필을 시작했다. 대학 졸업 후 12년간 호손은 자기 방에 틀어박혀 광범위한 독서와 습작만으로 시간을 보냈다. 이때 그는 뉴잉글랜드 지방의 청교도적인 배경과 그 정신적 기질을 탐구해 자신 속에 배어 있는 청교도 정신에 대한 비판 정신을 키웠다. 1850년에는 그의 유명한 『주홍 글자』를 세상에 내놓았으며 이 책은 호손에게 문학적·재정적 성공을 안겨 주었다. 그는 1864년 뉴햄프셔를 여행하던 중 5월 19일, 플리머스에서 60세를 일기로 객사했다.

옮긴이 **부희령**

서울대학교 심리학과를 중퇴했다. 현재 전문번역가 및 소설가로 활동 중이며, 옮긴 책으로는 『모래 폭풍이 지날 때』, 『매일 읽는 헨리 데이비드 소로』, 『아무것도 사라지지 않는다』, 『로마의 운명: 기후, 질병, 제국의 종말』, 『돌팔이 의학의 역사』, 『강요된 비만』, 『아래층 소녀의 비밀 직업』, 『에르미따』, 『살아 있는 모든 것들』, 『아미쿠스 모르티스』, 『샤나메』, 『버리기 전에는 깨달을 수 없는 것들』, 『빠알리 경전에 의거하여 엮은 붓다의 생애』 등이 있다.

도슨트 **권용선**

1969년 서울에서 태어났고, 인하대학교 국문과에서 「1910년대 근대적 글쓰기의 형성과정」이라는 제목으로 박사논문을 제출함으로써 긴 제도권 수업 시절을 마감했다. 몇 해 전, 아도르노와 호르크하이머의 『계몽의 변증법』을 리라이팅한 『이성은 신화다, 계몽의 변증법』이라는 책을 낸 바 있고, 그 밖의 저서로 『문학의 외부, 근대적 글쓰기의 탄생』, 공저서로 『들뢰즈와 문학기계』, 『'소년'과 '청춘'의 창』, 『문화정치학의 영토들』 등이 있다.

그린비 도스트 세계문학 07

주홍 글자

너새니얼 호손 지음

부희령 옮김·권용선 해설

그린비

작가 서문

(2판에 붙여)

작가로서 나는 (만약 이런 말을 하는 것이 결례가 아니라면) 놀랍고 기쁘게도, 공직 생활의 밑그림인 『주홍 글자』의 머리말이 존경하는 주위 분들 사이에서 전례 없는 흥분을 불러일으켰다는 사실을 알게 되었다. 필자가 세관 건물에 불을 지르고, 기이한 악의를 품은 채 존귀한 인물의 피로 연기를 내뿜고 있는 잔불을 정리했다고 하더라도 이보다 더 격렬한 소동을 일으키지는 않았을 테다. 대중의 실망은 필자에게 매우 무거운 짐이기에, 만약 그러한 소동을 납득할 수 있으면, 사죄하고 이렇게 말할 것이다. 잘못된 것을 발견하면 수정하거나 삭제할 것이고, 책임져야 하는 만행에 대해서는 최선을 다해 최고의 보상을 할 것이라고. 그래서 머리말을 주의 깊게 여러 번 읽어 보았다. 하지만 나에게는 이 밑그림의 주목할 만한 특징만 보였다. 솔직하고 참신한 유머 감각과 진심을 담아 묘사한 인물들의 인상을 총체적이고 정확하게 전달하고 있었다. 개인적이든 정치적이든 어떤 종류의 증오나 악감정도 글을 쓰는 동기가 되지 않았음을 밝힌다. 이 글이 대중에게 손해를 끼쳤거나 혹은 책에 누가 되었다면, 완전히 삭제해 버렸을 것이다. 그러나 집필하는 동안 작가는 최고로 밝고 선량한 기분이었고, 최선을 다해 생생하게 진실을 묘사했다.

그래서 머리말에서 한 단어도 바꾸지 않고 그대로 재간행하게 되었다.

1850년 3월 30일

세일럼에서

차례

일러두기

1 이 책은 Nathaniel Hawthorne, *The Scarlet Letter*(1850)을 번역한 것이다.

2 본문의 각주는 모두 옮긴이 주이며, 원문의 주는 [원주]로 표기했다.

3 외국어 고유명사는 2017년 국립국어원에서 펴낸 외래어표기법을 따르되, 관례가 굳어서 쓰이는 것들은 그것을 따랐다.

세관[*]—『주홍 글자』에 붙이는 머리말

가까운 친구들과 난롯가에서 잡담을 주고받으면서도 나 자신에 대한 이야기나 개인적 사연을 지나치게 드러내는 편은 아니다. 그럼에도 살아오면서 두 번이나 자전적 이야기를 공공연하게 털어놓고자 하는 충동에 사로잡히다니 놀랍다. 첫 번째[†] 충

---

* 『주홍 글자』의 「세관」은 단순한 서문이 아니라 소설의 틀과 배경을 제공하며, 호손의 실제 세일럼 세관 근무 경험을 바탕으로 주인공 헤스터 프린의 이야기를 발견했다는 허구적 설정을 담고 있다. 이러한 창작 방식은 19세기 미국 문학에서 혁신적이었으며, 메타픽션의 시초가 되었다. 이 에세이는 호손의 창작 과정과 뉴잉글랜드에 대한 시각 및 당시의 미국 사회를 보여 주는 중요한 문학사적 자료이다.

† 그 결과가 「구목사관」(The Old Manse)이라는 에세이다. '독자에게 알려 주는 저자의 체류기'라는 부제가 붙어 있으며, 호손이 단편소설과 수필 들을 엮어 1846년에 두 권의 전집으로 간행한 『구목사관의 이끼』의 서문으로 실렸다. '두 번이나 자전

동이 일어난 것은 서너 해 전이었다. 나는 구목사관의 고요 속에 잠겨 살아가는 모습을 독자들에게 보여 주고 싶었다. 제멋대로 읽는 독자나 주제넘게 구는 작가는 상상할 수 없을지도 모르지만, 분명히 세속적 이유 때문이 아니었다. 앞선 경험으로부터, 기쁘게도 사막 저 건너편에서 귀 기울이고 있는 한두 명의 독자가 존재한다는 사실을 발견했으므로 나는 또다시 대중의 옷자락을 붙잡고 삼 년 동안 세관에서 보낸 경험을 이야기하고자 한다. 우선 널리 알려진 「이 교구의 서기 P.P. 씨」*의 사례를 매우 충실히 따랐음을 밝힌다. 작가가 원고를 넓은 세상에 내보낼 때는 책을 옆으로 치워 버리거나 한 번도 펴 보지 않을 이들을 염두에 두는 게 아니다. 학교 동창이나 평생의 반려자보다 자신을 더 잘 이해해 줄 소수의 몇몇을 향해 말하는 것이다. 이보다 더 나아가 깊이 신뢰하는 단 하나의 독자가 가슴과 머리로 완전히 공감하며 받아들일 수 있도록 자신을 드러내는 데 열중하는 작가들도 있다. 책이 인쇄되어 넓은 세상에 뿌려지고 나면, 비슷한

적 이야기'를 털어놓았다는 것은 이 작품과 「세관」을 가리켜 쓴 표현이다.

* 「이 교구의 서기 P.P.의 회고록」은 18세기 영국의 『마르티누스 스크리블러루스의 회고록』 중 하나로서 아버스넛, 게이, 포프, 스위프트가 속한 클럽 회원들을 풍자하는 내용이다. 이것은 자만심으로 가득 찬 『버넷 주교의 당대 역사, 제6권』에 대한 풍자이다. P.P.는 교회 개혁이란 유기견을 채찍질하는 것이라 생각하면서 진부한 것과 심오한 것을 혼동한다. 아서 딤즈데일과 교류하지만, 자신에게도 사생아가 있으므로 교구의 사생아 아버지들을 배신하지 않기로 결심한다. '나도 죄를 지었다'는 이유에서다.

성향의 나머지 조각들을 확실히 찾아내어 영적으로 교류하면서 자신의 세계를 완성할 수 있다는 듯. 물론 모든 것을 털어놓는 일은 설령 객관성을 잃지 않는다고 해도 품위를 지키기는 어렵다. 하지만 아직 진실한 관계를 형성하지 못한 청중 앞에서 생각이 얼어붙고 말이 나오지 않는 경우라면 가장 가깝지는 않아도 친절하고 이해력 있는 친구가 경청하고 있다고 상상할 수는 있다. 상냥한 태도에 경계심이 풀려서 자기 주위의 상황이나 자신에 대한 것을 시시콜콜 말할지도 모른다. 그러나 여전히 가장 내밀한 나는 베일 뒤에 숨겨 둘 것이다. 이러한 한계 내에서 작가는 독자와 자신의 권리를 침해하지 않으면서 자전적 글을 쓸 수 있으리라고 본다.

마찬가지로 지금부터 기록하는 「세관」은 일반적인 문학적 특성을 띠고 있다. 이 다음에 나오는 헤스터 프린의 이야기가 어떻게 나에게 오게 되었는지 설명하는 것으로 그 안에 담긴 진정성을 증명하려 한다. 작가로서 내 위치를 편집자로 한정하려는 욕망이 있는데, 특히 나의 저서† 중 가장 장황한 이야기에서 그런

---

† 호손은 1850년 1월 15일에 「세관」과 『주홍 글자』의 마지막 세 장이 빠진 초고를 여러 단편들과 묶어 제임스 T. 필즈(James T. Fields, 그의 출판사)에게 보냈다. 「세관」은 애초에 이 작품집의 서문으로 쓰였다. 그러나 최종 출판된 책에는 『주홍 글자』를 제외한 다른 단편들은 모두 제외되었다. 반면 허셀 파커(Hershel Parker)는 애초에 다른 단편들은 없었으며 나중에 『주홍 글자』에 세 개의 장이 추가되었을 뿐이라고 주장한다.

역할을 하고자 한다. 그것이 바로 내가 대중과 사적인 관계를 맺는 진실한 이유이다. 이러한 목적으로 몇 차례 수정을 더하게 되었다. 그러면서 이제까지 묘사된 적 없는 삶의 방식을 희미하게나마 표현할 수 있었는데, 몇몇 인물들이 끼어들었고, 그중에는 작가가 우연히 만든 인물도 있다.

내가 태어난 도시 세일럼은 반세기 전 해운왕 더비*의 전성기 시절만 해도 북적이는 항구였다. 그러나 지금은 퇴락한 목조 창고들만 남아 있을 뿐, 상업적 거래가 이루어지는 기미는 거의 찾아볼 수 없다. 다만 호시절을 떠올리게 하는 길고 긴 부두의 중간 지점쯤에서 작은 범선이나 쌍돛을 단 배가 가죽 더미를 하역하거나 바로 근처에서 노바스코샤의 스쿠너†가 땔감 화물을 내리는 장면이 눈에 띌 뿐이다. 이따금 이 황폐한 부두의 맨 앞부분에는 바닷물이 넘친 자국이 보이고 늘어선 건물들의 아래쪽과 뒤쪽으로는 잡초가 번성한 경계선이 세월의 흔적을 무심히 드러낸다. 여기에 널찍한 벽돌 건물이 하나 서 있다. 정면의 창문에서 보면 건너편 항구의 한적한 풍경이 눈에 들어온다. 아침나절 세 시간 반 동안에는 지붕의 가장 꼭대기에서 공화국 깃발

* 더비(Derby, 1739~1799): 상인이자 선박의 소유주. 광둥에 도착한 최초의 뉴잉글랜드 선박인 그랜드 터크 호의 선주. 중국뿐만 아니라 인도, 러시아와 무역 관계를 발전시켰다.

† schooner. 쌍돛을 단 작은 범선으로 속도가 매우 빠르다.

이 산들바람에 흔들리거나 정적 속에 늘어져 있다. 열세 개의 줄이 수평이 아니라 수직으로 그어진 깃발이다. 그것은 이곳이 엉클 샘[‡]의 군사 기지가 아니라 민간 기관임을 나타내는 것이다. 건물 앞부분에는 발코니를 지탱하는 여섯 개의 나무 기둥으로 둘러싸인 주랑 현관이 있고, 그 바로 아래의 넓은 화강암 계단은 거리로 연결된다. 입구의 지붕 위에는 날개를 활짝 펼친 거대한 미국 독수리의 표본이 가슴에 방패를 안은 채 걸려 있다. 내 기억이 올바르다면, 양쪽 발톱에 번개와 뾰족한 화살이 뒤섞인 뭉치를 움켜쥐고 있다. 기질이 까칠하다는 평판이 있는 이 불길한 새는 사나운 부리와 눈매, 흉포한 자세 때문에 무고한 시민들에게 해를 끼치려 위협하는 것처럼 보인다. 안전이 염려스러운 자는 자기가 날개로 그늘을 드리우고 있는 건물에 침입하지 말라고 경고하는 듯하다. 그렇게 심술궂어 보임에도, 많은 이들은 지금 당장이라도 연방 정부라는 독수리의 날개 밑에 몸을 숨기려 한다. 독수리의 가슴이 깃털을 넣은 베개처럼 푹신하고 아늑하리라고 상상하나 보다. 하지만 독수리는 기분이 최상일 때도 전혀 상냥하지 않다. 조만간, 아니 이제라도 발톱으로 할퀴거나 부리로 쪼아 대고 철조망으로 상처를 입혀 알에서 갓 깨어난 새끼들을 쫓아낼 태세이다.

위에 묘사한 건물은 한때 항구의 세관이라고 불리던 곳이다.

‡ 엉클 샘은 미국 그 자체를 의인화한 상징적 존재다.

건물을 둘러싼 포장도로의 틈새에 잡초가 무성히 자란 것으로 볼 때 최근에는 사업차 들락거리는 이들이 별로 없음을 알 수 있다. 그러나 그 해 몇 달 동안의 오전에는 일을 보러 온 사람들로 북적이며 활기를 띠었다. 그럴 때 나이 지긋한 시민들은 영국과 마지막 전쟁*을 벌이기 전, 세일럼이 당당한 항구이던 시절을 떠올렸을지도 모른다. 그때는 항구를 이용하는 상인이나 선주들에게 지금처럼 무시당하는 도시가 아니었다. 부두가 망가지고 황폐해지도록 방치한 건 바로 그들이었다. 그들의 사업은 불필요하게도, 그리고 눈에 띄지 않게 뉴욕과 보스턴의 상거래 흐름을 강화했다. 아프리카나 남아메리카 같은 곳에서 서너 척의 배가 한꺼번에 도착한 날 아침이나, 혹은 그쪽 지역으로 배가 출발하기 직전에, 화강암 계단을 서둘러 오르내리는 발소리들을 들을 수 있다.

막 항구에 들어온 배의 선장을 부인보다 먼저 맞이할 수 있는 곳이 바로 세관이다. 선장은 바다 위에서 검붉게 그을린 얼굴로 배와 관련된 서류가 들어 있는 양철통을 옆구리에 끼고 들어온다. 여기에는 또한 선주도 나타난다. 이제 막 끝난 항해로 벌인 사업이 돈을 벌어 줄지, 아무도 거들떠보지 않을 쓸모없는 물건들을 떠맡게 될지에 따라 선주는 쾌활하거나 우울하고, 정중하거나 시무룩한 상태가 된다. 또한 이마에 주름이 잡히고 수염

* 1812년 6월에 시작되어 1814년 12월에 평화조약이 체결되었다.

이 희끗희끗해지면서 고민이 많은 상인이 되기 시작하는 영리한 젊은 점원도 볼 수 있다. 그는 늑대 새끼가 피 맛을 보듯 무역의 맛을 알게 되어, 벌써 주인의 배에 상품을 실어 보내는 모험[†]을 시도한다. 아직은 물레방아 연못에 장난감 배를 띄우는 놀이가 알맞을 나이인데 말이다. 이 장면에서 등장하는 또 다른 인물은 입국 관련 서류를 요청하러 온 외항선 선원이다. 이제 막 입항한 창백하고 허약해 보이는 선원이라면 병원에 가기 위해 허가증을 찾으러 온 길일 것이다. 또한 영국의 속지에서 땔감을 싣고 오는 녹슬고 작은 범선의 선장들도 빠질 수 없다. 양키들처럼 약삭빠르지 못하고 방수포처럼 거친 이들이지만, 날로 위축되는 우리 무역에 중요한 기여를 하고 있다.

이런 개인들이 모여서 무리를 이루고 때로는 그들을 다양하게 만드는 온갖 사람들이 더해지면, 세관이 떠들썩한 분위기로 변한다. 그러나 돌계단을 올라가서 더 자주 마주치는 광경이 있다. 여름이라면 입구에서, 겨울이거나 궂은 날씨라면 전용 사무실에서, 나이가 지긋한 이들이 벽에 구식 의자를 기대 놓고 한 줄로 앉아 있는 모습이다. 그들은 주로 졸고 있거나, 때로는 말하는 건지 중얼거리는 건지 구별할 수 없는 목소리로 이야기를 나누고 있을 것이다. 이렇게 힘없는 목소리는 그들이 극빈자 구

† 청년들이 사업 경력을 시작할 때 해운 회사에서 일하면서 자산 일부를 사적으로 벤처 무역에 투자하는 것이 관행이었다.

호소의 거주자들이거나, 독립적인 노력 없이 자선에 의해, 혹은 전매권을 얻은 노동으로 살아가는 사람들임을 말해 준다. 마치 마태처럼 세관*에 앉아 있지만, 그와 같은 사도의 사명을 받을 리 없는 노신사들은 세관의 직원들이다.

현관에 들어서면 왼쪽으로 어떤 방 혹은 사무실이 있다. 약 1.4제곱미터쯤 되는 넓이에 천장이 높다. 아치형인 두 개의 창문으로는 앞에서 설명했다시피 황폐한 부두 풍경이, 세 번째 창문으로는 좁은 도로 건너편과 더비 스트리트의 일부가 보인다. 모든 창문에서 식료품점, 목재 공장, 선원용 옷가지와 침구류 가게, 선박용품점을 볼 수 있는데, 가게 문 주위에는 늙은 선원들과 부두에 출몰하는 건달들이 모여 웃고 떠들고 있는 게 일상이다. 방 안에는 거미줄이 늘어져 있고 오래된 페인트는 빛이 바랬다. 그리고 오랜 시간 사용하지 않은 듯 바닥에 잿빛 모래가 흩어져 있다. 이렇게 지저분한 것으로 보아, 마법의 빗자루나 대걸레를 가진 여성들이 거의 접근하지 못하는 성역 같은 곳이다. 가구를 살펴보면, 큼지막한 연통이 달린 난로, 다리가 세 개 달린 걸상이 딸린 낡은 소나무 책상, 거의 부서질 것처럼 보이는 불안정한 나무 의자 두세 개가 있다. 그리고 서가를 빠뜨릴 수 없다. 몇몇 선반에는 스무 권에서 사십 권에 이르는 법령집과 두툼한 조세법 요람이 꽂혀 있다. 양철 파이프 하나가 천장을 뚫고 올라

* 마태복음 9장 9절. 마태가 세관에 앉아 있을 때 예수가 그를 불렀다.

가 있다. 건물의 다른 부분과 말을 주고받으며 소통할 수 있는 기구이다. 여섯 달 전에는 이 방의 이쪽에서 저쪽으로 걸어 다니거나, 높은 걸상에 앉아 책상 위에 팔꿈치를 올려놓은 채 아침 신문을 아래위로 훑어보던 사람을, 존경하는 독자라면 알아보았을 것이다. 버드나무 가지 사이로 햇살이 반짝이며 흘러들어오는, 구목사관의 서쪽에 자리 잡은 아늑하고 쾌적한 서재로 독자를 초대했던 바로 그 사람이다. 하지만 이제 그곳에 가서 로코포코[†] 감독관을 찾아도 아는 사람은 없을 것이다. 개혁의 빗자루가 그를 사무실에서 쓸어 내 버렸기 때문이다. 더 쓸모 있는 후임자가 직위를 이어받아 그가 받던 보수를 호주머니에 챙기고 있다.

이 오래된 도시 세일럼은 내가 태어난 곳이다. 그러나 소년 시절과 어른이 된 뒤에도 이곳에서 멀리 떨어져서 살았다. 물론 이 도시에 대한 애정이 있었다. 실제로 이곳에서 살던 시절에는 미처 깨닫지 못했던 강렬한 애정이었다. 그런데 겉모습만 보면, 단조로운 지형에 건축미라고 할 것도 별로 없는 목조 건물만 주로 세워져 있는 곳이다. 무질서함조차 그림처럼 아름답거나 옛스러운 흥취가 있는 것도 아니고 그저 흔한 풍경이다. 길고 한적

† 1835년, 누군가가 램프를 꺼 버린 뒤에도 뉴욕의 민주당 회의가 계속될 수 있도록 하는 데 사용된 '로코포코' 성냥에서 유래된 용어. 원래 급진적인 것에 적용되는 경멸적 호칭이다.

한 거리는 갤로우힐과 뉴기니에서부터 시작해서 양로원이 보이는 곳에 이르기까지 반도 전체를 완만하게 가로지르고 있다. 내가 태어난 도시의 이러한 특징을 생각하면, 어질러진 장기판에 감상적 애착이 생긴 거라고 해도 그다지 할 말은 없다. 하지만 다른 곳에서 분명 더 행복했어도, 옛 도시 세일럼에 대한 특별한 감정을 품고 있었다. 그것을 더 멋진 말로 표현할 수 없기에 그저 애정이라고 부르는 것에 만족한다. 그 감정은 아마도 그곳의 흙 속으로 오랜 세월 뿌리내린 나의 혈통에서 비롯되었을 것이다. 나와 성*이 같은 최초의 영국인 이민자가 야생의 숲으로 둘러싸인 정착지에 나타난 지 거의 이백 년 하고 사반세기가 지났다. 이후로 세일럼은 도시로 발전했다. 이곳에서 그의 자손이 태어나고 죽었으며, 그들의 육신이 흙과 뒤섞였다. 그러므로 언젠가는 죽을 운명인 내가 잠시 거리를 걷는 동안 밟는 흙은 적은 양이라도 반드시 나의 몸과 연결되어 있을 것이다. 내가 말하고 있는 애착은 그저 흙에서 나와 흙으로 돌아가는 일에 대한 감각적 공감의 일부이다. 내 고향 사람들은 그것이 무엇인지 거의 알지 못한다. 게다가 자손을 퍼뜨리는 일에는 잦은 이주가 더 유리하기에 알려고 하지도 않는다.

그러나 감정에도 나름의 교훈적 특성이 있다. 기억을 돌이켜

* 윌리엄 해손(1607~1681) 대령. 1630년에 매사추세츠로 왔고 식민지의 중요한 인물이 되어 공직 생활을 했다.

보면, 첫 번째 조상의 모습은 소년다운 상상 속에서 가문의 전통이라는 희미한 웅장함이 덧입혀졌다. 그 모습은 여전히 나를 사로잡고 있으며, 과거와 함께 향수 같은 것을 불러일으킨다. 고향의 현재 상태와는 관련이 없는 감정이다. 여기에 거주하고자 하는 나의 강렬한 욕구는 조상의 무덤 때문이다. 수염을 기르고, 모피 가죽 망토를 두르고, 뾰족한 모자를 쓴 나의 조상은 성경과 칼을 지니고 일찌감치 이곳에 왔다. 근엄한 태도로 낯선 거리를 거닐었으며, 전쟁과 평화를 겪으면서 큰 인물로 성장했다. 명성도 미미하고 얼굴도 거의 알려지지 않은 나 자신과는 다르다. 그는 군인이자 의회의 의원이었고, 치안판사였다. 교회의 지도자이기도 했는데, 선량하기도 하고 사악하기도 한 청교도의 특성을 모두 지녔다. 퀘이커교의 역사 속 목격자가 증언하듯, 여성에게 가한 심각하게 혹독한 사건과 관련하여 그는 통렬한 박해자였다. 비록 선량함에 가까운 행동을 더 많이 했지만, 안타깝게도 그 사건이 더 오래 기억될 것이다. 그의 아들 역시 이러한 박해의 정신을 이어받아 마녀들을 노골적으로 박해하는 일에 관여하여, 여성들의 핏자국으로 스스로를 더럽혔다고 전해진다. 핏자국은 너무 깊어서 차터 거리의 묘지에 묻혀 있는, 오래되고 메마른 그의 뼈에 여전히 남아 있을 게 틀림없다. 완전히 부서져 가루가 되지 않았다면! 조상들은 지금 스스로 저지른 잔인한 짓을 후회하고 있는지, 하늘에 용서를 구하고 있는지, 아니면 악행의 결과에 짓눌려 신음하고 있는지, 또 다른 상태에 있는지, 나는 알지 못한다. 어쨌든 현재 이 글을 쓰면서, 조상들을 대신해서, 나 자신이 그들의 수치를 받아들인다. 그들이 불러들인 저주, 그러니까 내가 들은 바와 같이 오랜 세월 번창하지 못한 쓸쓸한 가문으로 이어지게 된 저주가 지금 당장이나 곧 사라지기를 기도한다.

그러나 눈썹이 짙은 완고한 청교도라면, 긴 세월이 흘러 고색창연한 이끼로 뒤덮인 오랜 가문의 나무줄기 맨 윗가지에 나 같은 게으름뱅이가 생겨난 것을 보고 마땅히 죄에 대한 응보라고 생각할 것이다. 내가 소중히 여겨 온 어떤 목표도 그들은 인정하지 않을 것이다. 이 지역을 벗어나 더 넓은 세상에서 내가 찬란한 성공을 거둔다고 해도, 그들은 하찮게 여길 것이다. 불명예라고까지 여기지는 않겠지만. "뭐 하는 사람이야?" 조상의 잿빛 유령이 다른 유령에게 묻는다. "이야기책 작가라는군! 세상에 무슨 그런 직업이 있는지 몰라. 그런 일로 어떻게 신에게 영광을 돌리고 자기 세대와 인류에게 공헌할 수 있지? 저 변변치 못한 녀석은 협잡꾼이나 마찬가지야!" 시간의 심연을 건너 나의 먼 조상들과 나 사이를 연결하는 소개의 말은 이런 것일 테다! 그럼에도 그들의 본성에서 두드러지게 나타나는 특징은 나의 성향과도 긴밀하게 연관되어 있다.

이 도시가 갓 태어나고 성장하던 시기에 열성적이고 활기찬 두 조상이 뿌리를 내렸고, 이후로 우리 일족은 이곳에서 살아왔다. 내가 아는 한 언제나 존경받았으며, 가문의 명예를 더럽힌 사람은 한 명도 없었다. 반면에 처음 두 세대 이후로는 기념할 만한 업적을 남긴 이도, 대중의 주목을 받은 이도 거의 없었다. 가문은 서서히 시야에서 사라졌다. 마치 거리 주변에 흩어져 있는 낡은 집들이 흙이 새로 쌓여 처마 높이의 반쯤까지 파묻히는 것처럼. 백 년이 넘는 세월 동안 아버지에서 아들로 대물림하며 그들은 바다에서 지냈다. 머리카락이 반백이 된 선장이 배의 뒤편 갑판에서 고향 집으로 은퇴하고 나면, 열네 살 소년이 돛대 앞자리에 섰다. 그곳에서 아버지와 할아버지에게 불어닥치던 소금기 많은 물보라 그리고 질풍과 맞서 싸웠다. 소년 또한 일정 기간이 지난 뒤에는 앞 갑판에서 선실로 들어와, 폭풍 같은 어른의 시절을 보냈다. 전 세계를 떠돌다가 고향에 돌아와, 늙어서 죽고 나면, 육신은 흙이 되어 고향의 흙과 섞였다. 어떤 가문이 한 장소에서 태어나고 묻히는 긴 인연을 맺으면 인간과 땅 사이에 유대 관계가 생겨난다. 주위 풍경의 아름다움이나 도덕적 분위기와는 전혀 관계없는 것이다. 그것은 사랑이 아니라 본능이다. 자신이 타지 출신이거나 아버지 혹은 할아버지가 그런 사람인 새로운 거주민들은 세일럼 사람이라고 불릴 권한이 없다. 그런 사람은 3세기 전에 조상이 이곳에 정착했고, 이후의 조상도 대대로 묻혀 있는 오랜 거주자가 지닌 이 땅에 대한 끈끈한 집착을 이해할 수 없다. 세일럼 사람에게 이곳이 즐겁지 않은 장소라 해도 아무 상관없다. 낡은 목조 주택, 진흙탕과 흙먼지, 형편없는 입지나 정서, 차가운 동풍 그리고 냉랭한 사회 분위기에 지쳐 있는 것도 문제가 되지 않는다. 그 외에 그가 발견하거나 상상한 어떤 결점도 의미 없다. 강력한 마법의 주문은 살아남아 태어난 장소를 지상의 낙원으로 여기게 만든다. 내 경우도 그러했다. 세일럼이 나의 고향인 것을 거의 운명처럼 느꼈다. 어린 나에게도 얼굴의 낯익은 윤곽이나 성격 유형이 자주 눈에 띄었고 알아볼 수 있었기 때문이다. 마치 가문을 대표하는 누군가는 무덤 속에 누워 있어도 다른 누군가는 보초병들 속에서 메인 스트리트를 행진하는 식이었다. 그럼에도 바로 이렇게 감상에 빠지는 게 결국은 고향과 나의 연결을 끊어야 한다는 증거이기도 하다. 이런 정서는 건강하지 못하다. 인간은 감자보다 나을 게 없다. 같은 자리에 여러 번 심어서 땅의 힘을 다 소모하면 번성하지 못한다. 내 자식들은 다른 장소에서 태어났다. 그들의 운명을 내가 통제할 수 있는 한에서는, 낯선 토양에 뿌리내리도록 할 것이다.

나는 구목사관에서 나온 뒤, 기이하고 유쾌하지 않으나 그래도 사라지지 않는 고향에 대한 애착 때문에 미합중국의 벽돌 건물로 가서 한자리를 채우게 되었다. 어디든 다른 곳으로 가도 되었고, 그게 더 나았을지도 모르지만. 운명이 나를 움직였다. 처음도 아니었고, 두 번째도 아니었다. 나는 마치 영원히 떠날 것처럼 고향을 떠났으나, 못 쓰게 된 동전처럼 다시 돌아왔다. 세일럼이 나에게는 우주의 중심인 것처럼. 어느 화창한 날 아침에 나는 대통령의 임명장*을 주머니에 넣은 채 화강암 계단을 올라

* 호손이 조세 사정관으로 임명되었을 때의 대통령 제임스 K. 포크(1795~1849)는 민주당이었다. 위원회는 사 년 임기로 임명했으나, 호손은 삼 년 만에 물러났다.

갔다. 그리고 막중한 임무를 도와줄 한 무리의 신사들에게 세관의 최고 책임자로서 인사하게 되었다.

미합중국의 공무원 혹은 민간이나 군사 부문에서 그토록 노련한 원로들을 지휘한 경우가 나 말고 또 있었을지 의심스럽다. 아마 없었을 것이다. 그들을 둘러보는 순간 누가 가장 오래 근무한 사람인지 단박에 알아차릴 수 있었다. 이전의 20년 세월 동안 독립적 지위인 관세 징수관이 정치적 변혁의 소용돌이로부터 세일럼 세관을 지켜 왔기 때문이다. 공무원의 재임권은 정치적 영향에 취약하다. 그럼에도 뉴잉글랜드에서 가장 뛰어난 군인 하나가 용맹한 무공이라는 받침대 위에 굳건히 서 있었다. 그가 공무원으로 일하는 동안 역대 정부는 현명하게도 너그럽게 신분을 보장해 주었다. 위험하고 불안한 시기에도 여러 번 그는 부하들의 안전망이 되었다. 밀러 장군†은 철저하게 보수적인 사람이었다. 천성에서 우러난 습관적인 상냥함도 그의 보수성에 전혀 영향을 미치지 못했다. 그는 아는 사람들하고만 친밀하게 지냈고, 변화를 꺼렸다. 변화해야 개선이 확실한 경우에도 그러했다. 그래서 내가 세관을 책임지게 되었을 때, 그곳에는 노인들밖에 없었다. 노인들 대부분은 전직 선장이었다. 세상의 바다 위를 떠돌며 인생의 돌풍과 완강히 맞서다가, 마침내 이 고요한 피

† 제임스 밀러(1776~1851) 장군은 1812년 전쟁에서 무공을 세웠다. 호손이 취임했을 당시 21년 동안 조세 징수관으로 재직 중이었다.

난처로 흘러들어 오게 되었다. 정기적으로 치러지는 대통령 선거 때 느끼는 두려움밖에는, 아무것도 그들을 방해하지 않았다. 재직하는 동안 바다 위에서와는 다른 새로운 존재 양식을 영위했다. 물론 동년배들보다 노화와 질병의 부담이 덜한 것은 아니었으나, 죽음이 다가오는 것을 막아 주는 부적 같은 게 있는 듯했다. 장담하건대, 그들 중 두세 명은 통풍과 류머티즘을 앓고 있거나 병상에 누워야 마땅해서 일 년 중 며칠조차 세관에 출근할 꿈은 꾸지도 못할 지경이었다. 그러나 그들은 겨울 휴면을 마치고 나면, 5월이나 6월의 따스한 햇볕을 받으며 조용히 모습을 나타내곤 했다. 그리고 그들이 의무라고 일컫는 일을 느릿느릿 해치우다가, 한가해지거나 필요할 때, 다시 침대 속으로 돌아갔다. 나는 공화국 원로 공무원 여러 명의 공식적 임기를 마치게 한 잘못으로 용서를 빌어 마땅하다. 그들은 나의 재가로 고된 노동에서 은퇴했다. 그러고 나서 곧 인생의 유일한 목적이 나라에 봉사하는 열정이었다는 듯 더 좋은 세상으로 떠났다. 나는 정말로 그렇게 믿는다. 나의 간섭 덕분에 모든 세관원이 저지르기 쉬운 악행과 부패를 뉘우칠 충분한 여유를 가질 수 있었다는 것이 의미 있는 위안이 되었다. 세관의 정문도 뒷문도 천국으로 향하는 길로 연결되지는 않았을 테니까.

나와 함께 일하던 공무원들 대부분은 휘그당원*이었다. 신임

* 1830년대 초부터 1850년대 공화당이 결성될 때까지 민주당에 반대했던 정당에

조세 사정관이 비록 원칙에 충실한 민주당원이지만, 정치가가 아니고 정치적 임무와 관련해서 공직을 위임받거나 그 자리를 지키지 않았다는 사실은 그들 사이의 형제애를 생각하면 잘된 일이었다. 만약 그게 아니라 적극적인 정치가가 지위의 힘을 발휘하여, 공적인 업무를 소홀히 하는 병든 휘그당 관세 징수관과 맞서려 했다면, 그 저승사자가 세관 계단을 밟고 올라온 뒤 한 달도 안 되어서 원로 집단 가운데 아무도 공직을 지키지 못했을 것이다. 그러한 문제에 있어서 관례를 따르자면, 백발의 머리 모두를 단두대의 도끼날 아래로 데리고 가는 게 정치가의 임무였을 테니. 내 손으로 그런 무지막지한 일을 벌일까 봐 노인네들이 두려워하고 있음은 여실히 눈에 보였다. 나의 출현에 전전긍긍하며 공포를 드러내는 것, 나처럼 무해한 사람이 흘낏 쳐다보았다고 반세기 동안 폭풍에 시달려 주름 잡힌 뺨이 잿빛으로 창백해지는 것, 오래전에는 트럼펫처럼 고함을 지르곤 해서 보레아스 신[†]마저도 놀라 입을 다물게 하던 목소리가 나에 대해 말할 때 떨리고 있음을 감지하는 것, 그것은 고통스러우면서도 동시에 즐거웠다. 이 교활한 노인들은 잘 알고 있었다. 정해진 모든 법률을 따르면, 그들의 업무 효율을 평가해 보면 젊은 사람들에게 자리를 내주어야 한다는 사실을 말이다. 정치적으로 더 정통

붙여진 이름.

† 북풍의 신.

하며 모든 면에서 그들보다 국가에 봉사하기에 훨씬 더 적합한 젊은이들에게. 물론 나도 알고 있었다. 그러나 아는 바를 실행에 옮길 마음을 낼 수 없었다. 당연히 내 평판이 매우 나빠지고 공직자로서 양심에도 상당히 손상을 입는 일이었으나, 나의 재직 기간 내내, 그들은 부두에서 돌아다니고 어슬렁거리며 세관의 계단을 오르내렸다. 또한 많은 시간을 늘 틀어박혀 있던 구석 자리에서 의자를 벽에 기댄 채 잠들어 있었다. 어쩌다가 정오에 한두 차례 깨어 있을 때면, 자기네들끼리 통하게 된 암호나 은어로 오래된 항해 이야기나 고리타분한 농담을 수천 번 되풀이하면서 지루한 시간을 보냈다.

내가 상상하기에, 신임 조세 사정관이 큰 위해를 끼칠 사람이 아니라는 사실은 곧 알려졌을 테다. 그래서 가벼워진 마음으로, 사랑하는 조국을 위해서는 아니지만 자신에게는 유리하게 고용되어 있다는 사실을 행복하게 의식하면서, 이 선량한 노신사들은 다양한 공식적 업무를 처리했다. 약삭빠르게도, 배의 화물칸을 안경 너머로 훔쳐보기도 했다! 사소한 문제에 대해서는 강하게 나가면서도, 엄청난 일들이 그들 손가락 사이로 빠져나가는 둔감함을 보이는 것은 경악스러운 일이었다! 마차에 가득 실은 귀중품들이 한낮에, 해변에서, 아마도 전혀 눈치를 못 챈 그들의 코밑에서 밀거래되는 불상사들이 일어날 때마다, 그들은 민첩하게 경계 태세를 취했다. 탈세를 저지른 선박의 모든 통로에 이중으로 열쇠를 잠갔고, 안전하게 테이프를 붙이고 밀랍으로 봉인했다. 그러니 불미스러운 사건이 일어나기 전의 태만함을 질책하기보다 그 이후의 훌륭한 대처를 칭찬해야 할 지경이었다. 어떤 해결책도 남아 있지 않은 순간에만 행해지는 그들의 열정적인 신속함에 감사하며 인정해야 한다니!

지나치게 거슬리지 않는 이상, 누구에게나 친절하게 대하는 것이 나의 어리석은 습관이다. 동료의 성격에서 좋은 부분을 발견하면, 보통은 그것을 최우선으로 고려해서, 내가 그 사람을 인식하는 지표로 삼는다. 세관에 근무하는 노인들 모두 좋은 성향이 있었고, 그들과 관련된 내 지위가 아버지나 보호자 같은 것이었기에, 우호적인 정서가 생길 수밖에 없었다. 나는 곧 그들 모두를 좋아하게 되었다. 여름날 오전, 사람을 거의 녹일 듯 뜨거운 열기도 노인의 반쯤 마비된 인체 시스템에는 미지근한 온기로만 느껴지는 그런 때, 평소처럼 뒷문 주위에서 벽에 한 줄로 기대어 서서 잡담하는 것을 들으면 즐거웠다. 과거 세대의 얼어붙었던 재치가 풀리면서, 그들의 입에서 거품처럼 웃음이 뿜어져 나왔다. 겉으로 보기에 노인들의 떠들썩한 유쾌함은 아이들의 명랑함과 매우 비슷하다. 풍부한 유머 감각은 지성과 마찬가지로 물질적 요소와는 관계가 없다. 노인이나 아이나 그것은 표면에 드러나는 반짝임이다. 녹색의 가지에도 잿빛으로 썩어 가는 그루터기에도 찬란한 햇빛과 활기를 부여해 준다. 그러나 아이들의 경우에는 진짜 햇빛이지만, 노인의 경우에는 썩어 가는 나무가 발하는 인광에 가깝다.

나의 뛰어난 노인 동료들을 노망난 늙은이로 묘사하는 것은 서글프고 부당한 일일 것이다. 우선 나의 보좌관들이 모두 늙은 것도 아니다. 개중에는 힘이 넘치는 전성기에 있으면서 유능함과 활력을 보여 주는 이들도 있다. 불운의 별로 인해 정체되고 의존적인 삶으로 밀려왔을 뿐, 그보다는 훨씬 나은 사람들이었다. 게다가 노인의 백발은 손질이 잘된 지성의 집이 이고 있는 지붕인 경우도 있었다. 그러나 내 밑에서 일하던 노인들 대부분에 대해 한마디로 묘사하자면, 다양한 경험으로부터 가치 있는 것은 아무것도 얻지 못한 지루한 늙은 영혼들이라고 해도 틀린 말은 아니다. 그들은 즐거이 수확할 기회가 많던 실용적 지혜라는 황금빛 낟알들을 던져 버리고, 기억의 껍데기만을 소중하게 간직하고 있는 것처럼 보였다. 그들이 흥미와 열의를 가지고 이야기하는 주제는 사오십 년 전에 배가 난파했던 것이나 젊은 눈으로 목격한 세상의 온갖 경이로움이 아니라 아침 식사, 어제와 오늘 내일의 저녁 식사였다.

단순히 이곳에서 근무하는 소수의 공무원뿐 아니라, 과감하게 말하자면, 미합중국 전역에 흩어져 있는 명예로운 세관 조직의 아버지이자 가부장이라 할 만한 종신 감독관*이 있었다. 그는 진정 세무 체제의 적법한 상속자라고 일컬어질 수 있으며, 뼛속

---

* 이 사람은 윌리엄 리(William Lee, 1770~1851)인데 1814년에 감독관으로 임명되었고, 「세관」이 출간되었을 무렵 여든 살가량 되었다. 리에 대한 모욕적인 묘사는 이전에 발표한 단편에서 더욱 두드러져서, 리의 가족을 몹시 분노하게 만들었다. 그의 친척 중 한 명은 호손을 말채찍으로 위협하기도 했다.

까지 귀한 혈통 출신이었다. 독립전쟁 때 혁명군의 대령이었으며 이 항구의 관세 징수관이던 아버지가 세관에 아들을 위한 자리를 새로 만들어서 그를 임명했다. 오래전 일이라 지금 그 일을 기억하는 사람은 거의 없었다. 내가 처음 그를 알게 되었을 때, 감독관은 여든 살가량 된 사람이었다. 그는 평생 한 번쯤 볼 수 있을 것 같은 가장 훌륭한 상록수의 표본처럼 보였다. 발그레한 뺨, 탄탄한 체격, 밝은 단추가 맵시 있게 달린 푸른 코트, 빠르고 활기찬 걸음걸이, 정정하고 원기 왕성해 보이는 외모, 그 모든 것이 비록 젊다고 할 수는 없으나 노화와 질병이 침범할 수 없도록 대자연이 새로 창조한 인간형 같았다.

세관 건물 안에서 끊임없이 울려 퍼지던 그의 목소리와 웃음소리에는 노인의 발성에서 흔히 들리는 떨리는 소리나 깨지는 소리는 찾을 수 없었다. 닭 울음이나 우렁찬 나팔 소리처럼 폐에서 나오는 목소리였다. 그를 단순히 동물로만 본다고 하면, 달리 볼 수 있는 방법도 별로 없지만, 그는 가장 흠잡을 데 없는 대상이었다. 신체적으로 완벽하게 건강하고 온전했으며 활력이 넘쳤으므로, 고령임에도 불구하고 자신이 목표로 하거나 꿈꾸던 거의 모든 것을 즐길 수 있었다. 고정적인 수입과 더불어 해직의 위험이 조금도 없는 세관에서 아무 걱정 없이 생활하면서 그는 당연히 태평한 세월을 누렸다. 그러나 좀 더 근본적이고 잠재적인 원인은 그의 순전한 동물적 성향, 평범한 수준의 지성, 그 속에 영적이고 정신적인 요소가 극히 적게 들어 있다는 것에서 비롯되었다. 그나마 거의 없는 맨 마지막 요소 덕분에 노신사는 네

발로 기어다니지 않는 것일 테다. 그에게는 사고의 힘, 감정의 깊이, 감각의 까다로움은 없었다. 아무것도 없었지만, 간단히 말해서 상식적인 본능이 약간 있었을 뿐이다. 이것이 신체적 건강에서 비롯된 유쾌한 성정의 도움을 받아 자신의 의무를 흠잡을 데 없이 처리했고, 애정은 아니더라도 일반적인 호감을 얻었다. 그는 세 명의 아내와 결혼했으나, 모두 오래전에 사별했다. 아버지로서는 스무 명의 자녀를 두었지만, 대부분 어려서 혹은 성년이 되어 세상을 떠났다. 이런 상황에서는 제아무리 밝은 성품이라 해도 슬픔으로 인해 온통 어둠에 물들지 않았을까 추측할 수 있을 것이다. 우리의 노익장 감독관은 전혀 그렇지 않았다! 짧은 한숨을 내뱉고 나면 음울한 추억들을 말끔히 지워 버렸다. 다음 순간 그는 아직 바지도 입지 않은 유아처럼 뛰어놀 태세였다. 관세 징수관의 하급 비서보다 더 잘 놀 수 있을 것 같았다. 열아홉 살인 젊은 비서가 둘 중에 더 연장자 같았고 진지해 보일 지경이었다.

나는 이러한 아버지 세대의 인물에 대해 내 주의를 끄는 다른 어떤 인간보다도 더 강렬한 호기심을 갖고 지켜보며 연구했다. 정말이지 그는 드물게 보이는 유형이었다. 한 가지 측면에서 보면 매우 완벽했다. 다른 측면으로 보면, 매우 얄팍하고, 기만적이며, 이해하기 힘든 하찮은 존재였다. 결론을 내리자면, 그에게는 영혼도, 심장도, 머리도 없었다. 다만, 앞서 이미 말했듯이, 본능만 있었다. 그럼에도 성격의 몇몇 요소들이 교묘하게 합쳐져, 남에게 피해를 줄 정도의 결함은 보이지 않았다. 따라서 나로서는 그에게서 무엇이 보이든 전반적으로 만족스러웠다. 그는 매우 세속적이면서도 감각적으로 보였기에 내세에는 어떻게 존재할 것인지 상상하기 어려울 것 같았다. 마지막 숨을 거두면 이승에서 존재가 사라질 것은 확실하지만, 그러나 그가 불쾌한 존재는 아니었다. 야생의 짐승 정도의 도덕적 책임감을 가졌음에도, 그들보다 더 폭넓은 즐거움을 누렸고, 그들과 마찬가지로 노화의 쓸쓸함과 어둠을 면제받는 축복을 받았다.

네발 달린 형제들보다 한층 우월한 그의 능력은 그가 살면서 누린 행복에서 큰 부분을 차지하던 훌륭한 저녁 식사를 추억하는 것이었다. 그의 미식 취향은 매우 기분 좋은 자질이었다. 그가 구운 고기에 대해 말하는 것을 듣기만 해도 피클이나 굴처럼 식욕이 돋았다. 그에게는 드높은 품성이 아예 없기에, 위장을 채우고 즐거움을 주기 위해 힘과 재능을 다 바친다고 해도 영적인 자질이 희생되거나 훼손될 염려도 없었다. 따라서 나는 그가 생선과 조류, 육고기에 대해, 그리고 그것들을 가장 적절하게 조리해서 식탁에 올리는 방법에 대해 설명할 때, 언제나 즐겁고 흡족했다. 그가 훌륭한 음식에 대해 회상할 때면, 그것이 실제로 아무리 오래전에 경험한 만찬이라 해도, 돼지고기나 칠면조의 구수한 향이 바로 코밑에서 풍기는 듯했다. 그의 미각은 육십 년 혹은 칠십 년 동안 기억하는 맛이 있었다. 그것은 그날 아침 바로 그가 먹어 치운 양고기 조각의 맛처럼 생생하게 그대로 남아 있었다. 언젠가 그가 입맛을 다시며 해 준 만찬 이야기를 들은 적이 있는데, 그때 그 자리에 초대받은 이들은 그를 제외하고는 모두 죽어서 벌레들의 먹이가 된 지 오래다. 오래전의 만찬이 유령처럼 끊임없이 그의 눈앞에 되살아나는 것을 지켜보는 건 놀라웠다. 분노나 복수심에 찬 유령들이 아니라, 예전에 그가 맛있게 먹어 준 것에 대해 감사하며 희미하고 감각적인 즐거움을 끝없이 되살려 주려 애쓰는 것 같았다. 쇠고기의 안심, 송아지의 우둔살, 돼지갈비, 특별한 닭고기, 뛰어나게 훌륭했던 칠면조처럼, 애덤스 대통령의 아버지 때부터 그의 식탁을 장식한 것들은 잊히지 않을 것이다. 반면에 그동안 인류가 겪은 일들과 그의 경력을 빛내 주고 혹은 어둡게 했던 온갖 사건들은 지나가는 산들바람만큼도 전혀 영향을 남기지 못하고 사라졌다. 내가 판단하건대, 그 노인의 일생에서 가장 비극적인 사건은 이십 년에서 사십 년 전에 죽은 거위와 얽힌 불운이었다. 거위는 가장 먹음직한 외관이었음에도, 식탁에 오르자, 살이 너무 질겨서 고기 자르는 칼로는 몸통에 자국도 남길 수 없었다. 할 수 없이 도끼와 실톱이 동원되었다.

이제는 종신 감독관에 대한 이야기를 그만둘 때가 되었다. 하지만 꽤 많은 이야기를 기꺼이 길게 하고 싶기도 하다. 왜냐하면 내가 아는 모든 사람 중에서 그가 세관 공무원에 가장 적합하기 때문이다. 사람들 대부분은 지면 관계상 모두 제시할 수 없는 이유 탓에 세관이라는 독특한 곳의 생활 방식 속에서 도덕적 손상을 입는다. 이 늙은 감독관은 그럴 일이 없다. 만약 그가 세상을 떠날 때까지 세관 공무원으로 일한다 해도, 그때까지 여전히 무탈할 것이고, 저녁 식탁에서 왕성한 식욕을 발휘할 것이다.

아주 비슷한 이가 하나 있다. 세관의 초상화 갤러리에 그의 초상화가 없다면 뭔가 불완전해 보일 것이다. 그러나 그를 관찰할 기회가 상대적으로 적었기 때문에 나는 그저 단순히 윤곽만 묘사할 수 있을 뿐이다. 다름 아닌 영광스러운 늙은 장군, 관세 징수관 밀러 장군이다. 그는 빛나는 군대 경력을 마치고, 곧이어 서부 지역의 황야를 통치하다가, 이십 년 전에 이곳으로 와서 파란 많고 명예로운 삶의 마지막을 보냈다. 이 용맹한 군인은 이제 거의, 혹은 꽉 채운 일흔 살이다. 활기를 북돋아 주던 추억 속의 군대 행진곡조차 도움이 되지 않는 병마에 시달리면서도, 이 세상에서의 마지막 남은 행진을 멈추지 않고 있었다. 돌격할 때 최전방에 섰던 걸음은 이제 중풍에 걸려 잘 움직여지지 않는다. 하인의 부축을 받으면서 철제 난간을 꽉 잡고 몸을 기댄 채 천천히 고통스럽게 세관의 계단을 올랐다. 통로를 힘들게 가로질러 자신이 늘 앉던 난롯가의 의자에 앉았다. 그 자리에서 그는 다소 멍하고 고요한 시선으로 오고 가는 사람들을 바라보곤 했다. 서류들이 바스락거리는 소리, 선서하는 소리, 일에 관해 의논하는 소리 그리고 사무실에서 일상적인 잡담을 나누는 소리가 흘러 다녔다. 모든 소리와 주변 상황은 그저 희미하게 그의 감각에 인상을 남겼을 뿐, 사유의 깊은 영역까지 들어가지는 못했다. 이렇게 가만히 앉아 있을 때, 그의 안색은 온화하고 친절했다. 주의를 끄는 것을 발견하면, 예의 바른 관심으로 표정이 환해졌다. 그의 내면에 빛이 있다는 증거였으나, 다만 지성의 등불을 둘러싼 껍질이 빛이 밖으로 나가는 것을 방해했다. 그의 정신이라는 실체 속으로 가까이 다가갈수록 빛은 더 온전하게 드러났다. 말하거나 듣는 일 혹은 명백히 노력이 들어가야 하는 행위를 할 필요가 없으면, 그는 곧 활력 없이 고요한 이전의 표정으로 돌아갈 것이다. 그런 얼굴을 지켜보는 것이 고통스럽지는 않았다. 비록 멍한 상태이기는 해도 노령으로 인해 우둔해진 것이 아니었기 때문이다. 타고난 성품 자체가 원래 강하고 당당했기에 그때까지도 무너지거나 망가진 것은 아니었다.

그러나 그렇게 불리한 상황에서 그의 성품을 관찰하고 규정하기는 어려웠다. 마치 무너진 폐허를 바라보며 옛 타이콘데로가* 요새의 흔적을 찾아 상상 속에서 새로 짓는 일 같았다. 어쩌다가 군데군데 성벽이 거의 완전하게 남아 있기도 했다. 그러나 다른 곳에는 오직 형태를 알아볼 수 없는데 자리만 크게 차지한 돌무더기 위로 정적과 무관심 속에 자란 잡초들만 무성했다.

나는 애정을 품고 노병을 바라보았다. 비록 우리 사이에 소통은 적었으나, 그를 아는 다른 모든 사람이나 동물들과 마찬가지로 그를 향한 나의 감정을 달리 부를 수는 없었다. 애정 어린 눈으로 바라보았기에 그의 초상화에서 주요한 특징을 식별할 수 있었다. 고귀하고 영웅적인 자질이 드러난 모습이었다. 그가 명성을 얻은 것은 우연이 아니라 당연한 결과였다. 내가 이해한 바

* 뉴욕주 북동부 챔플레인 호숫가에 있던 프랑스 요새. 1759년 영국군이 점령했으나 1775년 미군이 빼앗았다.

로는, 그는 결코 무모한 행동을 하지 않았다. 물론 그 역시 인생의 어떤 시기에는 행동을 부추기는 충동이 요구되었을 테다. 한번 혈기가 끓어오르면, 장애물을 뛰어넘어 목표를 이루었을 것이다. 그는 포기나 실패를 용납하지 않는 사람이었다. 예전에 그의 본성을 달궜던 열기는 완전히 식지 않았다. 그것은 불꽃 속에서 잠깐 반짝이는 섬광은 아니었다. 용광로 속에서 뜨거워진 무쇠처럼 검붉은 빛을 내면에서 발하는 것이었다. 무겁고, 충실하고, 견고했다. 이 표현은 내가 언급한 그 시기, 즉 때 이르게 찾아온 노환 속에서 그가 보여 준 침착성을 가리키는 것이다. 그러나 당시에도 그의 의식 깊은 곳에 숨은 활기를 상상할 수 있었다. 아직 완전히 죽지 않은 채 그저 잠자고 있을 뿐인 힘을 우렁찬 트럼펫 소리로 일깨우기만 하면, 환자복 같은 노환을 벗어던지고, 노인의 지팡이를 팽개친 다음, 전투용 칼을 움켜쥐고 다시 한번 전사로 되살아날 것 같았다. 또한 그런 강렬한 순간에도 태도는 여전히 침착했을 것이다. 그러나 그런 일은 단지 상상 속에 그려진 것이다. 기대하지도 않았고 바라지도 않았다. 내가 그에게서 발견한 것은 완고하고도 진중한 인내심이라는 특질이었다. 앞에서 불멸의 옛 타이콘데로가로 비유한 것이 적절했다. 그러한 특질은 젊은 시절에는 끈질긴 집요함으로 나타났을지도 모른다. 또한 청렴함은 다른 묵직한 그의 천성들과 마찬가지로 마치 일 톤의 쇳덩어리처럼 순응도 타협도 몰랐다. 자비심에 관해서라면, 그가 치페와(chippewa) 혹은 포트 이리*로 보병들을 이끌고 진격했을 때 그 시절의 말 많은 박애주의자들이 일으킨

논란에 종지부를 찍을 만큼 순수했다고 여긴다. 내가 아는 한 그는 자기 손으로 사람들을 학살했다. 필승의 기운으로 돌격하는 그의 앞에서 사람들은 휘두른 낫에 베인 풀잎처럼 쓰러졌을 것이다. 비록 그러했을지언정, 그의 심장에는 나비의 날개를 다치게 할 잔인성조차 없었다. 타고난 친절함에 있어서 그보다 더 신뢰할 수 있는 사람을 나는 알지 못한다.

그나마 억지로 비슷하게 묘사한 여러 특징은 내가 장군을 만나기 전에 이미 사라지거나 희미해졌을 것이다. 고상한 속성은 가장 덧없이 사라지기 마련이다. 또한 자연은 이미 쇠잔한 인간을 아름다운 꽃으로 새롭게 장식하거나 하지 않는다. 타이콘데로가의 허물어진 성벽에서처럼, 자연은 무너지고 갈라진 폐허에서만 꽃들이 적절한 영양분을 찾아 틈새로 뿌리를 내리도록 한다. 다만 인간으로서 우아함과 아름다움이라는 면에는 여전히 눈여겨볼 점은 있었다. 때때로 해학의 빛이 장애물의 흐릿한 휘장을 뚫고 나와 사람들을 환하게 웃게 했다. 소년기나 청년기 이후의 남성에게는 거의 찾아볼 수 없는 우아함이 장군에게서는 꽃을 보고 향기 맡는 것을 좋아하는 모습으로 나타났다. 노병이라면 오직 이마에 올려놓을 피로 얼룩진 월계수를 소중히 여

---

* Fort Erie. 제임스 밀러 장군이 참전한 1814년 런디스 레인 전투를 가리킴. 현재 온타리오주 나이아가라 폭포 근처에서 일어났으며 미국 군대와 영국 군대가 치른 치열한 전투 중 하나였다.

길 거라고 생각하겠지만, 여기에 꽃이라면 다 사랑하는 어린 소녀 같은 마음을 지닌 노병이 하나 있었다.

용감한 늙은 장군은 벽난로 옆에 앉아 있곤 했다. 나는 조세 사정관이라 어쩔 수 없이 거의 언제나 장군과 대화를 나누는 일을 떠맡았다. 그러나 멀리서 거의 졸고 있는 듯한 그의 평온한 얼굴을 지켜보는 게 더 좋았다. 그는 마치 우리와 몇 미터쯤 떨어져 있는 것처럼 보였다. 우리는 그의 의자 바로 옆을 스치듯 지날 때도 먼 거리를 느꼈다. 손을 뻗으면 그의 손을 만질 수 있을 정도였음에도. 아마도 그는 징수관 사무실이라는 어울리지 않는 현실 속보다는 기억 속에서 살고 있었는지도 모른다. 기동 연습을 위한 행진, 전투의 소란함, 삼십여 년 전에 들었던 영웅적인 옛 음악의 팡파르, 그런 장면과 소리가 아마도 그의 머릿속에서는 여전히 살아 있었을 것이다. 그 와중에 상인들과 선주들, 세련된 서기들과 거친 선원들이 드나들었다. 이렇게 상업적으로 북적이는 세관의 일상이 그의 주위에서 웅성거리며 지속되고 있었다. 그러나 장군은 사람에게도 업무에도 아무 관심이 없는 것처럼 보였다. 그 장소와 어울리지 않는 오래된 칼 같았다. 지금은 녹슬었으나, 한때는 최전선에서 번득였고, 여전히 예리한 날의 반짝임을 잃지 않은 칼이 마치 부세관장의 책상 위 잉크 스탠드와 서류철 그리고 마호가니 자 사이에 놓여 있는 것처럼 보였다.

나이아가라 국경에서 용맹하게 싸운 군인을 진실하고 소박한 사람으로 거듭나게 만든 게 있었다. 그가 기억 속에서 지울 수 없는 말이었다. "노력해 보겠습니다, 각하!"* 필사적이고 영웅적인 전투를 시작하기 직전, 모든 위험을 알면서도 맞서 싸우려는 뉴잉글랜드 정신과 기백을 토로하는 말이었다. 아주 단순해 보이지만, 용맹함에 대한 포상으로 나라에서 명예로운 문장(紋章)을 내리고자 한다면, 위험과 영광이 뒤섞인 과제 앞에서 오직 그만이 할 수 있던 말이 가장 적합하다. 장군의 방패에 새길 최고의 좌우명일 것이다.

자기 자신과는 전혀 다른 사람들과 일상에서 동료로 일하는 것은 도덕적이고 지적인 건강에 보탬이 된다. 이를테면, 자신이 무엇을 추구하는지 별로 고민하지 않고, 자기 영역과 능력을 평가하기 위해 자기 세계 밖으로 벗어나 본 적이 없는 이들과 함께 일하게 된 경우가 그러하다. 내 인생에서 우연히 일어난 일들 덕분에 이런 유익함을 자주 얻었다. 그러나 세관 사무실에서 일하던 시절보다 더 충만하고 다양한 경험은 없었다. 특히 어떤 사람 하나를 관찰하면서 나는 재능이라는 것에 대해 새로운 발견을 하게 되었다. 그에게는 단연코 실무자로서의 재능이 있었다. 신속하고, 예리하고, 명료하게 생각했다. 모든 혼란을 꿰뚫어 보는 눈이 있었고, 마법의 지팡이라도 흔든 듯 그것들을 정돈해서

* 1814년 7월 25일 나이아가라 폭포 근처의 온타리오주 런디스 레인에서 영국군 포대를 점령하라는 명령을 받았을 때 밀러 장군이 했다고 추정되는 말. 그 전투에서 밀러 장군이 이끄는 미국 제21보병연대는 포대를 급습하는 데 성공했다.

해결하는 능력도 있었다. 청년 시절부터 세관에서 일을 익혔으므로, 그곳은 최적의 활동 무대였다. 어중간하게 끼어든 사람에게는 괴롭기만 한 복잡한 서류 작업도 그가 정리하면 납득할 만한 규칙성을 지닌 체제임이 증명되었다. 곰곰 생각해 보면, 그는 자신이 속한 계층의 이상형이었다. 그는 세관 그 자체라고도 할 수 있었다. 아니면 적어도 다양한 톱니바퀴들을 계속 움직이게 만드는 중심 태엽이라고 할 수 있었다. 왜냐하면 세관과 같은 기관에서는 단지 이익과 편의에 맞춰 관리들을 임명한다. 업무를 수행하기에 적합한지 따져 보는 일은 거의 없다. 그래서 관리들에게 없는 긴요한 능력을 다른 곳에서 찾아서 보완해야 한다. 자석이 쇳조각을 끌어들이는 것과 같은 명백한 필요성에 의해, 우리의 유능한 실무자도 모든 동료들이 마주친 어려움을 해결해줘야 하는 지경에 이르렀다. 그의 정돈된 정신으로 보면 범죄에 가까운 우리의 무지를 대하면서도 그는 편안한 겸양과 너그러움을 베풀었다. 그저 손가락 하나를 까딱하는 것으로 우리가 도저히 이해하기 힘든 일들을 명료하게 해결했다. 비밀리에 그를 숭배하는 동료들 못지않게 상인들도 그를 높이 평가했다. 그의 성실함은 완벽했다. 선택이나 원칙이 아니라 그에게 작용하는 자연의 법칙 같았다. 행정 업무를 그렇게 정직하게 아무 문제 없이 처리하는 것은 그의 명료하고 정확한 지능 덕분이었다. 천직을 수행하면서 장부 계산의 숫자가 맞지 않거나 말끔한 서류철에 얼룩이 생기는 일조차 양심에 오점을 남긴 것처럼 그는 괴로워했을 것이다. 어쩌면 그보다 더 큰일이었을지도 모른다. 한마디로 말해서, 이곳에서 나는 살아오면서 매우 보기 드문 사례인, 자신이 처한 상황에 완벽하게 적응한 사람을 만났다.

지금 돌이켜 보면 내가 인연을 맺은 이들은 그런 부류의 사람들이었다. 하나님의 섭리가 좋게 작용하여 나는 과거의 삶과 전혀 다른 위치에 놓이게 되었다. 그리고 그로부터 얻을 수 있는 이익은 무엇이든 진지하게 받아들이려 했다. 과거에 나는 브룩 농장*의 몽상가 형제들과 실현 불가능한 계획을 세워 고생하며 동료애를 쌓았고, 에머슨† 같은 지식인의 미묘한 영향 속에서 삼 년을 살았고, 아사벳강의 자연에서 자유롭게 지내며, 엘러리 채닝‡과 모닥불 곁에서 공상에 빠졌다. 소로§와 월든의 오두막에서

---

* 1841년에 전직 유니테리언 목사인 조지 리플리(1802~1880)가 이상주의적 공동체의 실험이라는 명목으로 세운 농장. 보스턴에서 9마일 떨어진 웨스트 록스베리에 위치한다. 호손은 1841년 4월에 공동체에 가입했고, 결혼 후 아내 소피아를 그곳으로 데려오기를 희망했다. 몇 달 뒤 그는 리플리의 바람처럼 육체적인 노동과 정신적인 노동이 효과적으로 결합될 수 있다는 것을 확신하지 못했고, 공동체는 그의 창조적인 글쓰기를 금지했다.

† 랄프 왈도 에머슨(1803~1882)은 1830년대에 여러 강연을 하면서 동시대에 가장 창조적인 사람 중 하나임을 증명했다. 그는 주로 뉴잉글랜드 초월주의와 연관된 사유를 설파했다. 호손은 초월주의자는 아니었지만, '구목사관' 에머슨에 대한 존경의 마음을 표현했다.

‡ 윌리엄 엘러리 채닝 2세(1818~1901). 목사이자 시인으로, 유니테리언 설교자 윌리엄 엘러리 채닝의 조카이다. 나중에 소로의 전기 작가가 된다.

§ 헨리 데이비드 소로(1817~1862)는 평생을 콩코드에서 살았고 1836년부터 에머슨에게 영향을 받았다. 그는 콩코드 지역의 인디언 문화와 유물에 관심이 깊었다. 호손의 노트에는 인디언 역사와 자연에 대한 소로의 기이한 지식이 언급되어 있다.

소나무와 인디언의 유물을 이야기했으며, 힐라드[¶]의 고전적이고 세련된 교양에 공감하게 되면서 취향이 까다로워졌고, 롱펠로의 벽난로[**] 앞에서 시적 감흥에 젖었다. 마침내 내 본성의 다른 능력을 훈련해야 하고, 이제껏 그다지 식욕이 당기지 않던 음식으로 자양분을 취해야 할 때가 왔다. 심지어 올컷[††]을 아는 사람이 식단에 변화를 주려면 늙은 감독관조차 바람직했다. 나는 어떤 면에서는 그런 현상을 조직 전체가 자연스럽게 균형이 잡혀 있으며 필수적인 부분이 빠져 있지 않은 증거로 여겼다. 세관 동료들과 지내던 시절에 나는, 전혀 다른 부류의 사람들과 섞여서 잘 지낼 수 있었고, 변화에 대해 불평하지 않았다.

문학은 당시에 실행과 목적이라는 측면에서 나에게 크게 중요하지 않았다. 그 무렵 나는 책에도 관심이 없었다. 나는 책을 멀리했다. 인간의 본성이라는 자연을 제외하고는, 땅과 하늘에

¶ 조지 스틸먼 힐러드(1808~1879)는 보스턴의 변호사였고, 문학적 관심과 개인적 우정으로 호손에게 실질적인 도움을 주었다. 힐러드는 휘그당원이었으나, 호손이 세일럼 세관에 계속 머물도록 영향력을 행사했다. 호손이 해고되었을 때, 그가 가족을 부양하도록 돕기 위해 힐러드는 친구와 지인으로부터 모금을 하기도 했다.

** 헨리 워즈워스 롱펠로(1807~1882)는 호손과 같은 시기에 메인주 보든 칼리지에서 수학했다. 롱펠로는 노스 아메리카 리뷰에서 호손의 작품을 열렬히 찬양하여 그가 명성을 얻도록 도왔다. 두 작가는 주로 편지를 교환하면서 우정을 지속했다.

†† 에이머스 브론슨 올컷(1799~1888)은 교육 개혁가로서 가장 이상적이고 현실적이지 않은 초월주의자였다. 보스턴에서 실험학교를 설립한 후 호손과 비슷한 시기에 콩코드에서 살았다.

펼쳐진 자연은 어떤 의미로는 눈앞에서 자취를 감추었다. 그것을 영적으로 받아들여 상상하던 기쁨도 모두 마음속에서 사라졌다. 어떤 재능과 능력을 떠나보내지 않았더라면, 그것들은 내 안에서 정지하거나 활동을 멈추었을 것이다. 과거에 소중했던 것들을 언제든지 불러올 수 있음을 내가 의식하지 못했다면, 어쩐지 슬프고 말할 수 없이 쓸쓸했을 테다. 그런 삶은 아무 탈 없이 오래 지속될 수는 없다. 만약 그럴 수 있다고 한다면 나는 그럴 만한 가치가 있는 모습으로 변하는 게 아니라 영구적으로 내가 아닌 존재가 되었을 것이다. 하지만 나는 그 생활을 그저 일시적인 것으로만 여겼다. 내게는 언제나 앞날을 내다보는 본능이 있어서, 내 귀에 속삭였다. 머지않아 언제든지 나에게 유익한 필수적인 변화가 일어날 것이며, 변화는 반드시 올 거라고.

한편 나는 세입을 관리하는 조세 사정관이었고, 내가 이해하는 한에서는 필요한 만큼 유능했다. 생각과 상상력과 분별력이 있는 사람이라면(혹여 조세 사정관에게 필요한 것보다 그러한 자질을 열 배쯤 더 지니고 있다고 해도), 얼마든지 실무가가 될 수 있다. 스스로 어려움을 무릅쓴다면 말이다. 나의 동료 관리들, 그리고 공적인 업무로 나와 관계를 맺은 상인들과 선장들은 다른 시선으로 나를 본 적이 없다. 아마도 나를 관료 이외의 다른 인물로 생각하지도 않았을 것이다. 내가 쓴 글을 한 페이지라도 읽은 사람은 아무도 없었을 것이며, 내가 쓴 글을 다 읽었다고 해도 나에게 조금이라도 더 관심을 기울이지 않았을 것이다. 나의 쓸모없는 글이 번즈와 초서 같은 이들의 필력으로 쓰였다고 해도 평가가 달라지지는 않을 것이다. 두 작가는 나처럼 한때 세관의 관리로 일했다. 문학적 명성을 꿈꾸고, 그것에 의해 세계적인 명사의 위치에 올라가고자 하던 사람이 자신의 주장이 인정받던 좁은 세계에서 벗어나, 그가 성취한 모든 것, 그가 목표로 한 모든 것이 그 세계 밖에서는 완전히 무의미함을 깨닫는 것은, 비록 괴롭지만, 유익한 교훈이다. 특별히 나에게 그런 교훈이 경고나 질책의 방식으로 필요했을 것이다. 그러나 어쨌든 나는 철저히 배웠다. 또한 그러한 진실을 인식하면서 고통스러워하거나 한숨 쉬며 외면하지 않았음을 기쁘게 회상할 수 있다. 문학 이야기를 나누기로는, 나보다 먼저 취임했다가 조금 나중에 퇴임한 훌륭한 해군 장교가 있었다. 그는 자신이 선호하는 주제인 나폴레옹이나 셰익스피어에 관한 토론에 종종 나를 끌어들이곤 했다. 징수관의 비서 역시 이따금 나에게 책 이야기를 꺼내곤 했다. 나라면 이해할 수 있을 화제라고 여기는 듯했다. 그 젊은이는 미합중국의 관용 용지에 (멀리서 보면) 시 비슷한 것을 끄적인다는 소문이 돌았다. 나의 문학적 교제는 그것이 전부였고, 그것으로 내 욕구는 충족되었다.

내 이름이 책 표지에 적혀 널리 퍼지는 것을 더는 바라거나 상관하지 않았고, 우습게도 이제 내 이름은 다른 방식으로 알려졌다. 세관의 검수원이 후추 자루, 붉은 염료가 든 광주리, 여송연 상자 그리고 그 밖에 세금이 붙는 모든 상품 꾸러미 위에 형판과 검은 잉크로 내 이름이 들어간 낙인을 찍었다. 관세를 지불하고 적법하게 세관을 통과한 상품임을 증명하는 것이었다. 그렇게 기이하게 명성을 전달하는 방식에 의해, 내 이름은 전에는 한 번도 알려지지 않은 곳까지, 그리고 알려지길 바라지 않는 곳까지 전달되었다.

그러나 과거는 죽지 않았다. 오랫동안 잠잠하게 휴식을 취하고 있던 사유들이 생생하고 활발하게 다시 살아났다. 가장 두드러진 사례가, 지나간 날들의 습관이 내 안에서 깨어나면서 지금 쓰고 있는 글을 대중에게 공개하기로 한 것이다.

세관 건물의 2층에는 넓은 방이 하나 있다. 벽돌 벽과 서까래가 나무판자나 석회 반죽으로 가려진 적 없이 그대로 드러나 있는 곳이다. 원래 이 건물은 예전에 항구를 드나들던 상회들의 규모, 그리고 실현되지는 않았으나 곧이어 도래할 번영에 맞춰 설계되었다. 그래서 현재는 사용하지 않는 넓은 공간이 많다. 징수관의 사무실 바로 위에 있는 탁 트인 공간은 오늘날까지 완공되지 않은 채 남아 있다. 오래된 거미줄투성이의 거무스름해진 대들보는 여전히 목수와 석공의 마무리를 기다리고 있다. 방의 한 구석 우묵한 곳에는 통들이 많이 쌓여 있는데, 그 속에는 공적인 서류 뭉치가 들어 있다. 바닥에도 비슷한 폐지 뭉치들이 뒹굴고 있다. 이렇게 케케묵은 서류들을 오랜 세월과 노력을 들여 만들었을 걸 생각하면 서글프다. 이제는 그저 골칫덩이에 불과하고, 다시는 사람 눈에 띄지 않을 구석에 버려졌다. 그러나 공적인 형식의 지루함이 아니라 창의적 두뇌의 사유와 심장 깊은 곳에서 토로하는 풍요로움이 담긴 많은 원고도 마찬가지로 그렇게 잊혔다. 게다가 여기 쌓여 있는 서류들처럼 그런 원고들은 한때나

마 당대에 소용된 것도 아니었다. 가장 슬픈 일은 세관의 공무원들이 무익하게 펜을 움직이며 얻은 편안한 생활을 작가들은 누리지 못했다는 것이다! 그러나 그런 서류라고 해도 지역 역사의 자료로서는 쓸모가 있다. 세일럼의 옛 상업에 관한 통계 자료와 왕년의 해운왕 더비와 왕년의 빌리 그레이*, 왕년의 사이먼 포레스터† 같은 이 도시의 거상과 다른 이들이 전성기를 누릴 때의 기록이 발견될지도 모른다. 그러나 그들의 분칠한 머리가 무덤에 들어가자마자 산더미 같던 재산이 줄어들기 시작했다. 현재 세일럼의 상류층 가문 대부분을 일군 창립자들의 흔적을 서류 속에서 찾을 수 있을 것이다. 혁명 이후에 세월이 꽤 지난 뒤 미미하고 불분명하게 상거래가 시작될 무렵부터 그 후손들을 유서 깊은 계급으로 간주하게 될 때까지의 일들이 기록되어 있을 것이다.

혁명 이전에 대한 기록은 거의 남아 있지 않다. 왕이 임명한 모든 관리가 영국군을 따라 보스턴에서 후퇴할 때, 세관의 초기 서류와 고문서는 아마도 핼리팩스로 보내졌을 것이다. 종종

---

* 윌리엄 그레이(William Gray, 1750~1825)는 세일럼의 상인으로 선단을 소유할 정도로 성공했으며, 인도, 중국, 러시아와 무역을 한 최초의 뉴잉글랜드 상인 가운데 하나였다. 매사추세츠의 부지사를 역임했다.

† 사이먼 포레스터(Simon Forrester, 1748~1823)는 리버풀에서 호손의 조부 다니엘 해손 선장을 만났고 1767년에 그와 함께 세일럼으로 왔다. 1776년에 해손 선장의 딸 레이첼과 결혼했다.

나는 이 일을 안타깝게 여겨 왔다. 호민관 시대*로 거슬러 올라가 보면, 이런 문서들 속에 잊혔거나 기억되고 있는 인물에 대한 것, 혹은 고대의 관습에 대한 자료들이 많을 것이기 때문이다. 그것은 아마도 구목사관 근처의 들판에서 인디언이 쓰던 화살촉을 주웠을 때와 같은 기쁨을 느끼게 했을 테다.

그러나 비가 와서 한가하던 어느 날 흥미로운 발견을 한 것은 행운이었다. 나는 구석에 쌓여 있는 쓸모없는 서류 뭉치들을 뒤지면서, 차례로 문서들을 들여다보았다. 오래전 바다에 침몰했거나 부두에서 썩어 버린 배의 이름과 이제는 보스턴 상업 거래소에서 언급되지 않고 이끼 낀 묘석에서도 흐릿해진 상인들의 이름이 보였다. 이미 죽은 이들의 활동을 보듯 우울하고 따분하고 그다지 내키지 않는 기분으로 훑어보는 중이었다. 별로 사용하지 않아 둔해진 나의 상상력을 발동시켜서, 건조한 서류 더미들 속에서 인도가 신세계였고 오직 세일럼에서만 그곳으로 갈 수 있던 시절 옛 도시의 밝은 이미지를 되살리려고 애썼다. 그때 우연히 내 손이 누런 양피지로 잘 여민 작은 꾸러미에 닿았다. 그러한 포장을 보고 그것이 서기들이 지금보다 더 두꺼운 종이에 딱딱한 글씨체로 기록하던 과거 어느 시기의 공식적 문서임을 알았다. 본능적인 호기심을 자극하는 무엇인가가 있었다. 어

* 올리버 크롬웰은 1653년부터 1658년까지 호민관 혹은 호국경으로 영국을 통치했다. 그의 아들 리처드는 1660년까지 호민관이었다.

떤 보물이 다시 환한 세상으로 나올 것이라는 예감을 안고 나는 꾸러미를 묶은 빛바랜 붉은 리본을 풀었다. 단단한 양피지 표지를 열자, 셜리 총독†이 서명하고 봉인한 서류가 나왔다. 조너선 퓨를 매사추세츠만 지역의 세일럼 항구에 있는 왕실 세관 소속 조세 사정관으로 임명한다는 내용의 위임장임이었다. 나는 (아마도 펠트의 연보에서) 조세 사정관 퓨 씨가 약 80년 전에 고인이 되었다는 사실을 읽은 적이 있다. 또한 최근의 신문에서 성 베드로 교회 건물을 재건축하면서 그곳에 딸린 작은 묘지에서 퓨의 유골을 발굴했다는 기사를 읽었다. 내가 올바르게 기억하고 있다면, 존경하는 나의 전임자는 불완전한 뼈, 약간의 옷 조각, 그리고 위엄 있는 곱슬머리 가발밖에는 아무것도 남기지 않았다. 가발은 원래 장식하고 있던 두개골과는 달리 보존 상태가 매우 만족스러웠다고 한다. 그러나 잘 갈무리한 양피지 위임장을 훑어보다가, 곱슬머리 가발이 감싸고 있던 두개골보다 퓨 씨의 정신적 부분, 그러니까 머릿속의 활동이 남긴 흔적을 더 많이 알게 되었다.

요약하자면, 그것은 공적인 게 아니라 사적인 성격의 문서였다. 아니면 최소한 개인 자격으로 직접 기록한 것이 분명했다. 그것이 세관의 잡동사니 속에 있던 이유는 퓨 씨가 갑작스레 죽

† 윌리엄 셜리(1694~1771)는 1741년부터 1749년까지 그리고 1753년부터 1756년까지 영국 왕에게 임명된 매사추세츠의 총독이었다.

었기 때문이라고 설명할 수 있을 것이다. 그래서 퓨 씨의 상속인들은 이 문서가 사무실 책상 속에 보관되어 있다는 것을 전혀 알지 못했고, 아니면 회계와 관련된 서류로 추정했을 것이다. 공적인 자료들을 핼리팩스로 옮길 때, 이 문서 묶음은 공적 업무와 관련된 것이 아니라는 게 밝혀져 세관에 남겨졌고, 이후로 개봉되지 않았을 것이다.

그 시절의 조세 사정관은 업무와 관련한 일들로 골머리를 썩을 일이 별로 없던 것 같다. 그래서 남아도는 시간을 지역의 골동품과 고서를 조사하거나 혹은 비슷한 연구를 하는 데 몰입했던 것처럼 보인다. 이러한 연구가 녹슬어 버린 정신에 작은 활력을 공급했다. 그가 조사한 사실의 일부는 이 책에 수록된 「메인 스트리트」*라는 제목의 글을 쓸 때 유용했다. 이후에도 나머지 내용을 마찬가지로 소중한 목적에 사용할 수 있었다. 혹은 내가 태어난 땅을 경애하는 마음이 숭고한 과업으로 나를 이끈다면, 세일럼의 정규 역사를 서술하는 자료로 다듬는 것도 가능할 것이다. 한편 이런 일을 맡을 의욕이 있는 유능한 신사가 나타난다면, 아무런 경제적 이득 없는 이 작업을 기꺼이 넘길 것이다. 최

* 호손의 「메인 스트리트」는 1849년 엘리자베스 팔머 피바디의 『미학 논문』에 실려 출판되었다. 호손은 1850년 『주홍 글자』와 함께 재발행하려 했으나 뜻대로 되지 않았고, 1852년에 출간된 『눈-이미지』(*The Snow-Image*)에 실렸다. 「메인 스트리트」는 헤스터 프린의 이야기를 훌륭하게 소개한 산문이다.

후의 방법으로는 에섹스 역사 연구회에 문서들을 기탁하는 것도 고려하고 있다.

그러나 그 기이한 꾸러미 속에서 가장 눈길을 끈 것은 몹시 낡아 빛이 바랜 선홍색 천 조각이었다. 금실로 수놓은 자국이 남아 있었지만, 낡고 훼손되어 남아 있는 부분이 거의 없었다. 훌륭한 자수 솜씨로 만들어졌음을 첫눈에 알 수 있었다. 신비에 가까운 솜씨를 알아볼 줄 아는 숙녀들에게 확인한 바에 의하면, 실을 뜯어내며 복원하기도 어려울 정도로 이제는 잊힌 바느질 기술이라고 한다. 세월이 흘러 좀먹어 너덜너덜해진 주홍색 천 조각은 자세히 들여다보면 글자의 형태를 하고 있었다. 그것은 대문자 A였다. 자로 정밀하게 재어 보니, 글자를 이루는 양쪽 획의 길이가 정확하게 3과 1/4인치였다. 의심할 나위 없이 옷을 장식하는 용도로 만들어진 글자였다. 그러나 어떤 방식으로 착용되었는지, 과거에 어떤 계급이나 명예, 혹은 지위를 의미하는 것이었는지, 나로서는 도저히 풀 수 없는 수수께끼였다. 유행의 세계에서 이런 세부적인 면들은 순식간에 사라진다. 그럼에도 여전히 나의 흥미를 자극했다. 내 눈길은 낡은 주홍색 글자에 사로잡혀 움직일 수 없었다. 분명히 깊은 의미가 숨어 있었고, 해석할 만한 가치가 있었다. 신비한 상징에서 흘러나온 의미가 감성에 미묘하게 전달되었으나, 머리로 분석되는 것은 피하려는 듯했다.

당황하고 고민하다가 여러 가설 중에서 혹시 그 글자가 인디언의 눈길을 끌기 위해 백인이 사용하던 장식일지도 모른다는 생각이 들었다. 그래서 무심코 그것을 가슴에 갖다 대 보았다.

독자는 웃을지도 모르지만, 내 말을 의심해서는 안 된다. 마치 타오르는 듯한 열기를 느꼈다. 완전히 신체적인 것은 아니었으나, 거의 그러했다. 붉은색 천이 아니라 붉게 달궈진 쇳조각으로 만든 글자 같았다. 나는 진저리를 쳤고, 나도 모르게 그것을 바닥에 떨어뜨렸다.

그때까지 주홍 글자에만 정신이 팔려서 그것을 감싸고 있던 작은 두루마리를 무시하고 있었다. 그것을 펴 보고 비로소 납득할 만한 설명을 발견했다. 옛 조세 사정관이 직접 기록한 사건의 경위였다. 2절 대판 양피지 몇 장에 헤스터 프린이라는 여자의 삶과 구술 기록이 담겨 있었다. 우리 조상들의 눈에는 매우 두드러졌던 인물인 듯했다. 그녀는 매사추세츠주의 초창기에서 17세기의 막바지까지 살았다. 조세 사정관 퓨 씨의 시대에 살아 있던 노인들이 구술로 증언하여 내용이 완성되었다. 노인들은 자신의 젊은 시절에 본 그녀를 나이는 지긋했으나 아주 노쇠하지는 않았으며, 당당하고 엄숙한 여성으로 기억했다. 언제부터인지 기억할 수 없을 때부터 그녀는 일종의 자원 간호사로 전국을 돌아다니며, 할 수 있는 잡다한 일들을 무엇이든 했다. 이를테면 모든 문제, 특히 감정에 관한 일들을 헌신적으로 조언했다. 따라서 그런 성향의 사람이라면 당연히 그러하듯, 그녀는 마치 천사처럼 추앙을 받았다. 그러나 주제넘거나 골치 아픈 사람으로 여기는 이들도 있었을 것이다. 적혀 있는 글을 자세히 들여다보다가, 나는 이 독특한 여성이 행한 다른 일들과 고난에 대한 기록을 발견했다. 독자는 『주홍 글자』라는 제목의 소설에서 그

내용을 읽을 수 있다. 이야기 속에 나오는 주요한 사실들은 조세 사정관 퓨 씨의 문서가 신뢰성과 진실성을 보증하고 있다. 가장 기이한 유물인 주홍 글자 자체와 함께 원본 문서들은 여전히 내가 소유하고 있다. 이러한 사연에 깊이 흥미를 느껴서 한번 보기를 원하는 사람이라면 누구에게나 아무 대가 없이 보여 줄 것이다. 이야기를 꾸며 내고 그 속에 등장하는 인물들에게 영향을 준 동기와 감정 상태를 상상하면서, 옛 조세 사정관이 남긴 기록의 한계 밖으로 나가지 않도록 나 자신을 단속하지는 않았다. 소설을 쓰면서는 오히려 모든 사건을 스스로 창작한 것처럼 거의 전면적으로 나 자신을 허용했다. 전체적 개요가 실제로 일어난 일이라는 진실성만 주장할 뿐이다.

이 일로 인해 나는 과거의 흔적을 되살리는 일에 어느 정도 열중했다. 거기에 소설의 재료가 있는 것처럼 보였다. 백 년 전의 옷을 입은 채, 무덤에 함께 묻혔으나 전혀 썩지 않은 불멸의 가발을 쓰고, 옛 조세 사정관이 그 버려진 공간에서 나를 만나고 있는 느낌이었다. 왕이 사명을 부여한 그에게는 눈부시게 빛나는 옥좌의 찬란함을 받은 이의 품격이 있었다. 아, 슬프도다. 인민의 종으로서 가장 하찮고 가장 낮은 자로 자처하는 공화국 관리의 비루한 모습과 얼마나 다른가! 희미하지만 당당한 모습인 그 인물은 유령 같은 손으로 나에게 주홍색 상징과 그 사연을 적은 두루마리 원고를 건넸다. 그는 유령의 목소리로, 공직자로서 자신을 선배로 간주하여 후배의 신성한 의무와 예우를 다하라고 요구했다. 그리고 좀먹어 너덜너덜해진 자신의 원고를 대중에게 발표하라고 권했다. 기억에서 지우기 힘든 가발을 쓴 조세 사정관 퓨 씨의 유령은 당당하게 고개를 끄덕이며 이렇게 말했다. "그렇게 하게. 그렇게 해서 얻는 이득은 모두 자네 것이라네! 조만간 그런 게 필요하게 될 거야. 자네의 시대는 내가 살던 때와 다르거든. 과거에 공직은 평생 지속되는 거였고, 때로는 유산으로까지 남겼지. 그러나 나는 프린 부인의 과거 사연에 대해 자네가 전임자의 기억을 신뢰해야만 한다고 당부하네!" 그래서 나는 퓨 씨의 유령에게 대답했다. "그렇게 하겠습니다!"

그래서 나는 헤스터 프린의 사연에 빠져들었다. 사무실 안을 걸어 다니면서, 혹은 세관의 정문에서 옆문까지 긴 거리를 백 차례쯤 왕복하면서, 몇 시간이고 그 주제에 몰두했다. 늙은 감독관과 계량관, 검량관들은 매우 피곤하고 못마땅했을 것이다. 내가 오랜 시간 함부로 왔다 갔다 하면서 내는 발소리에 낮잠을 방해받았을 테니. 자신들의 옛 습성을 떠올리면서, 조세 사정관이 뒷갑판을 거닐고 있다고 말하곤 했다. 그들은 내가 그런 행동을 하는 유일한 목적이 저녁 식사의 식욕을 위해서라고 상상했을 것이다. 그들은 제정신인 인간이 자발적으로 운동을 하는 이유는 오직 그것뿐이라고 믿었다. 그리고 진실을 말하자면, 통로를 따라 불어오는 동풍이 식욕을 돋게 했고, 그것이 끊이지 않고 움직여서 얻어 낸 유일하고도 귀중한 결과이기도 했다. 세관의 분위기는 상상력과 감수성의 세밀한 수확물을 얻어 내기에는 적합하지 않았다. 만약 내가 이제껏 열 명의 대통령이 바뀌는 동안 여전히 그곳에 남아 있었다면, 『주홍 글자』라는 소설은 대중

앞에 나타나지 못했을 것이다. 그때 나의 상상력은 흐릿해진 거울 같았다. 그 거울은 내가 최선을 다해 생명력을 부여하려 했던 인물들을 비추지 못했다. 혹은 가련할 정도로 희미하게 보여 주었다. 이야기 속의 인물들은 나의 지적 용광로의 열로는 따뜻해지거나 말랑말랑해지지 않았을 것이다. 그들은 열정으로 빛나거나 감성으로 부드러워지지 않으려 했다. 그저 뻣뻣한 죽은 자인 채로 경멸이 담긴 저항의 조소를 띤 얼굴로 나를 노려보았다. "우리를 어떻게 하겠다는 거야?" 그렇게 말하는 표정이었다. "한때 실재하지 않는 이들을 움직이던 너의 미약한 힘은 이제 사라졌어! 너는 그것을 얼마 안 되는 공무원 월급으로 바꿔 버렸지. 자, 가서 네 월급이나 벌어라!" 요약하자면, 거의 움직이지도 못하는 내 상상 속 존재들이 무능하다고 나를 조롱했으나, 부당하다고만은 할 수 없는 상황이었다.

이 참담한 무감각함에 사로잡히는 것은 국가가 내 일상에서 자기 몫을 주장하는 세 시간 반 동안만은 아니었다. 드물게 그리고 어쩔 수 없이 해변을 산책하거나 시골길을 거닐 때도 그러했다. 예전에 구목사관의 현관문을 나서는 순간 새롭고 능동적인 사유를 열어 주던 활기찬 대자연의 매력을 찾으려 애썼으나 헛수고였다. 지적으로 노력한 것에 대해 말하자면, 똑같은 무감각이 집까지 따라와 내가 우스꽝스럽게도 서재라고 부르는 공간에서도 나를 짓눌렀다. 또한 빛이라고는 이글거리는 석탄불과 달빛밖에 없는 깊은 밤에 아무도 없는 거실에 앉아, 다음 날 백지 위에 여러 색채의 묘사로 흘러나올지도 모를 상상의 장면을 그려 내려 애쓸 때도 그 느낌은 떠나지 않았다.

만약 그러한 시간에도 상상력이 발동되지 않는다면, 절망적일 수밖에 없다. 익숙한 공간에서 양탄자 위로 하얗게 떨어지는 달빛은 모든 형체를 분명하게 보여 준다. 사물이 매우 섬세하게 드러나지만, 아침이나 낮에 보는 것과는 다르다. 달빛은 로맨스 작가가 환상 속으로 초대한 객들과 친근해지기에 가장 적합한 매개체이다. 익숙한 방 안에는 아늑한 가정의 풍경이 펼쳐진다. 각각 다른 개성을 지닌 의자, 반짇고리와 두어 권의 책 그리고 불이 꺼진 등잔이 놓인 탁자, 소파, 책장, 벽에 걸린 그림 같은 이 모든 소품이 특별한 빛 속에서 완전하게 그리고 영적으로 보인다. 그것들은 실체를 잃고 지적인 능력을 지닌 사물이 된다. 이러한 변화를 거치고 나면 너무 작고 하찮아 보이는 사물은 사라지고 어떤 존엄성마저 생긴다. 어린아이의 신발, 작은 버드나무 유모차에 놓인 아이의 인형, 목마처럼 낮에 사용했고 갖고 놀았던 물건들이 이제 낯설고 비현실적인 성질을 띤다. 한낮의 햇빛 아래서는 여전히 생생하게 존재하겠지만. 그래서 우리에게 익숙한 공간은 현실 세계와 요정의 나라 사이에 있는 중간 영역이 되어 버린다. 그곳에서 현실 세계와 상상의 세계가 만나 두 세계의 본질이 서로 영향을 미친다. 유령들이 이곳에 들어온다고 해도 우리는 공포에 떨지 않는다. 주위를 둘러보다가 우리가 사랑했던 그러나 세상을 떠난 존재가 마법의 달빛 속에 고요히 앉아 있는 것을 발견한다고 해도, 그 장면을 보고 그가 멀리서 돌아온 것인지 우리의 난롯가에서 한 번도 떠난 적이 없는 것인지 의심스러워진다고 해도, 그것이 너무 자연스러워 보이는 탓에 깜짝 놀라지 않는다.

희미한 석탄불이 있어야 내가 묘사하고자 하는 분위기가 살아난다. 난로의 불빛은 벽과 천장에 희미한 붉은 기운이 돌게 하고, 가구의 광택에 빛을 반사하면서 방 안 전체를 은은한 색조로 물들인다. 따스한 빛과 달빛의 차가운 영성이 어우러져, 인간의 부드러운 마음과 감수성을 상상 속의 형상에게 이입한다. 그 불빛은 차가운 눈으로 이루어진 형상을 인간 남자와 여자로 바꾸어 놓는다. 흘낏 거울을 쳐다보면, 거울의 맨 가장자리에서 반쯤 꺼져 가는 석탄의 가물거리는 불빛과 바닥에 흐르는 하얀 달빛이 환영으로 출몰한다. 현실 세계에서 멀어졌다 상상의 세계로 가까워졌다 하며 온갖 빛과 그림자가 번갈아 나타난다. 그런데 그런 시간에 그런 광경을 눈앞에 두고 어떤 사람이 혼자 앉아서 기이한 것들을 꿈꿀 수 없다면, 그리고 그것들을 진짜처럼 그려 낼 수 없다면, 그는 소설을 쓰려는 시도를 하지 말아야 한다.

그러나 세관에서 지내는 동안 나에게는 달빛과 햇빛 그리고 난롯가의 불빛이 모두 비슷했다. 그중 어느 것도 양초의 깜빡이는 불빛보다 더 유용하지 않았다. 원래 풍부하거나 대단하지 않았으나, 모든 층위의 감수성 그리고 그와 연관된 재능이 사라졌다.

하지만 내가 다른 유형의 글쓰기를 시도했다면, 그렇게 혼란스럽고 비효율적이지는 않았을지도 모른다. 예를 들어 감독관 가운데 한 명인 퇴직한 선장에 관한 이야기를 쓴다면 나 자신에게 만족했을 것이다. 그 사람을 언급하지 않는다면 나는 정말로 감사할 줄 모르는 사람이다. 재능 있는 이야기꾼인 그 덕분에 하루도 빼놓지 않고 웃음을 터뜨렸기 때문이다. 그림처럼 펼쳐 보여 주면서 웃음기까지 더하는 그의 타고난 묘사 능력을 전달할 수 있었다면, 전혀 새로운 문학을 창조할 수 있었을 것이다. 혹은 더 진지하게 할 만한 일을 발견했을 것이다. 세관에서 일상을 이어 가는 압박이 너무 심해서, 다른 시간 속으로 달아나려 한 것은 어리석었다. 또는 허망한 재료로 현실 세계와 비슷한 것을 창조하려 애쓰던 것도 마찬가지였다. 비누 거품 같은 미묘한 아름다움이 현실적 상황과 거칠게 부딪히며 깨질 수밖에 없었다.

사고와 상상력을 현재라는 불투명한 실체 속으로 확산시키고, 그래서 더 환하고 투명하게 만드는 노력을 하는 편이 현명했다. 무겁게 짓누르는 짐을 영적인 것으로 승화하고, 사소하고 따분한 사건이나 지금 대화를 나누는 평범한 사람 속에 감춰진 진실함과 소중한 가치를 찾아냈어야 했다. 내 앞에 펼쳐진 삶이라는 책이 지루하고 진부해 보이던 것은 그 의미를 깊이 이해하지 못했기 때문이다. 그것은 내가 쓰려고 한 책보다 더 훌륭한 책이었다. 쏜살같이 흘러가는 현실의 시간이 직접 쓴 내용은 한 장 한 장 펼치는 즉시 사라졌다. 통찰력과 손의 노련함이 부족한 탓에 나는 미처 그것을 베끼지 못했다. 미래의 언젠가 흩어진 편린과 완전하지 않은 문단을 기억하게 되면, 그것을 써 내려갈지도 모른다. 그리고 그 글자들이 책장 위에서 황금으로 변하는 장면을 보게 될지도 모른다.

깨달음이 너무 늦게 왔다. 한때 기쁨이던 것이 사실은 그저 헛수고였음을 의식하는 순간이었다. 이 지경이 된 상황을 크게 한탄하지는 않았다. 이제 나는 애써서 빈약한 이야기와 에세이를 쓰는 작가가 아니었고, 세관의 그럭저럭 괜찮은 조세 사정관이 되어 있었다. 그뿐이었다. 그럼에도 나날이 자신의 지적 능력이 줄어든다는 유쾌하지 않은 의심에 사로잡혔다. 아니, 어느새 약병에서 에테르가 흘러나오듯 날아가 버려서 아무리 봐도 휘발성 없는 찌꺼기만 남은 것 같았다. 의심이 아니라 사실이었다. 나 자신과 다른 이들을 살펴보면, 공직이 사람의 성품에 미치는 영향은 문필가의 삶에는 그다지 도움이 되지 못한다. 훗날 언젠가 공직에서 받은 영향을 다른 형태로 발전시킬지도 모르겠다. 다만 여기서는 세관 공무원으로 장기 근무하는 이들이 여러 이유로 칭찬할 만하거나 존경할 인품이 아니라는 것만 말해 두겠다. 한 가지 이유는 세관 공무원이 종신직이기 때문이다. 다른 이유는 업무의 본질 때문이다. 정직한 일이라고 믿고 있지만, 인류 공동의 노력을 함께하는 그런 종류의 일이 아니다.

내가 관찰한 바로는 세관 공무원의 자리에 있는 모든 개인은 어떤 영향을 받는다. 미합중국의 든든한 팔에 기대어 있는 동안 자신만의 고유한 힘이 사라지는 것이다. 자신을 지탱하는 능력을 잃게 되는데, 타고난 성품이 약하냐 강하냐에 따라 정도의 차이가 있다. 만약 타고난 에너지가 특이하게 강하거나, 에너지를 약하게 하는 장소의 마법이 그다지 길지 않게 작용한다면, 빼앗긴 힘을 만회할지도 모른다. 고군분투하다가 매몰차게 내쫓겼으나, 다행히도 적절한 시기를 놓치지 않은 공무원은 자신으로 돌아가 원래의 모습을 완전히 회복할 수도 있겠다. 그러나 이런 경우는 드물다. 보통은 자신이 망가질 때까지 오래 자리를 지킨다. 그러다가 근육이 모두 느슨해진 채로 밀려나 결국 온 힘을 다해 비틀거리며 살아간다. 단련된 강인함과 유연성을 잃고 허약해진 자신을 의식하면서, 외부의 지원을 찾아 영원히 주위를 두리번거린다. 머지않아 행운에 의해 복직하게 되리라는 지속적인 희망에 매달린다. 그러한 희망은 온갖 낙담에 직면할 때마다 불가능을 가볍게 여기며 살아가도록 유혹하는 환각이다. 콜레라에 걸려 경련할 때처럼 죽고 난 뒤에도 얼마 동안 고통을 겪어야 한다고나 할까. 무엇보다도 이런 잘못된 믿음 때문에 착수하려 꿈꾸는 일의 구체적 요소와 실현 가능성이 사라지고 만다. 미합중국의 강건한 팔이 있는데, 왜 고생하고 애쓰면서 스스로 진창에서 몸을 일으키겠는가? 미합중국의 호주머니에서 매달 나오는 반짝이는 금화로 행복할 수 있는데, 왜 먹고살기 위해 일을 할 것이며, 금을 캐러 캘리포니아로 떠나겠는가? 서글프기도 하고 흥미롭기도 한 일이지만, 관직의 맛을 조금이라도 본 사람은 가엾게도 이렇게 특이한 질병에 걸린다. 국가를 존중하지 않는 것은 아니지만, 미합중국이 주는 금화는 악마가 주는 임금 같은 유혹의 성질을 띠고 있다. 그것을 만지는 이는 스스로 경계해야 한다. 그렇지 않으면 불리한 흥정을 하게 된다. 굳이 영혼이 아니더라도 많은 훌륭한 자질들, 예컨대 꺾이지 않는 힘, 용기와 지조, 진실함, 자신감 그리고 남자다운 성품을 강화하는 모든 것을 잃을 수 있다.

멀리서 보기에는 전망이 좋았건만! 조세 사정관으로 재직하면서 절실하게 교훈을 얻어서도 아니었다. 자리를 계속 유지하든 면직을 당하든, 자신이 완전히 끝장날 수 있음을 인정해서도 아니었다. 거듭 돌이켜 보아도 만족스럽지 않았다. 우울과 불안이 점점 깊어지기 시작했다. 끊임없이 나의 정신을 점검하면서, 빈약한 자질 가운데 어느 것이 사라졌는지, 남아 있는 것들은 어느 정도 훼손되었는지 알아내려 애썼다. 나는 세관에서 얼마나 더 일할 수 있는지, 아니면 남자답게 박차고 나갈 수 있는지 애써 가늠하곤 했다. 규정에 따르면, 나처럼 조용한 사람을 해고하기는 어렵다. 공직자의 속성상 사임하는 것도 드문 일이었다. 솔직히 나의 가장 큰 고민이자 괴로움은 조세 사정관 일을 하면서 늙고 쇠약해지면, 그 늙은 감독관처럼 동물에 가까운 존재가 될지도 모른다는 거였다. 앞으로 지겨운 공무원 생활을 계속하다 보면, 존경하는 동료에게 일어난 일이 마침내 나에게 일어나지 않을까? 하루의 가장 중요한 일과는 저녁 식사를 하는 것이고, 나머지 일상은 늙은 개처럼 햇볕이나 그늘에서 졸면서 시간을 보내는 것이라면? 재능과 감각을 한껏 발휘하고 누리며 사는 것이 최고의 행복이라고 정의하는 사람에게 그것은 너무 황폐한 미래인 것이다! 그러나 알고 보니 하지 않아도 되는 걱정이었다. 신의 섭리는 상상할 수 있는 것보다 더 훌륭한 것들을 나를 위해 예비하고 있었다.

'P.P'의 말투를 빌리자면, 조세 사정관 재직 삼 년째에 놀라운 사건이 일어났다. 테일러 장군이 대통령에 당선된 것이다. 현직에 있을 때 반대당이 집권한 상황을 바라보는 경험은 공무원 생활을 평가하는 데 긴요하다. 기괴하고 지루한 위치이기도 하지만, 안 좋은 처지에서 겪을 수 있는 모든 불쾌한 우연을 경험하게 된다. 전화위복이 될 가능성이 있다고 한들 달리 선택할 좋은 길이 있는 것도 아니다. 하지만 자부심과 감수성이 있는 사람이 자신에게 호의도 없는 모르는 이들의 손에 자기 이해관계가 달려 있음을 의식하는 건 이상한 경험이다. 그들에게 이런저런 일들을 반드시 당하고야 말 것이기에, 고맙게 여겨야 하는 것보다는 차라리 상처받는 편이 나을 것이다. 선거 기간 내내 침착한 태도를 유지한 사람으로서, 승리한 이들이 드러내는 피에 굶주린 태도를 지켜보면서, 자신이 그들의 과녁임을 의식하는 것 또한 이상한 경험이었다. 타인에게 해를 끼칠 수 있는 권력을 갖게 되면 아무 이유 없이 잔인하게 구는 성향은 아마도 인간의 가장 추한 면일 테다. 나는 사람들 대부분에게서 이런 성향을 목격했다. 공무원의 목을 자른다는 표현이 단지 딱 맞는 비유가 아니라 문자 그대로의 의미였다면, 승리한 정당의 현역 의원들은 우리 모두의 목을 자르게 되어 매우 들떴을 것이며, 그런 기회를 내려 준 신에게 감사했을 것이다! 패배하든 승리하든 침착하고 호기심 많은 관찰자인 나는 이번에 휘그당이 승리하면서 격렬한 원한과 냉혹한 복수의 장면을 목격했다. 그것은 내가 속한 정당이 거두었던 많은 승리 뒤에는 볼 수 없던 것이다. 민주당원들은 일반적인 규정처럼 관직에 임명되었다. 그 자리가 필요했기 때문이고, 오랜 세월 동안 그것을 정치적 복지로 간주하는 관행이었기 때문이다. 다른 제도가 공표되지 않는 한 그런 규정에 대해 불평하는 것은 비열한 일이었다. 그러나 오래 거듭된 승리 덕분에 민주당원들은 너그러웠다. 형편에 따라 적절하게 대처할 줄 알았다. 내리치는 도끼날은 예리했음에도 악의라는 독성에 물든 적은 없었다. 방금 잘라 낸 머리를 비웃으며 발로 차는 짓은 민주당원들이 할 만한 짓은 아니었다.

한마디로 내 처지는 불편했으나, 그럼에도 승리한 쪽이 아니라 패배한 쪽에 있어서 축하할 이유는 많았다. 지금까지 내가 열성적인 당원이 아니었다고 하더라도, 위험과 역경의 시기를 맞이하여 내가 어느 당 쪽으로 기울어져 있는지 꽤 민감하게 분별하기 시작했다. 후회와 수치심이 전혀 없지는 않았으나, 합리적 가능성을 따져 보면, 다른 민주당 동료들보다 내 직책을 그대로 유지할 전망이 나은 편이라고 생각했다. 하지만 누가 한 치 앞의 미래를 내다볼 수 있을까? 내 목이 가장 먼저 잘려 나갔다! 평소에 목이 잘려 나가는 순간을 인생에서 가장 유쾌한 순간이라고 생각하는 사람은 거의 없을 것이다. 하지만 아무리 심각한 우발적 사고라 해도, 우리가 겪는 불행의 많은 부분이 그렇듯이, 최악이 아닌 최선으로 만들겠다는 의지만 있으면 치료할 수 있고 위안을 얻을 수 있다. 내 경우에는 위안이 될 만한 이야깃거리가 가까이에 있었고, 실제로 그것을 글로 쓰기 전에 숙고하는 시간이 꽤 길었다. 지루하던 공직 생활과 막연히 사직하고 싶다는 바람을 품고 있던 예전의 삶을 돌이켜 보면, 나의 운명은 자살을 생각하다가 그런 희망을 지나쳐 뜻밖에 살해당한 사람과 닮은 점이 있었다. 이전에 구목사관에서와 마찬가지로 나는 세관에서 삼 년을 보냈다. 지친 뇌를 쉬게 하고, 지적으로 낡은 습관을 버리고 새로워질 여유를 얻을 수 있는 충분한 기간이었다. 누구에게도 도움이 되거나 기쁨을 주지 못했다. 더욱이 내면에서 끓어오르는 충동을 진정시킬 최소한의 노력조차 억제된 자연스럽지 못한 상태로는 너무 긴 시간이기도 했다. 무례하게 내쫓긴 전임 조세 사정관의 입장에서 나는 휘그당의 적으로 인정받은 것을 전혀 불쾌하게 여기지 않았다. 한 집안 형제들조차 갈라서야 하는 좁은 통로에 자신을 가두기보다는 인류가 모두 만날 수 있는 넓고 고요한 들판을 배회하고자 하는 성향이 나에게 있었다. 적극적이지 못한 정치적 태도 때문에 같은 민주당 형제들에게조차 친구인지 의심받는 일이 종종 있었다. 순교의 면류관을 받은 후, (비록 그것을 쓸 머리는 날아갔으나) 이 문제는 해결되었다. 비록 영웅적이지는 않지만, 자신이 지지하던 정당이 패배하고 훌륭한 많은 이들이 몰락하는 시기에 홀로 생존자로 남아 있는 것보다 함께 고꾸라지는 게 더 품위 있었다. 적군이 베푼 자비로 사 년을 버티고 난 뒤 정치적 입장을 재정립하도록 강요당하면서 한편으로는 아군에게 더 굴욕적인 자비를 요청하는 것보다 나을 것이다.

그즈음 언론이 내 사건을 기사화하는 바람에 1~2주 동안 어빙의 '목 없는 기사'*처럼 세상에 이름이 오르내리게 되었다. 소름 끼치고 암울했다. 정치적으로 죽은 사람이 되어 잊히기를 간절히 바랐다. 머리가 잘렸다는 비유는 그 정도면 됐다. 줄곧 머리가 목에 안전하게 붙어 있던 진짜 인간으로서 나는 모든 게 최선이라는 편안한 결론에 도달했다. 잉크와 종이, 펜을 마련한 다음, 오랫동안 사용하지 않았던 책상에 앉아 다시 작가로 돌아갔다.

비로소 나의 오래전 전임자 퓨 씨가 애써 모은 자료가 활약하기 시작했다. 한동안 사용하지 않아 녹이 슨 나의 지적 능력은 이야기 만드는 작업에 어느 정도 만족스러운 결과를 거두기까지 약간의 시간이 필요했다. 작품에 철저히 몰두하여 고민했음에도 내가 보기에 여전히 근엄하고 침울한 면이 있었다. 온화한 햇살을 비춰도 밝아지지 않았다. 자연과 현실의 생활을 보여주는 장면과 그것을 그려 내는 묘사가 모두 부드러워지도록 다정하고 친근한 느낌을 불어넣어도 거의 나아지지 않았다. 이렇게 작업 효과가 잘 드러나지 않는 이유는 혁명을 아직 완수하지 못한 들끓는 혼란의 시대에 이야기가 펼쳐지기 때문이었지, 작가의 마음이 즐겁지 않아서는 아니었다. 왜냐하면 작가는 햇빛이 들지 않는 음울한 판타지 속에서 헤매는 동안 구목사관 시절만큼 행복했기 때문이다. 이 책에 실린 단편 몇 편은 본의 아니게 공직 생활의 수고와 영예로움에서 물러난 이후에 썼다. 나머지 작품은 오래전에 연보와 잡지에 실려서 돌아다니다가 새롭

---

* '목 없는 기사'는 워싱턴 어빙의 단편집 『스케치북』(1819~1820)에 실린 「슬리피 할로우의 전설」에 등장하는 인물이다.

게 돌아온 것이다.* 정치적 단두대로 계속 비유하자면, 책 전체를 '목 잘린 조세 사정관의 유고'로 볼 수 있다. 지금 마무리 지으려 하는 글은 겸손한 사람이 생전에 출판하기에는 너무 자전적이기는 하지만, 무덤 너머에서 글을 쓰는 신사라면 용서할 것이다. 모든 세상에 평화가 있기를! 친구들에게는 축복을! 적들에게는 용서를! 나는 고요의 세계에 있기에!

세관에서 지내던 생활이 꿈만 같다. 얼마 전에 노감독관이 말에서 떨어져 세상을 떠났다. 그렇지 않았더라면 분명 영원히 살았을 것이다. 그와 함께 세관 사무실에 앉아 있던 다른 인물들은 이제 나에게는 그저 그림자처럼 여겨진다. 이런저런 상상 속에 등장하던 백발과 주름진 얼굴들이 지금은 영원히 지워졌다. 핑그리, 필립스, 셰퍼드, 업튼, 킴볼, 버트럼, 헌트 같은 상인들과 다른 수많은 이름은 6개월 전에는 아주 친숙하게 들렸다. 상거래를 담당하던 그들이 세상에서 매우 중요한 위치를 차지하고 있는 것처럼 보였다. 그들 모두와 연결이 끊어지는 데 얼마나 짧은 시간이 걸렸는지, 정말로 관계가 단절됐을 뿐 아니라 그들을 더 이상 떠올리지 않는다! 얼마 안 되는 인물들과 이름도 애써 기억해 내야 했다. 마찬가지로 곧 내가 태어난 고향 도시도 기억의 아지랑이에 둘러싸이게 될 것이다. 실제로 지상에 존재하는

* [원주] 이 글을 쓸 무렵 나는 『주홍 글자』와 몇 편의 짧은 이야기와 산문을 출간하려 했었다. 그 계획을 미루는 것이 바람직하다는 생각을 하게 되었다.

게 아니라 구름 속에서 솟아난 마을처럼 보일 것이며, 나무로 지은 집에 사는 상상 속의 거주자들이 평범한 골목길과 지루하고 번잡한 큰길을 걸어 다닐 것이다. 이제 더는 그곳이 내 삶의 현실이 아니다. 나는 다른 곳에 사는 시민이다. 훌륭한 고향 사람들은 나를 별로 아쉬워하지 않을 것이다. 문학적으로 노력하는 데 있어서 내가 가장 소중히 여긴 것은 고향 사람들 눈에 중요하게 보이는 것이었으며, 많은 조상이 살아오고 묻힌 곳에서 즐거운 추억을 얻는 것이었음에도, 최선의 열매를 거두기 위해 문학가에게 필요한 호의적 분위기를 그곳에서는 한 번도 느낀 적이 없었다. 나는 낯선 사람들 사이에서 더 잘할 수 있을 것이다. 이곳의 친숙한 얼굴들 또한 말할 나위 없이, 나 없이도 마찬가지로 잘 지낼 것이다.

그러나 현재 이곳 사람의 증손자들이 미래에는 과거의 문학가를 고맙게 기억할지도 모르겠다. 오, 얼마나 설레고 멋진 생각인지! 훗날 유적 연구자들이 '마을의 공동 우물'[†]을 역사적으로 기념할 장소로 지정하게 된다면!

---

† 세일럼의 분위기를 잘 묘사한 호손의 산문 「마을의 공동 우물」(A Rill from the Town-Pump)은 1835년 『뉴잉글랜드 매거진』에 실렸다.

주홍 글자

1

교도소 문

칙칙한 빛깔의 옷을 입고 잿빛 고깔모자를 쓴 수염이 덥수룩한 남자들이 커다란 목조 건물 앞에 모여 있었다. 무리 속에는 여자들도 간간이 눈에 띄었다. 몇몇은 모자를 썼고, 몇몇은 머리카락이 그대로 드러나 있었다. 참나무에 쇠못을 박아 만든 건물의 문은 육중했다. 처음에 새로운 식민지를 건설한 이들이 인간의 미덕과 행복을 무엇이라 꿈꾸었든 상관없이, 아무것도 세우지 않은 빈터에 그들이 가장 먼저 해야 할 일은 당연히 묘지와 교도소 지을 곳을 따로 떼어 놓는 일이라고 여겼다. 이러한 관례에 따라 보스턴에 정착한 선조들은 콘힐* 근처 어딘가에 첫 번째 교도소를 지었다. 마찬가지로 비슷한 시기에 자기 땅에 묻힌 아이작 존슨†의 무덤 주변을 첫 번째 공동묘지로 지정했다. 이후로 그 지역에 무덤들이 들어서면서 존슨의 무덤은 옛 킹스 채플‡ 공동묘지의 중심이 되었다. 마을에 사람들이 정착한 뒤 십오 년에서 이십 년쯤 지나면서, 나무로 지은 교도소 건물은 이미 온갖 풍상과 세월의 흔적을 확연히 드러내고 있었다. 그래서 건물 전면은 어둡고 음울한 기운이 감돌았다. 육중한 참나무 문의 녹슨 쇠 이음매는 신세계의 어떤 물건보다 더 고색창연해 보였다. 범죄와 관련된 것이 모두 그렇듯이, 발랄한 젊음은 한 번도 누리지 못한 것처럼 보였다. 이 볼품없는 건물과 마차들이 다니는 도로 사이에는 잡초들이 자라고 있었다. 우엉, 명아주, 페루꽈리 같은 보기 흉한 식물들이 무성했는데, 교도소를 문명사회의 검은 꽃이라 한다면, 일찌감치 적합한 토양에 들어선 게 분명했다. 그럼에도 교도소 문 한쪽 옆 문턱 부근에는 야생 장미 덤불이 뿌리를 내려 자라고 있었고, 6월을 맞아 섬세한 보석 같은 꽃송이들이 피어났다. 달콤한 향기와 곧 부서질 듯한 아름다움은 교도소

---

* 18~20세기에 매사추세츠주 보스턴에 있던 거리로, 현재는 워싱턴스트리트.

† Issac Johnson(1601~1630). 영국 성공회 사제로, 1630년에 신대륙에 건너왔으나 몇 달 뒤 사망했다. 그는 찰스턴에서, 나중에 보스턴으로 불린 셔무트로 식민지를 옮기는 역할을 맡았다.

‡ 뉴잉글랜드에 세워진 최초의 성공회 교회.

안으로 들어가는 죄수나 운명의 날에 끌려 나오는 사형수들에게 자연이 베푸는 연민의 징표로 보였다.

기이한 우연 덕에 장미 덤불은 역사 속에서 살아남았다. 그러나 덤불 위로 그늘을 드리우던 거대한 소나무와 참나무들이 쓰러진 뒤에도 엄혹한 황무지에서 오랜 세월 버텨 낸 것인지, 정통한 근거에서 전하듯 성스러운 앤 허친슨[§]이 교도소 문 안으로 걸어 들어가던 발자국에서 솟아난 것인지, 우리로서는 단정할 수 없다. 이제 이야기를 시작하다가 불길한 교도소 문턱 바로 앞에서 장미 덤불을 발견했으므로, 한 송이를 꺾어 독자에게 보여 줄 뿐이다. 그것이 이야기를 풀어 나가는 동안 만나게 될 향기로운 도덕의 꽃을 상징하게 되기를, 그래서 인간의 연약함과 슬픔을 이야기하는 결말에서 어둠이 조금 걷히기를 희망한다.

---

§ 앤 허친슨(1591~1643)은 17세기 초 매사추세츠주 식민지의 청교도 종교 개혁가였다. 그녀의 견해는 기존 청교도 지도자들과 충돌했고, 이는 율법폐기 논쟁으로 이어졌다. 식민지의 종교적 안정을 위협한 그녀는 결국 재판을 받아 추방되었다. 호손은 그의 초기작인 「허친슨 부인」(1830)에서 그녀를 당시의 종교적·정치적 체제에 도전한 의지 강한 여성으로 표현한다.

2

장터

이백 년쯤 전의 어느 여름날 아침, 프리즌 레인 교도소 앞 잔디밭에는 상당히 많은 보스턴 주민이 몰려들었다. 사람들 모두 쇠못을 박아 만든 참나무 문을 뚫어지게 바라보고 있었다. 만약 이 사건이 다른 지역에서 혹은 뉴잉글랜드 역사상 그 이후의 시기에 일어났다면, 수염이 텁수룩한 선량한 사람들의 긴장한 표정은 악명 높은 범죄자를 사형에 처하는 끔찍한 일을 예고하는 정도였을 것이다. 사형 선고도 일반 대중의 감정을 반영해서 내렸을 테고. 그러나 초기 청교도들의 엄격한 성향을 생각하면, 그렇게 쉽게 추론할 수 없다. 어쩌면 게으름을 피운 노예나 부모가 직접 법정에 고발한 패륜아가 태형대에 세워진 것일 수도 있다. 혹은 매질을 당하고 마을에서 쫓겨난 도덕률 폐기론자,* 퀘이커 교도, 또는 다른 이단의 신도일 수도 있다. 혹은 백인의 독주를 마시고 거리에서 소란을 피운 떠돌이 인디언이 채찍을 맞고 숲 그늘로 내몰린 것인지도 모른다. 어쩌면 치안판사의 미망인이자 성질이 고약한 히빈스† 부인 같은 마녀가 교수형을 당하는 것일 수도 있다. 어느 경우든 구경꾼들은 똑같이 근엄한 표정을 지었을 것이다. 종교와 법이 거의 일치할 뿐 아니라 서로 완전히 뒤섞여 있어서 공적 규율을 가장 온건하게 적용하든 가장 가혹하게 적용하든 똑같이 존중하는 이들의 태도였다. 그런 청교도 구경꾼들에게 교수대 위의 범죄자가 기대할 수 있는 동정심은 참으로 차갑고 얄팍한 것이었다. 반면에 오늘날이면 모욕과 조롱에 지나지 않을 형벌조차도 당시에는 거의 사형만큼이나 준엄했다.

그 여름날 아침, 모여든 구경꾼 속에 몇몇 여성이 지금부터 가해질 형벌에 대해 특별한 흥미를 보였다. 그렇게까지 예의를 차리는 세련된 시대가 아니었기에 페티코트나 파딩게일‡만 입은 채 큰길로 나온 이들도 있었고, 그리 날씬하지 않은 체구로 처형

* 하나님의 은혜와 믿음만으로 구원받을 수 있으며, 인간의 도덕적 행위나 종교적 의무는 구원에 필요하지 않다고 주장하는 이들.

† Anne Hibbins(?~1656). 1656년에 마녀로 고발되어 재판을 받고 교수형에 처해졌다. 매사추세츠에서 마녀로 처형된 두 번째 사람이었다.

‡ 스커트를 부풀리기 위해 16세기 후반에 만들어진 우산살처럼 펼쳐지는 속치마.

대 근처에 몰려 있는 구경꾼들 속으로 비집고 들어가는 이들도 있었다. 영국에서 태어나 자란 부인들과 처녀들은 예닐곱 세대 뒤의 후손들보다 도덕적으로나 육체적으로 거칠었다. 여러 대가 이어지는 동안 자식들은 힘과 강직함에 있어서는 어머니보다 부족하지 않지만, 옅은 혈색과 섬세하고 덧없는 아름다움을 지닌 가냘픈 체격이 되었다. 지금 교도소 문 주위에 서 있는 여성들은 남자 같은 여장부이던 엘리자베스 여왕이 여성을 대표하던 시절에서 미처 반세기도 지나지 않은 때에 살고 있었다. 그들은 여왕과 같은 나라에서 태어난 이들이었다. 고향의 소고기와 에일 맥주가 여성들의 기질 속에 많이 배어 있었다. 도덕적으로 세련된 태도는 거의 찾아볼 수 없었다. 딱 벌어진 어깨와 풍만한 가슴, 두 뺨은 고향인 먼 섬나라에서 통통하고 발갛게 무르익은 뒤 뉴잉글랜드의 공기 속에서 아직 창백해지지도 여위지도 않았다. 그런 뺨 위로 환한 아침 햇살이 쏟아지고 있었다. 여성의 대다수인 기혼 여성들이 말할 때면 그 의도뿐 아니라 목소리의 크기도 오늘날 우리를 깜짝 놀라게 할 정도로 대담하고 우렁찼다.

"여보세요, 부인네들." 오십 대로 보이는 험상궂게 생긴 여성이 말문을 열었다. "내 말 좀 들어 보세요. 나이가 지긋하고 평판도 좋은 기독교도들인 우리가 헤스터 프린 같은 죄인을 제대로 혼내 주는 게 마을을 위해 좋을 것 같아요. 어떻게 생각해요? 만약 저 바람둥이 계집을 지금 똘똘 뭉쳐 있는 우리 다섯 명 앞에 세워 놓으면, 고명하신 치안판사들이 내린 판결 정도로 끝나겠어요? 어림도 없는 일이죠!"

다른 여자가 말을 이었다. "소문에 의하면, 저 여자가 다닌 교회의 신앙심 두터운 딤즈데일 목사님이 자기 신도들 사이에서 그런 추문이 생겨 매우 가슴 아파하신다네요."

세 번째 중년 여성이 목소리를 높였다. "판사들도 경건한 신사들이지만, 지나치게 너그러워서 탈이죠. 적어도 헤스터 프린의 이마에 뜨거운 인두로 낙인을 찍었어야지요. 그 정도는 되어야 헤스터라도 움찔했을 텐데요. 하지만 옷 위에 무엇을 붙이든 그 여자는 상관도 안 할걸요! 왜, 두고 보라고요. 브로치나 이교도풍의 장식 같은 것으로 그걸 덮을 테고, 언제 그랬냐는 듯이 용감하게 거리를 돌아다닐 거라고요!"

"아, 하지만 그렇게 가리게 내버려둔다고 해도, 그 여자의 가슴속에는 그걸 달고 있다는 고통이 남아 있을 거예요." 아이의 손을 잡고 있는 젊은 부인이 부드러운 어조로 끼어들었다.

"옷에 뭘 달든 이마에 낙인을 찍든 그런 게 다 무슨 소용이랍니까?" 심판관을 자칭하는 이들 가운데 가장 냉혹해 보이는 여자가 소리쳤다. "저 여자는 우리 모두에게 수치를 안겼으니, 죽어야 마땅해요. 그런 법이 없겠어요? 성경에도 있고 법률 책에도 분명히 있을 거예요. 그런 법을 아무 소용없게 만든 판사들은 자기 부인이나 딸들이 타락해도 할 말이 없을걸요!"

구경꾼들 속에서 한 남자가 한탄하며 외쳤다. "그만 좀 해 둬요, 아주머니들. 여자들이 교수형 당하는 게 무서워 정절을 지키는 건가요? 이제껏 그런 악담은 들어 본 적이 없네요. 이제 수다 좀 그만 떨어요. 교도소 문이 열리고 프린 부인이 나오네요."

교도소 문이 안에서부터 활짝 열렸다. 처음에는 햇빛을 등지고 검은 그림자가 튀어나왔다. 허리에 칼을 차고 손에 곤봉을 들고 있어 무자비하고 섬뜩해 보이는 교도소 간수였다. 그 모습은 청교도 법전의 무자비한 엄중함, 그 자체였다. 그가 하는 일은 법전의 내용을 죄인에게 한 치의 어긋남 없이 적용하여 집행하는 것이었다. 그는 곤봉을 잡은 왼손을 앞으로 뻗고, 오른손으로 젊은 여성의 어깨를 떼밀며 나왔다. 교도소 문턱에 이르자, 그녀는 그를 뿌리쳤다. 타고난 품위와 강인한 성품을 드러내는 동작이었다. 그리고 마치 자기 의지인 것처럼 문밖으로 걸어 나왔다. 팔에는 태어난 지 석 달쯤 된 아기를 안고 있었다. 밝은 한낮의 햇빛에 눈이 부신 듯 아기는 작은 얼굴을 옆으로 돌렸다. 이제까지 조명이 흐릿한 지하나 컴컴한 감방에 익숙해 있던 탓이었다.

젊은 여성은 군중 앞에 제 모습이 완전히 드러나자, 황급히 품속의 아기를 꼭 끌어안았다. 모성에서 우러난 충동이기라기보다는 수를 놓아 옷에 꿰맨 어떤 징표를 감추려는 것처럼 보였다. 그러나 순간, 수치를 상징하는 하나의 징표로 또 다른 징표를 숨길 수 없다는 현명한 판단을 내렸다. 그녀는 불타는 듯 붉은 얼굴로 아기를 품에 안고 여전히 오만한 미소를 지었다. 그리고 당혹스러운 기색도 없이 지역 주민들과 이웃을 둘러보았다. 그녀의 웃옷 가슴 부분에는 꼼꼼하게 수놓고 금실로 화려하게 장식한 주홍색 글자 A가 달려 있었다. 예술적이면서도 독창적인 상상력을 발휘한 것이라서 그녀가 입은 옷에 가장 잘 어울려 보이는 장식이었다. 그녀는 시대적 취향에서 벗어난 것은 아니지만, 식민지의 사치 금지법의 허용 한도를 훌쩍 넘어서는 화려한 옷을 입고 있었다.

그녀는 키가 컸고, 완벽할 정도로 우아한 용모에 체격이 컸다. 검고 풍성한 머릿결에 흐르는 윤기로 눈이 부실 정도였다. 균형 잡힌 이목구비와 화사한 혈색 외에도 넓은 이마와 깊이 있는 검은 눈이 인상적이었다. 그녀는 당대의 명문가 출신 같은 숙녀다움을 갖추고 있었다. 요즘 숙녀들처럼 섬세하고, 연약하면서, 막연히 우아한 느낌이 아니라 태도가 당당하고 품위 있었다. 당시의 기준에서는 헤스터 프린이 감옥에서 나왔을 때보다 더 숙녀다워 보일 수는 없었다. 예전부터 그녀를 알던 사람들은 재앙의 먹구름에 뒤덮여 침울해져 있는 모습을 예상했다. 그러다가 그녀의 미모가 빛을 발할 뿐 아니라, 주위를 둘러싼 불행과 치욕이 오히려 후광을 만들어 내는 것 같아 경악을 금치 못했다. 하지만 예민한 관찰자라면 그 모습에 미묘한 고통이 깃들어 있음을 알아차렸을 것이다. 그녀가 상상력을 발휘하여 감방에서 직접 만들어 입은 옷은 대담하게 회화적이어서 절망적인 심정을 표현하고 있는 듯했다. 그러나 모든 이들의 눈길을 끌고 있으며, 헤스터 프린과 친숙하게 잘 알고 지내던 남녀 모두에게 그녀를 처음 보는 사람처럼 달리 보이게 하는 것은 바로 주홍 글자였다. 화려하게 꾸며져 그녀의 가슴에서 빛나고 있는 글자가 마치 마법처럼 보통의 인간 사회에서 그녀를 끌어내어 자신만의 세계에 가둔 것 같았다.

구경꾼 사이에서 어떤 여자가 말했다. "저 여자 바느질 솜씨 하나는 대단하네요. 하지만 뻔뻔스러운 바람둥이가 아니라면 어떤 여자가 저런 식으로 수치스러운 징표를 내보이겠어요! 글쎄 저 여자가 경건한 판사님들을 코앞에서 비웃는 거네요, 훌륭한 신사분들이 내린 벌을 저렇게 자랑거리로 삼다니요?"

가장 냉혹해 보이는 늙은 부인이 중얼거렸다. "헤스터의 저 잘난 어깨에서 꼴같잖은 옷을 확 벗겨 버려야 하는데. 그리고 류머티즘 때문에 걸치는 내 누더기 플란넬 천을 입히면 잘 어울릴 거야, 저렇게 공들여 주홍 글자를 수놓은 것 대신에 말이야!"

"오, 가만가만 말씀하세요, 제발요." 가장 젊은 부인이 속삭였다. "저 여자가 듣겠어요. 한땀 한땀 글자를 수놓을 때마다 심장이 아픔을 느꼈을 거라고요."

무자비해 보이는 간수가 곤봉을 휘두르며 소리쳤다.

"여러분, 길을 비키시오, 왕의 명령이오. 길을 비키시오. 지금부터 오후 한 시까지 프린 부인은 남녀노소 모두 앞에서 수치스러운 글자가 잘 보이는 자리에 서 있을 것이오. 죄악이 숨김없이 훤한 대낮에 드러나는 곳, 정의로운 매사추세츠 식민지에 신의 은총이 있으리라! 헤스터, 어서 가요. 사람들에게 주홍 글자를 보여 주러 장터로 가자고!"

모여든 구경꾼 사이로 곧바로 길이 열렸다. 간수가 앞장서고, 근엄한 표정의 남자들과 노기 등등한 여자들이 무질서하게 뒤따르는 가운데, 헤스터 프린은 형벌이 집행될 장소를 향해 걸었다. 오전 수업만 받아도 된다는 것을 알 뿐, 상황을 이해하지 못하는 학생들 무리가 호기심에 들떠 헤스터를 앞질러 달려갔다. 그러면서 연신 고개를 돌려 그녀의 얼굴과 품에 안긴 채 눈을 깜빡이는 아기, 가슴에 붙어 있는 치욕의 글자를 번갈아 바라보았다. 당시에는 교도소 문에서 장터까지 그리 먼 거리는 아니었다. 그러나 죄수가 마음으로 경험하는 거리는 상당했을 것이다. 비록 태도는 도도했을망정, 자신을 보려고 몰려드는 이들의 발걸음마다 심장이 내던져져 차이고 짓밟히는 고통을 느꼈을 것이다. 그러나 인간의 본성에는 놀랍고도 자비로운 나름의 마련이 있다. 고통을 겪는 순간에는 그 강렬함을 잘 알지 못하고 견디다가, 대개는 지나고 나서야 아픔을 통감한다. 따라서 헤스터 프린은 거의 차분하게 가라앉은 태도로 시련의 길을 걸어서 장터 서쪽 끝에 있는 처형대에 도착했다. 그것은 보스턴에서 가장 먼저 생긴 교회당의 처마 밑에 가깝게 자리하고 있어서, 마치 그곳의 부속 건물처럼 보였다.

처형대는 실제로 형벌 도구이기도 했다. 두세 세대가 지난 지금은 역사적인 기념물에 불과하지만, 프랑스의 공포 정치가들이 기요틴을 사용했듯, 과거에는 선량한 시민 정신을 고무하기 위한 효과적인 도구였다. 한마디로 죄인의 목에 칼을 씌워 세워두는 곳이었다. 단 위에는 군중의 시선을 피하지 못하게 사람의 머리를 꽉 조이는 형틀이 놓여 있었다. 나무와 쇠로 이루어진 장치 속에서 죄인의 치욕이 있는 그대로 공개되었다. 한 사람의 범죄가 무엇이든, 수치심으로 제 얼굴을 숨기지 못하게 하는 형벌보다 잔인하면서 인간성에 어긋나는 능욕은 없다. 이 형벌의 핵심이 바로 그것이었을 테다. 그러나 다른 판결의 경우들과 달리, 헤스터 프린은 일정 시간 동안 처형대 위에 서 있어야 할 뿐, 그

추악한 기구의 악마적 성향에 굴복하여 목에 칼을 쓰고 머리를 고정하고 있는 것은 아니었다. 헤스터는 자신이 해야 할 일을 잘 알고 있었기에 나무 계단으로 올라가 사람들 어깨높이의 단 위에 섰다. 그리고 주위를 둘러싼 군중들에게 모습을 드러냈다.

만약 여기 모인 청교도들 사이에 가톨릭교도가 있어 옷차림과 태도가 그림처럼 아름다운 여성이 아기를 품에 안고 서 있는 것을 보게 되었다고 하자. 수없이 뛰어난 화가들이 표현한 성모의 이미지를 떠올리게 하는 무엇이 그녀의 모습에 있음을 알아차렸을 것이다. 그녀와는 정반대의 자리에서 세상을 구원할 아기를 낳은 순결한 어머니의 신성한 이미지의 특성을 발견했을 것이다. 인간의 삶에서 가장 신성한 특성이 가장 깊은 죄악의 얼룩으로 드러난 탓에 세상은 그녀의 아름다움만큼 더 어두워지고 그녀가 낳은 무구한 아기로 인해 더 혼란스러워졌다.

두려움 없이 그 장면을 보기는 힘들었다. 이웃 하나가 죄와 수치 속에 있는 광경을 지켜보면서 몸서리를 치는 대신 미소를 지을 정도로 사회가 타락하기 전에는 그러했다. 헤스터 프린의 치욕을 목격하는 사람들은 아직 순박함을 잃지 않은 이들이었다. 그들은 그녀에게 사형이 선고되었다고 해도 가혹하다는 수군거림 없이 준엄하게 지켜보았을 것이다. 그러나 오늘날과 같이 처형 장면을 한낱 조롱거리로 만드는 다른 의미의 사회적 냉담함은 없었다. 이런 상황을 비웃는 성향이 있다고 해도, 총독과 몇몇 관료, 판사나 장군, 마을의 목사 같은 권위 있는 사람들의 근엄한 존재만으로도 위축되었을 것이다. 그들 모두 교회당의 발코니에 서거나 앉아서 처형대를 내려다보고 있었다. 그러한 인물들이 지위와 직무에 해를 입힐 위험 없이 이와 같은 장면에 등장할 때, 법의 집행이 진지하고 효과적으로 이루어진다고 할 수 있다. 따라서 구경꾼들은 어둡고 진지한 분위기였다. 불행한 죄인은 수많은 시선이 무자비하게 자신과 가슴에 붙은 징표로 쏟아지는 압력 속에서 여성으로서는 최선을 다해 견디고 있었다. 거의 버틸 수 없는 지경이었다. 타고난 성품이 충동적이고 열정적이라, 그녀는 군중의 오만이 가시나 독 묻은 비수로 찌르듯이 모욕을 가하는 것에 있는 힘껏 맞서 왔다. 그러나 군중에게서 감도는 근엄한 분위기에는 더욱 끔찍한 무엇인가가 있었기에, 그녀는 차라리 그들의 경직된 표정이 자신을 경멸하는 웃음으로 일그러지기를 바랐다. 온갖 사람들, 그러니까 남자, 여자, 새된 목소리의 아이들까지 각자 자신의 몫만큼 함성 같은 웃음을 터뜨려 주었다면, 헤스터 프린은 씁쓸한 냉소로 되받았을 것이다. 그러나 그저 견딜 수밖에 없는 운명인 납덩이 같은 고통 속에 있자니, 한순간 그녀는 허파가 터지도록 비명을 지르며 처형대에서 땅바닥으로 몸을 던지거나 아니면 당장 미쳐 버릴 것 같았다.

그러나 모든 이의 시선을 받으며, 헤스터 자신에게는 이 장면 전체가 이따금 눈앞에서 사라지거나, 아니면 형체가 일렁이는 유령 같은 느낌의 한 덩어리 이미지로 어른거리기도 했다. 그녀의 정신, 특히 기억은 불가사의할 정도로 활발하게 작용했다. 황량한 정착지에 자리한 작은 마을의 정비가 덜 된 길거리와는 다른 광경, 그리고 고깔모자의 챙 아래로 그녀를 멸시하는 얼굴들과는 다른 얼굴들이 계속 떠올랐다. 가장 사소하고 실체가 없는 추억이었다. 어린 시절과 학창 시절의 장면들, 운동 경기, 유치한 말다툼, 처녀 시절의 소소한 집안일의 기억들이 한꺼번에 밀려와 그 뒤에 일어난 아주 중요한 일들과 뒤섞였다. 각각의 장면이 모두 생생했다. 모두 비슷하게 중요했고, 마치 한 편의 연극처럼 보였다. 잔인한 현실의 무게와 괴로움에서 벗어나기 위해 그녀의 정신이 다채로운 환상을 꾸며 낸 것인지도 모른다.

그렇다고 해도, 형틀이 있는 처형대는 헤스터 프린이 행복했던 어린 시절부터 이제껏 밟아 온 행로를 통틀어 보여 주는 조망대였다. 높이 솟은 참담한 이 자리에 서 있는, 그녀의 눈에는 옛 영국의 고향 마을과 부모가 살던 집이 나타났다. 쇠락해 가는 잿빛 돌집은 가난에 찌든 형편이었으나 현관 위에는 유서 깊은 명문가임을 상징하는 방패 형태의 문장이 반쯤 지워진 채 걸려 있었다. 그녀는 아버지의 얼굴을 보았다. 머리는 벗겨지고 엘리자베스 시대풍의 구식 주름 깃 위로 흰 수염이 늘어져 있었다. 어머니도 보았다. 기억 속에서 언제나 잊히지 않는 사려 깊고 근심에 찬 사랑이 담긴 얼굴이었다. 세상을 떠난 뒤에도 그 얼굴은 자주 부드러운 충고의 형태로 딸의 행로를 가로막는 장애물이 되곤 했다. 헤스터는 자기 얼굴을 보았다. 늘 들여다보던 흐릿한 거울이 소녀다운 아름다움으로 환하게 빛나고 있었다. 또 다른 얼굴을 보았다. 창백하고, 마르고, 학자다운 용모에 세월에 지친 남자였다. 등불 아래서 심오한 책을 많이 읽은 탓에 시력이 흐려지고 침침해져 있었다. 그러나 그 침침한 시력에는 신비하고 꿰

뚫어 보는 힘이 있어서, 마음만 먹으면 인간의 영혼을 읽었다. 헤스터 프린이 여성적인 상상력으로 기억할 수밖에 없는 그 인물은 서재에 틀어박혀 사는 은둔자였고, 왼쪽 어깨가 기형적으로 오른쪽보다 약간 위로 치켜 올라가 있었다.

그다음에 펼쳐진 기억의 공간에는 복잡하고 좁은 도로와 회색의 높은 집들, 거대한 성당들 그리고 공공건물들이 나타났다. 모두 유럽 대륙의 어느 도시에서 오랜 옛날에 기이한 건축 양식으로 지은 것들이었다. 그곳에서 기형인 외모의 학자와 새로운 생활이 그녀를 기다리고 있었다. 새로운 삶이라고 했지만, 푸른 이끼가 담장을 뒤덮어 버리듯, 이미 케케묵은 것들에 의존하는 삶이었다. 마침내 잇달아 바뀌던 장면 대신에 청교도인들의 거주지에 있는 거친 장터 풍경이 되돌아왔다. 마을의 모든 주민이 모여 엄격한 눈초리로 헤스터 프린을 바라보고 있었다. 그녀는 형틀이 달린 처형대 위에 서 있었다. 아기를 품에 안고, 금실로 화려하게 수놓은 주홍색 글자 A*를 가슴에 붙인 채!

진정 이것이 현실일까? 헤스터가 거칠게 껴안는 바람에 아기는 울음을 터뜨렸다. 그녀는 고개를 숙여 주홍 글자를 내려다보았고, 심지어 손가락으로 만져 보았다. 아기와 치욕의 징표가 정말 존재하는지 확인하는 것 같았다. 그렇다! 그것이 그녀의 현실이었다. 다른 것은 모두 사라졌다!

---

* '간통'을 뜻하는 영어 'Adultery'의 머리글자.

3

심문

주홍 글자를 붙인 채 모든 이들의 차가운 시선을 받고 있다는 의식에서 그녀가 벗어난 것은 몰려든 구경꾼 무리의 주위에서 한 인물을 알아보았을 때였다. 처음에는 부족의 전통적 옷차림을 한 원주민 한 사람이 눈에 띄었다. 당시에는 인디언들이 영국인의 거주지에 자주 드나들었기 때문에 그들 중 하나가 나타났다고 해서 헤스터 프린의 주의를 끌 만한 일은 아니었다. 더욱이 머릿속에 있는 다른 일과 생각들을 몰아낼 정도는 아니었다. 그 인디언 옆에 동행인 것이 확실한 백인이 하나 서 있었다. 문명인과 야만인의 복장이 기이하게 뒤섞인 차림이었다.

그는 작은 키에 주름진 얼굴이기는 했으나, 아직 노인이라고 할 수는 없었다. 탁월한 지성이 드러나는 풍모였다. 정신적인 면을 너무 계발하여 신체적인 면도 정신을 따라 변형되었음이 뚜렷하게 드러나 있었다. 겉으로 보기에는 서로 이질적인 옷을 아무렇게나 입어서 자신의 독특한 특징을 숨기려 애썼으나, 한쪽 어깨가 다른 쪽 어깨보다 솟아오른 모습을 헤스터 프린은 분명히 알아보았다. 그의 야윈 얼굴과 약간 기형적인 모습을 알아본 순간, 그녀는 아기를 다시 품에 꽉 끌어안았다. 가엾은 아기는 갑작스러운 센 힘에 놀라 괴로운 듯 또 한 번 울음을 터뜨렸다. 그러나 어머니의 귀에는 울음소리가 들리지 않는 듯했다.

장터에 도착했을 때부터 헤스터가 알아보기 전까지, 낯선 남자는 쭉 그녀를 지켜보고 있었다. 처음에는 무관심하게 보았다. 주로 내면을 들여다보는 것에 익숙한 사람이라 마음속의 어떤 것과 관련이 없는 외부 사건은 별로 중요하지 않다는 태도였다. 그러나 곧 그의 시선이 무엇을 꿰뚫을 것처럼 날카로워졌다. 고뇌에 찬 공포의 표정이 얼굴을 일그러뜨렸다. 마치 한 마리 뱀이 얼굴 위로 미끄러져 지나가다가 잠시 멈춰 똬리를 트는 것처럼 보였다. 강렬한 감정으로 그의 얼굴은 어두워졌으나, 그럼에도 의지의 힘으로 곧바로 감정을 통제했다. 단지 한순간을 제외하고는, 평온해 보였다. 잠깐 뒤에 흥분한 기색은 사라지고, 마침내 그의 본성 깊은 곳으로 가라앉았다. 헤스터 프린이 자신을 빤히 바라보고 있음을 의식하자, 그는 조용히 손가락을 들어 천천히 허공에서 어떤 손짓을 한 다음 입술에 갖다 댔다.

그러고 나서 그는 옆에 서 있는 마을 사람의 어깨에 손을 얹으면서 예의 바르게 말을 건넸다.

"실례지만, 저 여자는 누구지요? 무엇 때문에 저런 망신을 당하는 건가요?"

"보아하니, 여기 사람이 아닌 모양이군요." 마을 사람은 호기심 어린 눈빛으로 그 남자와 동행인 인디언을 바라보았다. "이곳에 산다면 헤스터 프린과 그 여자가 저지른 부정한 짓을 모를 리가 없지. 저 여자는 신앙이 깊은 딤즈데일 목사님의 교구에서 엄청난 추문을 일으켰어요."

"그 말씀이 맞습니다. 이 마을에는 처음 왔어요." 낯선 남자가 대답했다. "그러고 싶어서 그런 건 아닌데 여러 곳을 떠돌아야 했지요. 바다와 육지에서 엄청난 재난을 당했고, 남쪽의 이교도 부족에게 오랜 시간 붙잡혀 있었어요. 몸값을 치르고 풀려난 뒤 여기, 제 옆에 있는 인디언을 따라 이곳까지 오게 된 거죠. 그런데 저 여자에 대해 더 말씀해 주시겠어요? 헤스터 프린이라고 했나요? 왜 저기에 올라가게 되었나요?"

"아, 그러셨군요." 마을 사람이 대답했다. "황야에서 갖은 고초 끝에 마침내 여기까지 오게 되어서 기쁘겠어요. 여기 우리의 경건한 뉴잉글랜드에서는, 죄지은 게 밝혀지면, 사회의 지도자들과 사람들이 보는 앞에서 처벌을 받지요. 저 여자는 어떤 학자의 아내래요. 영국에서 태어났는데, 암스테르담에서 오래 살았다네요. 얼마 전에 대서양을 건너서 우리가 살고 있는 매사추세츠에 정착할 작정을 한 거죠. 학자가 아내를 먼저 보내고 필요한 몇 가지 일을 처리하려고 뒤에 남았대요. 그런데 뭐가 잘못된 건지, 저 여자가 보스턴에서 자리를 잡고 2년 동안 기다렸는데, 프린 박사라는 사람에게서 아무 소식이 없었어요. 보시다시피 저 젊은 여자는 홀로 남겨져 그만 타락의 길로…."

낯선 남자가 씁쓸한 미소를 지었다. "아, 그렇군요. 잘 알겠어요. 그 학자라는 사람은 이런 경우에 대해서도 책에서 배웠어야 했을 텐데요. 그런데 선생님, 저 프린 부인이라는 여자가 안고 있는 서너 달쯤 되어 보이는 아기의 아버지는 누구랍니까?"

"그게 정말 수수께끼예요. 그걸 알아내려면 다니엘* 같은 명판관이 필요할 거 같아요. 헤스터는 입을 꾹 다물고 있으니, 판사들이 머리를 맞대 보았자 허사지요. 누군지는 모르지만 아마도 죄지은 놈은 이 슬픈 광경을 지켜보고 있을 거예요. 하나님 역시 자신을 지켜보고 있다는 것은 잊었겠죠."

낯선 남자가 또다시 미소를 지었다. "그 학자라는 사람이 직접 수수께끼를 풀어야 하겠군요."

"아직 살아 있다면야 그래야 하겠지요. 하지만 우리 매사추세츠의 판사들은 저 여자가 아직 젊고 예쁘다는 것을 감안했어요. 틀림없이 집요한 유혹을 받았을 것이고 뿌리치지 못했을 거라고요. 더욱이 남편이 바닷속에 가라앉았겠거니 했을 테지요. 그래서 공정한 법대로 극형을 선고할 용단을 내리지 못했어요. 그건 사형이거든요. 하지만 동정심 많은 너그러운 판사들은 프린

---

* 구약성서 「다니엘서」의 명재판관.

부인에게 세 시간 동안 처형대 위에 서 있고 나서 평생 가슴에 치욕의 징표를 달고 살라는 선고를 내린 거죠."

"현명한 판결이군요!" 낯선 남자가 진지하게 고개를 끄덕였다. "그렇다면 저 여자는 죄를 경고하는 살아 있는 교훈이 되겠군요. 묘비명에 불명예스러운 글자가 새겨질 때까지요. 그럼에도 함께 죄를 저지른 상대와 나란히 처형대 위에 서지 못한 것이 애석하네요. 그러나 곧 밝혀지겠지요! 밝혀지고 말고요! 반드시요!"

그는 마을 사람에게 정중하게 고개를 숙여 인사한 뒤, 동행인 인디언과 몇 마디 말을 주고받으며 군중 속을 빠져나갔다.

두 사람이 대화를 나누는 동안, 헤스터 프린은 처형대 위에 서서 낯선 남자만을 뚫어져라 바라보았다. 온통 몰입하여 보고 있어서 한순간 세상의 다른 사물들이 사라지고 오직 두 사람만 남은 것 같았다. 그렇게 단둘이만 만났다면, 지금처럼 만나는 것보다 훨씬 끔찍했을 것이다. 지금은 한낮의 태양이 그녀의 얼굴을 뜨겁게 달구면서 치욕을 훤히 드러내고 있고, 가슴에는 부정의 상징인 주홍 글자를 달고 있으며, 품에는 아기를 안고 있음에도 그러했다. 축제 날이라도 되는 듯 몰려나온 사람들은 행복한 가정의 아늑한 난롯가나 예배에 참석한 부인의 베일 아래에서나 드러났을 그녀의 얼굴을 대놓고 쳐다보고 있었다. 가혹한 처지였으나, 헤스터는 수많은 구경꾼들 사이에서 오히려 피난처를 찾은 느낌이었다. 그 낯선 남자와 얼굴을 맞대고 단둘이 만나는 것보다는 나았다. 군중 앞에 드러나 있다는 사실로 그녀는 도피했고, 그런 보호막이 사라지는 순간이 두려웠다. 이런 생각에 잠겨 있다가 그녀는 뒤에서 부르는 소리를 미처 듣지 못했다. 마침내 목소리의 주인은 군중 모두에게 들리도록 크고 엄중하게 연거푸 그녀의 이름을 불렀다.

"내 말을 들으시오, 헤스터 프린!"

이미 설명한 바대로 헤스터 프린이 서 있는 처형대 바로 위에는 교회당의 발코니 혹은 지붕 없는 회랑이 있었다. 그곳은 당시에 치안판사들이 모여서 결정한 포고문을 공식적 행사에 수반되는 모든 격식을 차리며 알리는 장소였다. 헤스터가 수치를 당하는 장면을 지켜보기 위해 벨링엄 총독이 앉아 있었고, 그의 의자를 둘러싸고 미늘창을 든 근위병 네 명이 서 있었다. 총독은 짙은 색 깃털을 꽂은 모자를 썼고, 가장자리에 수를 놓은 외투를 걸쳤다. 그 안에 검은 벨벳 웃옷을 입고 있었다. 나이가 지긋한 신사로, 과거의 풍파를 말해 주는 주름이 얼굴에 새겨져 있었다. 그는 공동체의 수장이자 대표로서 크게 부적절하지 않았다. 공동체가 세워지고 성장하면서, 그리고 현재의 발전 상태에 이르기까지 청년의 추진력보다는 장년의 엄격하고 통제된 힘과 노년의 타협적 지혜가 더 큰 역량을 발휘했다. 성과를 많이 거둔 이유는 장년이나 노년에는 꿈이나 희망이 크지 않기 때문일 것이다. 총독을 둘러싸고 앉은 다른 명사들에게도 눈에 띄는 위엄이 감돌았다. 모든 형태의 권위에 신이 정한 제도의 신성함이 깃들어 있다고 믿던 시대에 어울리는 모습이었다. 그들은 의심할 나위 없이 선량하고 공정하며 현명한 이들이었다. 그럼에도 죄지은 여자의 마음을 심판하고 선과 악이 뒤얽힌 그물을 풀어

내는 일에 서툰 사람들을 전체 인류 중에서 그만큼 모아 놓기도 쉽지 않을 것이다. 헤스터 프린은 고개를 쳐들고 엄숙한 표정의 현자들을 바라보았다. 그녀는 동정을 구할 수 있다면 그나마 숫자가 많고 마음이 따스한 군중에게서 기대할 수 있다고 생각하는 듯했다. 발코니 쪽을 쳐다볼 때 이 가엾은 여자의 얼굴이 파랗게 질리면서 몸을 떨었기 때문이다.

헤스터의 이름을 부른 사람은 유명한 존 윌슨 목사였다. 그는 보스턴 목사 중에서 가장 나이가 많았다. 그 당시 성직에 있는 사람들이 그렇듯 훌륭한 학자였으며 친절하고 온화한 성품을 지녔다. 그러나 그는 자신의 성품보다는 지적인 재능을 계발하는 데 힘썼고, 자신이 그런 성품을 지닌 것에 만족하기보다는 부끄럽게 여겼다. 그는 성직자용 모자 밑으로 삐져나온 희끗희끗한 머리카락을 드러낸 채 그곳에 서 있었다. 서재 안의 탁상등 빛에만 익숙한 회색 눈은 헤스터의 아기처럼 강렬한 햇빛을 견디지 못해 깜박였다. 그 모습은 옛 설교집 표지에 붙은 어둡게 찍힌 판화 초상화와 비슷했다. 이런 초상화 하나가 걸어 나와 인간의 죄악이나 열정, 고뇌 같은 문제에 끼어들 권리는 없었다. 윌슨 목사의 경우도 마찬가지였다.

"헤스터 프린," 윌슨 목사가 불렀다. "여기에 있는 젊은 형제와 실랑이를 좀 했소. 당신은 이 사람의 설교를 듣는 특권을 누렸지." 윌슨 목사는 옆에 서 있는 창백한 젊은이의 어깨 위에 한 손을 얹었다. "나는 이 경건한 젊은이를 설득했소. 하나님이 굽어보시는 이곳에서, 현명하고 청렴한 지도자들이 있는 앞에서, 그리고 온 주민이 귀 기울이고 있는 가운데 당신이 지은 부도덕하고 어두운 죄를 교화시켜 달라고 말이요. 나보다 당신의 기질을 더 잘 알 테니까. 고집불통인 당신 마음을 돌리려면 타일러야 할지 아니면 겁을 주어야 할지 더 나은 판단을 내릴 수 있을 테고, 그래서 통탄할 타락의 구렁으로 당신을 꾀어낸 남자의 이름을 더 이상 숨기지 못하게 할 수 있을 테니까. 그런데 이 사람은 내 말을 듣지 않는군요. 젊은 사람이 나이에 비해 지나치게 사려가 깊은 탓이지요. 훤한 대낮에 이렇게 많은 사람 앞에서 마음속 비밀을 밝히라고 강요하는 건 여성의 본성에 어긋나는 일이라면서요. 나는 이 사람에게 인간이 진정 수치스럽게 여겨야 할 일은 죄를 범하는 일이지 죄를 고백하는 일이 아니라는 것을 이해시키고 싶었소. 딤즈데일 형제, 어찌하겠어요? 이 가엾은 영혼에게 당신이 직접 호소하겠소, 아니면 내가 해야만 하겠소?"

발코니에 앉아 있던 위엄 있는 명사들 사이에서 수군거리는 소리가 들렸다. 벨링엄 총독은 그들의 뜻을 젊은 목사에게 전달했다. 권위를 내보였으나 젊은 목사에 대한 존중도 들어 있는 부드러운 목소리였다.

"딤즈데일 목사님, 저 여자의 영혼에 대한 책임은 많은 부분 목사님에게 있어요. 저 여자를 회개시키고 그 증거와 결과로 자기 죄를 고백하도록 하는 것은 당연히 목사님이 해야 할 일입니다."

직설적인 호소에 구경꾼들의 시선이 온통 딤즈데일 목사에게 향했다. 영국의 훌륭한 대학을 졸업한 젊은 목사는 당시 유행하던 모든 학문을 황량한 시골 마을에 전달했다. 그는 유려한 말솜

씨와 종교적 열정으로 젊은 나이에 목사로서 높은 신망을 얻었다. 외모도 매우 눈에 띄었다. 하얗고 훤칠한 이마와 크고 우수가 깃든 갈색 눈에, 입은 굳게 다물고 있을 때를 제외하고는 조금씩 떨리고 있어서 신경이 예민하지만 동시에 대단한 자제력이 있음을 드러냈다. 타고난 재능과 학자다운 기량이 탁월했음에도, 젊은 목사에게는 어딘지 모르게 우려와 놀라움과 겁먹은 태도 같은 게 있었다. 인생행로에서 길을 잃고 갈피를 잡지 못하게 되면서 오직 혼자 격리된 곳에서만 마음을 놓을 수 있는 사람 같았다. 그는 자신의 임무에 방해되지 않는 한, 그늘진 오솔길을 산책하면서 단순하고 어린아이 같은 상태를 유지하려고 했다. 그러다가 설교할 때면, 천사의 말로 신선하고 향기로우면서 순수한 사상을 전하며 많은 이들을 감화시켰다.

윌슨 목사와 총독에 의해 공공연하게 지목된 젊은 목사는 그런 사람이었다. 그는 죄로 더럽혀졌으나 여전히 성스러운 영혼이 지닌 비밀을 모든 이들 앞에서 고백하게 하라는 명령을 받았다. 자신의 본분을 지키려 애쓰던 나머지 뺨에서는 핏기가 사라지고 입술은 떨렸다.

윌슨 목사가 재촉했다. "형제여, 저 여자를 설득하시오. 이 일은 저 여자의 영혼을 위해서이기도 하지만, 총독 각하의 말씀대로 당신의 영혼을 위한 것이기도 해요. 저 여자의 영혼은 당신의 책임이니까요. 진실을 고백하도록 타이르시오!"

딤즈데일 목사는 조용히 기도하는 듯 잠시 고개를 숙였다. 그러더니 앞으로 걸어 나왔다.

“헤스터 프린.” 젊은 목사는 발코니 난간에 기대어 몸을 굽혀 그녀와 눈을 마주 보았다. “윌슨 목사가 하시는 말씀을 들었을 테니 내가 짊어진 책임을 잘 알겠지요. 만약 당신 영혼이 평화로워진다고 느낀다면, 또한 세속에서 받는 형벌이 구원에 도움이 된다고 믿는다면, 당신과 함께 죄를 짓고 함께 고통받고 있을 그 사람의 이름을 밝히도록 권고합니다! 그릇된 연민이나 온정을 품고 침묵해서는 안 돼요. 그러니 헤스터, 내 말을 믿으시오. 비록 그가 높은 자리에서 내려와 바로 그대 곁, 치욕의 처형대 위에 서게 된다고 해도 평생 마음의 죄를 감추고 사는 것보다 훨씬 나을 것이오. 그러니 당신의 침묵이 무슨 도움이 되겠습니까? 죄악에 위선까지 저지르라고 유혹하는, 아니, 강요하는 것이에요. 하나님은 당신에게 공개적인 치욕을 당하게 하여 당신 내면의 사악함과 밖으로 드러난 슬픔을 이겨 낼 기회를 주었어요. 당신은 지금 입술에 대고 있는 그 잔을 스스로 받을 용기가 없는 그 사람에게 주기를 거부하고 있어요. 씁쓸하기 이를 데 없으나 영혼에는 이로운 잔이지요!”

젊은 목사는 듣기 좋고 우렁찬 목소리로, 조금 떨면서 띄엄띄엄 말했다. 그 말의 직접적 의미보다는 그 속에 담긴 감정이 듣는 이들 모두의 심금을 울려 한마음으로 연민을 느끼게 했다. 심지어 헤스터의 품에 안긴 가엾은 아기조차 같은 영향을 받은 것처럼 보였다. 지금껏 멍하니 허공을 바라보던 아기의 눈이 딤즈데일 목사를 향하더니 두 팔을 쳐들고 반쯤은 기쁘고 반쯤은 슬픈 듯 옹알거렸다. 목사의 호소가 너무 강렬했기에 사람들은 헤스터 프린이 함께 죄지은 사람의 이름을 밝힐 것이라고 믿었다. 그게 아니라면 지위 고하를 막론하고, 어쩔 수 없는 내적 힘에 이끌려 죄인이 자진해서 처형대 위로 올라올 것 같았다.

윌슨 목사가 아까보다 가혹한 목소리로 소리쳤다. "여인이여, 하나님이 베푸시는 자비의 한계를 넘지 마시오! 갓난아기조차 당신이 방금 들은 권고에 동의하지 않았나요. 죄인의 이름을 대시오. 그렇게 회개하면 가슴에서 주홍 글자를 떼어 내는 길이 있을 것이오."

"절대로 말하지 않을 거예요!" 헤스터 프린은 고개를 가로저었다. 그리고 윌슨 목사가 아니라 수심에 잠긴 젊은 목사의 눈을 바라보았다. "낙인이 너무 깊이 찍혔어요. 그래서 떼어 낼 수 없어요. 저의 괴로움과 함께 그 사람 것까지 제가 짊어질 거예요!"

"말하라고, 이 여자야!" 처형대를 둘러싼 사람들 사이에서 차가운 목소리가 준엄하게 말했다. "어서 말해. 그래야 아기에게 아비를 찾아 주지!"

"절대로 말하지 않을 거예요!" 헤스터는 죽은 사람처럼 창백해졌다. 그리고 너무나 익숙한 그 목소리에 대답했다. "내 아이는 하늘에 계신 아버지를 찾을 거예요. 세속의 아버지가 누군지는 절대로 모를 거라고요!"

"저 여자는 절대로 말하지 않을 거예요!" 발코니 난간에 기대어 가슴에 손을 얹은 채 자신이 호소한 결과를 기다리던 딤즈데일 목사가 중얼거렸다. 그는 길게 한숨을 쉬면서 뒤로 물러났다. "놀라운 용기와 너그러운 마음을 지닌 여자군요. 끝까지 말하지 않을 거예요."

윌슨 목사는 가엾은 죄인의 고집을 꺾을 수 없음을 깨닫고, 군중에게 이런 경우를 대비해 준비한 설교를 시작했다. 죄와 그로부터 파생되는 온갖 일들을 치욕의 글자와 관련해서 이야기했다. 그가 주홍 글자의 의미를 강조하면서 한 시간 이상 군중에게 누누이 설명하는 바람에 그 상징은 사람들의 상상에서 새삼 공포 그 자체가 되었고, 그 빛깔은 지옥의 불길에서 온 것처럼 느껴졌다. 그동안 헤스터 프린은 멍한 눈빛으로 치욕의 처형대 위에 서 있었다. 지치고 무관심한 태도였다. 그날 아침 그녀는 자신의 온 힘을 다해 견뎠다. 아무리 힘겨운 고통이라 해도 졸도하여 회피하는 기질이 아니었기 때문에 그녀의 정신은 돌같이 딱딱한 무감각의 껍질 아래 숨을 수밖에 없었다. 그럼에도 육체를 지탱하는 동물적 기능은 고스란히 남아 있었다. 이런 상황에서는 우레와 같은 목사의 무자비한 목소리도 그녀의 귀에는 들리지 않았다. 호된 시련이 끝나 갈 즈음에 아기가 터뜨린 비명 같은 울음이 공기를 찢을 듯 울려 퍼졌다. 헤스터는 기계적으로 아기를 달랬으나, 아기가 처한 괴로움을 느끼지 못하는 것처럼 보였다. 나올 때와 마찬가지인 당당한 태도로 헤스터는 감옥으로 다시 끌려갔다. 쇠못을 박은 문 안으로 들어가 군중의 시야에서 사라졌다. 그녀의 뒷모습을 지켜보던 사람들은 헤스터가 감옥 안의 어두컴컴한 통로를 지나가는 동안 주홍 글자가 불타는 듯 빛났다고 수군거렸다.

4

대화

감방으로 돌아온 헤스터 프린은 신경이 매우 곤두선 상태가 되었다. 자해를 하거나 반쯤 정신이 나가 버릴 지경이라 계속 감시를 받았다. 밤이 되자 그녀의 행동은 꾸짖음이나 처벌하겠다는 협박으로도 걷잡을 수 없게 되었다. 간수인 브래킷 씨는 의사를 부를 상황이라고 판단했다. 간수의 설명에 의하면, 그가 부른 의사는 기독교 세계의 모든 의학에 유능했고 인디언들이 가르쳐 주는 숲속에서 자라는 약초에 대해서도 해박했다. 전문적인 도움이 필요한 것은 헤스터만은 아니었다. 아기가 더 위급했다. 어머니의 젖을 빨면서 아기는 어머니의 온몸에 퍼져 있는 혼란과 고통, 절망까지 삼킨 것처럼 보였다. 아기는 이제 고통으로 인한 경련에 시달리고 있었다. 그날 낮에 헤스터 프린이 견뎌 낸 도덕적 괴로움이 작은 몸뚱이 안에서 폭발하고 있었다.

간수의 뒤를 따라 어두컴컴한 감방에 한 사람이 모습을 드러냈다. 아까 군중 사이에서 주홍 글자를 달고 있는 여자에게 깊은 관심을 나타내던 기묘한 차림을 한 남자였다. 그 역시 감방에 머물고 있었는데, 무슨 죄를 지어서가 아니라 치안판사들이 인디언 추장들과 자신의 몸값에 관한 사안을 마무리 지을 때까지 그곳에 머무는 것이 가장 편하고 적절했기 때문이다. 남자는 로저 칠링워스라는 이름으로 불렸다. 남자를 안내하여 감방으로 들어서는 순간 주위가 잠잠해지자 간수는 놀라서 멈칫했다. 아기는 계속 칭얼거렸으나, 헤스터 프린은 남자를 보자마자 죽은 사람처럼 얼어붙었다.

"간수 선생, 환자와 둘이 있게 해 주시오." 의사가 말했다. "나를 믿어요. 곧 조용해질 거요. 프린 부인이 지금까지와는 달리 당신의 말에 고분고분해질 거라고 장담해요."

"그렇게 할 수 있는 비법이 있다면, 당신을 명의로 인정하고 말고요! 정말이지 저 여자는 꼭 귀신 들린 사람 같았어요. 내 손으로 직접 채찍을 휘둘러서 사탄을 몰아내려 했다니까요."

낯선 남자는 스스로 밝힌 의사라는 직업에 어울리는 조용한 모습으로 감방 안으로 들어섰다. 간수가 나가고 단둘이 마주했을 때도 그러한 태도는 조금도 달라지지 않았다. 그런데 아까 헤스터가 군중 사이에 있던 그를 유심히 바라보았다는 사실은 두 사람이 매우 가까운 사이임을 말해 주는 것이었다. 남자는 먼저 아기를 살펴보았다. 바퀴 달린 침대에 누워 몸부림치며 울어 대는 아기를 진정시키는 것이 급선무였다. 그는 아기를 조심스럽게 들여다본 뒤, 옷 밑에 차고 있던 가죽 가방을 꺼냈다. 직접 조제한 약이 들어 있는 것처럼 보였다. 그는 그중에 하나를 꺼내어 컵에 담긴 물에 녹였다.

“내가 원래 연금술을 연구했잖아요.” 남자가 입을 열었다. “지난 몇 년 동안 온갖 식물의 효능에 대해 잘 아는 사람들 사이에서 지내다 보니, 의학박사라고 주장하는 많은 이들보다 더 나은 의사가 되었어요. 이걸 받아요! 아기는 당신 자식이고, 내 자식이 아니오. 내 목소리를 들어도, 내 얼굴을 보아도 제 아버지라고 여기지 않을 것이오. 그러니 이 약을 당신 손으로 먹여요.”

헤스터는 자기에게 건네주는 약을 뿌리치면서, 불안해하는 표정으로 남자의 얼굴을 응시했다.

“아무것도 모르는 아기에게 복수를 하려는 건가요?” 헤스터가 낮은 목소리로 중얼거렸다.

“어리석은 여자 같으니!” 남자는 반쯤은 냉정하게, 반쯤은 달래듯 대꾸했다. “내가 왜 불륜으로 태어난 가엾은 아기를 해치겠소? 이것은 효과가 좋은 약이요. 그 아이가 내 자식이라 해도, 그러니까 당신과 나 사이에서 태어난 아기라고 해도 나는 이보다 더 좋은 약을 쓸 수 없어요.”

헤스터는 사리 분별을 할 수 있는 정신 상태가 아니었기에 여전히 망설였다. 남자는 아기를 품에 안더니 직접 약을 먹였다. 약은 금세 효험을 나타내면서 의사의 말을 증명했다. 어린 환자의 신음 소리가 잠잠해졌다. 몸을 뒤척이며 경련하던 것도 점차 가라앉았다. 잠시 후에 고통이 사라진 어린아이들이 흔히 그렇듯, 아기는 깊은 잠에 빠져들었다. 의사라는 호칭이 꼭 어울리는 그 남자는 이번에는 아기의 어머니를 살펴보았다. 차분하면서도 세심하게 맥을 짚고 눈을 들여다보았다. 그의 눈길은 헤스터의 심장을 졸아들게 했다. 너무 낯익지만, 여전히 기이하고 차디찬 눈빛이었다. 그리고 마침내 진찰을 끝내자, 그는 또 다른 약을 조제했다.

"나는 레테*도 네펜테†도 잘 모르지만, 황야에서 많은 비법을 배웠어요. 이 약도 인디언이 가르쳐 준 처방이오. 파라켈수스‡의 것만큼 오래된 나의 지식을 가르쳐 준 대가로 알려 주었지요. 마셔요! 죄 없는 양심보다 진정의 효과는 덜할지 모르겠소. 나는 당신에게 그런 걸 줄 수는 없으니까. 하지만 폭풍이 이는 바다의 파도에 기름을 끼얹는 것처럼 이 약은 끓어오르고 요동치는 감정을 가라앉혀 줄 거예요."

그는 헤스터에게 컵을 내밀었고, 그녀는 남자의 얼굴을 진지하게 바라보면서 천천히 받았다. 딱히 두려워한다고는 할 수 없

---

* 그리스 신화에서 저승으로 가기 위해 건너는 강. 강물을 마시면 모든 것을 잊는다고 한다.

† 고대 이집트 사람들이 슬픔을 잊기 위해 먹었다는 약.

‡ 본명은 테오프라스투스 폰 호엔하임(1493~1541). 독일의 연금술사이며, 최초의 의학적 약리학자로 인정받는 독일계 스위스인이다.

으나 여전히 사내의 속내가 무엇인지 의심스러워하는 표정이었다. 또한 그녀는 잠들어 있는 아기를 바라보았다.

"나는 죽음에 대해 생각했어요. 죽기를 바라기도 했고, 나 같은 것도 뭔가를 바랄 수 있다면 죽게 해 달라고 기도했어요. 만약 죽음이 이 컵 속에 들어 있다면, 당신이 보는 앞에서 내가 이걸 마시기 전에 한 번 더 생각해 보세요. 보세요! 내 입술에 닿았어요."

"자, 어서 마셔요." 침착하면서 한결같이 차가운 태도로 남자가 대답했다. "헤스터 프린, 나를 그렇게도 모르시오? 내가 그렇게 얕은 수작을 쓸 것 같아요? 내게 복수할 계획이 있다고 해도, 당신을 살려 두는 것이 내 목적을 이루기에 더 낫지 않겠어요? 생명에 위태롭거나 손상을 입히는 대신 약을 주어서, 타는 듯한 치욕이 당신 가슴에서 계속 빛나게 하는 게 더 낫지 않겠냐고요?" 남자는 길쭉한 집게손가락을 주홍 글자 위에 올려놓았다. 그 즉시 글자는 빨갛게 달궈진 것처럼 헤스터의 가슴속을 이글이글 태우는 것 같았다. 남자는 그녀가 자기도 모르게 움찔하는 것을 알아차리고 미소를 지었다. "살아남아요. 그래서 남자와 여자들, 그리고 전에 남편이라 부르던 사람과 당신 자식이 보는 앞에서 운명을 견디시오! 살고 싶으면, 이 약을 먹어요."

헤스터 프린은 더는 간청하거나 머뭇거리지 않고 약을 받아 마셨다. 그리고 의사의 손짓에 따라 아기가 잠들어 있는 침대에 앉았다. 의사는 방 안에 하나밖에 없는 의자를 끌고 와서 그녀 옆에 앉았다. 그것을 보고 그녀는 몸을 떨었다. 그가 인류애나

도덕적 원칙 혹은 세련된 잔인함으로 어쩔 수 없이 신체의 고통을 덜어 주는 일을 모두 끝냈으니, 이제 치유될 수 없는 깊은 상처를 입은 남자의 태도로 자신을 대할 것이라 느꼈기 때문이다.

남자가 말문을 열었다. "헤스터, 당신이 왜, 또 어떻게 죄악의 구렁텅이에 떨어졌는지, 아니 내가 당신을 발견한 치욕의 처형대 위에 어떻게 올라가게 되었는지 묻지 않겠어요. 그 이유는 멀리서 찾지 않아도 돼요. 그건 내 잘못 때문이고, 당신의 나약함 때문이니까. 생각하는 사람이고, 위대한 도서관의 책벌레이며, 지식에 굶주린 몽상가로 가장 좋은 세월을 보내고 이미 시들어 가던 사람이, 당신처럼 젊고 아름다운 사람과 인연을 맺으려 했던 게 잘못이오! 태어날 때부터 장애가 있던 내가 지적인 재능으로 젊은 여성의 환상 속에서 신체적 결함을 가릴 수 있다고 스스로를 속였던 거요! 사람들은 내가 현명하다고 말했어요. 하지만 현자들이 자신의 행동에 대해서도 현명하다면, 나도 이 모든 일을 예상할 수 있었을 텐데. 황량한 숲에서 벗어나 기독교인들의 정착지에 들어섰을 때, 사람들 앞에 헤스터 프린이 치욕의 조각상으로 서 있는 것을 발견하게 되리라는 걸 알았더라면 좋았을 것을. 사실은 우리가 결혼한 부부로 옛 교회당의 계단을 함께 내려오던 순간부터, 우리의 여정 끝에는 주홍 글자가 불길 속에서 타오르고 있음을 나는 보았어야 했소!"

헤스터 프린은 아무리 절망한 상태라 해도 치욕의 징표를 비수처럼 조용히 찌르는 마지막 말은 도저히 참을 수 없었다. "당신도 알다시피, 나는 당신을 솔직하게 대했어요. 당신에게 사랑을 느낀 적도 없었고, 사랑하는 척한 적도 없었어요."

"사실이오!" 남자가 대답했다. "내가 어리석었어요! 이미 말했잖아요. 그러나 그 무렵까지 나는 헛된 삶을 살았어요. 세상은 정말 지루했어요! 내 가슴은 많은 손님을 받아들일 수 있을 만큼 넓었으나, 난로를 피우지 않은 집처럼 외롭고 싸늘했어요. 나는 불을 피우기를 간절히 바랐다오! 그게 그렇게 엉뚱한 꿈은 아닌 것처럼 보였지요. 비록 늙고 침울하고 장애가 있었지만, 어디에나 있어서 인간이라면 주워 모을 수 있는 소박한 행복이 내 것이 될 수 있으려니 했어요. 그래서 헤스터, 내 가슴속에서 가장 깊은 방으로 당신을 데리고 와서 온기를 만들고 그것으로 당신을 따뜻하게 해 주고 싶었어요!"

"나는 당신에게 큰 잘못을 저질렀어요." 헤스터가 중얼거렸다.

"우리는 서로에게 잘못을 저질렀어요. 내 잘못이 먼저였어요. 꽃봉오리같이 젊은 당신을 꾀어서 늙은 나와 어리석고 부자연스러운 관계를 맺으려 했으니까. 그러므로 사유나 철학이 헛되지 않았다면, 나는 당신에게 복수하거나 악행을 저지르려 하지 않을 거예요. 당신과 나 사이에서 저울의 팔은 공정하게 균형을 이루었으니. 그러나 헤스터, 우리 두 사람에게 잘못한 사람은 따로 있잖아요! 그 남자가 누구요?"

"물어보지 마세요." 헤스터 프린은 남자의 얼굴을 꿋꿋이 쳐다보면서 말했다. "그것만은 절대로 가르쳐 주지 않을 거예요!"

"절대로 말하지 않겠다고?" 남자가 스스로의 지적 능력을 자신하는 음험한 미소를 지었다. "아무도 모르게 하겠다는 거군!

헤스터, 장담하건대, 비밀을 밝히는 일에 진지하게 헌신한 사람에게 숨길 수 있는 일은 별로 없어요. 눈에 보이는 세상에서든, 눈에 잘 보이지 않는 생각의 영역에서든 말이오. 당신은 남의 일을 캐기 좋아하는 군중에게 비밀을 감출 수 있을지 모르지요. 오늘 목사들과 치안판사들이 당신이 가슴속에 간직하고 있는 남자의 이름을 찾아내서 처형대 위에 나란히 세우려고 했을 때처럼, 그 사람들에게도 비밀을 감출 수 있을지도 모르고요. 하지만 나에게는 그들과 전혀 다른 감각이 있어요. 책 속에서 진리를 찾듯이, 연금술로 금을 얻으려 했듯이, 그 남자를 찾아낼 거예요. 나에게는 그 남자를 감지하는 감각이 있어요. 그가 몸을 떠는 것을 보면, 나 또한 무심결에 갑자기 몸이 떨리겠지요. 조만간 반드시 그를 찾아내게 될 것이오!"

주름이 가득 잡힌 학자의 눈이 이글거리며 헤스터를 노려보았다. 그녀는 자신의 비밀이 드러나는 게 두렵다는 듯 두 손으로 가슴을 가렸다.

"당신은 끝내 그 남자의 이름을 밝히지 않겠다는 거지요? 그래도 나는 그를 찾아낼 거요." 남자는 운명이 이미 자기 편이라는 듯 확신에 차서 말을 이었다. "그는 당신처럼 옷에 치욕의 글자를 붙이고 다니지는 않겠지요. 하지만 나는 그의 가슴속에 있는 글자를 읽을 수 있을 것이오. 그렇다고 그를 위해 두려워하지 마시오! 내가 하늘에서 내리는 징벌에 간섭하거나, 손해를 무릅쓰고 그를 인간의 법에 고발할 거라는 생각은 하지 마시오. 또한 내가 그의 생명을 해칠 궁리를 한다고 상상하지도 말고. 내가 판단하기에 그는 꽤 명성이 높은 인간 같은데 명예를 더럽히려고 한다고 걱정할 것도 없어요. 그냥 살게 내버려둘 테요! 그럴 수 있다면, 겉으로 내세우는 명예 속에 숨어 있게 놓아둘 거요! 그래 봤자 내 손아귀에 있을 테니!"

"당신의 행동은 자비를 베푸는 것 같은데, 당신의 말은 정말 무섭군요!" 헤스터는 경악하여 어쩔 줄 몰라 했다.

"당신은 나의 아내였으므로, 한 가지 요구를 들어줘야 해요. 이제껏 당신은 정부의 비밀을 지켰어요. 마찬가지로, 나의 비밀도 지켜 주시오! 이 지역에서 나를 아는 사람은 아무도 없어요. 누구에게도 내가 남편이었다는 사실을 누설하지 마시오! 세상의 황량한 변두리인 이곳에 나는 천막을 칠 것이오. 다른 지역에서라면 나는 인간의 관심에서 멀어진 한낱 방랑자에 불과하지만, 여기는 가장 밀접하게 연결된 한 여자, 한 남자, 한 어린아이가 살고 있음을 알게 되었어요. 사랑하든 아니든, 옳든 그르든 상관없어요! 헤스터 프린, 당신과 당신의 것은 나에게 속해 있어요. 당신이 있는 곳이 그리고 그 남자가 있는 곳이 바로 내 고향이오. 하지만 나를 배신할 생각은 말아요!"

헤스터는 의사가 말하는 비밀스러운 연결을 이해할 수 없어 두려움을 느꼈다. "당신은 왜 그런 것을 원하는 거죠? 사람들에게 당신이 누군지 알리고 당장 나를 내쳐야 하지 않나요?"

"그건 아마도 충실하지 못한 여자의 남편이 당하는 수모를 겪기 싫기 때문일 거요. 다른 이유도 있을 테지요. 아무튼 남의 눈에 띄지 않게 살다가 죽고 싶어요. 그러니 세상 사람들이 당신

남편은 이미 죽어서 어떤 소식도 오지 않는다고 생각하게 놔두세요. 우연히 마주쳐도 나를 알아보는 어떤 말이나 몸짓, 표정도 해서는 안 돼요! 무엇보다도 당신이 가장 아끼는 그 남자에게 비밀을 누설하면 안 돼요. 만약 나를 배신한다면, 명심하세요! 그 사람의 명예, 지위, 생명이 모두 내 손아귀에 들어오게 될 거요. 명심해요!"

"그 사람의 비밀을 지키듯 당신의 비밀을 지킬 거예요."

"맹세해요!"

헤스터는 맹세했다.

"그럼 프린 부인," 이제부터 로저 칠링워스라고 불리게 될 노인이 말했다. "이제 당신을 두고 갈 거예요. 당신 홀로, 아기와 주홍 글자와 남겠지요! 헤스터, 어떤가요? 잘 때도 저 글자를 달고 있어야 하는 건가요? 당신은 악몽에 시달릴까 두렵지 않나요?"

헤스터는 노인의 눈빛을 보면서 괴로워하며 물었다. "왜 당신은 나에게 미소를 짓나요? 당신은 이 주위의 숲에 나타나는 악마 같은 사람인가요? 나를 꾀어내어 옭아맨 뒤 내 영혼을 파괴하려는 건가요?"

"당신의 영혼을 파괴하려는 건 아니오." 노인은 다시 미소를 지었다. "당신 영혼은 아니라니까!"

5

바느질하는 헤스터

헤스터 프린의 수감 기간이 마침내 끝났다. 교도소 문이 활짝 열리고 그녀는 햇빛 속으로 걸어 나왔다. 그녀의 병든 마음은 모든 이들을 똑같이 비추는 햇빛도 오직 자기 가슴에 달린 주홍 글자만 훤히 드러내는 것처럼 느꼈다. 호송하는 이도 없이 처음으로 교도소 문턱 밖으로 걸어 나오는 일은, 앞서 묘사했듯이, 뒤따르는 구경꾼 속에서 걷는 것보다 훨씬 더 고통스러웠다. 그때는 그녀에게 손가락질하기 위해 모여든 사람들 앞에서 공개적으로 치욕을 당했다. 당시 정상이 아닌 상태였던 헤스터는 온몸이 긴장하는 힘으로 버텼다. 그녀의 투쟁적 기질 덕분에 그 장면이 처절한 승리 같은 것으로 바뀔 수 있었다. 더욱이 그것은 그녀의 일생에 오직 한 번 일어난 예외적으로 특별한 사건이었다. 수년 동안의 고요한 삶을 채워 줄 활력을 모두 쏟은 것이었다. 그녀에게 유죄를 선고한 바로 그 법률이, 준엄한 얼굴에 무쇠 팔을 지닌 채 인간을 제압하기도 하고 부축해 주기도 하는 힘을 지닌 거인 같은 법률이, 엄청난 시련인 치욕을 당하는 동안 그녀를 보호하고 있었다. 그러나 이제 호송도 없이 홀로 교도소 문에서 걸어 나오는 순간부터 일상이 시작되었다. 그녀는 평소에 자신의 기질에서 나오는 힘만으로 삶을 지탱하면서 끌고 나가야 한다. 아니면 그 밑에 깔려 쓰러질 수밖에 없다. 이제 더는 미래에서 힘을 빌려 현재의 괴로움을 헤쳐 나갈 수도 없었다. 내일은 내일의 시련이 올 것이고, 그다음 날은 그날의 시련이 올 것이며, 그다음 날도 마찬가지일 것이다. 이렇게 날마다 각각의 시련이 오겠지만 그것은 언제나 현재의 시련처럼 견디기 어려운 무게일 것이다. 아득히 먼 미래의 나날은 괴로움으로 다가올 것이고, 그녀는 여전히 같은 짐을 지고 견디며 가야 할 것이며, 짐을 내려놓는 날은 오지 않을 것이다. 날이 가고 해가 바뀌면서 산더미같이 쌓인 치욕 위에 날마다 괴로움을 더 쌓아 올릴 것이기 때문이다. 그런 모든 시간을 거치면서 그녀는 개성을 잃어버릴 것이다. 그리하여 목사와 도덕군자가 손가락질하면서 여성의 나약함과 죄 많은 정욕의 살아 있는 교훈의 상징이 될 것이다. 젊고 순수한 이들은 그녀를 죄의 표상, 죄의 육신, 죄의 실체로 바라보도록 가르침을 받을 것이다. 가슴에 주홍 글자가 불타고 있는 그녀를, 존경받을 만한 부모의 자식인 그녀를, 한 아이의 어머니이자 한 여자인 그녀를, 한때는 순결했던 그녀를. 그리고 죽은 뒤에도 따라다닐 치욕이 바로 그녀의 무덤 위에 설 유일한 비석이 될 것이다.

그녀의 눈앞에 넓은 세상이 펼쳐져 있었다. 판결문에는 이렇게 외따로 떨어진 청교도들의 정착지 안에서 살아야 한다는 제한은 없었다. 그녀가 태어난 곳이나 유럽의 다른 곳으로 돌아가 자신의 정체와 기질을 숨긴 채, 마치 완전히 다른 존재가 된 듯 새로운 모습으로 살아갈 자유가 있었다. 혹은 미지의 깊은 숲속으로 향하는 길을 따라가면 그곳에는 그녀의 야성적인 기질과 쉽게 어울릴 수 있는 사람들이 살고 있을지도 몰랐다. 그들*은 아마도 그녀를 단죄한 법과는 전혀 다른 풍습과 삶을 살고 있을 것이다. 그럼에도 이상한 일이었다. 이 여자는 여전히 이 지역을 떠나려 하지 않았다. 이곳에서 자신은 오직 수치스러운 존재임에도. 그러나 숙명이라는 게 있다. 저항하거나 피할 수 없는 운명적 힘을 지닌 감정이 있어서, 바로 그것 때문에 인간이라는 존재는 자신의 삶을 물들인 큰 사건이 일어난 장소를 떠나지 못하고 유령처럼 맴돌기 마련이다. 삶을 물들인 것이 어둡고 슬픈 빛깔일수록 더욱 이끌린다. 헤스터의 죄와 치욕은 그녀를 이 땅에 붙박아 놓은 뿌리였다. 세상에 첫 번째로 태어났을 때보다 더 강렬하게 그녀를 이 땅에 속하게 만든 새로운 탄생을 겪은 것 같

* 미 대륙의 선주민인 인디언을 가리킨다.

았다. 다른 모든 순례자와 방랑자들에게는 여전히 적합하지 않은 이 땅이 헤스터 프린에게는 황량하고 쓸쓸한 평생의 고향이 되었다. 온 세상의 다른 지역들, 오래전에 벗어 놓은 옷처럼 행복한 어린 시절과 순결한 처녀 시절의 기억이 깃든 영국의 시골 마을도 이 땅과 비교하면 낯설게 느껴졌다. 그녀를 이곳에 묶어 놓은 쇠사슬은 영혼 깊숙한 곳까지 아프게 파고들어서 도저히 끊어 버릴 수 없었다.

어쩌면 또 다른 감정이 있을지도 몰랐다. 자신도 모르게 가슴속에 숨겨 둔 비밀이 뱀이 굴에서 기어 나오듯 기어코 밖으로 나오려 요동칠 때, 그녀는 하얗게 질리곤 했다. 그 감정이 이토록 치명적인 장소에서 떠나지 못하게 묶어 두고 있는지도 모른다. 바로 이곳에 자신과 연결되어 있다고 여기는 그 사람이 살고 있었고, 두 발로 돌아다니고 있었다. 비록 이 세상에서는 용납되지 않는 결합이지만, 최후의 심판대에는 함께 서게 될 것이고 그 자리를 결혼의 제단으로 만들어 두 사람은 영원히 공동의 벌을 받게 될 것이다. 악마는 거듭 이런 생각을 헤스터의 머릿속으로 밀어 넣어서 그녀가 열정적이고 간절한 기쁨으로 그것을 붙잡았다가 다시 내던지곤 하는 것을 보며 비웃곤 했다. 그녀는 그런 생각과 정면으로 마주할 수 없기에, 서둘러 마음속 지하 감옥에 밀어 넣고 빗장을 질렀다. 그녀가 스스로 내린 결론이자 뉴잉글랜드에서 계속 살아가는 이유라고 억지로 믿고자 했던 것은 반쯤은 진실이고 반쯤은 자기기만이었다. 죄를 지은 곳이 이곳이니 형벌을 받아야 할 곳도 이곳이라는 생각이었다. 어쩌면 날마다 겪는 수치심이라는 고통이 자신의 영혼을 정화하고, 이미 잃어버린 것과는 다른 순결함을 얻게 해 줄지도 몰랐다. 그것은 고난을 통해 얻은 것이라 성자의 순결함에 더 가까울 수도 있었다.

그래서 헤스터 프린은 달아나지 않았다. 마을의 변두리이면서 반도의 가장자리에 이주민 정착지와 외따로 떨어진 오두막이 한 채 있었다. 초기 이주민이 지었으나 주변의 땅이 경작하기에는 너무 거칠어서 버려진 집이었다. 상대적으로 외진 곳이라 이주민들의 관습적인 사교 활동 영역 밖이었고, 바닷가에 자리하고 있어서 만 저쪽 건너편에 숲으로 뒤덮인 서쪽 언덕을 바라볼 수 있었다. 반도에서만 자라는 덤불숲은 오두막을 시야에서 숨겨 준다기보다는, 오히려 숨겨야 하는 어떤 대상이 있음을 표시하는 것처럼 보였다. 헤스터는 자기가 가진 얼마 안 되는 돈으로 이 작고 쓸쓸한 집을 얻었다. 치안판사의 허락 아래 아기와 함께 살게 되었다. 곧바로 이상한 의혹의 그림자가 주위를 맴돌았다. 헤스터가 왜 인간의 자비 밖으로 내쫓겨야 하는지 이해하지 못하는 철부지 아이들이었다. 오두막 창문을 통해 그녀가 바느질하는 모습이나 현관에 서 있는 모습, 텃밭에서 일하는 모습, 마을로 이어지는 길을 걸어 나오는 모습을 훔쳐보았다. 그러다가 그녀의 가슴에 달린 주홍 글자가 보이면 이상하게도 공포가 전염되는 것처럼 달아나곤 했다.

헤스터는 외로웠다. 감히 그녀의 친구가 될 사람은 없었다. 그러나 생활이 궁색하지는 않았다. 그녀에게는 생계를 유지할 기술이 있었다. 솜씨를 발휘할 기회가 거의 없는 이 땅에서도 아기와 자신을 위한 양식 정도는 마련할 수 있었다. 예나 지금이나 여성이 지닌 거의 유일한 생계 도구인 바느질 솜씨 덕분이었다. 그녀는 섬세하고 상상력이 풍부한 기술의 표본인 정성껏 수놓은 글자를 가슴에 달고 있었다. 궁정의 귀부인들이라면 기꺼이 비단과 금실 옷감을 내주어 세련되고 풍부한 장식을 덧붙이게 했을 솜씨였다. 일반적으로 청교도들은 검은색의 소박한 옷을 입기 때문에 그녀의 솜씨로 만든 섬세한 제품이 자주 필요하지 않았을 테다. 그러나 어떤 작품이든 정교함을 요구하던 당대의 취향이 우리의 근엄한 조상에게도 영향을 미치지 않을 수 없었다. 비록 우리 조상이 유행 없이는 지내기 어려운 곳을 버리고 떠나온 사람들이긴 했지만. 어쨌든 사제 서품이나 치안판사의 취임식 그리고 새 정부가 위엄을 드러내야 할 온갖 공적 의례에서는 당당하고 정연한 격식과 다소 어둡더라도 계산된 장엄함을 갖추어야 했다. 높은 주름 깃, 공들여 장식한 띠, 호화롭게 수놓은 장갑 모두 권력을 쥐고 있는 이들의 위엄에 꼭 필요한 것이었다. 그리고 사치 금지법까지 만들어 일반 평민이 이와 비슷한 사치를 누리는 것을 통제했으면서도 지위나 재산으로 자격을 갖춘 사람에게는 기꺼이 허용했다. 장례식용 복장을 마련할 때도 마찬가지였다. 시신에게 입힐 옷이든, 유가족의 슬픔을 나타내기 위해 검은색 천이나 눈처럼 하얀 얇은 면포로 꾸미는 온갖 상징적 의복이든, 헤스터 프린의 솜씨를 요구하는 특별한 수요가 자주 있었다. 이 무렵에는 아기들도 의식용 예복을 입었기 때문에 아기들의 리넨 옷 주문도 또 다른 일거리였다.

헤스터의 바느질은 점점, 아니 제법 빠르게 유행이 되어 갔다. 가련한 운명의 여인을 가엾게 여겨서인지, 흔하고 값어치 없는 것조차 허명을 갖게 하는 음침한 호기심 때문인지, 아니면 지금과 마찬가지로 다른 사람들은 구할 수 없는 것을 어떤 이들은 쉽게 얻을 수 있는 아리송한 상황 때문인지, 혹은 헤스터가 아니면 채울 수 없는 틈새가 남아 있던 것인지 알 수 없었다. 분명한 것은 그녀가 바느질한 시간만큼 괜찮은 보수를 받을 일거리가 항상 있었다는 사실이다. 어쩌면 사람들은 호화롭고 장엄한 의식에 그녀의 죄지은 손으로 바느질한 옷을 차려입는 것으로 자신의 허영심을 수치스럽게 만들려고 했을지도 모른다. 총독의 주름 깃에서도 그녀의 바느질 솜씨를 볼 수 있었다. 군인들의 스카프에서, 장관의 허리띠에서도 볼 수 있었다. 아기의 작은 모자를 장식하기도 했다. 시신과 함께 관 속에 넣어져 썩어 없어질 옷을 만들기도 했다. 그러나 신부의 순결한 수줍음을 가려 줄 하얀 베일을 수놓는 일에 그녀의 솜씨가 필요했다는 기록은 전혀 없다. 이러한 예외는 사교계가 그녀의 죄에 대해 비난의 고삐를 늦추지 않았음을 나타낸다.

헤스터는 자신을 위해서는 가장 평범하고 금욕적으로 생계를 이어 가는 것 외에 아무것도 필요로 하지 않았다. 아이에게는 소박한 풍요로움을 누리게 했다. 그녀의 옷은 가장 어두운 빛깔의 거친 천으로 만들었다. 유일한 장식은 운명처럼 달고 다녀야 하는 주홍 글자였다. 반면에 아이의 옷차림은 눈에 띄게 기발했다. 환상적일 정도로 독창적이어서 어린 여자아이에게 일찌감치 싹

트기 시작한 요정 같은 매력을 돋보이게 했다. 하지만 거기에는 다른 깊은 의미가 있는 것처럼 보였다. 이것에 대해서는 나중에 좀 더 이야기할 것이다. 헤스터는 얼마 안 되는 돈으로 아이의 옷차림을 곱게 꾸몄고, 남은 돈은 자기 처지와 비슷한 빈곤한 이들에게 모두 나누어 주었다. 도움받은 이들이 오히려 자선을 베푸는 그녀의 손길을 자주 모욕하곤 했다. 헤스터는 자기 솜씨로는 더 나은 일에도 쓸 수 있는 많은 시간 동안 가난한 이들의 거친 옷을 만들었다. 이렇게 일하면서 속죄한다는 생각이 있었을지도 모른다. 그렇게 단순한 작업을 하는 데 오랜 시간 헌신하면서 진정한 즐거움을 희생했는지도 모른다. 그녀의 타고난 기질은 사치하고 관능적이면서 동양적이었다. 화려하게 아름다운 것을 좋아하는 취향이 있었으나, 우아한 손바느질 제품을 만드는 것 외에는 생활의 모든 면에서 그런 것을 누려 본 적이 없었다. 여자는 섬세한 바느질 속에서 남자들이 모르는 기쁨을 얻기 마련이다. 헤스터 프린에게 바느질은 삶에 대한 열정을 표현하는 방법이자 열정을 진정시키는 방법이기도 했다. 그 밖에 다른 모든 기쁨과 마찬가지로, 그녀는 바느질하는 기쁨도 죄로 간주하고 뿌리쳤다. 이처럼 대수롭지 않은 일에 병적으로 간섭하는 양심은 바람직하지 않다고 봐야 한다. 그것은 순수하고 확고한 참회에서 비롯된 것이 아니라 그 밑에 어쩐지 깊게 잘못된 무엇인가가 있는 듯한 의혹을 심어 준다.

이런 식으로 헤스터 프린은 세상에서 자신의 역할을 하게 되었다. 한 명의 여자로서 카인의 이마에 찍힌 낙인보다 더 견딜 수 없는 징표를 달고 있지만, 타고난 기질과 능력이 남달라서 세상에서 아주 내쳐질 수 없는 사람이었다. 그러나 사람들과 교류하는 동안 그녀 스스로 어떤 무리에도 속하지 못한다고 생각했다. 접촉하는 사람들의 몸짓, 말 그리고 침묵까지도 그녀가 추방되어 다른 세상에서 홀로 살고 있거나 나머지 인간과는 다른 기관과 감각으로 소통하고 있다는 사실을 암시하고 있었고, 때로는 대놓고 표현했다. 그녀는 세속적 인간의 관심사로부터 떨어져 있었으나, 여전히 주변에 가깝게 머물렀다. 죽은 뒤에 살던 집의 난롯가를 찾아온 유령과 마찬가지로 모습이 보이거나 느껴지지 않을 뿐이었다. 식구들의 기쁜 일에 미소를 지을 수도 없고, 혈육의 슬픔에 한숨지을 수도 없으며, 금지된 동정심을 표현해 봤자 공포와 혐오를 불러일으킬 뿐이었다. 실제로 이런 감정과 더불어 일반적인 사람들의 마음속에는 오직 그녀에 대한 쓰디쓴 멸시만 있는 듯했다. 그 당시 사람들은 감정이 그다지 섬세하지 않았다. 헤스터는 자신의 위치를 잘 이해하고 있으며 잊을 염려도 없었지만, 사람들이 가장 여린 부분을 함부로 건드릴 때면 갓 찔린 상처의 아픔처럼 자신의 처지를 생생하게 실감했다. 앞서 말했던 것처럼 자선을 베풀려고 찾아간 가난한 이들은 그녀가 건넨 도움의 손길을 욕설로 갚곤 했다. 귀부인들도 마찬가지로, 그녀가 일거리 때문에 문 안으로 들어서면, 가슴에 쓰디쓴 멸시의 잔을 끼얹곤 했다. 그런 부인들은 평범하고 사소한 일을 재료로 조용한 악의라는 연금술을 거쳐 미묘한 독성이 들어 있는 소문을 날조하기도 했다. 어떤 때는 곪아 가는 상처를 강타하

듯, 무방비 상태인 그녀에게 야비한 욕설을 퍼부어 대기도 했다. 헤스터는 오랜 시간 자신을 잘 단련시켜 왔기에 이런 공격에 결코 맞서는 일이 없었다. 창백한 뺨이 선홍색으로 달아올랐을 뿐 격한 감정을 가슴속 깊은 곳에 다시 가라앉혔다. 그녀는 인내심이 강했다. 정말 순교자 같았다. 그러나 자신을 적대하는 이들을 위해 기도하지는 않았다. 그들을 용서하려는 마음이 간절했음에도, 축복을 비는 말이 뒤엉켜 저주가 될까 두려웠다.

그녀는 수천 가지 다른 방식으로 격렬한 고통을 끝없이 느껴야 했다. 청교도들의 법정은 그렇게 교활한 방식으로 거듭해서 그녀에게 선고를 내렸다. 길거리에서 목사들을 만나면 걸음을 멈추고 설교를 시작했고, 그러면 군중이 모여들어 가엾은 죄인을 둘러싼 채 비웃고 눈살을 찌푸렸다. 안식일에 짓는 하나님의 미소가 그리워 교회 안으로 들어가면, 불행히도 그날의 설교 내용이 그녀의 행실을 문제 삼는 경우도 종종 있었다. 그녀는 점점 아이들을 두려워하게 되었다. 아이들은 딸 하나밖에는 동행이 전혀 없는 이 쓸쓸한 여인에 대해 부모들로부터 막연하고 오싹한 이야기를 들었을 뿐이었다. 그래서 아이들은 우선 그 여자가 길을 지나가게 두었다가 어느 정도 거리를 두고 뒤따라오면서 시끄럽게 굴었다. 아이들이 입에서 나오는 대로 아무 생각 없이 내뱉는 말들이 끔찍했다. 온 세상에 그녀의 치욕이 널리 퍼져 있어서 모르는 존재가 없는 것 같았다. 나뭇잎끼리 음울한 이야기를 수군거렸다고 해도, 여름의 산들바람이 주위에서 속삭였다고 해도, 겨울바람이 휘몰아치며 요란하게 외쳤다고 해도, 헤스터가 그토록 깊이 아프지는 않았을 것이다! 빤히 바라보는 낯선 시선도 또 다른 고통이었다. 다른 지역에서 온 이방인들은 항상 그렇게 행동했다. 그들이 호기심 어린 시선으로 주홍 글자를 바라볼 때 헤스터의 영혼에 새롭게 낙인이 찍혔다. 그럴 때마다 주홍 글자를 손으로 가리지 않고는 견딜 수 없을 것 같았으나, 그렇게는 하지 않았다. 아는 사람의 시선은 또 나름대로 고통스러웠다. 잘 알던 사람들이 냉담하게 응시하는 것도 견디기 힘들었다. 어떤 경우든 헤스터 프린은 표식 위에 사람의 시선이 닿기만 하면 늘 무시무시한 고통을 느꼈다. 징표가 있는 자리는 무뎌지지 않았다. 날마다 겪는 고통으로 오히려 점점 더 예민해졌다.

그러나 이따금 며칠에 한 번, 혹은 몇 달에 한 번이라도 헤스터는 치욕의 낙인 위에 한 사람의 시선이 머무는 것을 느꼈다. 헤스터가 느끼는 괴로움의 절반을 나누겠다는 듯 잠시 위로해 주는 듯했다. 하지만 다음 순간 모든 괴로움이 다시 밀려오면서 한결 더 깊은 고통을 느껴야 했다. 그 짧은 순간 그녀는 죄를 한 번 더 범했기 때문이다. 그러나 죄를 범한 것은 헤스터 혼자였을까?

그녀의 상상력은 기이하고 고독한 삶의 괴로움에 물들어 갔다. 만약 도덕적으로 지적으로 더 섬세한 바탕을 지닌 사람이었다면 한층 더 변했을 것이다. 사람들과 거의 교류가 없는 이 좁은 마을에서 외롭게 오고 갈 때, 그녀는 주홍 글자 덕분에 새로운 감각이 생겼다고 느낄 때가 있었다. 한낱 공상이라고 치부해도 저항할 수 없을 정도로 강렬했다. 그녀는 전율하면서도 믿지 않을 수 없었다. 그녀는 다른 이들의 가슴속에 숨겨져 있는 죄를 감각적으로 알아차릴 수 있었다. 그러한 비밀을 알 수 있다는 사실에 그녀는 심한 공포를 느꼈다. 그것은 무엇일까? 사악한 천사의 음험한 속삭임이 분명하지 않을까? 그 사악한 존재는 아직 절반밖에 손에 넣지 못한 자신의 희생양을 설득하고 싶은 걸까? 겉으로 보이는 순결은 거짓에 불과하고 이 세상 어디에서나 진실이 드러난다면, 헤스터 프린 말고도 수많은 이들의 가슴 위에서 주홍 글자가 타올라야 한다는 사실을 주장하는 걸까? 아니면, 아주 막연하면서도 또 아주 뚜렷한 암시를 그녀는 진실로 받아들여야 하는 걸까? 그녀는 온갖 절망적인 경험을 겪었으나, 이처럼 불쾌하고 혐오스러운 적은 없었다. 때를 가리지 않고 불규칙하게 이런 생생한 느낌이 일어나는 바람에 그녀는 충격을 받고 당황했다. 당시 사람들은 목사나 치안판사를 천사와 친교를 맺는 이들이라 여기며 우러러보았다. 경건함과 정의로움의 상징인 그들이 가까이 지나갈 때, 그녀의 가슴에 붙어 있는 붉은 치욕의 징표는 무엇인가를 느꼈다는 듯 쿵쾅거리며 요동치기도 했다. 그럴 때마다 헤스터는 혼잣말로 중얼거렸다. "어떤 악마가 내 곁에 있는 걸까?" 내키지 않아 하면서 눈을 돌리면, 지상의 성자라고 할 만한 모습 말고는 다른 사람은 보이지 않았다! 떠도는 소문에 의하면 성녀처럼 찡그린 얼굴을 하고 다니며 평생 차가운 눈 같은 정절을 지키며 살았다는 부인을 만났을 때는 자매를 만난 듯한 신비한 느낌이 고집스럽게 떠나지 않은 적이 있었다. 부인의 가슴속에서 햇빛에 녹지 못한 눈덩이와 헤스터 프린의 불타는 치욕 사이에 도대체 어떤 공통점이 있다고? 한번은 전율이 느껴지듯 섬뜩한 경고가 있었다. "헤스터, 봐 봐. 여기에 동료가 있어!" 그래서 쳐다보면, 조심스럽게 주홍 글자를 곁눈질하는 젊은 처녀의 시선을 발견하곤 했다. 그 순간 자신의 순결이 훼손되었다는 듯이, 희미하게 싸늘한 홍조를 띤 처녀의 뺨은 겁먹은 듯 재빨리 그녀를 외면했다. 오, 저 치명적인 상징을 부적으로 여기는 악마여, 그대는 젊은이든 노인이든, 이 가엾은 죄인이 존경할 사람을 아무도 남겨 놓지 않으려 하나? 이렇게 믿음을 잃는 것이 가장 비참한 죗값이었다. 그러나 헤스터 프린은 세상에 자기만큼 죄지은 사람은 없다고 믿으려 애썼다. 그 사실을 자신의 나약함과 인간의 가혹한 법률의 희생양이 된 이 가엾은 여자가 완전히 타락하지 않은 증거로 받아들여 주길 바란다.

음산한 시절을 살아가던 평범한 이들은 상상력을 자극하는 일에 언제나 괴이한 공포의 분위기를 덧입혔다. 주홍 글자에 관한 이야기도 쉽게 무시무시한 전설로 가공되었다. 그들은 그 글자가 지상의 염료통 속에서 붉게 물들여진 천으로 만든 게 아니라 지옥의 불로 새빨갛게 달궈진 것이며, 헤스터 프린이 밤중에 나다닐 때는 항상 이글이글 불타오른다고 우겼다. 그런데 이 주홍 글자가 헤스터의 가슴을 너무 깊이 태운 것은 사실이었기 때문에 남의 말을 쉽게 믿지 않는 요즘 사람들이 인정하는 것 이상의 진실이 그러한 소문 속에 담겨 있을 수도 있었다.

6

펄

이제까지 헤스터의 아기 이야기를 거의 하지 않았다. 아이는 헤아릴 수 없는 신의 섭리로 무구하게 태어난 생명이자, 죄 많은 열정의 결과이며, 영원히 시들지 않을 사랑스러운 꽃 같았다. 아기가 자라면서, 작은 얼굴에 햇빛이 비추듯 나날이 총명해지고 환해지는 것을 볼 때, 슬픈 어머니는 얼마나 이상한 기분이 들었을까! 나의 펄! 헤스터는 진주라는 뜻의 펄이라는 이름으로 아이를 불렀다. 아이의 생김새를 딴 것은 아니었다. 조용하고 침착한 해맑음은 거의 찾아볼 수 없었다. 헤스터가 아이의 이름을 '펄'이라고 지은 것은 모든 것을 잃은 대가로 얻은 소중한 존재이자 유일한 보물이었기 때문이다! 정말 기이하지 않은가! 이 여자의 죄는 너무 강렬한 불행의 힘을 지닌 주홍 글자로 표시되어 있어서, 그녀와 같은 죄를 짓지 않는 이상 누구의 연민도 일으키지 못했다. 그런데 하나님은 인간이 직접 법으로 처벌한 죄의 결과로 사랑스러운 아이를 주었다. 아이는 비록 치욕스러운 어머니의 가슴에 안겨 있지만, 자기 부모가 인류로부터 제외되지 않도록 자손으로 연결해 줄 것이고, 마침내 제 힘으로 하늘에서 축복받은 영혼이 될 것이다! 그러나 이러한 생각은 헤스터 프린에게 희망보다는 근심을 안겨 주었다. 그녀는 자기가 저지른 일이 죄임을 알고 있었다. 그러므로 결과가 좋을 것이라는 믿음을 가질 수 없었다. 날마다 두려워하며 아이의 변해 가는 성정을 살폈다. 아이의 탄생과 연결된 죄과가 어둡고 충동적인 특성으로 나타나지 않을지 두려워했다.

아이에게 신체적 결함이 없는 건 확실했다. 활력이 넘치는 온전한 모습에, 한 번도 써 보지 않은 팔다리를 태어날 때부터 익숙하게 움직이는 것으로 보아, 에덴동산에서 양육될 만한 아기였다. 세상에서 최초로 부모가 된 이들이 쫓겨난 뒤에도, 에덴에 남아 천사들과 장난치며 놀아도 될 아이였다. 아이는 흠 없는 아름다움과 반드시 공존하지 않는 타고난 우아함까지 지니고 있었다. 옷차림은 소박했으나 어떤 옷을 입어도 잘 어울렸다. 그렇다고 어린 펄이 촌스럽고 남루한 옷을 입은 것은 아니었다. 이야기가 진행되면 좀 더 잘 이해할 수 있겠지만, 어떤 병적인 의도에서 헤스터는 구할 수 있는 한 가장 훌륭한 옷감을 마련했다. 그리고 상상력을 한껏 발휘하여 아이가 밖에 나갈 때 입을 옷들을 만들었다. 그런 옷을 차려입으면 이 작은 몸은 더없이 근사했다. 엷은 사랑스러움이라면 옷의 화려함에 쉽게 지워졌을 테지만, 펄의 완벽한 아름다움은 옷차림으로 인해 더욱 빛나서 어둑한 오두막집 마루 위에 서 있는 아이의 주위에 동그란 빛의 원이 만들어지는 듯했다. 거칠게 뒹굴며 놀아서 적갈색 옷이 찢어지고 더러워져도 아이는 그림처럼 예뻤다. 펄은 마치 마술을 부리듯 여러 분위기의 얼굴로 변했다. 한 아이 속에 여러 모습이 있었다. 들꽃처럼 귀여운 농부의 자식 같은 모습에서부터 어린 공주 같은 당당한 화려함까지 다양했다. 모든 펄의 모습에는 열정의 징조 같은 짙은 색조가 보였고 언제나 사라지지 않았다. 어떤 모습으로 변하든, 그러한 색조는 옅어지거나 창백해지지 않았다. 만약 그렇게 되면 그 아이는 더 이상 펄이 아니었다!

이렇게 변화무쌍한 모습은 펄의 다양한 성정을 있는 그대로 드러내 보이는 것이었다. 아이의 천성은 다양하면서도 깊이가 있었다. 그러나 그런 성정은, 두려움 때문에 헤스터가 잘못 본 게 아니라면, 아이가 태어난 세상과 아무 상관도 없었고 세상에 잘 맞지도 않는 것이었다. 세상의 규칙에 순응하도록 할 수도 없었다. 아이의 존재 자체가 세상의 법을 깨뜨린 것이기 때문이다. 아이는 아름답고 찬란한 요소로 이루어져 있으나 온통 무질서했다. 나름대로 독특한 질서가 있다고 해도 그 속에서 변화와 배열의 중심을 찾기는 어렵거나 불가능했다. 헤스터는 펄이 영적 세계에서 영혼을 흡수하고 지상의 물질로 골격을 만들던 시절에 자신이 어떠했는지 회상하면서 모호하게 아이의 성격을 설명하려 할 뿐이었다. 열정에 사로잡혀 있던 어머니의 상태가 아직 태어나지 않은 아기에게 정신의 빛을 전달하는 매개체가 되었다. 원래는 하얗고 맑은 빛이었다 해도, 매개체의 간섭으로 짙은 주홍색과 금색, 이글거리는 빛, 검은 그림자, 그리고 견잡을 수 없는 빛을 띠게 되었다. 무엇보다도 당시에 헤스터의 영혼이 치른 전투는 펄의 내면에 영원히 흔적을 남겼다. 충동적이고 절망적이면서 반항적인 기분, 쉽게 울컥하는 성질, 심지어 가슴속에 떠돌던 우울함과 허탈감까지 펄의 성격에 있음을 그녀는 알아볼 수 있었다. 그런 성정들은 어린아이의 아침 햇살 같은 특성으로 반짝이는 것처럼 보이지만, 나중에 세상으로 나가게 되면 폭풍우와 회오리바람을 빈번하게 몰고 올 기질이었다.

당시의 가정 교육은 지금보다 훨씬 더 엄격했다. 성경의 권위에 순종하게 하려고 인상을 찌푸리면서 엄하게 나무라거나 잦은 매질도 허용되었다. 잘못된 행동을 처벌하는 방식일 뿐만 아니라 아이들의 미덕을 북돋고 성장하게 하는 건전한 교육 방식이기도 했다. 그럼에도 헤스터 프린이 하나밖에 없는 자식을 키우는 홀어머니로서 지나치게 엄격한 훈육을 할 위험은 거의 없었다. 자신의 실수와 불행을 염두에 두고 자신의 책임인 아이를 어릴 때부터 부드러우면서도 엄하게 키워 보려고 애썼다. 하지만 그녀의 능력을 넘어서는 일이었다. 미소를 지어 보기도 하고 인상을 써 보기도 했으나, 어느 방법도 이렇다 할 효과가 없었다. 헤스터는 어쩔 수 없이 손을 놓고 아이가 제멋대로 하게 내버려두었다. 물론 몸으로 말리거나 억지로 붙잡기도 했으나 단지 그때뿐이었다. 다른 훈육 방법도 시도해 보았다. 어린 펄이 알아듣게 혹은 마음에 와닿게 설득해 보았으나, 아이는 상황에 따라 말을 듣기도 하고 듣지 않기도 했다. 아직 갓난아기였을 때부터 헤스터는 펄의 독특한 표정에 점점 익숙해졌다. 그 표정을 지을 때면 어머니가 아무리 혼내고 타이르고 호소해도 아이는 막무가내였다. 매우 영리하고 완강하면서 때로는 악의를 품은, 설명하기 어려운 표정이었다. 하지만 대체로 활발한 기운이 넘쳤으므로, 헤스터는 그럴 때마다 펄이 정말 인간의 아이인지 의아해지곤 했다. 아이는 오두막의 마루에서 장난치며 놀다가 어느 순간 까르르 웃으며 멀리 날아가 버리는 공기의 요정처럼 보였다. 충동적으로 반짝이는 검은 눈동자에서 이런 표정이 나타날 때마다 펄은 아득하고 이해할 수 없는 이상한 존재로 보였다. 우리가 알 수 없는 곳에서 와서 공중을 떠돌다가 우리가 알 수 없는 곳으로 사라져 버릴 희미한 빛 같았다. 그런 모습을 바라보다가, 헤스터는 아이에게 달려갔다. 어머니가 다가가면 반드시 달아나는 어린 요정 같은 아이를 붙잡아 가슴에 끌어안고 입맞춤했다. 애정이 넘쳐서라기보다는 펄이 요정이나 환상이 아니라 살과 피로 이루어진 사람임을 스스로 확인하려 했다. 품에 안긴 펄이 즐거움으로 가득 찬 음악 소리처럼 웃어 댈 때 어머니는 이전보다 더 큰 의심을 품곤 했다.

가장 값비싼 대가를 치르고 얻었으며, 온 세상과 다름없는 보물인 딸과 자기 사이에 이렇게 당혹스럽고 이해하기 힘든 일이 자주 일어나기에 헤스터는 종종 울음을 터뜨리며 괴로워했다.

그러면 펄은 작은 얼굴을 찡그린 채 주먹을 불끈 쥐고 단호하면서도 불만에 찬 차가운 표정을 지었다. 어머니에게 자기 모습이 어떤 영향을 미칠지 짐작할 수 없었을 테다. 인간의 슬픔 따위는 느끼지도 이해하지도 못하는 존재처럼 이전보다 더 크게 깔깔거릴 때도 있었다. 아주 드물게 아이는 슬픔에 몸부림치면서, 어머니에 대한 사랑을 짧은 말로 흐느끼며 표현할 때가 있었다. 자기에게도 아파하는 마음이 있다는 것을 애써 보여 주려는 듯했다. 그러나 헤스터는 갑자기 휘몰아치는 애정이 불안할 따름이었다. 그런 애정은 나타나자마자 곧 사라져 버렸기 때문이다. 어떤 정령을 불러냈으나 마법을 부리는 도중에 무엇인가가 잘못되어 정령을 마음대로 다스리는 주문을 알지 못하는 사람이 된 기분이었다. 헤스터는 오직 펄이 잠들어 있을 때만 마음이 편했다. 그럴 때만 아이가 분명히 자기 자식 같아서 몇 시간은 고요하고, 슬프면서도 달콤한 행복을 누렸다. 그러다가도 귀여운 펄은 잠에서 깨어나면 고집 센 시선을 드러내 보이는 것이었다!

정말 믿어지지 않을 만큼 빠른 세월이었다! 펄은 어머니와 아무 의미 없는 상냥한 말과 미소를 나누는 것 외에도 세상 사람들과 대화할 수 있는 나이에 이르렀다. 새가 지저귀는 듯한 펄의 맑은 목소리가 마을 아이들의 떠드는 소리에 섞여서 들려왔다면 헤스터는 얼마나 행복했을까. 장난꾸러기들의 아우성 속에서 딸의 목소리를 분명히 구별할 수 있었을 텐데! 그러나 그런 일은 일어나지 않았다. 펄은 태어날 때부터 아이들 세계에서 추방당했다. 악마의 자식이면서 불륜의 결과이자 상징인 펄은 세례받은 아이들 속에 들어갈 권리가 없었다. 본능보다 놀랍고 강렬한 힘은 없다. 펄이 자신의 외로움과 주위에 아무도 침범할 수 없는 원이 그려져 있는 운명을 이해한 것을 보면 그러하다. 한마디로 다른 아이들과 비교해서 완전히 다른 위치에 있음을 스스로 알고 있었다. 헤스터는 교도소에서 나온 뒤 펄 없이는 세상 사람들 앞에 나선 적이 없었다. 마을을 돌아다닐 때도 언제나 펄이 있었다. 처음에는 품에 안긴 아기로, 나중에는 어머니의 집게 손가락을 꼭 잡은 어린 딸로 서너 걸음 뒤에서 종종거리며 동행했다. 펄은 마을의 아이들이 풀이 우거진 도로변이나 현관 문턱에서 청교도적인 양육 방식이 허락하는 한도 내에서 무시무시한 놀이를 하는 모습을 보았다. 아이들은 교회에 가는 척하며 놀았고, 퀘이커 교도를 매질하는 흉내를 냈다. 인디언과 싸워서 머리 가죽을 벗기는 놀이를 하거나, 마법을 부리는 척하면서 서로에게 겁을 주며 놀았다. 펄은 이런 모습을 유심히 구경하기도 했지만, 아이들과 어울리려고는 하지 않았다. 누군가가 말을 걸어도 대답하지 않았다. 아이들은 가끔 펄의 주위로 모여들곤 했는데, 그럴 때면 어린 펄은 발끈하면서 돌멩이를 집어 들어 아이들에게 던졌다. 그러면서 알아들을 수 없는 말을 하며 날카로운 비명을 질렀다. 그 소리가 헤스터에게는 마치 의미를 알 수 없는 마녀의 주문처럼 들려서 소름이 끼쳤다.

세상에서 가장 편협한 청교도의 자식인 마을 아이들은 헤스터와 펄이 어딘지 모르게 눈에 띄고, 이 세상 사람 같지 않고, 차림새도 평범하지 않다는 사실을 희미하게 알아차리고 있었다.

그래서 마음속으로 두 사람을 멸시했고, 욕설을 자주 퍼부었다. 펄은 그러한 혐오의 낌새를 알아차리고 어린아이가 품을 수 있는 가장 쓰라린 증오로 되돌려주었다. 펄이 그렇게 분노를 드러내는 것을 보고 헤스터는 고마움과 비슷한 감정을 느끼며 안도했다. 그러한 분노 속에는 아이의 행동 속에 자주 나타나 어머니를 괴롭히던 돌발적인 변덕 대신에 이해할 수 있는 진지한 감정이 담겨 있었기 때문이다. 그럼에도 그 속에 일찍이 헤스터 자신에게 드리워졌던 죄악의 그림자를 알아볼 수 있었다. 펄은 어머니에게서 이런 증오와 격정의 감정을 누구에게도 양도할 수 없는 유산으로 물려받았다. 어머니와 딸은 인간 사회로부터 격리된 원 안에 함께 서 있었다. 펄의 기질에는 헤스터 프린이 딸을 낳기 전의 산만하고 들뜬 성향이 그대로 들어 있는 듯했다. 어머니가 된 뒤에 모성의 영향으로 누그러진 성향이었다.

펄은 집에서나 어머니의 오두막 근처에서나 굳이 여러 놀이 친구를 사귀려 애쓰지 않았다. 아이의 창조적 영혼에서 솟아난 생명의 마력이 마치 횃불 닿는 곳마다 불이 붙듯 수많은 사물과 서로 통했다. 엉뚱한 물건들, 막대기나 누더기 뭉치, 한 송이 꽃 같은 것들이 펄이 부리는 마법의 꼭두각시가 되었다. 겉모양은 달라지지 않았으나, 아이의 마음속 무대에서는 어떤 연극에나 어울리는 역할로 바뀌었다. 펄의 아이다운 목소리 하나로 노인과 젊은이를 비롯한 모든 상상 속 인물이 말했다. 짙푸르고 장엄한 소나무들이 바람결에 거칠게 신음하거나 구슬프게 중얼거리는 소리는 있는 그대로 청교도 장로들을 나타냈다. 마당에 자라는 볼품없는 잡초는 장로의 아이들이었다. 그래서 펄은 잡초를 무자비하게 쳐내거나 뿌리를 뽑아 버렸다. 아이가 산발적으로 머릿속에서 상상한 온갖 형체는 불쑥 튀어나와 춤추면서 언제나 초자연적인 상태로 움직였다. 그러다가 마치 너무 다급하게 밀려든 생명의 조수에 힘을 다 써 버린 듯 사라졌다. 곧이어 비슷하게 격렬한 활력으로 움직이는 다른 형상들이 나타났으니, 놀랍고 대단한 광경이었다. 환상적으로 변하는 북극광에 비할 만했다. 그러나 단순히 상상력을 발휘하는 놀이였다면 한창 자라는 총명한 아이들에게서 관찰할 수 있는 특성 이상의 것은 없었을지도 모른다. 펄의 경우에는 놀이 상대인 사람이 없었기 때문에 자신이 만든 가상의 무리와 어울렸을 뿐이다. 그러나 한 가지 독특한 것은 자기 마음과 정신에서 튀어나온 모든 것을 향해 적개심을 보였다는 사실이다. 아이는 한 번도 친구를 만든 적이 없었다. 언제나 주위에 용의 이빨을 씨앗으로 넓게 뿌려서, 무장한 적들을 돋아나게 한 다음, 그것들과 전투를 벌였다. 아직 그토록 어린아이가 세상을 적으로 인식하고 미래에 다가올 싸움에서 자신의 정당함을 지키려고 맹렬히 단련하는 것을 보는 일은 슬펐다. 더구나 그 원인을 사무치게 가슴으로 느끼는 어머니에게는 얼마나 서글픈 일이었는지!

헤스터 프린은 펄을 유심히 지켜보다가 바느질감을 무릎 위에 내려놓곤 했다. 그리고 숨기려 무진 애를 썼으나 무심결에 북받쳐 오르는 가슴속의 괴로움을 신음처럼 내뱉었다. "오, 하늘에 계신 아버지, 아직도 당신이 제 아버지라면요, 제가 낳은 이 아이는 도대체 어떤 존재인가요!" 그러면 펄은 어쩌다가 엄마의 탄식을 들었는지, 아니면 미묘하게 괴로움의 파장을 감지한 것인지, 활기차고 예쁜 얼굴로 엄마를 바라보면서 요정 같은 총명한 미소를 지어 보인 뒤 다시 놀이에 열중했다.

펄의 독특한 행동에서 아직 거론하지 않은 것이 있었다. 아이가 태어나서 처음으로 본 게 무엇이었을까? 어머니의 미소는 아니었다. 다른 아기들이라면 작은 입에 뱃속에서부터 머금은 옅은 미소로 어머니의 웃음에 답했을 것이다. 나중에 기억을 더듬어 보면서 그것이 정말 미소였는지 다정한 논쟁이 벌어질 만큼 희미한 미소였겠지만. 펄의 경우는 그렇지 않았다! 이런 말을 꼭 해야 할지 모르지만, 펄이 태어나자마자 처음으로 인식한 것은 헤스터의 가슴에 붙은 주홍 글자였다! 어느 날 어머니가 요람 위로 몸을 굽혔을 때, 아기의 눈은 금실로 장식된 반짝이는 글자로 향했다. 그리고 작은 손을 내밀어 그것을 움켜쥐려 했다. 아기는 웃으면서 결연한 표정을 지었는데 그래서 원래보다 훨씬 나이가 많은 아이처럼 보였다. 헤스터 프린은 놀라서 숨이 막혔다. 본능적으로 그 치명적인 징표를 떼어 내 버리려고 했다. 펄의 앙증맞은 손이 뭔가를 아는 듯 주홍 글자를 만지는 순간 어머니의 괴로움은 이루 말할 수 없을 정도였다. 어린 펄은 어머니와 눈을 맞추며 다시 미소를 지었다! 괴로워하는 어머니의 몸짓을 자기와 놀아 주려는 것으로 받아들인 듯했다. 그 시절 이후로 헤스터는 아기가 잠들었을 때 말고는 한시도 마음 편한 적이 없었다. 잠시도 아기와 한가하게 즐거움을 누릴 수 없었다. 물론 몇 주일

동안이나 펄이 주홍 글자를 바라보지 않은 적도 있었다. 그러나 발작이 일어나 갑자기 죽음을 맞이하듯이, 뜻하지 않은 순간에 독특한 미소와 이상한 눈빛으로 다시 그것을 바라보았다.

헤스터 역시 여느 어머니들처럼 아기의 눈에 비친 자기 얼굴을 들여다보는 걸 좋아했다. 한번은 변덕스러운 요정 같은 눈빛이 아기에게서 나타났다. 그 순간 헤스터는 펄의 거울 같은 검은 눈동자 속에 비친 작은 얼굴이 자기 얼굴이 아니라 다른 누군가의 얼굴처럼 보였다. 외로움과 고뇌에 잠긴 여자라면 설명할 수 없는 망상에 시달릴 수 있는 법이다. 펄의 눈동자에 비친 그 얼굴은 악마처럼 차가운 미소를 머금고 있었으나, 헤스터가 잘 아는 이의 모습이었다. 원래는 미소를 잘 짓지도 않을뿐더러 악의라고는 찾아볼 수 없는 사람의 얼굴이었다. 마치 펄을 사로잡은 악령이 불쑥 튀어나와 그 얼굴로 조롱하는 것처럼 보였다. 나중에도 헤스터는 그처럼 생생하지는 않으나 똑같은 환상에 여러 차례 시달려야 했다.

펄이 혼자 뛰어다닐 만큼 자란 어느 여름날 오후였다. 아이는 들꽃을 한 줌 가득 따와서는 어머니의 가슴에 하나씩 던지며 놀았다. 꽃이 주홍 글자에 명중하면 어린 요정처럼 깡충거리며 춤췄다. 처음에 헤스터는 두 손을 마주 잡고 가슴을 가리려 했다. 그러나 자존심 때문인지 체념해서인지 아니면 설명할 수 없는 고통으로 참회하는 게 최선이라고 생각해서인지 글자를 감추려는 충동을 억눌렀다. 그저 죽은 사람처럼 창백한 얼굴로 꼿꼿이 앉아 어린 펄의 변덕스러운 눈을 슬프게 바라보았다. 꽃은 계속 날아왔고, 예외 없이 표적에 거의 명중했다. 어머니의 가슴은 이 세상, 아니 저 세상의 어떤 약으로도 치료할 수 없는 상처로 헤집어졌다. 마침내 아이는 모아 온 꽃을 다 던지고 나서 가만히 선 채로 헤스터를 바라보았다. 그 순간 깊은 심연 같은 검은 눈 속에는 악마의 형상이 얼굴을 내밀고 웃는 듯했다. 정말로 악마가 나타났는지 아닌지 모르지만, 어머니는 그렇게 상상했다.

"아가야, 넌 누구니?" 엄마가 울부짖었다.

"난 엄마 딸 펄이잖아요!"

그러나 펄은 이렇게 말하면서 웃음을 터뜨리더니 깡충깡충 뛰며 춤추기 시작했다. 작은 악마 같은 우스꽝스러운 몸짓을 하면서 곧 굴뚝 위로 날아갈 기세였다.

"너 정말 내 딸이지?" 헤스터가 물었다.

지나가는 말이 아니라 한순간 진지하게 물어보았다. 놀라울 정도로 총명한 아이를 보면, 어쩌면 자기 존재의 비밀을 아는 건 아닌지, 이제까지 정체를 드러내지 않는 건지 조금은 의심스러웠기 때문이다.

"응. 나는 작은 펄이에요!" 아이는 기묘한 동작을 하며 똑같이 대답했다.

"너는 내 딸이 아닌데! 너는 나의 펄이 아니잖아!" 어머니는 반쯤 장난기를 섞어서 말했다. 괴로움이 깊어지면 괜스레 농담하고 싶을 때가 있으니까. "네가 누군지, 누가 너를 여기에 보냈는지 말해 볼래?"

"엄마가 말해 봐요!" 펄이 헤스터에게 다가와 무릎에 매달리면서 진지하게 말했다. "어서 말해 봐요!"

"하늘에 계신 아버지께서 너를 보내 주셨지!" 헤스터 프린이 대답했다.

그러나 어머니는 머뭇거리면서 말했고 예리한 아이는 그런 기색을 놓치지 않았다. 평소처럼 변덕이 작용한 것인지 악마가 부추겨서인지, 아이는 집게손가락으로 주홍 글자를 만졌다.

"그 사람이 보낸 게 아니죠! 나한테는 하늘에 계신 아버지가 없어요!" 아이는 단호하게 소리쳤다.

"쉿, 펄, 조용히 해! 그런 말 하는 거 아니야!" 어머니는 고통스러운 신음을 참듯 대답했다. "그분이 우리 모두를 세상에 보내신 거야. 네 엄마인 나도 보내셨어. 당연히 너도 보내신 거지! 그렇지 않으면 이 요정 같은 신기한 아가야, 네가 도대체 어디에서 왔겠니?"

"말해 줘요! 말해 달라고요!" 펄은 이제 진지하지 않았다. 마루 위를 뒹굴면서 깔깔거렸다. "엄마가 나한테 알려 줘야 하는 거잖아요!"

그러나 헤스터는 스스로 어두운 의심의 미궁 속에 빠져 있었으므로 딸의 궁금증을 풀어 줄 수 없었다. 헤스터는 미소를 짓고 있었으나 몸이 떨렸다. 마을 사람들의 수군거림이 떠올랐다. 펄의 아버지를 찾아내려 헛되이 애쓰다가 그들은 아이의 남다른 특성 몇 가지를 빌미 삼아 가엾은 어린 펄이 악마의 자식이라고 손가락질했다. 옛날 가톨릭교 시절부터 악마의 자식들이 세상에 태어나는 경우는 종종 있었다. 어머니의 죄를 매개로 해서 추잡하고 사악한 목적을 이루려는 시도였다. 루터* 역시 그를 적대시하던 수도원 수사들에게 악마의 혈통이라는 모략을 당했다. 뉴잉글랜드의 청교도들 가운데 그런 불길한 기원을 지녔다는 의심을 받은 아이가 오직 펄 하나뿐은 아니었다.

* 마르틴 루터(1483~1546). 독일의 종교 개혁가. 어머니가 악마와 관계를 맺어 그를 낳았다는 주장이 19세기까지 떠돌았다.

7

총독 저택의 접견실

어느 날 헤스터 프린은 벨링엄 총독의 저택으로 장갑 한 켤레를 갖다주러 가야 했다. 그가 주문한 대로 가장자리를 장식하고 수를 놓은 장갑으로 국가의 성대한 행사에서 사용할 것이었다. 벨링엄은 선거의 결과로 총독의 자리에서 지위가 한두 단계 내려갔으나, 여전히 식민지 관료 사회에서 중요하고 영향력 있는 위치에 있었다.*

---

* 벨링엄 총독은 1642년에 선거에서 패배하여 총독 자리에서 물러났고, 치안판사로 재직하다가 1654년에 선거에서 이겨 다시 총독의 자리에 올랐다.

그날 헤스터가 식민지에서 나름 큰 영향력을 지닌 인물을 만나고자 한 데에는 수놓은 장갑을 전달하는 것보다 훨씬 더 중요한 이유가 있었다. 그녀는 더 엄격하게 질서를 유지해야 한다고 주장하는 지역 주민의 대표 격인 몇몇 사람들이 자신에게서 아이를 빼앗을 계획이 있다는 소문을 들었다. 앞서 잠깐 언급한 것처럼, 펄을 악마의 자식이라고 가정한다면, 선량한 이들은 기독교도로서 어머니의 영혼을 위해 걸림돌이 되는 존재를 제거해야 마땅했다. 반대로 아이에게 도덕적, 종교적으로 성장할 능력이 있고, 구원받을 요소가 있다면, 헤스터 프린보다 현명하고 훌륭한 양육자에게 가는 것이 더 나은 미래를 보장할 수 있다. 그러한 계획을 추진한 이들 중에서 벨링엄 총독은 가장 적극적인 편이었다. 세월이 흐른 뒤에는 지역 행정 위원 이상의 고위층이 다룰 리 없는 이런 류의 문제가 당시에는 공개적으로 논의되었고, 저명한 정치가들의 의견이 양쪽으로 갈리기까지 했다. 이상하고 우스꽝스러운 일이었다. 그러나 순박할 정도로 단순하던 당시에는, 헤스터와 딸의 복지 문제보다 대중의 관심도 덜하고 훨씬 중요하지 않은 문제도 입법자들이 법령을 만들고 심의하는 막중한 일들과 이상하게 뒤섞이곤 했다. 지금 우리가 풀어 가고 있는 이야기보다 조금 앞섰지만 그리 멀지 않는 과거에 돼지 한 마리의 소유권*을 두고 논의하다가 식민지 입법자들 사이에서 치열하고

* 수퇘지 한 마리의 소유권을 두고 마을의 대의원들과 전 지역 대표인 치안판사들

신랄한 말다툼이 벌어져 입법 기구에 중대한 변화를 일으키는 계기가 되기도 했다.

헤스터 프린은 근심이 가득한 채 외딴 오두막집을 나섰다. 군중과 불쌍하고 고독한 여성 사이에 벌어질 불평등한 싸움에서 자신의 권리를 인식하고 있는 것처럼 보였다. 물론 어린 펄이 동행했다. 이제 아침부터 밤까지 어머니를 졸졸 따라다닐 수 있는 나이가 되었으므로, 그보다 더 먼 거리라도 갈 수 있었다. 그럼에도 아이는 자주 변덕을 부려 안아 달라고 졸라 댔고, 그러다가 안아 주면 곧 내려놓으라고 떼를 썼다. 풀이 우거진 오솔길을 헤스터를 앞질러 내달리다가 넘어지기도 했으나, 다치지는 않았다. 이미 설명한 바 있는 펄의 화려한 미모는 또렷하면서도 생기 있게 반짝였다. 안색은 환하고, 강렬한 눈빛은 그윽하게 빛났다. 벌써 숱이 많은 윤기 나는 갈색 머리카락은 몇 년 뒤에는 거의 검은색이 될 것 같았다. 아이의 내면이나 겉모습 전체에서 불꽃이 느껴졌다. 펄은 불타는 정열의 순간에 뜻하지 않게 생겨난 아이답게 보였다. 어머니는 아이의 옷차림에 자신의 화려한 상상력을 한껏 발휘했다. 독특한 형태에 금실을 아끼지 않고 호화롭게 장식한 주홍빛 벨벳 겉옷을 입혔다. 그렇게 강렬한 색채의 옷을 핏기 없는 아이가 입었더라면 더 초췌해 보였겠지만, 펄의 미모에는 아주 잘 어울렸다. 아이는 이 세상에서 춤추고 있는 눈부

이 논쟁을 벌였다. 이 사건을 계기로 미국의 상원과 하원이 갈렸다.

신 작은 불꽃처럼 보였다.

그러나 옷차림의 두드러진 특색과 아이의 전체적 외모를 바라보노라면 어쩔 수 없이 헤스터 프린의 가슴에 달린 운명의 징표를 떠올리게 되었다. 아이는 마치 주홍 글자의 또 다른 형상처럼 보였다. 생명을 부여받은 주홍 글자였다! 붉은 치욕이 머릿속에 너무 깊이 낙인찍혀서 생각이 모두 그런 형태로 나타나는 것인 양, 어머니 자신이 정성 들여 그것과 꼭 닮게 아이를 차려 입혔다. 몇 시간이나 병적일 정도로 애써서 자기가 가장 사랑하는 대상을 죄와 고통의 징표와 비슷하게 만들고 말았다. 그러나 펄이 바로 징표이고 징표가 바로 펄이기도 한 게 사실이었다. 헤스터가 주홍 글자를 펄의 모습 속에 완벽하게 재현한 것은 둘이 다르지 않기 때문이었다.

두 사람이 마을에 나타나자, 청교도 아이들이 놀이를 그치고, 그러니까 음울한 장난꾸러기들이 놀이라고 생각하는 걸 그치고, 두 사람을 바라보며, 심각하게 수군거렸다.

"저것 봐, 주홍 글자를 달고 다니는 여자가 나타났네. 게다가 주홍 글자처럼 생긴 애가 옆에서 촐랑거리며 따라가잖아! 얘들아, 저것들에게 흙덩이 맛을 보여 주자!"

그러나 겁 없는 아이인 펄은 인상을 쓰고 두 발을 구르면서 작은 손을 휘둘러 쫓아오는 아이들을 위협했다. 갑자기 적의 무리를 향해 돌진해서 모두 쫓아 버렸다. 아이들을 맹렬히 추격하는 펄의 모습은 아기들의 역병인 성홍열, 혹은 날개가 반쯤 자란 심판의 천사 같았다. 그 천사의 임무는 자라나는 아이들의 죄를 벌하는 것이었다. 펄은 엄청나게 큰 소리로 고함을 질러서 달아나던 아이들의 심장을 떨리게 했다. 승리를 쟁취한 뒤, 펄은 돌아와서 조용히 미소 지으며 어머니를 올려다보았다.

더 이상의 난관 없이 두 사람은 벨링엄의 저택에 도착했다. 나무로 지은 거대한 집이었다. 요즘도 옛 시가지에 가면 여전히 그런 집의 형태가 과거의 유행을 증언하고 있다. 물론 이제는 이끼가 끼고 허물어질 듯 낡은 상태이다. 어두컴컴한 방 안에서 일어났다가 사라진, 그래서 기억에 남거나 잊힌 기쁘고 슬픈 일들을 회상하게 만들어 감상을 불러일으킨다. 어쨌든 당시에 그 저택의 외관에는 햇빛을 반사하는 환한 창문과 함께 새로 지은 집의 기운이 감돌았다. 현재 사람이 살고 있으며 죽음은 침범한 적이 없는 분위기였다. 정말로 그 집은 매우 환했다. 벽에는 미세한 유리 조각이 잔뜩 섞인 벽토가 두텁게 발려 있었다. 그래서 햇빛이 정면으로 비스듬히 비치면 다이아몬드를 듬뿍 뿌린 듯 반짝였다. 그러한 광채 덕분에 저택은 늙고 엄숙한 청교도 지도자의 집이 아니라 알라딘의 궁전처럼 보였다. 더 나아가 당시의 취향에 맞춰 이상하고 신비주의적인 인물과 도형으로 벽이 장식되어 있었다. 그것은 벽토를 새로 발랐을 때 조각한 것으로 후세 사람들의 감탄을 자아내는 형태로 보존되었다.

펄은 눈부시게 빛나는 집을 보더니, 깡충거리며 춤을 추기 시작했다. 그러다가 어머니에게 집의 전면을 비추고 있는 햇빛을 갖고 놀 수 있게 전부 걷어 내어 자기에게 달라고 졸랐다.

"펄, 그건 안 돼. 네가 가질 햇빛은 네가 모아야지, 엄마는 너한테 줄 게 없어!" 어머니가 대답했다.

두 사람은 현관 앞에 이르렀다. 아치 형태의 문이었고, 양옆으로 좁은 탑처럼 생긴 돌출 기둥이 있었다. 양쪽 탑에는 격자창과, 필요하면 닫아 버릴 수 있는 나무 덧문도 달려 있었다. 헤스터 프린은 사람을 부르는 용도로 문에 달려 있는 쇠망치를 두드렸다. 그러자 벨링엄의 하인 하나가 나왔다. 영국에서는 자유로운 신분으로 태어났으나, 지금은 칠 년간 노예로 살고 있는 사람이었다. 그 기간에 그는 주인의 재산이었으므로 황소나 조립식 걸상처럼 사고팔 수 있는 상품 취급을 받았다. 그가 입고 있는 푸른색 코트는 당시 노예들의 관습적인 복장이었고, 오래전 영국의 유서 깊은 가문에서 노예에게 입히던 옷이기도 했다.

"벨링엄 각하가 안에 계신가요?" 헤스터가 물었다.

"계시지요." 노예가 대답했다. 그는 눈을 휘둥그레 뜨고 주홍 글자를 바라보았다. 식민지로 이주한 지 얼마 되지 않아서 한 번도 본 적이 없었다. "각하가 안에 계시긴 한데, 목사님 두 분을 만나고 계십니다. 의사 선생님도 와 계시고요. 그래서 지금 각하를 만나 뵐 수 없습니다."

"그래도 들어가야겠어요." 헤스터 프린이 대답했다. 노예는 그녀의 단호한 태도와 가슴에 달린 반짝이는 징표를 보고 지역의 귀부인일 거라고 판단한 듯했다. 그래서 막아서지 않았다.

헤스터와 어린 펄은 현관을 통해서 거실로 들어갔다. 벨링엄은 영국 신사들의 말쑥한 저택과 비슷하게 집을 꾸몄으나, 건축 자재의 특성이나 기후 변화 또는 사교 생활 방식의 차이를 고려

해서 변화를 주었다. 이 집 거실은 폭이 넓고 천장이 상당히 높았으며, 안쪽으로 길게 뻗어 있어서 대부분 다른 방들로 직접 연결되었다. 이 넓은 거실의 한쪽 구석에는 현관 양쪽에서 탑처럼 보이던 두 개의 우묵한 벽감이 있었다. 벽감에는 창문이 있었고, 그곳에서 빛이 들어오고 있었다. 다른 쪽 구석에는 옛날 책에서 보던 아치형의 거실 창이 있었다. 부분적으로 커튼이 내려져 있었으나 빛이 환하게 들어오고 있었다. 그 앞에는 쿠션이 놓인 큰 의자가 있었다. 쿠션 위에는 두꺼운 2절판 책이 놓여 있었다. 아마 『연대기』*나 그와 비슷한 실용적인 문헌이었을 것이다. 그것은 오늘날 우리가 방 한가운데에 있는 탁자 위에 금박을 입힌 책을 올려 두는 것과 마찬가지로, 어쩌다가 찾아오는 손님이 뒤적일 수 있게 하려는 목적이었다. 거실에는 떡갈나무 꽃으로 만든 화환을 등받이에 정교하게 새긴 육중한 의자들 몇 개와 역시 같은 취향으로 장식한 탁자가 하나 놓여 있었다. 그것들은 엘리자베스 여왕의 시대 혹은 그 이전의 가구들로 벨링엄이 아버지의 고향에서 이곳으로 가져온 유물이었다. 탁자 위에는 옛 영국풍에 애착을 지닌 정서를 상징하듯 백랍으로 만든 커다란 맥주잔이 놓여 있었다. 헤스터나 펄이 잔 속을 들여다보았다면, 방금 잔을 비운 증거로 맥주 거품이 바닥에 남아 있는 것을 볼 수 있

* 『잉글랜드, 스코틀랜드, 아일랜드의 연대기』(1577). 라파엘 홀린셰드의 저서로 당시 유행하던 책이다. 셰익스피어가 이 책에서 사극(historical drama)의 소재를 얻었다.

었을 것이다.

벽에는 벨링엄 가문 조상들의 초상화가 한 줄로 걸려 있었다. 갑옷으로 무장한 사람도 있었고, 격식을 차린 주름 옷깃이 달린 옷을 입은 사람도 있었다. 옛날 초상화들이 으레 그렇듯 모두 근엄한 표정을 하고 있어서 세상을 떠난 귀족들의 모습이라기보다는 산 자들의 향락을 냉혹하고 무자비하게 비난하고 있는 유령 같았다.

거실 벽에는 떡갈나무 판자가 잇대어 있었는데 그 한가운데에 갑옷 한 벌이 걸려 있었다. 초상화처럼 조상들의 유물이 아니고 최근에 만들어진 갑옷으로, 벨링엄이 뉴잉글랜드로 건너오던 해에 런던의 숙련된 기술자가 제작한 것이었다. 강철로 된 투구, 흉갑, 후갑, 경갑 아래로 장갑 한 켤레와 칼 한 자루가 매달려 있었다. 모두 윤이 나도록 잘 닦여 있었는데 특히 투구와 흉갑은 마룻바닥에 하얀 광채를 뿜어내고 있었다. 번쩍이는 갑옷이 단지 헛된 과시를 위한 것은 아니었다. 총독 시절에는 엄숙한 열병식이나 훈련장에 나갈 때마다 갑옷을 입어야 했고, 특히 피쿼트 전쟁* 에서 선봉에 설 때도 입고 있었다. 그는 원래 법률가로 교육받아서 직업과 관련된 베이컨이나 코크(Coke), 노이(Noye) 그리고 핀

* 1637년 코네티컷강의 계곡의 피쿼트 인디언과 뉴잉글랜드 정착민 사이에 벌어진 전쟁. 영국 무역상들이 인디언들에게 살해되자 보복으로 매사추세츠, 코네티컷, 플리머스 연합군이 인디언 800여 명을 학살했다.

치(Finch)를 이야기하는 것에 익숙했으나, 이 새로운 땅의 긴박한 사정으로 인해 군인으로 역할이 바뀌었다.

어린 펄은 햇빛을 받아 빛나는 저택의 전면을 좋아하더니, 번쩍이는 갑옷도 무척 마음에 들었는지 한참 동안 거울처럼 윤이 나는 흉갑 표면을 들여다보았다.

"엄마, 여기 엄마가 보여. 봐! 이것 좀 봐!" 펄이 소리쳤다.

헤스터는 아이를 달래려고 고개를 돌렸다. 그녀가 그곳을 들여다보자, 볼록거울의 효과 탓에 주홍 글자가 과장되게 확대되어 나타났다. 자기 모습 전체에서 글자만이 두드러지게 눈에 띄었다. 있는 그대로 말하자면, 글자 뒤에 사람이 숨어 있는 것처럼 보였다. 펄이 위쪽을 가리키자, 투구에도 비슷한 형상이 비쳤다. 어머니를 향해 미소를 짓는 작은 얼굴에는 마치 영리한 요정 같은 익숙한 표정이 나타났다. 장난스러운 펄의 얼굴도 거울 속에서 이상하게 과장된 모습으로 비쳤다. 헤스터 프린은 그것이 자기 딸이 아니라 딸의 모습으로 둔갑한 꼬마 악마처럼 느껴졌다.

헤스터는 딸을 잡아당겼다. "펄, 이리 와! 이리 와서 예쁜 정원 구경을 하자. 아마 꽃들도 있을 거야. 숲속에서 본 것보다 더 예쁜 꽃들일 거야."

펄은 어머니의 말을 따라 거실의 저쪽 끝에 있는 아치 모양의 창문으로 달려갔다. 그리고 정원의 산책길을 따라 길게 보이는 풍경을 바라보았다. 짧게 깎은 잔디밭이 펼쳐져 있었고, 길 양옆으로 엉성하게 손질하다가 만 관목들이 늘어서 있었다. 집주인은 대서양 건너편의 생존 경쟁이 심한 척박한 토양에 영국식의 장식적인 정원을 가꾸려는 노력이 헛되다는 것을 깨닫고 일찌감치 포기한 것 같았다. 어디에서나 양배추가 자라고 있었다. 저 멀리에 뿌리를 내린 호박넝쿨이 밭을 가로질러 뻗어서 거실 창문 바로 밑에 큼지막한 호박을 매달고 있었다. 이 커다란 황금색 덩어리 채소만이 바로 뉴잉글랜드가 집주인에게 제공할 수 있는 화려한 장식품임을 알려 주는 것 같았다. 물론 장미 덤불도 좀 있고, 사과나무들도 많았다. 식민지 초기에 이주하여 황소를 타고 다니던 거의 신화적 인물인 블랙스톤 목사*가 심은 사과나무의 후예일지도 몰랐다.

펄은 장미 덤불을 보더니 붉은 장미를 꺾어 달라고 칭얼대기 시작했고, 계속 막무가내였다.

"쉿, 얘야, 조용히 해!" 어머니는 아이를 달래려고 애썼다. "울지 마라, 착한 아이지? 정원에서 사람들이 오는 소리가 들리네. 벨링엄 각하께서 오시나 보다, 다른 신사분들도 함께 오네!"

정말로 몇몇 사람들이 정원의 오솔길을 따라서 집 쪽으로 걸어오고 있었다. 펄은 자신을 달래는 어머니의 말을 완전히 무시한 채, 섬뜩한 비명을 한 번 지르고 나서는 울음을 멈췄다. 어머니의 말에 순종한 게 아니라 낯선 사람들을 보고 특유의 변덕스러운 호기심이 고개를 들었기 때문이다.

---

* 윌리엄 블랙스톤(1595~1675). 영국 국교회 목사. 1623년 보스턴에서 사과와 채소를 재배하며 살았다. 청교도와의 갈등으로 1635년 로드아일랜드로 이주했다.

8

요정 같은 아이와 목사

벨링엄은 노신사들이 집 안에서 즐겨 입는 헐렁한 외투에 편안한 모자를 쓰고 맨 앞에서 걸어왔다. 자기 영지를 보여 주면서 개선할 계획을 자세히 설명하는 중이었다. 잿빛 수염 아래로 제임스 왕이 통치하던 옛날에 유행한 넓고 정교한 주름 깃이 펼쳐져 있어, 그의 머리는 마치 쟁반 위에 놓인 세례 요한의 머리처럼 보였다. 완고하고 엄격한 외모 탓에 이미 중년을 지나 노년인 듯 보였기에, 안타깝게도 그가 주위에 두려고 온갖 노력을 다했던 세속적 향락의 수단들과는 잘 어울리지 않았다. 인생이란 단지 도전과 투쟁의 상태가 지속될 뿐이라 주장하는 데 익숙하고, 의무가 요구하면 재산과 생명을 기꺼이 희생할 준비가 되어 있는 우리의 근엄한 조상들이라 할지라도, 무리 없이 손아귀에 넣을 수 있는 안락이나 사치의 수단을 양심적으로 거부했을 거라고 믿으면 오해다. 예를 들어, 벨링엄의 어깨 뒤편으로 눈처럼 새하얀 수염을 휘날리고 있는 늙은 목사 존 윌슨조차 그렇게 설교한 적은 없었다. 지금 그 목사는 배와 복숭아라면 뉴잉글랜드의 기후에 아직 적응하지 않았을 수도 있고, 포도는 햇빛이 잘 드는 정원의 담장을 타고 올라가 넝쿨을 번성하게 할 수 있다는 제안을 하고 있었다. 늙은 목사는 풍족한 영국 교회에서 교육받아서 오래전부터 질 좋고 편한 것을 선호하는 합리적 취향을 지니고 있었다. 설교 단상에 서면 헤스터 프린의 행실 같은 것을 공개적으로 비난하지만, 사생활에서는 훈훈한 선행을 베푸는 이라서 동시대의 다른 목사들보다 대중에게 사랑받았다.

벨링엄과 윌슨 목사를 뒤따라 두 명의 손님이 다가왔다. 하나는 아서 딤즈데일 목사로 헤스터 프린이 모욕당하는 장면에서 내키지 않아 하며 자신의 역할을 했던 사람으로 독자들도 기억할 것이다. 딤즈데일 목사와 나란히 걸어오는 사람은 로저 칠링워스라는 유능한 늙은 의사로 이삼 년 전에 마을로 이주한 사람이었다. 학식이 높은 이 사람은 젊은 목사의 주치의이면서 친구였다. 젊은 목사는 최근에 건강 때문에 고생하고 있었다. 성직자의 직무와 봉사에 지나치게 헌신한 탓이었다.

벨링엄은 손님들보다 한두 계단 앞서서 올라와 거실 창문을 열어젖혔다. 그러자 눈앞에 꼬마 펄이 서 있는 것이 보였다. 헤스터 프린은 커튼 그림자에 서 있어서 제대로 보이지 않았다.

"얘는 누구지?" 벨링엄이 주홍색 옷을 입은 아이를 보고 놀라서 말했다. "내가 한창 잘나가던 옛날 제임스 왕 시절 이후로는 이런 아이를 본 적이 없어요. 그 시절에는 궁정에서 열리는 가면무도회에 참석하는 것을 큰 영광으로 여겼지요! 경축일에는 꼬마 유령 같은 아이들이 떼로 몰려나왔어요. 그런 애들을 미스룰 제왕*의 아이들이라고 부르곤 했죠. 하지만 이런 꼬마 손님이 어떻게 우리 집에 들어온 거죠?"

"아, 그러네요! 주홍색 깃털의 이 작은 새는 누구죠? 여러 색이 칠해진 유리창을 햇빛이 통과하면서 금빛과 주홍빛 그림자가 마룻바닥에 어른거릴 때 이런 모습을 본 것 같기도 합니다. 하지만 그건 영국에서의 일이었지요. 꼬마야, 넌 누구냐? 네 어머니는 너에게 왜 이런 기묘한 옷을 입힌 게냐? 너도 기독교도의 자식이겠지, 응? 교리문답은 알고 있니? 설마 장난꾸러기 요정이나 꼬마 악마인 거니? 그런 것들은 교황의 잔재와 함께 그리운 영국에 남겨 두고 왔을 텐데?" 선량한 윌슨 목사가 큰 소리로 말했다.

"나는 엄마 딸이고 이름은 펄이에요!" 주홍색 꼬마가 대답했다.

"펄이라고? 루비나 산호가 아니라? 네가 입고 있는 옷 빛깔로는 차라리 장미라고 불러야겠구나!" 윌슨 목사가 손을 내밀어 어

* The Lord of Misrule. 중세 영국의 부유한 가정에서 큰 연회나 크리스마스 파티가 열릴 때 게임의 사회를 보는 사람을 가리킨다.

린 펄의 뺨을 두드리려 했으나 헛일이었다. "어머니는 어디 계시니? 아, 알겠다!" 늙은 목사가 벨링엄을 향해 고개를 돌리고 속삭였다. "얘가 바로 우리가 함께 의논한 그 아이네요. 불행한 여자 헤스터 프린이 저기 있잖아요!"

"그렇습니까? 저런 아이의 어머니라면 매춘부나 바빌론의 여자* 같은 부류일 거라고 판단할 뻔했군요! 하지만 헤스터 프린이 적절한 때에 왔으니 어서 이 문제를 살펴보기로 하지요." 벨링엄이 말했다.

그는 창문을 통해 거실로 걸어 들어왔다. 세 명의 손님이 그 뒤를 따랐다. 그는 주홍 글자를 단 여자를 대할 때 자연스럽게 나올 수밖에 없는 준엄한 태도로 말했다.

"헤스터 프린, 요즘 당신 문제를 여러 차례 의논했어요. 중요한 논점은 권위와 영향력을 지닌 자로서, 또 저 어린아이에게도 깃들어 있는 불멸의 영혼을 믿는 자로서, 양심의 책무를 다하고 있는지에 대한 것이오. 어머니로서 말해 보시오! 아이의 일시적이고도 영원한 행복을 위해, 당신에게서 데려와 평범한 옷을 입히고 엄격하게 훈육하여 천국과 지상의 진리를 가르치는 것을 어떻게 생각하나요? 당신이 아이를 위해 그런 일을 할 수 있겠어요?"

헤스터 프린은 주홍빛 징표를 손가락으로 가리키면서 대답

* 청교도인들이 가톨릭 교회를 비난할 때 자주 쓰는 용어.

했다. "저는 이것으로부터 배운 교훈을 내 딸에게 가르칠 수 있어요!"

"이봐요, 그건 당신의 수치잖아요!" 벨링엄이 엄격하게 대답했다.

"우리가 당신 딸을 다른 사람에게 맡기려는 것도 글자가 가리키는 오점 때문이오."

"그렇지만 이 글자는 저에게 교훈을 주었어요. 매일같이 저를 가르치고 있지요. 이 순간에도요. 그 교훈으로 내 딸은 더 현명하고 선량해질 거예요. 저에게는 이제 아무 소용 없는 교훈이지만요." 헤스터 프린은 창백해진 얼굴로 차분하게 대답했다.

"우리는 신중하게 판단을 내릴 겁니다." 벨링엄이 말을 이었다. "앞으로 해야 할 일에 대해 여러모로 생각해 볼 거예요. 윌슨 목사님, 부탁드리는데, 여기 펄이라는 이름의 아이를 살펴봐 주세요. 기독교도로서 제 나이에 맞는 교육을 받았는지 말이지요."

늙은 목사는 안락의자에 앉았다. 그리고 펄을 자기 무릎 사이로 끌어당기려고 했다. 그러나 어머니가 아닌 다른 사람이 친근하게 손을 대는 것에 익숙하지 않은 아이는 열린 창문을 통해 밖으로 뛰쳐나가 계단 맨 위에 섰다. 길들이지 않은 열대의 화려한 깃털의 새가 막 하늘로 날아오르려는 모습 같았다. 윌슨 목사는 이러한 돌발적 행동에 놀랐다. 그는 마음씨 좋은 할아버지 같은 모습이라 보통은 어린아이들이 호감을 보였기 때문이다. 그러나 그는 펄을 시험해 보려는 시도를 포기하지 않고 근엄하게 물었다.

"펄, 너는 가르침을 잘 들어야 해. 그래야지 때가 되면 가슴에 값진 진주를 달게 되는 거야. 자, 너를 만드신 분이 누군지 말해 보렴?"

펄도 이제는 누가 자기를 만들었는지 잘 알고 있었다. 경건한 가정에서 태어난 헤스터 프린이 하늘에 계신 아버지 이야기를 펄에게 한 뒤로 줄곧 교리를 가르쳤기 때문이다. 아무리 어릴 때라도 이런 이야기에는 흥미를 보이기 마련이었다. 펄이 태어나 삼 년의 세월이 흐르면서 배운 지식은 상당했다. 뉴잉글랜드의 신앙입문서나 웨스트민스터 교리문답서 첫 줄을 묻는 내용이라면, 비록 그렇게 유명한 책들이 어떻게 생긴 것인지는 몰라도, 정확하게 대답할 수 있었다. 그러나 아이들이라면 누구나 다소 지닌 성향이면서 어린 펄에게는 남보다 열 배쯤 더 있는 괴팍함이 가장 적절하지 못한 순간에 나타났다. 아이는 입을 꼭 다물거나 엉뚱한 소리를 해 댔다. 손가락을 입에 물고 윌슨 목사의 질문에 여러 차례 대답하지 않으려 반항하다가, 마침내 자기는 만든 것이 아니라 어머니가 교도소 문 옆에 있는 야생 장미 넝쿨에서 따온 것이라고 말했다.

상상이 섞인 이런 대답은 아마도 창문 밖에 서 있던 펄의 근처에 벨링엄이 키우는 붉은 장미가 피어 있었기 때문일 것이다. 게다가 저택으로 오는 길에 본 교도소의 장미 덤불이 머릿속에 떠오르기도 했다.

늙은 로저 칠링워스가 미소를 짓더니 젊은 목사의 귀에 무엇이라고 속삭였다. 헤스터 프린은 의사를 바라보면서, 자기 운명이 아슬아슬한 순간이었음에도, 의사의 외모가 변한 것을 알아차리고 깜짝 놀랐다. 그녀가 그를 잘 알던 시절보다 얼마나 보기 흉하게 바뀌었는지, 거무스름한 안색은 더욱 짙어졌고, 몸은 더욱 일그러졌다. 짧은 순간 두 사람은 눈이 마주쳤으나, 헤스터는 곧 앞으로 닥칠 일에 온통 주의를 기울여야 했다.

"끔찍하군!" 펄의 대답에 경악해서 할 말을 잃은 벨링엄이 천천히 정신을 가다듬고 말문을 열었다. "세 살이나 되었는데도 누가 자기를 만들었는지 모른다니! 물어보나 마나, 이 애는 자신의 영혼이나 현재의 타락, 미래의 운명에 대해 아무것도 모릅니다. 여러분, 더 이상 질문할 필요가 없을 것 같군요."

헤스터는 펄을 잡아당겨 품에 꼭 끌어안고, 늙은 청교도 관리를 사나운 표정으로 마주보았다. 아이는 넓은 세상에 홀로 버려진 그녀의 심장을 뛰게 하는 유일한 보물이었다. 그녀는 온 세상과 싸우는 한이 있어도 절대로 빼앗길 수 없는 권리를 죽어도 지킬 작정이었다.

"하나님께서 이 아이를 저에게 주셨어요! 그분이 주신 거라고요. 당신들이 저에게서 빼앗은 다른 모든 것 대신 주셨어요. 이 아이는 제 행복이에요! 물론 고통이기도 하지요! 펄이 있어서 제가 여기에 살아 있는 거예요! 펄도 저에게 벌을 줍니다! 이 애가 주홍 글자라는 게 보이지 않나요? 제가 사랑할 수 있는 유일한 존재이기에, 제가 지은 죄를 처벌할 수 있는 엄청난 힘을 갖고 있는 게 보이지 않나요? 당신들에게 아이를 빼앗길 수는 없어요! 제가 먼저 죽어 버릴 거예요!"

"정말 어리석은 여자군. 아이는 잘 돌봐 줄 거요. 당신이 할 수 있는 것보다 훨씬 잘 돌볼 거예요." 그다지 매정하지 못한 늙은 목사가 말했다.

"하나님이 저에게 아이를 키우게 하셨어요!" 헤스터 프린은 거의 비명에 가까운 목소리로 같은 말을 되풀이했다. "저는 아이를 포기하지 않을 거에요!" 그러더니 갑자기 그녀는 젊은 딤즈데일 목사 쪽으로 고개를 돌렸다. 이제까지 그를 한 번도 쳐다보지 않고 있었다. "말씀 좀 해 주세요. 목사님은 제가 다니던 교회의 목사였고, 제 영혼을 책임진 적도 있잖아요. 여기 계신 분들보다 저를 더 잘 알고요. 저는 제 딸을 내놓지 않을 거예요! 뭐라고 말씀 좀 해 주세요! 목사님은 아시잖아요, 여기 있는 다른 분들과 달리 연민이 있는 분이시잖아요! 제 심정이 어떤지, 어머니의 권리가 무엇인지, 가진 것이라고는 딸 하나와 주홍 글자밖에 없는 어머니에게는 그게 얼마나 중요한지 아시잖아요! 도와주세요! 저는 아이를 놓지 않을 거예요! 도와주세요!"

헤스터 프린이 거의 미칠 지경이 되어 거칠고 강하게 호소하자 젊은 목사는 안색이 창백해졌다. 신경과민이 되어 흥분할 때면 늘 그렇듯이 가슴에 손을 얹은 채 한 걸음 앞으로 나왔다. 그는 헤스터가 처형대 위에서 모욕당할 때보다 더 여위고 수심에 잠긴 것처럼 보였다. 건강이 나빠져서인지 아니면 다른 사정이 있는 것인지 크고 검은 눈에는 고통과 우울함이 가득 차 있었다.

"부인의 말에는 진실이 있어요." 젊은 목사는 떨리고 있지만 듣기 좋은 목소리로 말을 시작했다. 온 거실에 울려 퍼져 텅 비어 있는 갑옷이 울릴 정도로 우렁찬 목소리였다. “헤스터 부인의 말과 끓어오르는 감정에는 진실이 깃들어 있어요! 하나님께서 부인에게 아이를 주셨고, 평범하지 않고 독특한 아이의 기질이나 요구에 대한 본능적인 지식도 주었어요. 이런 것은 다른 사람은 모르는 것이지요. 더욱이 두 모녀 사이에서 매우 신성한 기운이 느껴지지 않나요?”

벨링엄이 끼어들었다. “아, 딤즈데일 목사님, 그게 무슨 의미죠? 설명해 주세요, 부탁드려요!”

“틀림없이 그런 기운이 느껴져요.” 젊은 목사가 말을 이었다. “그것을 느끼지 못한다면, 우리는 창조주이신 아버지 하나님께서 죄를 가볍게 여기시고, 부정한 정욕과 신성한 사랑을 구별하지 않으신다고 말해야 할 것입니다. 아버지의 죄와 어머니의 수치로 태어난 이 아이는 하나님의 손으로 보내 주신 것입니다. 그래서 아이를 키울 권리를 저렇게 열렬히 비통하게 호소하도록 하나님이 어머니의 마음에 역사하고 계신 거예요. 아이는 은총입니다. 어머니의 삶에 유일한 은총이지요! 또한 방금 부인이 스스로 우리에게 말한 것처럼 천벌인 것도 분명해요. 의식하지 못하는 매 순간 느끼게 되는 괴로움이겠지요. 불안한 기쁨 사이로 끝없이 되살아나는 아픔이고 고통일 테지요! 그래서 부인은 가엾은 아이에게 저런 옷을 만들어 입혀서, 어머니의 가슴을 태우고 있는 붉은 징표를 떠올리게 만들지 않았나요?”

“정말 그렇군요! 나는 저 여자가 아이를 구경거리로 만들려는 줄 알았어요!” 선량한 윌슨 목사가 소리쳤다.

"절대 아니지요, 아니에요!" 딤즈데일 목사가 계속해서 설득했다. "저를 믿어 주세요. 저 부인은 아이가 태어난 것이 하나님이 일으킨 신성한 기적임을 알고 있어요. 저도 그것이 진실이라고 믿습니다. 이러한 은혜는 우선 어머니의 영혼에 생명의 힘을 주셔서 사탄의 유혹에 의해 한층 더 어두운 죄로 굴러떨어지지 않도록 지켜 준다는 것을 잘 아시지 않나요! 그러니 죄 많은 가엾은 여자에게 불멸의 영혼인 아이를 맡겨서 영원한 기쁨이나 슬픔이 되도록 하는 게 좋겠어요. 어머니는 아이를 볼 때마다 자신의 타락을 떠올리면서 옳은 길로 나아가도록 단련할 것입니다. 또한 창조주 하나님의 신성한 약속대로, 아이가 천국에 이르도록 가르친다면, 아이 역시 부모를 천국에 이르게 할 것입니다. 이런 점에서는 죄지은 어머니가 죄지은 아버지보다 더 행복할 것입니다. 그러니 헤스터 프린을 위해, 그리고 가엾은 아이를 위해서도, 하나님의 섭리대로 두 사람을 그냥 이대로 놔두시지요!"

"평소보다 더 간곡하게 말씀하시네요." 로저 칠링워스가 미소를 지으며 딤즈데일 목사를 바라보았다.

"젊은 형제가 하신 말씀에는 매우 중요한 의미가 담겨 있어요." 윌슨 목사가 덧붙였다. "벨링엄 각하, 어떻게 생각하십니까? 저 가엾은 여자를 대신해서 잘 설명하지 않았나요?"

"그렇네요." 벨링엄이 대답했다. "목사님 의견대로, 이 문제를 지금 그대로 두기로 하지요. 저 여자가 더는 추문을 일으키지 않는 한에서요. 그렇다고 해도, 아이는 윌슨 목사님이나 딤즈데일 목사님이 맡아서 적절한 교리문답 시험을 보게 해야 해요. 때가 되면 학교에 보내고 예배에도 참석하도록 마을의 관리에게 일러둬야겠어요."

젊은 목사는 말을 마치고 나서 사람들 무리에서 벗어나 뒤로 몇 걸음 물러났다. 그리고 창문의 커튼 자락으로 얼굴 일부분을 가리고 서 있었다. 햇빛이 쏟아지는 마루 위로 그의 그림자가 드리워졌다. 열띤 호소의 흥분이 가시지 않아 여전히 떨고 있는 게 보였다. 변덕스럽고 제멋대로인 어린 요정 펄이 살금살금 그에게 다가갔다. 그러더니 그의 손을 잡고 자기 뺨 위에 갖다 대었다. 부드럽고 얌전하게 어루만지는 아이의 모습을 지켜보던 어머니는 혼잣말로 "내 딸 펄이 맞나?" 중얼거렸다. 하지만 어머니는 펄의 가슴속에 사랑이 있음을 알고 있었다. 그것이 대부분 격렬하게 드러났기에 지금처럼 부드럽게 누그러지는 일이 평생에 두 번도 일어나기 힘든 것 같았다. 목사에게는 오랜 시간 그리워하던 여자의 관심을 제외하고는 아이가 표현하는 호감보다 더 달콤한 것은 없었다. 영적인 본능에 의해 저절로 우러났으며, 진정으로 사랑받을 가치가 있음을 암시하는 호감처럼 느껴졌기 때문이다. 젊은 목사는 주위를 둘러보더니, 아이의 머리를 쓰다듬었다. 잠시 머뭇거리다가 아이의 이마에 입을 맞추었다. 어린 펄의 온순한 기분은 오래 가지 않았다. 아이는 다시 깔깔거리면서 거실 안쪽으로 날아갈 듯 달려갔다. 늙은 윌슨 목사는 마루 위에 아이의 발끝이 닿았는지 아닌지 확신할 수 없었다.

"저 말괄량이 꼬마는 요술을 부리는 것 같아요." 윌슨 목사가 딤즈데일 목사에게 말했다. "옛날 마녀들의 빗자루 없이도 날아가겠어요!"

"이상한 아이군요!" 늙은 로저 칠링워스가 끼어들었다. "어머니의 기질을 어느 정도 물려받은 게 눈에 보이는군요. 신사분들 의견은 어떠십니까, 학자가 아이를 연구해서 기질을 분석한 다음 그것으로부터 아버지가 누구인지 추론하는 것이 불가능할까요?"

"안 되지요. 세속의 학문으로 그런 문제를 다루는 것은 죄입니다." 윌슨 목사가 고개를 저었다. "차라리 금식하면서 기도하는 것이 나아요. 더 좋은 것은 하나님의 섭리에 따라 저절로 드러날 때까지 그냥 수수께끼로 남겨 두는 것이지요. 선량한 기독교도라면 누구나 버림받은 가엾은 아이에게 아버지 같은 친절함을 베풀 자격이 있으니까요."

일이 뜻대로 해결되자, 헤스터 프린은 펄을 데리고 저택을 떠났다. 두 사람이 계단을 내려가고 있는데, 어느 방 창문이 열리더니 벨링엄의 심술궂은 누이동생 히빈스 부인이 햇빛 속으로 얼굴을 내밀었다. 몇 해 뒤에 마녀로 몰려 처형당한 바로 그 여자였다.

"이봐요, 이봐!" 그녀의 불길한 인상이 새 저택의 환한 분위기에 그늘을 드리우는 것 같았다. "오늘 밤에 우리 모임에 오지 않을래요? 숲속에서 유쾌한 친구들과 만나기로 했거든요. 예쁘장한 헤스터 프린도 곧 참석하게 될 거라고 악마와 약속했지요."

"못 가게 돼서 미안하다고 전해 주세요!" 헤스터가 의기양양한 미소를 지었다. "어린 펄을 돌봐야 해서 집에 있어야 해요. 사람들이 내 딸을 뺏어 갔다면, 나도 기꺼이 당신과 숲속에 갔을 테고, 악마의 장부에 피로 이름을 적어 넣었겠지요!"

"언젠가 너도 거기에 오게 될 거야!" 마녀는 험악하게 인상을 쓰면서 창문을 닫았다.

그러나 만약 히빈스 부인과 헤스터 프린의 대화가 허구가 아니라 사실이라면, 타락한 어머니와 죄의 결과로 태어난 자식을 떼어 놓아서는 안 된다는 젊은 목사의 주장은 진실이었다. 펄은 이렇게 어린아이였을 때부터 사탄의 손아귀에서 어머니를 구해냈다.

9

의사

독자는 기억하겠지만, 로저 칠링워스라는 호칭 뒤에는 또 다른 이름이 숨겨져 있다. 그는 전에 사용하던 이름이 세상에 알려지는 걸 바라지 않았다. 그는 헤스터 프린이 군중 앞에서 모욕당하는 것을 지켜보며 서 있던 낯선 남자였다. 그는 위험한 황야에서 막 돌아와 노독에 절은 상태로, 따뜻하고 즐거운 가정을 함께 누릴 꿈을 꾸던 여자가 사람들 앞에서 죄악의 본보기로 세워져 있는 모습을 보아야 했다. 한 남자의 부인으로서 그녀의 명예는 모든 사람에게 짓밟혔다. 장터에서는 그녀에 대한 치욕스러운 수군거림이 끊이지 않았다. 친척들에게, 순결하던 시절의 친구들에게 이런 소문이 전해진다면, 그녀의 불명예에 전염될 일밖에 남지 않았다. 예전 관계가 어느 정도로 친밀하고 신성했느냐에 정확하게 비례해서 불명예의 정도도 달라질 것이다. 선택은 그 남자에게 달렸으므로, 타락한 여자와 누구보다도 친밀하고 신성하게 맺어졌던 사람이 그런 바람직하지 못한 영향을 굳이 주장할 이유가 있을까? 남자는 여자와 나란히 치욕의 처형대 위에 서지 않기로 결심했다. 헤스터 프린 말고는 아무도 그의 정체를 몰랐다. 게다가 그녀의 침묵에 대한 자물쇠와 열쇠를 갖고 있었으므로, 그는 자신의 이름을 모든 인류의 목록에서 지우기로 했다. 과거의 인연과 이해관계도 그가 이미 바다 밑에 가라앉아 살아 있지 않다는 세간의 오랜 소문대로 완전히 묻어 버리기로 했다. 일단 이러한 목적이 이루어지자, 새로운 이해관계와 목적이 그 즉시 생겨났다. 그것은 죄라고 할 수는 없으나, 어두운 것이었고, 그가 지닌 힘과 능력을 모두 쏟아부어야 할 만큼 강력했다.

새로운 목적을 이루기 위해 그는 로저 칠링워스라는 이름으로 이 청교도 마을에 정착했다. 이름 외에 알려진 것이라고는 보통 수준보다 높은 학식과 지능을 지녔다는 사실뿐이었다. 과거의 삶에서 연구에 매진한 덕분에 그는 당시의 의학에 광범위하게 능통했다. 마을 사람들에게 자신을 의사로 소개했으며, 호의적으로 받아들여졌다. 식민지에는 의학과 외과술에 유능한 전문가가 드물었다. 그런 사람들은 다른 이주민들처럼 대서양을 건너올 정도의 종교적 열정을 지닌 경우가 거의 없었나 보다. 의사들의 탁월하고 세밀한 능력은 사람의 신체를 연구하면서 물질화되었을지도 모른다. 복잡하고도 놀라운 메커니즘이 생명의 모든 것을 이루는 기능을 포괄하는 것으로 간주했을 테고, 그러면서 존재를 바라보는 정신적 관점을 잃었을지도 모른다. 어쨌든 선량한 보스턴 주민들의 건강을 지키는 의학은 이제까지는 집사이자 약제사인 노인의 손에 달려 있었다. 신앙심과 경건한 태도가 어떤 학위보다도 믿을 만한 그의 자격증이었다. 마을에 오직 하나뿐인 외과 의사는 고귀한 기술을 실행하는 경우도 있었으나, 일상적으로는 사람들에게 주로 면도를 해 주었다.* 이런 상황에서 로저 칠링워스라는 전문가가 혜성처럼 나타났다. 그는 곧 자신이 신중하고 위엄 있는 고대의 의술에 능통하다는 사실을 보여 주었다. 마치 신비의 영약 같은 효과를 보장한다는 듯이 모든 처방에 낯설고 이질적인 요소들을 집어넣어 정교하게 조제했다. 더욱이 칠링워스는 인디언의 포로로 잡혀 있는 동안 야생의 풀잎과 뿌리에 들어 있는 효험에 대한 지식을 얻었다. 교육받지 못한 야만인들에게는 자연이 선물한 소박한 약초들이 있었다. 그는 오랜 세월의 연구로 얻어진 유럽의 약재와 마찬가지로 그런 약초가 신뢰할 수 있는 것이라고 환자들에게 장담했다.

이 학식 높은 이방인은 겉으로는 모범적인 신앙생활을 했다. 이곳에 도착한 이후 딤즈데일 목사를 영적 안내자로 선택했다. 학자로서의 명성이 여전히 옥스퍼드에 남아 있을 정도로 학자풍인 젊은 목사를 신도들은 하늘이 내린 사도처럼 여겼다. 따라

* 17세기까지는 이발사가 외과 의사를 겸했다.

서 그가 보통 사람들이 사는 만큼의 수명을 다하는 날까지 미약한 뉴잉글랜드 교회를 위해 위대한 사명을 다할 것이라고 믿었다. 기독교가 처음 태동할 때 교부들이 이룬 바와 마찬가지로 말이다. 그러나 이즈음 딤즈데일 목사의 건강은 눈에 띄게 나빠졌다. 목사의 생활 습관을 잘 아는 사람들은 젊은 목사가 연구에 지나치게 헌신하고, 온 힘을 다해 교역의 의무를 수행하기 때문에 안색이 좋지 않은 것이라 여겼다. 게다가 영적인 빛을 가리고 어둡게 하는 속세의 불결함을 막기 위해 금식과 철야를 너무 자주 하기도 했다. 딤즈데일 목사가 정말로 죽음에 이르게 된다면 세상이 그가 발 디딜 가치가 없는 곳이기 때문이라고 단언하는 이들도 있었다. 반면에 목사 자신은 특유의 겸손함으로 만일 하나님의 섭리가 자기를 이 세상에서 없애야 마땅하다고 여기는 거라면, 세상에서 가장 보잘것없는 사명도 수행할 자격이 없기 때문일 거라는 믿음을 스스럼없이 밝혔다. 그 이유에 대해 의견의 차이는 있었으나, 목사가 쇠약해진 사실만은 의심할 나위가 없었다. 그는 나날이 수척해졌다. 우렁차고 다정한 목소리에는 쇠락의 징후인 양 우수가 깃들어 있었다. 조금 놀라거나 갑작스러운 사태에 부딪히면, 그는 가슴에 손을 얹었다. 동시에 먼저 얼굴을 붉혔다가 곧 파랗게 질리면서 고통스러워했다.

젊은 목사의 건강이 이런 상태가 되어 희미한 빛마저 언제 꺼질지 모를 위급한 지경이 되었을 때, 로저 칠링워스가 마을에 나타났다. 처음에는 그가 땅에서 솟았는지 하늘에서 떨어졌는지 아는 사람이 거의 없어서, 신비로워 보였다. 그것이 쉽게 과장되어 받아들여졌다. 그는 이제 유능한 인물로 알려졌다. 그가 약초와 들꽃을 모아들이고, 숲속에서 식물의 뿌리와 나뭇가지를 꺾는 모습이 눈에 띄었다. 보통 사람의 눈에는 쓸모없어 보이는 것들 속에 숨겨진 효험에 대해 잘 알고 있는 사람이었다. 사람들 사이에서는 그가 케넬름 딕비 경*이라든가 다른 유명한 이들, 거의 신비할 정도로 탁월한 이들과 교류하거나 친밀한 사이였다는 이야기가 돌았다. 학계에서 그토록 지위가 높은 사람이 왜 이곳까지 온 것일까? 대도시에서 활동할 사람이 이토록 황량한 곳에서 무엇을 찾는 것일까? 이러한 의문에 대한 해답으로 여러 소문이 퍼졌다. 매우 분별 있는 사람들조차 터무니없는 소문을 믿기도 했다. 독일 어느 대학에서 명의로 이름난 의사를, 하나님의 기적으로 하늘을 날게 해서, 딤즈데일 목사의 서재 문 앞에 내려놓았다는 소문이었다! 하나님께서 기적의 개입이라는 무대효과 없이도 뜻하는 바를 이루신다는 것을 잘 아는 현명하고 신실한 사람들까지도 칠링워스가 적절한 시기에 나타난 것은 섭리의 손길이 작용한 것이라 믿으려 했다.

이런 믿음은 그 의사가 젊은 목사에게 깊은 관심을 보이면서 신빙성을 더했다. 의사는 한 사람의 교구민으로서 목사를 가까

* 영국의 외교관이자 작가(1603~1665). 1649년 왕정을 폐지하고 공화정을 수립한 청교도 혁명을 반대하여 투옥되었다가 왕정복고 이전까지 유럽으로 망명하여 생활했다. 연금술과 점성술에 정통했다고 한다.

이하려 했고 예민한 기질을 지닌 목사의 호의와 신망을 얻으려 노력했다. 그는 목사의 건강 상태를 보고 크게 놀랐으나, 직접 치료하고자 애썼다. 일찍 조치를 취하면 좋은 결과가 있을 것처럼 보였다. 딤즈데일 목사 주위의 장로, 집사, 부인과 젊은 처녀들은 의사가 이것저것 제안하는 치료를 시도해 보아야 한다고 끈질기게 졸라 댔다. 딤즈데일 목사는 온화하게 그들의 요청을 거절했다.

"제겐 아무 약도 필요 없어요."

그러나 안식일이 돌아올 때마다 목사의 안색은 점점 창백해졌고 야위어 갔으며, 목소리는 예전보다 더 떨렸다. 도대체 언제부터 가슴을 손으로 누르는 몸짓이 습관이 아니라 일상적으로 취하는 자세가 되었을까? 목사의 직무에 진저리가 난 것일까? 죽고 싶은 것일까? 보스턴의 선배 목사들과 딤즈데일 목사의 교회 집사들은 엄숙하게 자문했다. 명백하게 하나님의 섭리로 온 도움을 거절하는 죄에 대해 어떻게 대처해야 할지 목사에게 직접 질문했다. 그는 침묵하면서 듣고 있다가 마침내 의사를 만나보겠다고 약속했다.

"하나님의 뜻이라면요." 딤즈데일 목사가 약속을 지키기 위해 로저 칠링워스의 진찰을 요청하면서 말했다. "수고와 슬픔과 죄와 고통은 곧 제 생명이 끝날 때 함께 끝나겠지요. 지상에 속한 것은 무덤에 묻힐 것이고 영적인 것은 저와 함께 영원으로 사라질 것입니다. 저는 만족합니다. 그러니 의사 선생님은 의술로 제 상태를 나아지게 하려 애쓰시지 않아도 됩니다."

"아아, 젊은 목사님이라 그렇게 말씀하시는 거죠." 로저 칠링워스는 일부러 그러는 것인지 천성인지 알 수 없는 특유의 조용한 어조로 대답했다. "젊은 사람들은 아직 뿌리를 깊게 내리지 못해서 그토록 쉽게 삶에 대한 집착을 포기하는 겁니다! 게다가 지상에서 하나님과 동행하는 성스러운 사람들은 하늘에 있는 예루살렘의 금빛 도로를 하나님과 함께 걷고자 어렵지 않게 지상을 떠나려 하나 봅니다."

"그렇지 않습니다." 젊은 목사는 손을 가슴에 댄 채, 고통으로 이마를 일그러뜨리며 말했다. "제가 그곳을 걸을 자격이 있다면, 이곳에서 일하는 게 오히려 만족스럽겠지요."

"선량한 사람들은 스스로를 너무 낮추는 경향이 있어요." 의사가 말했다.

정체를 알 수 없는 로저 칠링워스 노인은 이렇게 딤즈데일 목사의 주치의가 되었다. 의사는 환자의 병에 관심을 가졌을 뿐 아니라, 성품과 기질을 관찰하는 데에도 큰 의욕을 보였다. 나이 차이가 꽤 나는 편임에도 두 사람은 점점 더 많은 시간을 함께 보내게 되었다. 목사는 건강에 도움이 되고, 의사는 치료 효과가 있는 약초를 채집할 수 있어서, 해변이나 숲속에서 오래 걸어 다니곤 했다. 그들은 파도 소리가 철썩이는 곳이나 바람이 우듬지를 흔들어 경건하게 찬송가를 부르는 곳을 돌아다니면서 온갖 이야기를 나누었다. 각자가 연구하고 은둔하는 장소인 서로의 집을 자주 방문했다. 젊은 목사는 늙은 과학자와 친교를 맺는 일에 마음을 빼앗겼다. 그는 과학자의 깊고 탁월한 지성, 그리고 동료 목사들에게서는 찾아볼 수 없는 폭넓고 자유로운 사상을 발견했다. 충격까지는 아닐지라도 목사가 의사의 이러한 자질을 알아보고 깜짝 놀란 것은 사실이었다. 딤즈데일 목사는 진정한 성직자이면서 신학자였다. 경건한 심성이 깊이 계발되어 있었고, 신앙의 길을 열렬히 따라가고자 자신을 채찍질하는 정신의 단계에 있었으며, 시간이 흐를수록 그런 변화가 점점 심오해졌다. 어떤 사회에서 살았더라도, 그는 자유주의자는 될 수 없었다. 마음의 평화를 느끼려면, 자기 마음을 강철 틀로 얽어매는 듯한 신앙의 압력과 지지가 주위에 반드시 있어야 했다. 그럼에도 목사가 일상적으로 교류하던 이들과 다른 지성을 매개로 해서 우주를 들여다보면서, 비록 불안한 즐거움이지만, 위안을 느끼기도 했다. 그것은 마치 활짝 열린 창문을 통해 자유로운 공기가 서재 속으로 흘러들어 오는 것 같았다. 비좁고 폐쇄적인 서재 안에서 목사의 생명은 서서히 소진되었다. 탁상 등이나 희미하게 흘러드는 한낮의 빛 속에서 책들은 감각적으로든 정신적으로든 곰팡이 냄새를 뿜어냈다. 하지만 지나치게 신선하고 차가운 공기 속에서는 오래 편안히 숨 쉴 수 없었다. 그래서 목사는 의사와 함께 있다가도 교회가 정통이라고 인정하는 영역으로 다시 돌아가곤 했다.

로저 칠링워스는 환자를 두 가지 관점에서 주의 깊게 조사했다. 하나는 자신에게 익숙한 사상의 범위 안에서 유지하는 평소의 삶에서 그를 들여다보는 것이고, 다른 하나는 낯선 정신적 풍경에 던져졌을 때 그의 성격에 표면적으로 뭔가 새로운 것이 드러나는지 들여다보는 것이었다. 의사는 환자에게 도움이 되는 시도를 하기 전에 환자에 대해 잘 아는 것이 필수라고 여기는 듯했다. 사람의 신체에는 감정과 지성이 있으므로, 질병에도 두 가지 특성이 영향을 미치기 마련이다. 아서 딤즈데일의 경우는 사유와 상상력이 매우 활발했고, 감수성도 예민했다. 따라서 신체의 질병에도 그러한 특성이 기저로 작용했을 것이다. 유능하면서도 친절한 의사인 로저 칠링워스는 환자의 가슴 깊은 곳을 탐색했다. 마치 어두운 동굴에서 보물찾기하듯, 환자의 원칙들을 파고들고, 기억을 들여다보면서 조심스러운 손길로 모든 것을 더듬어 보았다. 이러한 조사를 할 기회와 자격을 지녔으며 그만한 능력이 뒤따르는 관찰자의 눈을 피해 갈 비밀은 거의 없다. 비밀이라는 짐을 진 사람이라면 특히 의사와의 친분을 피해야만 한다. 어떤 의사는 천성적으로 총명하고 설명 불가능한 직관 같은 것이 있으면서, 지나치게 자기중심적이라든지 눈에 띄게 불쾌한 성격이 아니다. 게다가 자기 마음을 환자의 마음과 동일한 상태로 놓을 수 있는 타고난 능력이 있어서 결국 환자가 혼자 생각했다고 상상한 것을 무의식중에 말하게 한다. 그는 환자의 발설을 아무 흔들림 없이 받아들이고, 말로는 공감을 드러내지 않으면서, 침묵하다가 한숨을 쉬면서 이따금 한마디씩 말하는 것으로 모든 것을 이해했음을 암시한다. 그러면 신뢰할 수 있는 자격을 지닌 사람에 유능한 의사라는 장점까지 더해지게 되고, 그는 언젠가 결정적 순간에 환자의 영혼을 녹여서, 어둡지만 투명한 액체로 흐르게 만들어 훤한 대낮에 모든 비밀을 드러나게 한다.

로저 칠링워스는 위에 열거한 성향을 대부분 갖추고 있었다. 어쨌든 세월은 흘렀고, 두 교양인 사이에는 앞서 설명한 것 같은 종류의 친밀감이 두터워졌다. 두 사람은 이따금 만나서 인류의 사상과 학문의 영역 전반에 대해 포괄적인 대화를 나눴다. 윤리와 종교는 물론이고 공적인 사안이나 사적인 성향 등을 가리지 않고 화제로 삼았다. 둘 다 개인적인 문제로도 많은 이야기를 했다. 그러나 의사가 틀림없이 있을 거라고 상상하던 목사의 비밀은 대화하는 동안 슬쩍 드러난 적조차 없었다. 의사는 딤즈데일 목사가 앓고 있는 병의 증상조차 제대로 드러난 적이 없다는 의심을 하고 있었다. 정말 이상한 일이었다!

세월이 좀 흐른 뒤 로저 칠링워스가 넌지시 제안하고 딤즈데일 목사의 친구들이 주선해서 두 사람은 한 집에 기거하게 되었다. 따라서 목사를 늘 염려하면서 가까운 사이인 의사가 그의 건강 상태가 어떻게 요동치는지 세밀히 관찰할 수 있었다. 매우 바람직한 일이 성사되자 마을 사람 모두가 기뻐했다. 젊은 목사가 잘 지내기 위한 최선의 조치였다. 때때로 그럴 만한 권위가 있는 이들이 목사에게 강권하듯이, 그에게 영적으로 헌신하고자 하는 꽃다운 처녀들 가운데서 한 여자를 아내로 맞이했으면 더 좋았을 것이다. 하지만 현재 아서 딤즈데일이 그런 선택을 할 가능성은 없어 보였다. 성직자로서 독신으로 사는 것이 교회 규율이라도 된다는 듯 그런 제안을 모두 물리쳤다. 딤즈데일 목사가 스스로 선택한 운명은 늘 다른 사람의 식탁에서 맛없는 음식을 조금씩 얻어먹고, 오직 다른 사람의 난롯가에서 몸을 녹이면서 추위를 평생 견뎌야 하는 불행한 삶임이 명백했다. 따라서 지혜롭고, 경험이 많고, 자비로우며, 부성애와 함께 존경 어린 애정도 품고 있는 늙은 의사만이 목사가 곁에 항상 둘 수 있는 가장 적합한 사람이었다.

두 사람이 함께 머물게 된 곳은 상류층 출신인 경건한 미망인의 집이었다. 그녀는 나중에 유서 깊은 킹스 채플의 건물이 들어설 땅을 거의 다 차지하고 있는 집에 살고 있었다. 한쪽 구석에는 원래 아이작 존슨의 땅이었던 묘지도 붙어 있었다. 따라서 목사와 의사 두 사람 모두의 직업에 어울리게 진지한 성찰을 일깨우기에 적합한 공간이었다. 경건한 미망인은 어머니 같은 마음으로 돌보던 젊은 목사를 위해 햇볕이 잘 드는 앞쪽 방을 내어주었다. 그 방에는 필요하면 대낮에도 햇빛을 가려 그늘을 만들 수 있는 묵직한 커튼이 있었다. 사방 벽에는 고블랭 직물 공장에서 만든 태피스트리가 걸려 있었다. 아직 빛이 바래지 않은 상태라 다윗과 밧세바 그리고 예언자 나단에 대한 성경 이야기*를 재현한 그림을 알아볼 수 있었는데, 그 속에 있는 미녀의 모습은 재앙을 예고하는 예언자 나단처럼 음울하게 표현되어 있었다. 창백한 목사는 여기에 책들을 쌓아 두었다. 기독교 초기 교부들

* 다윗이 우리야의 아내 밧세바와 간통하자 예언자 나단이 밧세바가 낳은 아이는 반드시 죽게 된다는 예언을 한다. 「사무엘 하」 11~12장.

의 양피지로 장정한 2절판 책들이 대부분이었다. 랍비들의 교훈을 담은 책, 수도승들이 쓴 학술 서적들도 있었는데, 개신교 목사들이 저자의 신분을 비난하고 헐뜯으면서도 읽을 수밖에 없는 것들이었다. 집의 반대편에는 로저 칠링워스가 서재와 실험실을 정리해 놓았다. 현대 과학자가 보기에는 완벽하다고 생각할 정도는 아니었고, 그저 증류기 하나와 노련한 연금술사라면 익숙하게 사용하는 약제나 화학 약품을 만들 수 있는 도구가 있을 뿐이었다. 이렇게 넉넉한 분위기에서 두 학자는 각자 자기 영역에 틀어박혔다. 물론 허물없이 서로의 공간을 오가면서 상대방이 하는 일을 호기심 어린 눈으로 살펴보곤 했다.

아서 딤즈데일 목사의 분별력 뛰어난 친구들은, 앞서 우리가 운을 띄운 것처럼, 하나님의 섭리가 이 모든 일을 일어나게 했다고 합리적인 근거를 가지고 상상했다. 공적인 기도나 가정 내의 기도 또는 남모르게 하는 기도로 많은 이들이 젊은 목사의 건강 회복을 소망했기 때문이다. 그러나 최근에 마을의 몇몇 사람들이 딤즈데일 목사와 정체불명의 늙은 의사의 관계에 대해 전혀 다른 의견을 밝히기 시작했다는 사실을 짚고 넘어가겠다. 제대로 배우지 못한 군중이 제멋대로 사실을 보려 하면 스스로에게 속아서 오판하기 쉽다. 그러나 일반적으로 그렇듯, 군중이 너그럽고 따뜻한 가슴에서 우러나는 직관으로 판단할 때는 심오하고 너무도 정확한 결론을 내려서 마침내는 초자연적으로 드러난 진리가 될 때도 있다. 지금 우리가 말하고 있는 경우에도 제대로 반박할 사실이나 근거가 없어서 로저 칠링워스에 대한 편견을 정당화할 수는 없었다. 예를 들어, 나이 지긋한 직공 하나가 지금으로부터 삼십 년 전 토머스 오버베리 경의 살인 사건*이 일어났을 무렵 런던 시민으로 살고 있었다. 직공은 당시에는 다른 이름으로 불리던 늙은 의사를 그때 본 적이 있으며, 오버베리 살인 사건과 관련된 유명한 마술사 포먼 박사†와 어울리는 것을 보았다고 증언했다. 또한 몇몇 사람은 의사가 인디언들에게 억류되어 있을 때 야만인 사제들의 주술에 참여하면서 의술을 익혔을 거라고 수군거렸다. 야만인 사제들은 대체로 강력한 마법사들이고 흑마술을 써서 병을 고치는 기적을 행하는 것으로 알려져 있었다. 또 다른 많은 이들이 로저 칠링워스의 얼굴이 마을에서 딤즈데일 목사와 함께 살기 시작하면서 눈에 띄게 변했다고 말했다. 대부분 분별력이 있고 실제적인 관찰력을 지닌 사람들이었기 때문에 다른 사안에서는 그들의 의견이 존중되곤 했다. 처음에 칠링워스는 학자답게 침착하고 사색적인 얼굴이었다. 그러나 지금은 전에 볼 수 없던 추하고 사악한 기운이 느껴

---

* 토머스 오버베리(1581~1613)는 영국의 시인, 수필가이다. 서머싯 백작 로버트 카의 비서이자 가까운 친구였으며 1608년 기사 작위를 받았다. 로버트 카가 에식스 백작의 아내 프란시스 하워드와 사랑에 빠졌고, 프란시스는 로버트 카와 결혼을 생각하고 있었다. 그러나 오버베리가 그 결혼을 강력히 반대했다. 그러자 프란시스의 친척들이 권력을 행사하여 오버베리를 런던탑에 가두었고, 서서히 독을 먹여 살해했다.

† 사이먼 포먼(1522~1611). 점성가이며 연금술사. 그는 오버베리 사건의 공범자인 앤 터너와 가까웠으며 독약을 제조해서 건네준 혐의를 받았다.

지고, 자주 볼수록 그것을 더 선명하게 알아볼 수 있었다. 어리석은 이들 사이에서 떠도는 터무니없는 소문에 의하면, 칠링워스가 실험실에서 불을 땔 때 쓰는 장작은 지옥에서 가져온 것이라서 그의 얼굴이 연기에 그을려 거무스름해졌다고 했다.

요약하자면, 아서 딤즈데일 목사가 기독교 세계에서 시대마다 나타난 특별히 신성한 인물들과 마찬가지로 로저 칠링워스라는 가면을 쓴 사탄, 혹은 사탄의 심부름꾼에게 시달리고 있다는 소문이 점점 더 퍼져 가고 있었다. 악마의 앞잡이는 하나님의 허가를 받고 한동안 목사와 가까이 지내면서, 그의 영혼을 타락시키려는 음모를 꾸미고 있었다. 그러나 지각 있는 사람이라면 어느 편이 승리할 것인지 믿어 의심치 않았다. 사람들은 목사가 죽음과 같은 갈등에서 벗어나 반드시 승리하는 영광을 통해 새로운 모습으로 나타날 것을 흔들리지 않은 희망을 품으며 기다렸다. 그럼에도 승리를 쟁취하기 위해 싸우는 동안 목사가 겪을지도 모를 인간적인 고통을 생각하면 슬프기도 했다.

아아, 불쌍한 목사의 두 눈 속 깊이 깃든 우울과 공포로 판단하자면, 싸움은 혹독해 보였고, 승리 또한 장담하기 어려웠다!

10

의사와 환자

로저 칠링워스 노인은 평생 침착하고 친절한 기질을 잃지 않았다. 따뜻한 애정을 품은 적은 없었으나 세상사에 대해서는 순수하고 올곧은 사람이었다. 그는 가설을 세우고 그것이 옳은 것인지 탐구하며 살아왔다. 판사처럼 진지하고 공정하게 오직 진실을 찾고자 했다. 인간의 열정이나 자신에게 영향을 미친 잘못된 행위를 찾아내는 게 아니라 허공에 그려진 선이나 도형으로 이루어진 기하학적 문제를 해결하려는 것 같았다. 그러나 탐구를 진행하면서 치열하지만 고요한 필연성에 매혹되었고, 의문이 완전히 풀릴 때까지 놓여날 수 없었다. 금을 찾아다니는 광부처럼 혹은 죽은 자의 가슴에 묻혀 있을지도 모를 보석을 찾아

무덤을 파헤치는 묘지 관리인처럼, 목사의 내면을 탐색했으나 죽어야 할 운명과 부패 외에는 아무것도 찾을 길이 없었다. 찾아낸 것이 단지 그뿐이라면, 노인의 영혼은 얼마나 슬펐을까!

가끔 의사의 눈 속에서 불길한 푸른 빛이 번쩍였다. 용광로에서 반사되는 불빛이나 버니언*이 묘사한 무시무시한 문에서 새어 나와 순례자의 얼굴을 비추던 불빛 같았다. 이 은밀한 광부의 의욕을 북돋아 줄 기미를 보이는 순간이었다. 그럴 때면 의사는 혼자 중얼거렸다.

"이 목사는 사람들이 생각하듯이 순수하고, 매우 영적인 것처럼 보이지만, 아버지나 어머니에게서 강한 동물적 본능을 물려받았어. 이 방향으로 더 깊이 파고들어 가 보자!"

그러고 나서 오랫동안 목사의 어두운 내면을 탐색하고 귀중한 자료들을 뒤적였다. 인류의 안녕을 위한 고귀한 열망, 따뜻한 영혼의 사랑, 순수한 감정, 타고난 신앙심 같은 것들은 목사가 사유하고 연구하다가 계시로 얻어진 것이었다. 모두 금덩어리처럼 귀중하지만, 탐색하는 이에게는 아무 가치도 없었다. 의사는 다시 의기소침해져서 또 다른 방향을 살펴보았다. 그는 조심스러운 걸음걸이로 주위를 살피며 더듬더듬 나아갔다. 집주인이 반쯤 잠들었거나 완전히 깨어 있는 채로 지키고 있는 소중한

---

* 존 버니언(1628~1688)의 작품 『천로역정』 중 주인공이 지옥문 앞을 지나는 장면에서 인용했다.

보물을 훔치기 위해 방 안으로 들어가는 도둑처럼. 미리 조심했지만, 바닥이 삐걱거리거나 옷자락이 바스락거리기도 했다. 너무 가까이 다가가는 바람에 탐색 대상의 얼굴에 그림자가 비치기도 했다. 요컨대 신경이 예민해서 영적인 직관이 발동할 때가 있는 딤즈데일 목사는 희미하게나마 평화를 위협하는 무엇인가가 자신에게 다가오는 것을 의식했다. 하지만 칠링워스 노인 역시 직관이 발달한 사람이었다. 목사가 소스라쳐 놀라면, 의사는 친절하고, 사려 깊으면서, 연민이 넘치지만 전혀 거슬리지 않는 친구처럼 굴었다.

그러나 심장이 아픈 탓에 딤즈데일 목사가 모든 인류를 의심하지 않았더라면, 의사의 성격을 더 정확하게 파악했을 것이다. 그는 친구로 믿는 사람이 아무도 없었으므로, 막상 적이 나타나도 알아차리지 못했다. 그래서 목사는 여전히 의사와 친밀하게 교류하면서, 날마다 자기 서재로 찾아오게 놔두었다. 자기도 의사의 실험실로 찾아가 잡초로 약을 만드는 과정을 구경하곤 했다.

어느 날 목사가 손으로 이마를 짚은 채 팔꿈치를 창턱에 기대어 서서 묘지를 바라보고 있었다. 그는 잡초 한 묶음을 살펴보고 있는 칠링워스 노인과 이야기를 나누는 중이었다.

목사는 풀더미를 곁눈으로 흘낏 보았다. 요즘 그는 사람이든 물건이든 똑바로 바라보는 일이 드물었다. "의사 선생님, 그 우중충하고 축 늘어진 풀들을 어디에서 뜯어 오셨나요?"

"가까운 여기, 묘지에 있더군요." 의사가 하던 일을 계속하면서 대답했다. "이건 처음 본 풀이에요. 어느 무덤 위에서 자라는 것을 발견했지요. 죽은 이를 기억하는 비석도 다른 기념품도 없는 무덤이었어요. 오직 볼품없는 잡초뿐이었어요. 죽은 이의 심장에서 자라났을 겁니다. 아마도 어떤 끔찍한 비밀과 함께 묻혀서 이런 형상으로 돋아난 거죠. 살아 있는 동안 비밀을 털어놓는 게 더 나았을 텐데요."

"간절히 고백하고 싶었지만 그렇게 못 했을 수도 있어요." 목사가 말했다.

"무엇 때문에요? 그럴 리가 없어요. 자연의 힘이 열렬하게 죄를 고백하기를 요구하고 있어요. 그래서 이렇게 시커먼 잡초들이 무덤에 묻힌 심장에서 돋아나 밝히지 못한 죄를 분명히 보여주고 있지 않습니까?"

"그건 선생님의 망상일 따름이에요." 목사가 대답했다. "만약 제 추측이 옳다면, 하나님의 자비 외에는 어떤 힘도 이 세상에서 인간의 심장과 함께 묻힌 비밀을, 말로든 글로든 상징으로든, 밝힐 수 없습니다. 죄지은 비밀을 감춘 마음은 숨겨 둔 것이 모두 훤히 드러나는 날까지 비밀을 굳게 지키려 합니다. 저는 성경을 읽거나 해석할 때 어떤 인간의 생각이나 행동이 만천하에 폭로되는 것이 천벌의 일부라고 이해한 적이 없어요. 그것은 얕은 소견임이 분명하지요. 제 생각이 대단히 틀리지 않았다면, 그러한 폭로는 심판의 날에 삶의 어두운 문제가 풀리는 것을 기다리던 지성적인 존재들이 지적 만족을 얻기 위한 것에 불과해요. 더욱이 선생님이 언급하셨듯이 비참한 비밀을 품고 있는 심장은 최후의 날이 오면 주저하지 않고 말할 수 없이 기쁜 마음으로 비밀을 고백할 겁니다."

"그들은 왜 지금 여기에서 고백하지 않나요?" 로저 칠링워스가 슬며시 목사를 살피며 물었다. "왜 죄지은 자들은 좀 더 빨리 그런 기쁨을 누리지 않는 건가요?"

"대부분은 그렇게 하지요." 목사가 욱신거리는 통증에 시달리는 듯 가슴을 움켜쥐고 말했다. "가엾은 많은 영혼이 저에게 고백하지요. 임종의 순간뿐 아니라 한창 힘이 넘치고 명성이 높을 때도요. 그렇게 고백하고 난 뒤에는, 죄지은 형제들이 안도하는 모습을 제가 똑똑히 봤지요! 자신의 오염된 숨결에 질식할 것 같다가 마침내 신선한 공기를 마시게 된 사람 같았어요. 그렇지 않겠습니까? 예를 들어 살인죄를 범한 비참한 사람이 시신을 굳이 자기 가슴에 묻을 리가 있겠습니까, 당장에 밖으로 내던져 우주의 섭리에 맡기지 않고요?"

"그러나 어떤 사람은 비밀을 가슴에 묻죠." 의사가 가만히 목사를 지켜보며 말했다.

"그렇죠. 그런 이들도 있지요. 하지만 명백한 이유가 있어서가 아니라 타고난 기질의 행동 원칙 때문에 입을 다물고 있는지도 몰라요. 혹은, 이렇게 추측할 수도 있지 않나요? 비록 죄를 지었으나 여전히 하나님의 영광과 인간의 안녕을 열망하고 있어서 어둡고 더러운 모습이 드러나는 것을 피하는 건 아닐까요? 일단 고백하고 나면 어떤 선행도 할 수 없고, 더 훌륭한 일을 해도 과거의 악행을 만회하지 못하니까요. 그래서 말로 설명할 수 없이 괴롭지만, 그들은 동료 피조물들 사이를 첫눈처럼 순수한 모습을 하고 돌아다니지요. 가슴속은 지워지지 않는 사악함으로 온통 얼룩져 있지만 말이지요."

"그런 이들은 자신을 속이는 거죠." 로저 칠링워스가 집게손가락을 살짝 흔들며 평소와는 달리 힘주어 말했다. "당연히 받아야 할 치욕을 두려워하는 거예요. 인간에 대한 사랑이나 하나님의 일을 하려는 열망 같은 성스러운 충동은 그들의 가슴속에서 사악함과 공존할 수도 있고 아닐 수도 있을 테지요. 죄가 문을 열어 불러들인 동거인은 반드시 그 속에서 지옥의 종자를 늘려 나갈 거예요. 하지만 만약 그들이 하나님을 찬양하고자 한다면, 그 더러운 손을 하늘을 향해 들어 올리지 못하게 해야 합니다! 그들이 동료를 위해 봉사하고자 한다면, 참회로 인한 자기 비하를 경험하게 해서 양심의 힘과 실체를 명백하게 보여 줘야 합니다! 현명하고 경건한 친구여, 거짓이 하나님의 영광이나 진리보다 낫다는 겁니까? 장담하건대, 그들은 자기기만에 빠진 거죠!"

"아마 그럴지도 모르죠." 젊은 목사는 초점이 빗나간 전혀 상관없는 이야기를 끝내려는 듯 시큰둥하게 대답했다. 그는 격렬한 논쟁이나 신경을 곤두세우는 주제를 피하는 성격이었다. "그런데 유능한 의사 선생님이 제 허약한 몸을 친절하게 돌봐 주셔서 조금이라도 건강이 나아진 것인지 여쭤보고 싶네요."

로저 칠링워스가 미처 대답하기 전에, 묘지 근처에서 어린아이의 맑은 목소리가 깔깔거리는 웃음과 섞여 들려왔다. 여름철이라 열어 놓은 창문 밖으로 목사가 내다보니, 헤스터와 펄이 울타리와 나란히 뻗어 있는 오솔길을 걸어가고 있었다. 펄은 한낮처럼 환했으나, 짓궂은 즐거움에 들떠 있었다. 그럴 때마다 인간의 마음으로 헤아릴 수 있는 영역을 완전히 벗어난 것처럼 보였다. 아이는 이제 불경스럽게도 이 무덤 위에서 저 무덤 위로 깡충깡충 뛰었다. 그러다가 어떤 가문의 문장이 새겨진 넓고 평평한 묘석 앞에 이르자 그 위에 올라가 춤을 추기 시작했다. 어쩌면 아이작 존슨일지도 모를 덕망 높은 이의 무덤 같았다. 예의 바르게 굴라는 어머니의 명령과 간청에 못 이겨 펄은 춤추는 것을 멈추고, 무덤 언저리에 자란 키 큰 우엉의 가시 달린 열매를 땄다. 한 손 가득 모으자, 그것을 어머니의 가슴에 달린 주홍 글자의 둘레에 붙였다. 가시가 달린 열매들이라 떨어지지 않고 그대로 붙어 있었다. 헤스터는 그것을 떼어 내려 하지 않았다.

그때 로저 칠링워스가 창가로 다가와 속을 알 수 없는 미소를 지었다.

"저 아이는 법이나 권위에 대한 존경심도 없고, 옳든 그르든 사람 말을 듣는 일도 없는 성미더군요." 칠링워스는 혼자 중얼거리는 듯 말했다. "지난번에는 저 아이가 스프링레인에 있는 소여물통에서 벨링엄 각하에게 물을 튕기는 것을 보았어요. 도대체 저 아이는 어떻게 된 거죠? 사악한 꼬마 악마인가요? 누군가에 대한 애정이 있기는 한가요? 아이의 행동을 이해할 수 있는 법칙이 있기나 할까요?"

"아니요. 법칙을 깨는 자유밖에는 없을 거예요." 딤즈데일 목사는 마치 그 문제를 고민하고 있었다는 듯 조용하게 말했다. "선행을 할 능력이 있을지, 저는 모르겠어요."

아이가 두 사람의 목소리를 들었을지도 모른다. 왜냐하면 환하지만 장난스럽고 영리한 미소를 띠고 창문을 올려다보았기 때문이다. 아이는 딤즈데일 목사를 향해 가시가 달린 열매 하나를 던졌다. 예민한 목사는 신경질적으로 몸을 움츠려 날아오는 열매를 피했다. 그 모습을 보고 펄은 손뼉까지 치면서 지나치게 즐거워했다. 헤스터 프린 역시 엉겁결에 위를 올려다보았다. 그래서 어린아이까지 네 사람은 서로를 침묵 속에 바라보았다. 마침내 펄이 깔깔거리며 소리쳤다. "엄마, 가자! 어서 가자, 아니면 저 늙은 악마가 엄마를 잡으러 올 거야! 목사님은 벌써 잡혔어. 어서 가자, 엄마. 아니면 악마에게 잡힐 거야. 그래도 나는 잡지 못할걸!"

그러더니 펄은 엄마를 잡아끌면서 무덤 사이를 깡충깡충 춤추고 뛰어다녔다. 펄의 모습은 그곳에 묻힌 과거 사람들과 공유하는 것이 아무것도 없으며, 비슷한 점도 없는 생명체처럼 보였다. 그녀는 새로운 요소로 이제 막 태어났으므로, 자기의 삶을 살도록 허용해 주어야 하고, 스스로가 곧 법칙이기에 유별난 성격도 죄라고 할 수 없을 것처럼 보였다.

"저 여자가 지나가는군요." 로저 칠링워스가 잠시 침묵하다가 말했다. "그녀의 과오가 무엇이든, 목사님이 견디기 힘든 무거움이라고 한 숨겨진 죄의 비밀은 전혀 갖고 있지 않지요. 가슴에 주홍 글자를 달고 있기 때문에, 헤스터 프린이 덜 비참할 거라고 생각하나요?"

"저는 진정으로 그렇게 믿어요." 목사가 대답했다. "그러나 저 여자 대신 대답할 수는 없어요. 여자의 얼굴에는 고통이 보여요. 외면하고 싶은 고통입니다. 하지만 가엾은 저 헤스터 프린처럼 고통을 자유롭게 드러내는 편이 가슴속에 숨기고 있는 것보다 훨씬 나을 것 같아요."

다시 침묵이 찾아왔다. 의사는 자신이 수집한 식물들을 다시 살펴보면서 말을 이었다.

"아까 저에게 질문하셨죠. 목사님의 건강에 대한 제 의견을요."

"그랬지요." 목사가 대답했다. "기꺼이 듣겠어요. 제가 죽든 살든 솔직히 말씀해 주시길 부탁드려요."

"숨김없이 분명하게 말씀드리죠." 의사는 식물 더미를 정리하면서, 딤즈데일 목사를 신중한 시선으로 바라보았다. "목사님의 병은 좀 이상해요. 그 자체로는 명백히 나타나는 것도 없어요. 제가 관찰한 증상으로는 그렇습니다. 지난 몇 달 동안 매일 목사님을 보면서 안색을 살폈지요. 목사님의 병증이 깊다고 판단을 내렸지만, 주의 깊고 해박한 지식이 있는 의사가 치료하지 못할 정도는 아니에요. 하지만 이상하게도 어떤 병인지 알 것 같으면서도 모르겠어요."

"유능한 의사 선생님이 수수께끼 같은 말씀을 하시네요." 창백한 얼굴의 목사가 창밖을 흘낏 바라보았다.

"그럼 더 명료하게 말씀드릴게요. 우선 이렇게 솔직히 말해야 하는 것에 대해 용서를 구합니다. 친구로서, 또한 하나님의 섭리로 목사님의 생명과 신체의 건강에 책임을 지고 있는 사람으로서, 한 가지 묻고자 해요. 목사님은 이 질병의 모든 증상에 대해 저에게 모두 털어놓고 설명하셨나요?"

"어떻게 그런 질문을 하시나요? 장난으로 의사를 부른 것도 아닌데 아픈 곳을 감추다니요!" 의사가 대답했다.

"제가 아는 게 전부라는 말씀이신가요?" 로저 칠링워스가 지성이 번뜩이는 예리한 눈빛으로 목사의 얼굴을 바라보았다. "그렇군요! 하지만 한 번 더 묻겠습니다! 그저 겉으로 드러난 증상을 관찰할 뿐인 의사는 고쳐야 할 질병에 대해 반밖에 모르는 경우가 더 많아요. 신체의 증상이 질병의 전부라고 여기지만, 결국 정신적 문제가 드러나는 증상이기도 하거든요. 제 말이 불쾌하시면 용서해 주세요. 제가 아는 모든 사람 가운데 목사님은 정신의 도구인 신체와 정신이 가장 밀접하게 연결된 분이시죠. 정신과 신체가 서로 다르지 않을 정도예요."

"그렇다면 더는 치료를 부탁드리지 않겠어요." 목사가 서둘러 의자에서 일어나면서 말했다. "선생님께서는 영혼을 치유하는 일은 하지 않는 것으로 알고 있으니까요."

"그러니까 병이란 말이죠." 로저 칠링워스도 갑자기 벌떡 일어나 왜소하고 불균형한 신체로 핼쑥한 얼굴의 목사와 마주 섰다. 그리고 목사의 말을 끊는 것도 주저하지 않은 채, 똑같은 어조로 말을 이었다. "병이란, 정신에 아픈 곳이 생기면 즉시 그와 관련된 신체에 증상이 생긴다는 거예요. 그러니 의사에게 신체의 병만을 고치라고 하겠습니까? 어떻게 그게 가능할까요? 의사에게 영혼의 상처나 괴로움을 털어놓지 않는다면요?"

"아니요, 당신에게는 말할 수 없어요! 속세의 의사에게는 할 수 없어요!" 딤즈데일 목사는 분노로 번득이는 눈을 부릅뜬 채 격정적으로 로저 칠링워스에게 소리쳤다. "당신은 아니에요! 영혼의 질병을 앓는 것이라면, 오직 하나뿐인 영혼의 의사에게 맡겨야 합니다! 하나님은 선한 기쁨으로 병을 치료하시거나 아니면 죽게 하실 거예요. 정의와 지혜로움으로 함께하시면서, 마침내 그의 선을 실현할 것입니다. 하지만 당신이 감히 이러한 일에 끼어들고자 합니까? 고통받는 이와 하나님 사이에요?"

그리고 미친 사람처럼 방을 뛰쳐나갔다.

"이런 지경에 이른 게 차라리 잘된 일이야." 로저 칠링워스는 목사의 뒷모습을 진지한 미소를 띠고 바라보며 중얼댔다. "잃을 것도 없어. 조금 있으면 우리는 다시 친구가 될 거야. 하지만 지금 격정에 사로잡혀 달아나는 저 모습을 보라고! 언젠가에도 저런 격정에 사로잡힌 적이 있었겠지! 그렇게 경건하다는 딤즈데일 목사가 뜨거운 격정에 못 이겨 대담한 일을 저질렀을 테지!"

두 사람이 다시 친밀해지는 것은 어렵지 않았다. 젊은 목사는 혼자서 몇 시간을 보낸 뒤, 신경이 과민해져서 적절하지 않게 감정이 폭발했음을 깨달았다. 의사의 말에는 변명하거나 사과해야 할 부분은 전혀 없었다. 그는 노인에게 등을 돌리고 나온 자신의 난폭함에 놀랐다. 의사는 단지 자신의 의무인 조언을 한 것이고, 실제로 목사 자신이 부탁한 것이었다. 목사는 곧 후회하는 마음으로 달려가서 정중한 사과를 했다. 그리고 친구에게 계속 치료를 부탁했다. 비록 건강을 완전히 회복하지는 못했으나, 그럼에도 치료 덕분에 허약한 신체를 이제까지 지탱했을 것이다.

로저 칠링워스는 흔쾌히 받아들였고, 목사의 주치의 역할을 계속 맡았다. 목사를 위해 최선을 다했으나, 환자와 전문적인 면담을 하고 방에서 나갈 때마다, 입가에는 설명할 수 없는 곤혹스러운 미소를 짓고 있었다. 그런 표정은 딤즈데일 목사 앞에서는 나타나지 않았으나, 방문을 나서면서 점점 뚜렷하게 얼굴에 떠올랐다.

"드문 경우야!" 의사가 중얼거렸다. "더 깊이 살펴볼 필요가 있어. 영혼과 신체 사이에 기이한 공명이 있어! 의학을 위해서라도, 끝내 이 문제를 파헤쳐 봐야 해!"

위에 기록한 장면이 일어나고 나서 얼마 지나지 않은 날이었다. 딤즈데일 목사가 한낮에 의자에 앉은 채 자기도 모르는 사이 깊이 잠들었다. 앞의 탁자 위에는 검고 큰 글자*로 적힌 두툼한 책이 펼쳐진 채 놓여 있었다. 틀림없이 잠이 오게 하는 특별한 힘을 지닌 문학 작품이었을 것이다. 목사가 이토록 깊은 잠에 빠진 것은 특이한 일이었다. 평소에는 나뭇가지 위에서 겁먹고 펄쩍 뛰어오르는 작은 새처럼, 쉽게 깨는 얕은 잠을 자곤 했다. 이례적으로 정신없이 깊은 잠에 빠져 있었기 때문에 로저 칠링워스 노인이 특별한 예고도 없이 방으로 들어왔을 때도 의자에서 꼼짝하지 않았다. 의사는 자신의 환자 앞으로 곧장 다가가 환자의 가슴에 손을 얹었다. 그리고 옷을 풀어헤쳐 이제껏 의사도 보

* 고딕체 활자를 가리킨다. 다른 활자보다 굵어서 검은색이 돋보인다.

지 못하게 가리고 있던 부분을 드러나게 했다.

그러자 딤즈데일은 몸을 부르르 떨면서 잠시 꿈틀했다.

의사는 잠깐 그 자리에 멈춰 섰다가, 몸을 돌려 밖으로 나왔다.

그러나 의사의 얼굴에는 놀라움과 기쁨, 그리고 공포가 뒤섞여 흥분된 표정이 떠올랐다! 얼마나 어둡고 격렬한 환희인지, 눈과 얼굴로 드러내기 부족할 정도였다. 그의 흉측한 온몸 전체에서 기쁨이 뿜어져 나오는 것 같았다. 과장된 몸짓으로 천장을 향해 만세를 부르고 두 발로 바닥을 쾅쾅 구르면서 미친 사람처럼 굴었다! 누군가가 로저 칠링워스 노인이 환희에 빠진 그 순간의 모습을 보았다면, 고귀한 인간의 영혼이 천국에서 지옥으로 떨어지는 순간, 사탄이 얼마나 즐거워했는지 궁금해할 필요가 없을 터이다.

그러나 사탄과 다른 점이 있다면 의사의 환희 속에는 놀라움의 기색이 보였다는 것이다!

11

내면의 문제

잠든 목사의 서재에 의사가 몰래 들어간 일이 있고 난 뒤, 목사와 의사의 교류는 겉보기에는 변함없었으나, 실제로는 전혀 다른 관계가 되었다. 로저 칠링워스에게는 앞에 놓인 길이 훤히 보였다. 분명 그가 예상해 오던 자신의 행로는 아니었다. 조용하고, 친절하고, 냉정해 보였으나, 그는 깊은 원한을 숨기고 있었다. 하지만 이제 그것이 움직이기 시작했고, 이 불행한 노인은 이제껏 어느 인간이 제 원수에게 했던 것보다 더 가까운 곳에서 감행할 복수를 꿈꾸고 있었다. 목사가 유일하게 신뢰하는 친구가 되어, 모든 두려움, 양심의 가책, 괴로움, 헛된 회한, 과거를 되돌아볼 때 밀려오는 죄책감을 모두 털어놓도록 만들려 했다!

세상으로부터 숨겨 둔 죄의 슬픔을, 위대한 사람이라면 동정하고 용서할 그런 슬픔을, 동정심도 용서도 없는 자기에게 고백하도록 하려는 것이다! 그 어두운 보물을 바로 자기에게 가장 적절한 복수의 대가로 쏟아 놓게 하려는 것이다!

수줍고 예민하면서 주저하는 목사의 성격이 이러한 계획을 방해하곤 했다. 그러나 로저 칠링워스는 그다지 낙심하지 않았다. 하나님은 복수하려는 자와 그 과녁이 되는 자를 모두 자신의 목적에 맞게 사용하려는 것 같았다. 그것이 죄에 대한 가장 큰 벌일 테지만, 의사의 음흉한 계획에 대처할 하나님의 섭리는 용서였을 것이다. 반면에 의사는 당연히 죄를 폭로하는 것이라 여겼다. 자신의 목적을 위해서는 하나님이 폭로하든 다른 존재가 폭로하든 중요한 문제는 아니었다. 폭로 이후에 이어지는 딤즈데일 목사의 외적인 모습과 영혼의 가장 내밀한 모습까지 제 눈앞에 드러날 것이며, 모든 움직임을 볼 수 있게 될 것이다. 의사는 가엾은 목사의 마음속에서 구경꾼이 아니라 중요한 등장인물이 되었다. 그는 원하는 대로 목사를 조종할 수 있었다. 목사에게 욱신거리는 괴로움을 불러일으키고자 한다면? 희생자는 언제나 손이 닿는 곳에 있었다. 단지 조종할 수 있는 단추를 누르기만 하면 되었다. 물론 의사는 아주 잘 알고 있었다! 목사를 갑자기 두려움에 떨게 만들려면? 마법사가 지팡이를 휘둘러 소름 끼치는 환영을 불러내듯, 수많은 환영이 죽음과 그보다 더 끔찍한 수치라는 온갖 형태로 나타나 목사의 주위를 둘러싼 채 비밀이 숨겨진 가슴을 손가락으로 가리켰다!

모든 일이 미묘하고도 정확하게 이루어져서, 목사는 어떤 사악한 기운이 자신을 지켜보고 있음을 내내 막연히 감지했음에도, 그것의 정체에 대해서는 아는 바가 없었다. 목사가 의심과 두려움으로, 심지어는 이따금 공포와 씁쓸한 증오로, 늙은 의사의 기이한 모습을 바라본 것도 사실이다. 의사의 몸짓, 걸음걸이, 허연 수염과 사소하면서도 무심한 행동, 옷매무새까지 목사의 눈에 밉살스럽게 보였다. 이것은 목사 스스로 인정하는 것보다 의사에게 더 깊은 반감을 품고 있다는 암시이자 증거였다. 딤즈데일 목사는 친구를 불신하고 혐오하는 이유를 찾기가 불가능했기에, 병든 상처의 독소가 온 가슴에 퍼지고 있음을 의식하면서 불길한 예감이 모두 그로부터 기인한다고 생각했다. 목사는 로저 칠링워스에 대해 나쁜 느낌을 품은 자신을 탓하고, 그런 느낌의 의미를 찾고자 하지 않았으며, 최선을 다해 없애려 노력했다. 그런 느낌을 없애지는 못했으나, 자기 삶의 원칙에 따라, 늙은 의사와 계속 사교적으로 친밀하게 지냈다. 따라서 늙은 의사는 목적을 완수할 기회를 잃지 않았지만, 복수에 헌신하는 그 불행한 존재는 희생자보다 더 끔찍하게 망가질 수밖에 없었다.

몸은 질병의 고통에 시달리고, 영혼은 어두운 고뇌에 시달릴 뿐 아니라, 가장 치명적인 적의 농간에 허우적거리면서도 딤즈데일 목사는 신성한 직무의 영역에서 눈부신 명성을 쌓아 갔다. 그것은 많은 부분 슬픔으로 이룬 성공이었다. 지적인 능력과 도덕적 인식 능력, 경험과 감정을 나누는 힘은 일상의 괴로움 덕분에 초자연적인 활동을 지속할 수 있었다. 그의 명성은 가파르게 치솟았고, 몇몇 탁월한 동료 성직자들의 정당한 평판을 뛰어넘을 정도였다. 그런 동료 가운데에는 신성한 직무와 관련된 난해한 지식을 습득하기 위해 딤즈데일 목사가 살아온 시간보다 더 많은 세월을 보낸 학자들이 있었다. 그들은 귀중한 지식의 면에서는 젊은 목사보다 더 심오하고 정통했다. 또한 정신적으로 더 강인한 이들, 훨씬 뛰어난 예리함과 굳건함을 지녀서 무쇠나 화강암 같은 이해력을 지닌 이들도 있었다. 이러한 이해력에 교리에 관한 상당한 지식이 적절히 섞이면 존경스럽고 유능하면서 범접하기 힘든 목사가 된다. 또한 정말로 성자와 같은 이들도 있었다. 그들의 능력은 지치도록 책을 읽고 끈질기게 사유하면서 다듬어졌고, 더 높은 세상과의 영적 교류로 신비한 힘을 얻었다. 여전히 인간의 옷을 입고 있으나 순결한 삶으로 인해 성스러운 인물의 반열에 오른 이들이었다. 그들에게 부족한 재능은 선택된 사도에게 주어졌다는 펜테코스트*, 즉 불의 혀였다. 외국어나 미지의 언어로 말하는 능력이 아니라 타고난 마음의 언어로 인간 형제들 모두에게 설교할 수 있는 능력을 상징하는 것이었다. 그런 성직자들은 다른 능력은 충만했으나 하나님의 일을 하는 이에게

* 예수 그리스도가 오순절에 사도들에게 강림하여 사도들이 많은 이들에게 설교할 수 있는 능력을 부여한 것을 말한다. "마치 불의 혀처럼 갈라지는 것들이 그들에게 보여 각 사람 위에 하나씩 임하여 있더니 그들이 다 성령의 충만함을 받고 성령이 말하게 하심을 따라 다른 언어들로 말하기를 시작하니라"(사도행전 2장 3~4절).

마지막으로 내려 주는 가장 드문 증거인 불의 혀가 없었다. 그들이 애써 그것을 찾아 헤맸다고 해도 헛된 일이었을 것이다. 최고의 진리를 평범한 이들의 친숙한 언어로 표현할 수는 없었다. 그들의 목소리는 그들이 머무는 높은 세상에서 아득하고 희미하게 들려올 뿐이었다.

딤즈데일 목사는 성격의 여러 특성으로 보아 높은 세상에 거주할 부류였다. 그것이 무엇이든 죄와 고통을 짊어지고 비틀거리다가 좌절하지 않았더라면, 고결한 신앙의 높은 봉우리에 이미 올랐을 것이다. 죄와 고통의 무게가 그를 가장 낮은 바닥으로 떨어지게 했다. 가뿐한 공기 같은 속성을 지녀 천사들도 그 목소리에 귀 기울이면서 화답할 사람이었는데! 그러나 그 짐의 무게 덕분에 목사는 인류라는 죄 많은 형제와 친밀하게 공감할 수 있었다. 그래서 그의 가슴은 그들과 함께 고동치고, 그들의 고통을 그대로 받아들였다. 슬프고도 설득력 있는 힘찬 웅변으로 자신의 고통을 그들에게 마음으로 호소했다. 때로는 감동적이지만, 때로는 무시무시했다! 사람들은 그토록 마음을 움직이는 힘의 정체를 알지 못했다. 그들은 이 젊은 목사를 신성한 기적으로 여겼다. 하나님의 지혜와 꾸짖음과 사랑을 대신 전달하는 심부름꾼으로 그를 사랑했다. 그들의 눈에는 목사가 밟고 다니는 땅도 신성해 보였다. 교회에 다니는 처녀들은 목사 주위에서는 안색이 창백해졌다. 열정의 희생양들은 그들이 종교의 전부로 상상하는 경건한 감정에 젖었다. 그런 감정을 제단에 바칠 가장 기꺼운 제물로 여기며 공공연하게 순백의 가슴에 품고 교회에 나왔다. 나이가 지긋한 신도들은 딤즈데일 목사의 몸이 너무 허약한 것을 보고, 자신들이 너무 노쇠하다는 생각조차 못하고, 목사가 그들보다 먼저 하늘나라로 갈 거라고 믿었다. 그래서 자손들에게 자신의 뼈를 젊은 목사의 신성한 무덤 주변에 묻어 달라고 부탁했다. 이 모든 일들이 벌어질 때, 가엾은 딤즈데일 목사는 자기 무덤을 생각하면서 그 위에 풀이나 자랄 수 있을지 근심하곤 했다. 저주받은 존재가 묻힐 무덤이니까!

자신을 향한 대중의 숭배는 목사를 상상할 수 없을 정도로 고통스럽게 했다! 진실을 경애하고, 진실의 신성한 본질을 생명의 핵심으로 지니지 않은 것은 모두 아무런 무게도 가치도 없다고 여기는 것이 그의 순정한 경향이었다. 그렇다면 목사 자신은 무엇인가? 실체인가, 아니면 가장 흐릿한 그림자인가? 그는 설교단 위에서 신도들에게 자신의 정체를 목청껏 외치고 싶었다. "여러분이 보고 있는 검은 사제복을 입은 나, 이 신성한 단 위에 올라서서 창백한 얼굴로 하늘을 올려다보며 여러분을 대신해서 전지전능한 하나님과 영적으로 교류하고 있는 나, 에녹*과 같은 신성함으로 일상을 살아간다고 여러분이 생각하는 나, 땅 위를 걸을 때마다 빛을 남겨서 그 뒤를 따르는 순례자들을 축복의 땅으로 인도할 거라고 여러분이 믿는 나, 여러분 자녀들의 머리에 손을 얹고 세례를 주던 나, 죽어 가는 여러분의 친구들을 위해

* 성경에 나오는 신앙심이 매우 깊은 인물이다.

마지막 기도를 하면서 그들이 막 떠나온 세상으로부터 희미한 아멘 소리가 들리도록 한 나, 여러분이 숭배하고 신뢰하는 목사인 나는 완전히 타락한 거짓말쟁이입니다!"

딤즈데일 목사는 설교단 위로 올라가면서, 이렇게 고백하기 전까지는 절대로 내려오지 않겠다고 결심한 것이 한두 번이 아니었다. 목을 가다듬고 떨리는 숨을 길고 깊이 마신 뒤 다시 길게 내쉬었을 때, 영혼의 검은 비밀에 짓눌린 적이 한두 번이 아니었다. 여러 번, 아니 수백 번도 더, 그는 실제로 말했다! 말했었다! 하지만 어떻게 되었나? 그는 신도들에게 자신은 비열하기 그지없는 자이며, 가장 비열한 인간에 버금가는 자이며, 가장 끔찍한 죄인이며, 혐오스럽고, 상상할 수 없을 정도로 더러운 자라고 말했다. 전지전능한 하나님의 불타는 노여움에 의해 자신의 비참한 육신이 시들어 가는 것을 신도들이 보고 있으면서도 그 사실을 모르는 게 이상할 뿐이라고 말했다! 이보다 명백한 고백이 있을까? 신도들이 일제히 자리를 박차고 일어나 더럽혀진 단상에서 목사를 끌어내리지 않았을까? 그렇지 않았다! 신도들은 모든 이야기를 들었고, 그를 더욱 숭배했다. 그런 자조적인 말에 어떤 치명적인 의미가 숨어 있는지 짐작도 하지 못했다. 신도들은 자기네들끼리 감탄했다. "신실하신 분이야! 지상의 성자라니까! 목사님의 깨끗한 영혼에서조차 그런 죄악을 가려낼 수 있다니, 당신이나 나의 영혼은 얼마나 끔찍하게 보이겠나!" 목사는 자신의 애매한 고백이 어떻게 보일지 잘 알고 있었다. 미묘하지만, 양심의 가책을 느끼는 위선자였으니까! 죄책감을 고백하면서 자신을 속이려고 애썼지만, 그에 따르는 순간적인 안도감도 없이, 도리어 수치스러운 자기 합리화라는 한 가지 죄악을 더 얻었다. 그는 순전한 진실을 말했고, 그것을 가장 심각한 거짓으로 바꿔 버렸다. 그러나 여전히 진실을 사랑하는 본성을 지닌 사람이었고, 거짓말을 증오하는 아주 보기 드문 사람이었다. 그러므로 그는 다른 무엇보다도 자신의 비참한 자아를 증오했다!

내면의 괴로움에 시달리면서, 목사는 태어나고 자란 교회의 빛나는 가르침보다 낡고 부패한 로마 가톨릭의 신앙에 더 부합하는 행위를 하게 되었다. 자물쇠와 열쇠가 달린 딤즈데일 목사의 비밀 옷장 속에는 피 묻은 채찍이 하나 들어 있었다. 개신교도이자 청교도의 목사인 그는 스스로 어깨를 자주 채찍질하면서 자신을 신랄하게 비웃었다. 그러면서 더욱 무자비하게 후려쳤다. 또한 많은 경건한 청교도들이 그렇듯이, 목사도 습관적으로 금식을 했다. 다른 이들처럼 육신을 깨끗이 하여 천상의 빛을 전달하기에 적합하게 만들기 위해서가 아니라 참회를 위한 행위로서 했다. 두 무릎이 떨릴 때까지 엄격하게 실행했다. 마찬가지로 목사는 밤마다 때로는 완전한 어둠 속에서, 때로는 희미한 램프를 켜 두고, 때로는 그가 비출 수 있는 가장 환한 빛으로 거울에 비친 자기 얼굴을 보면서 밤을 지새워 기도했다. 자신을 괴롭히면서 끊임없이 반성하는 것이 습관이 되었다. 하지만 자신을 정화할 수는 없었다. 이렇게 길게 밤을 지새우는 동안 머릿속은 혼란해지고 스쳐 지나가는 환영을 보았다. 어렴풋이 보이는 환영이 내뿜는 희미한 빛으로 멀리 방 한구석에서 흐릿하게 보였고, 또는 바로 옆에 있는 거울 속에서 더 생생하게 보이기도 했다. 사악한 형상들이 무리를 지어 나타나 창백한 목사를 비웃고 조롱했고, 그들과 함께 멀리 가자고 손짓할 때도 있었다. 또 빛나는 천사의 무리가 슬픔으로 가득 차서 무겁게 위로 날아오르다가 점점 공기처럼 투명해지는 때도 있었다. 젊을 때 세상을 떠난 친구와 성자처럼 얼굴을 찡그린 수염이 하얀 아버지, 지나가면서 그를 외면하는 어머니가 나타난 적도 있었다. 아주 흐릿하던 어머니의 유령은 그나마 아들을 향해 동정 어린 눈길을 보내 줄 수도 있었을 텐데! 그러고 나서 이런 유령에 대한 상념들로 무시무시한 분위기가 되어 버린 방 안에 헤스터 프린이 스르륵 지나가기도 했다. 주홍색 옷을 입은 어린 펄을 데리고, 자기 가슴에 있는 주홍 글자와 목사의 가슴을 손가락으로 가리키면서.

목사는 이런 환영에 한 번도 속지 않았다. 어떤 순간에도 의지로 노력하여 안개처럼 흐릿한 실체가 아닌 것과 실체를 가려낼 수 있었다. 그것들이 저기 조각으로 장식한 떡갈나무 탁자나 가죽 표지와 주석 죔쇠로 제본한 두툼한 성경책처럼 실제로 존재하지 않는다는 것을 확신했다. 하지만 어떤 의미에서 환영은 가엾은 목사가 접촉할 수 있는 가장 진실한 실체이기도 했다. 목사처럼 가식적인 삶을 사는 사람이 겪는 말할 수 없는 불행은 우리를 둘러싼 현실에서 비롯되는 실체와 그 정수를 빼앗긴다는 것이다. 현실은 영혼의 기쁨과 자양분을 얻으라고 하나님이 마련한 것이다. 진실하지 않은 사람에게는 온 우주가 거짓이면서 실체가 없다. 손으로 붙잡아도 아무것도 남지 않는다. 목사 자신도 가짜 빛으로 비춰 보면 그림자로 변하거나 아예 존재하지 않을 것이다. 목사를 지상 위에 존재하게 하는 단 하나의 진실은 영혼의 가장 깊은 곳에 자리하고 있어서 겉모습에서도 감출 수 없는 비통함이었다. 그가 한 번이라도 미소 짓고 명랑한 표정을 지었더라면, 그는 세상에 존재하지 않는 사람이나 마찬가지였을 것이다!

역시 잠 못 들던 괴로운 날 밤이었다. 목사는 환영에 시달리다가 의자에서 벌떡 일어났다. 새로운 생각이 떠올랐기 때문이다. 한순간이라도 평화로울 수 있는 길이 있었다. 그는 신도들 앞에서 예배를 주관할 때와 마찬가지로 정성스레 옷차림을 가다듬고 아래층으로 조용히 내려가 현관문을 열고 밖으로 나갔다.

12

목사의 밤샘

딤즈데일 목사는 몽유병에 걸린 사람처럼 걸어서, 오래전에 헤스터 프린이 대중 앞에서 치욕을 당한 장소에 이르렀다. 그녀가 서 있던 처형대는 칠 년의 세월 동안 비바람과 햇볕, 그리고 그 위로 올라간 범죄자들의 발자국으로 검게 얼룩진 채, 교회당 발코니 아래 그대로 서 있었다. 목사는 계단을 올라갔다.

5월 초의 어두운 밤이었다. 먹구름이 하늘 꼭대기에서 지평선까지 장막처럼 펴져 있었다. 헤스터 프린의 처형 장면을 구경하던 군중을 똑같이 불러 모은다고 해도, 한밤중의 짙은 잿빛 속에서는 처형대 위에 선 사람의 얼굴도 전체적인 윤곽도 거의 알아볼 수 없을 것이다. 게다가 마을 전체가 잠들어 있었다. 발견될 위험은 전혀 없었다. 목사는 원하는 만큼, 아침놀이 동쪽 하늘을 붉게 물들일 때까지, 그 자리에 서 있을 수 있었다. 단 한 가지 걱정이라면, 축축하고 차가운 밤공기가 몸속으로 스며들어 류머티즘이 있는 관절이 뻣뻣해지거나, 가래와 기침 때문에 목이 잠겨 내일의 기도와 설교를 기다리는 신도들에게 실망을 안겨줄 일밖에 없었다. 아무도 그를 볼 수 없었다. 늘 깨어 있으면서, 목사가 옷장 속에 숨긴 것으로 제 몸이 피투성이가 되도록 휘두르는 것을 지켜본 하늘에 계신 그분밖에 없었다. 그런데 목사는 왜 여기에 왔을까? 그저 참회의 흉내라도 내고 싶었을까? 하지만 자기 영혼에게도 조롱감이 될 흉내에 불과했다! 그것을 보고 천사들은 수치스러워서 눈물을 흘렸을 테고, 반면에 악마들은 야유하면서 즐거워했을 테다. 목사는 피할 수 없이 몰아붙이는 회한의 충동으로 여기까지 오게 되었다. 회한의 자매이자 어디든 동행하는 비겁함이 늘 그렇듯이, 목사가 고백의 충동에 허겁지겁 쫓길 때마다 떨리는 손으로 목사를 뒤로 잡아당겼다. 가엾고 비참한 사람! 어쩌다가 목사처럼 병약한 사람이 그토록 무거운 죄를 짓게 되었을까? 죄는 그 무게를 견딜 수 있는 무쇠 같은 신경을 지닌 사람들이 짓는 것이다. 죄악의 무게가 너무 심하게 짓누르면, 거칠고 야만적인 힘으로 그것을 단숨에 내던져 버릴 이들이 선택하는 것이다. 섬약한 영혼은 죄의 무게를 견디지 못한다. 목사처럼 철야 기도 같은 것을 지속하면서, 하나님을 거스르는 죄와 허망한 참회의 고통이 서로 풀어지지 않는 매듭으로 얽히게 할 뿐이다.

이렇게 헛되이 속죄의 흉내를 내며 처형대 위에 서 있는 동안 딤즈데일 목사는 마치 우주가 심장 바로 위 맨살에 그가 직접 새긴 주홍색 상징을 노려보고 있는 듯한 엄청난 공포에 휩싸였다. 그 부위에는 오래전에 육신을 물어뜯어 독을 퍼뜨리는 이빨이 생겼고, 여전히 사라지지 않고 있었다. 목사는 큰 소리로 비명을 질렀다. 어떤 의지나 힘으로도 억누를 수 없었다. 비명 소리는 밤을 가르며 퍼져 나가 집집마다 부딪혔고, 마을 뒷산을 뒤흔들었다. 악마의 무리가 비명 속에서 불행과 공포를 감지하고, 그것을 주고받으면서 장난치고 있는 것 같았다.

"이제 됐다!" 목사는 두 손으로 얼굴을 감싸 쥐면서 중얼거렸다. "온 마을 사람이 깨어나 달려 나와서 내가 여기 있는 것을 보겠지!"

그러나 그렇지 않았다. 놀랐기 때문에 목사에게는 자신의 비명 소리가 실제보다 훨씬 더 크게 들렸다. 마을 사람들은 깨어나지 않았다. 만약 깨어났다고 해도, 잠에 취해 꿈결에 들은 소리에 놀랐거나 마녀들이 떠드는 소리로 여겼을 것이다. 당시만 해도 정착지나 외따로 떨어진 오두막 위를 사탄과 함께 날아다니는 마녀들이 지르는 소리를 종종 들었다는 소문이 있었다. 목사는 소란이 일어날 징조가 들리지 않자, 눈을 뜨고 사방을 둘러보았다. 저 멀리 떨어진 벨링엄의 저택 창문을 통해 치안판사의 모습이 보였다. 손에 램프를 들고, 머리에 흰 모자를 쓰고, 길고 흰 가운을 걸치고 있었다. 그는 마치 적절하지 않은 순간에 무덤에서 소환된 유령처럼 보였다. 벨링엄은 비명 소리를 듣고 놀란 것이 분명했다. 같은 집의 또 다른 창문으로는 벨링엄의 여동생 히빈스 노부인이 램프를 들고 나타났다. 거리가 꽤 멀리 떨어져 있음에도 심술궂고 불만스러운 표정이 램프의 빛을 받아 여실히 드러났다. 노부인은 격자창에서 머리를 내밀어 걱정스럽게 하늘을 쳐다보았다. 이 늙은 마녀는 분명히 딤즈데일 목사의 비명이 메아리치는 소리를 들었고, 악마와 마녀들이 아우성치고 있다고 생각했다. 그녀가 숲속에서 그들과 어울린다는 소문을 모르는 이는 없었다.

히빈스 부인은 벨링엄의 램프를 발견하자, 재빨리 자기 불을 껐다. 아마도 그녀는 구름 속으로 올라갔을지도 모른다. 목사에게 더 이상 그녀의 움직임은 보이지 않았다. 벨링엄은 경계하면서 어둠 속을 살폈지만, 맷돌을 뚫고 볼 수 없는 것처럼 어둠을 뚫고 보이는 게 없었으므로 창가를 떠났다.

목사는 아까보다 한결 평온해졌다. 그러나 곧 작고 반짝이는 빛이 다가오고 있는 것이 눈에 띄었다. 처음에는 한참 떨어진 곳에 있던 불빛이 거리를 따라 올라왔다. 등불은 기둥을 비추고, 정원 울타리, 격자무늬 창유리, 그리고 물이 들어 있는 통 옆에 있는 펌프를 지나 쇠 손잡이가 달린 떡갈나무 문과 거친 통나무로 만든 문지방을 비췄다. 그러는 동안 딤즈데일 목사는 그것들의 세세한 부분을 눈여겨보았다. 발걸음 소리를 들으면서 자신의 파멸이 은밀히 다가오고 있으며, 등불이 자기를 비추는 순간 오래 숨겨 둔 비밀이 드러날 것이라 확신했다. 불빛이 점점 가까워지자, 목사는 빛이 비치는 둥근 원 안에서 동료이자 선배이며 소중한 친구이기도 한 윌슨 목사의 모습을 발견했다. 딤즈데일 목사는 그가 세상을 떠나는 누군가를 위해 임종 기도를 하고 오는 것 같다고 추측했다. 실제로 그러했다. 선량한 늙은 목사는 조금 전에 지상을 떠나 천국으로 올라간 윈스럽 총독*을 임종하고 이제 막 돌아오는 길이었다. 빛에 둘러싸인 윌슨 목사는 음울한 죄악의 밤 한가운데서 후광을 지닌 옛 성자들처럼 보였다. 마치 세상을 떠난 총독이 영광을 유산으로 물려준 듯, 혹은 마침내 승리한 순례자가 천국의 문 안으로 들어가는 장면을 바라보는 동안 멀리 있는 그곳의 빛이 온몸을 비추고 있는 것 같기도 했다. 하지만 선량한 윌슨 목사는 그저 등불로 앞길을 밝히면서 집에 돌아가는 것이었다! 일렁이는 불빛을 보면서 딤즈데일 목사가 혼자 상상했을 뿐이다. 목사는 미소를 지었다. 아니 자신의 상상을 거의 비웃기까지 했다. 이러다가 자기가 정말로 미치는 것은 아닐지 의심스러웠다.

윌슨 목사가 처형대 앞을 지나가면서 한 손으로는 제네바 가운†을 바짝 여미고, 다른 손으로는 가슴 앞으로 등불을 들어 올렸다. 딤즈데일 목사는 말을 건네고 싶은 충동을 억누르기 힘들

---

* 존 윈스럽(1588~1649). 매사추세츠 식민지의 초대 총독. 그는 5월 초가 아니라 3월 26일에 사망했다고 한다.

† 강단 가운, 강단 로브 또는 설교 로브라고도 불리는 제네바 가운은 개신교 전통의 기독교 교회에서 서품받은 목사와 공인된 평신도 설교자들이 관습적으로 입는 의복이다.

었다.

“윌슨 목사님, 안녕하세요! 부탁인데, 위로 올라와 저와 즐거운 시간을 보내시지요!”

맙소사! 딤즈데일 목사가 정말로 그런 말을 했을까? 목사는 한순간 자기 입에서 그런 말이 흘러나왔다고 믿었다. 하지만 오직 상상 속에서만 그러했다. 윌슨 목사는 천천히 걸으면서 발 앞의 진흙 길을 주의 깊게 바라보았을 뿐, 처형대 쪽으로는 단 한 번도 고개를 돌리지 않았다. 일렁이는 불빛이 상당히 멀어졌을 때, 목사는 졸도할 것 같은 기분을 느끼면서 방금 엄청난 위기의 순간이 지나갔음을 깨달았다. 자기도 모르게 발동한 일종의 섬뜩한 장난기로 죄책감에서 벗어나려 한 것이다.

얼마 지나지 않아, 음산한 유머 감각이 다시 상상 속의 근엄한 유령들 사이로 숨어들었다. 익숙하지 않은 밤의 냉기로 인해 목사는 팔다리가 뻣뻣해지는 것을 느꼈다. 처형대의 계단을 내려갈 수 있을지 의심스러웠다. 아침이 올 것이고, 마을 사람들이 하나둘 잠에서 깨어나면, 처형대 위에 서 있는 그를 발견할 것이다. 맨 먼저 일어난 사람이 어슴푸레한 새벽빛 속으로 나오다가 치욕의 장소 위에 흐릿한 형체가 서 있는 장면을 보게 될 것이다. 그 사람은 놀라움과 호기심 사이에서 반쯤 넋이 나가서 집집마다 문을 두드리고 다니면서, 죽은 망령을 보라고 사람들을 불러내겠지. 물론 그는 그렇게 생각할 수밖에 없다. 날도 밝지 않은 상태에서 이런 소란이 날개 달린 듯 온 동네로 퍼져 나갈 것이다. 눈부신 아침 햇살이 점점 강해지면 나이 지긋한 가장들이

플란넬 가운만 입은 채로 서둘러 일어나고 중년 부인들은 잠옷을 갈아입을 새가 없을지도 모른다. 지금까지 머리카락 한 올 삐친 모습을 보인 적이 없던 단정한 사람들조차 혼란스러운 악몽의 흔적도 떨치지 못한 채 밖으로 나오기 시작할 것이다. 늙은 벨링엄은 제임스 왕조풍의 주름 달린 깃을 제대로 여미지 못한 채 근엄하게 나올 것이고, 히빈스 노부인은 밤하늘을 날아다니느라 한숨도 못 자서 더 심술궂어진 얼굴로 숲의 잔가지를 치맛자락에 매단 채 나올 것이다. 선량한 윌슨 목사 또한 임종을 지키느라 밤을 새우다시피 한 뒤 겨우 잠든 터에 이렇게 일찍 방해를 받아 영광스러운 성자들의 꿈에서 빠져나오게 되어 못마땅할 터였다. 마찬가지로 딤즈데일 목사가 이끄는 교회의 장로와 집사가 달려올 것이고, 목사를 숭배하고 순백의 가슴속에 그를 위한 제단을 만든 젊은 처녀들이 머릿수건을 쓸 새도 없이 혼란 속에서 허겁지겁 차례로 나타날 것이다. 한마디로, 모든 이들이 비틀거리며 문지방을 넘어서 경악과 공포에 질린 얼굴로 처형대 주위로 몰려들 것이다. 이마에 붉은 아침 햇살을 받고 서 있는 사람이 누군지 알아볼 수 있을까? 얼어서 반쯤 죽을 지경인 상태로, 수치심에 휩싸인 채 헤스터 프린이 서 있던 자리에 서 있는 사람이 다름 아닌 아서 딤즈데일임을!

목사는 기괴하고 무서운 상상에 사로잡힌 채, 자신도 모르게 폭소를 터뜨렸다가 제풀에 소스라치게 놀랐다. 그때 어디선가 밝고 가벼운 어린아이의 웃음이 화답했다. 목사의 가슴속에 짜릿한 전율이 일었다. 그것이 예민한 고통인지, 아니면 찌르는 듯한 기쁨인지는 알 수 없었으나, 그는 어린 펄의 목소리를 알아차렸다.

"펄! 펄이구나!" 그는 소리쳤다. 잠시 말을 멈추었다가 그는 쥐어짜듯 말했다. "헤스터! 헤스터 프린! 당신이에요?"

"네, 헤스터 프린이에요!" 그녀는 놀란 목소리로 대답했다. 이윽고 가던 길을 벗어나 가까이 다가오는 그녀의 발걸음 소리가 들렸다. "저하고 펄이에요."

"어디서 오는 길이요, 헤스터? 무슨 일로 여기에 왔어요?"

"임종을 지키고 있었어요. 윈스럽 총독님이 돌아가셔서, 수의를 만들기 위한 치수를 재려고요. 그리고 이제 집으로 돌아가는 길이에요."

"이리 올라와요, 헤스터. 펄도 함께요." 딤즈데일 목사가 말했다. "전에는 두 사람이 이곳에 있었지요. 나는 함께 있지 못했어요. 자, 한 번 더 위로 올라와요. 우리 셋이 함께 서 봐요!"

헤스터는 묵묵히 계단으로 올라가 어린 펄의 손을 잡고 처형대 위에 섰다. 목사가 아이의 손을 더듬어 잡았다. 그 순간 어머니와 아이가 반쯤 죽어 버린 그의 몸에 활력을 전달하는 것처럼, 그의 생명과는 완전히 다른 새로운 생명이 급류처럼 밀려들어와, 심장 속으로 쏟아지더니, 모든 혈관 속으로 돌진하기 시작했다. 세 사람 사이에 전기가 통하여 연결되는 것 같았다.

"목사님!" 펄이 속삭였다.

"그래, 얘야, 무슨 말을 하려고 하니?" 딤즈데일 목사가 물었다.

"내일 정오에 엄마하고 나하고 같이 여기에 서 있을래요?"

"아니야, 펄. 그건 안 돼!" 목사가 대답했다. 그 순간 새롭게 얻은 활력과 함께 지금까지 그의 생명을 갉아먹던 두려움이, 대중 앞에 폭로되는 것에 대한 두려움이 다시 돌아왔다. 그는 세 사람이 하나가 된 순간에 이상한 기쁨을 느꼈으나, 이미 그것을 두려워하고 있음을 깨달았다. "그건 안 돼, 얘야. 언젠가는 네 어머니와 너와 함께 이곳에 서게 될 거야. 하지만 내일은 아니야."

펄은 웃으면서 목사의 손을 뿌리치려 했다. 하지만 목사가 꼭 잡고 놓아주지 않았다.

"조금만 더 이러고 있자, 얘야!" 목사가 말했다.

"하지만 약속할 수 있어요? 내일 정오에 내 손과 엄마 손을 잡아 준다고?" 펄이 물었다.

"펄, 내일은 안 돼. 하지만 다른 때에 그렇게 할게!"

"다른 때 언제요?" 아이가 고집을 부렸다.

"최후의 심판 날에!" 목사가 속삭였다. 이상한 일이지만, 설교하는 사람이라는 직업의식이 아이에게 그런 대답을 하게 했다. "그때 거기, 심판의 자리에서는 네 엄마와 너와 내가 반드시 함께 서야 해! 하지만 이 세상에서는 대낮에 우리가 함께 있는 것을 보이면 안 돼!"

펄은 다시 깔깔 웃었다.

그러나 딤즈데일 목사가 말을 마치기도 전에, 멀리서 한 줄기 불빛이 번쩍이며 구름으로 뒤덮인 하늘을 환히 비췄다. 그것은 밤하늘을 관찰하는 이들이 종종 목격하는 것으로, 대기권에서 타오르면서 사라지는 유성이 틀림없었다. 유성은 매우 찬란한 빛을 내뿜어서 하늘과 땅을 가르고 있는 짙은 구름층이 환해졌다. 하늘은 커다란 전등갓처럼 빛났다. 거리의 낯익은 풍경이 대낮처럼 선명하게 드러났으나, 그 속에는 생경한 빛으로 낯익은 물체를 비출 때 느껴지는 섬뜩함도 있었다. 돌출한 2층과 기묘하게 뾰족한 박공지붕이 있는 목조 주택들, 웃자란 잡초로 둘러싸인 현관 계단과 문턱들, 새로 갈아엎은 흙 때문에 검게 보이는 정원, 거의 그대로 남아 있는 바퀴 자국, 초록색 풀이 자라고 있는 장터의 가장자리 등등, 모든 게 보였다. 그러나 어쩐지 이제까지 본 것과는 달리 도덕적 의미를 부여할 수 있을 것처럼 독특한 모습이었다. 목사는 가슴에 손을 얹은 채 서 있었다. 가슴에 주홍 글자가 빛나는 헤스터 프린이 곁에 있었고, 그 자체가 하나의 상징인 어린 펄이 두 사람을 연결하는 고리처럼 서 있었다. 그들은 이상하고도 엄숙한 빛이 하늘 꼭대기에 이른 상태 속에 서 있었다. 그 빛은 모든 비밀을 드러내고 서로에게 속한 세 사람을 하나로 묶어 줄 것처럼 보였다.

펄의 눈 속에는 마법의 빛이 있었다. 아이는 요정 같은 표정으로 목사를 올려다보면서 짓궂은 미소를 짓더니, 딤즈데일 목사에게 잡힌 손을 빼내어 길 건너편을 가리켰다. 하지만 목사는 가슴 위로 두 손을 모은 채 하늘의 꼭대기를 바라보았다.

당시에는 해와 달이 뜨고 지는 규칙적인 자연현상 말고 유성의 출현 같은 드문 일들은 초자연적인 근원에서 비롯된 계시로 해석되는 게 보통이었다. 그래서 한밤중의 하늘에 나타나는 불타는 창, 불꽃으로 이글거리는 칼, 활, 화살 뭉치는 인디언과의 전쟁이 일어난다는 징조였다. 비처럼 쏟아지는 진홍빛 유성은 역병을 예고했다. 식민지 시대부터 혁명기에 이르기까지, 좋든 나쁘든 뉴잉글랜드에서 일어난 중요한 사건들은 모두 주민에게 경고하는 의미의 자연현상이 먼저 일어났다. 여러 사람이 이런 현상을 목격하는 일도 드물지 않았다. 그러나 목격자 단 한 사람의 믿음에 신빙성을 걸어야 하는 경우가 더 많다. 목격자는 색을 입히고 확대하고 왜곡해서 상상이라는 안경을 통해 보고, 나중에 돌이켜 보면서 더 뚜렷하게 형상화한다. 나라의 운명이 이렇게 엄청난 상형문자로 하늘 위에 펼쳐진다는 생각은 참으로 장엄하다. 하지만 하늘이 그토록 넓은 두루마리라고 해도, 하나님이 사람들의 운명을 그 위에 쓰기에는 부족함이 있을 것이다. 우리 조상들이 이러한 믿음을 선호한 것은 하나님이 새로 태어난 식민지를 다정함과 엄격함으로 인도하고 있다는 조짐으로 여겼기 때문이다. 그러나 한 개인이 드넓은 두루마리에서 오직 자신에게만 주어진 계시를 발견했다면, 뭐라고 설명해야 할까? 그것은 단지 심각하게 혼란스러운 정신 상태에서 나타나는 증상일 수 있었다. 무겁고 비밀스러운 고통이 길게 이어진 탓에 병적으로 자기 성찰을 하게 된 남자가 자연의 영역까지 자기중심성을 확대하여, 하늘 전체가 자기 영혼의 역사와 운명을 기록하는 장이라고 상상하게 된 것이다.

따라서 목사가 하늘 꼭대기를 올려다보면서 흐릿한 붉은 빛의 선으로 이루어진 거대한 A자를 발견한 것은 오로지 눈과 마음의 병 탓일 것이다. 물론 그 자리에서 구름의 장막을 뚫고 타오르는 유성이 흐릿하게 보였을 수는 있다. 그러나 죄의식에 시달리는 그의 상상력으로는 다른 형태를 부여할 수 없었다. 적어도 다른 죄의식이 있는 사람이라면, 또 다른 상징을 찾아냈을 것이다.

바로 그 순간이 딤즈데일 목사의 심리 상태를 말해 주는 특별한 상황이었다. 하늘을 올려다보는 내내, 그는 어린 펄이 처형대에서 그리 멀지 않은 곳에 서 있는 로저 칠링워스 노인을 손가락으로 가리키고 있음을 완벽하게 의식했다. 목사는 하늘에 쓰여 있는 기적의 글자를 알아차린 바로 그 시선으로 로저 칠링워스를 알아본 듯했다. 다른 물체와 마찬가지로 유성의 빛이 노인을 새롭게 보이게 했다. 아니면 의사가 다른 때와 달리 조심성 없이 악의를 감추지 않았을지도 모른다. 만약 유성이 심판의 날에 헤스터 프린과 목사를 꾸짖는 것처럼 섬뜩하게 하늘을 밝히고 땅을 드러냈다면, 로저 칠링워스는 그 자리에 서서 마왕처럼 음험한 미소를 지으면서 그들을 손아귀에 넣었을지도 몰랐다. 의사의 표정이 너무 선명했거나, 목사의 감각이 강렬했을까. 유성이 사라지면서 거리와 모든 사물이 한꺼번에 사라진 어둠 속에서 유독 그 표정만이 남았다.

"헤스터, 저 사람은 누구요?" 딤즈데일 목사가 공포를 떨치려는 듯 숨을 몰아쉬었다. "저 사람을 보면 소름이 끼쳐요! 당신은 저 사람을 알아요? 헤스터, 나는 저 사람이 싫어요."

헤스터는 자신이 한 맹세를 기억해 내고 침묵했다.

목사가 중얼거렸다. "저 사람을 보면 정말 영혼이 떨린다고요.

저 사람이 누구요? 누구지요? 나에게 해 줄 말이 없나요? 저 사람을 보면 이유 없이 두려워요."

"목사님, 저 사람이 누군지 제가 알려 줄 수 있지요!" 펄이 말했다.

"그래, 어서 말해 보렴!" 목사가 허리를 굽혀 펄의 입술 근처로 귀를 가져갔다. "어서! 작은 소리로 말해 봐."

펄은 목사의 귀에 대고 뭐라고 중얼거렸다. 인간의 언어처럼 들렸지만, 어린아이가 혼자 놀면서 중얼거리는 아무 의미도 없는 말이었다. 어쨌든 로저 칠링워스 노인에 관한 비밀스러운 정보가 담겨 있었다고 해도, 박식한 목사는 이해할 수 없는 언어였다. 목사의 마음은 더 혼란스러워질 뿐이었다. 아이는 요정처럼 소리 내어 웃었다.

"지금 나를 놀리는 거냐?" 목사가 말했다.

"목사님은 겁쟁이예요! 거짓말쟁이예요! 내일 낮에 엄마와 내 손을 잡아 준다는 약속도 안 할 거잖아요!" 펄이 대답했다.

"목사님이시군요." 처형대 바로 아래까지 온 의사가 말했다. "신실한 딤즈데일 목사님! 목사님 맞으시죠? 이런, 정말 맞네요! 늘 머리를 책에 묻고 살면서 연구만 하는 우리 같은 사람들은 엄격한 보살핌을 받아야 해요! 우리는 깨어 있는 순간에도 꿈을 꾸고, 잠결에도 걸어 다니지요. 내려오세요, 목사님. 부탁이니, 다정한 친구인 내가 집까지 모시고 가게 해 주세요!"

"내가 여기에 있는 건 어떻게 알았나요?" 두려움에 떨면서 목사가 물었다.

"솔직히 목사님이 여기 계실 줄 전혀 몰랐어요. 제 부족한 능력으로 윈스럽 총독을 편안하게 해 드릴 일이 있을까 싶어서 사람들이 예배를 드리는 동안 침대 옆에서 밤을 새웠어요. 총독께서 더 좋은 세상으로 돌아가게 되었을 때, 저도 집으로 돌아왔지요. 그때 하늘에서 이상한 빛을 보았어요. 목사님, 부탁인데 저와 함께 집으로 가시지요. 그렇지 않으면 내일 안식일 예배를 주관하시기 힘들 거예요. 아하! 이제 아셨죠? 책들, 책들, 책들이라니! 그것들이 얼마나 뇌를 혹사하는지요. 목사님은 공부를 덜 하시고, 조금이라도 휴식을 취하셔야 해요. 그렇지 않으면 한밤중에 이런 돌발적인 행동을 자꾸 하시게 됩니다!"

"같이 집으로 돌아가요." 딤즈데일 목사가 대답했다.

마치 악몽에서 깨어난 사람처럼 기진맥진한 채, 목사는 낙담하여 의사를 따라 그 자리를 떠났다.

그러나 안식일인 다음 날, 목사는 가장 충실하고 힘찬 설교를 했다. 이제까지 그의 입에서 흘러나온 어느 설교보다 하나님의 은총이 가득한 말씀이었다. 많은 영혼이 목사의 설교로 인해 하나님의 진리를 깨달았으며, 이후로도 오랫동안 딤즈데일 목사에게 신성한 감사를 품겠다며 맹세했다고 전해진다. 그러나 설교단에서 내려오다가 목사는 수염이 반백인 교회 관리인과 마주쳤다. 손에 들고 있는 검은 장갑이 자기 것임을 알아차렸다.

"오늘 아침에 제가 주웠어요." 관리인이 말했다. "죄인들이 올라가 치욕을 당하는 거기, 처형대 위에 있었어요. 제가 추측하기로는 사탄이 불경스럽게도 목사님을 놀릴 작정으로 떨어뜨리고 갔나 봐요. 하지만 사탄은 정말, 늘 그렇듯이, 눈도 멀었고 어리석어요. 결백한 손은 장갑으로 가릴 필요가 없는 걸요!"

"고맙습니다, 형제님." 목사는 진지하게 대답했다. 하지만 마음속으로는 놀라지 않을 수 없었다. 기억이 너무 혼란스러워서 지난밤의 일들이 환상일지도 모른다고 생각했기 때문이다. "맞아요, 정말 제 장갑이네요!"

"사탄은 이제 장갑은 훔칠만 하다 여길 거예요. 목사님은 앞으로 장갑 없이 놈을 감당하셔야겠어요." 늙은 관리인이 음침한 미소를 지었다. "목사님, 어젯밤에 보였던 징조에 대해 들으셨나요? 하늘에 커다란 붉은색 글자가 나타났대요. 사람들은 천사(Angel)를 상징하는 글자 A라고 하더라고요. 윈스럽 총독이 지난밤에 천사가 되셨으니, 틀림없이 그것을 알려 주려고 나타난 현상이었을 거예요!"

"아뇨, 저는 아무 이야기도 못 들었어요." 목사가 대답했다.

13

헤스터의 새로운 생각

헤스터 프린은 지난번에 딤즈데일 목사와 기이하게 마주쳤을 때, 쇠약해진 그의 건강 상태에 충격을 받았다. 목사는 정신이 완전히 피폐해진 것처럼 보였다. 정신력도 어린아이보다 나약해졌다. 지적 능력은 원래의 힘을 유지하고 있거나, 오히려 병의 영향으로 더 힘을 얻은 듯했지만, 그럼에도 정신력은 무기력하게 바닥을 기어다니는 상태였다. 다른 이들은 전혀 알지 못하는 일련의 상황들을 헤스터는 알고 있었다. 따라서 딤즈데일 목사의 양심이 당연히 취하는 행동 외에도, 목사의 행복과 휴식을 해치는 끔찍한 음모가 계획되었고, 지금도 진행되고 있을 거라는 사실을 추론할 수 있었다. 타락한 가엾은 목사의 예전 모습을 잘 알고 있었으므로, 그가 본능적으로 발견한 적으로부터 보호해 달라고, 그것도 사회에서 버림받은 여자에게, 공포에 떨며 호소하는 모습을 보고 헤스터의 영혼은 흔들렸다. 더욱이 그는 헤스터에게 도움을 요청할 권리가 있다고 판단했다. 헤스터는 오랫동안 사회와 격리되어 살았으므로 일반적 기준이 아니라 자기만의 기준으로 옳고 그름을 가르는 데 익숙했다. 그녀는 다른 누구에게도, 온 세상에 대해서도 빚진 것이 없으나 목사에 관해서는 책임이 있는 것처럼 느꼈다. 그녀와 나머지 인류, 그리고 꽃, 비단, 금 같은 다른 물질과 연결되어 있던 고리들은 모두 끊겼다. 그러나 목사와 그녀 사이에는 공동의 죄라는, 그 누구도 끊지 못할 무쇠처럼 단단한 고리가 있었다. 다른 모든 결속이 그렇듯이, 책임이 따르는 관계였다.

이제 헤스터 프린은 치욕을 당하던 초기 시절과는 조금 다른 처지였다. 세월이 흘렀다. 펄은 이제 일곱 살이었다. 뛰어난 자수 솜씨로 빛나는 주홍 글자를 가슴에 달고 다니는 펄의 어머니는 마을 사람들에게 친숙한 존재였다. 공동체에서 도드라진 사람이라 해도 대중이나 개인의 이익과 편의를 침해하지 않는다면, 결국은 일반적인 호의를 받게 되기 마련이다. 헤스터 프린의 경우도 마찬가지였다. 이기심으로 날뛰는 경우가 아니라면, 증오보다는 사랑이 더 쉬운 게 인간 본성의 미덕이다. 증오하는 마음이 있었다고 해도, 계속 새롭게 자극해서 원래의 적대감을 유지하지 않는 한, 점진적이고 조용한 과정을 거치면 사랑으로 변할 것이다. 헤스터 프린은 누군가를 성가시게 하면서 문제를 일으키지 않았다. 그녀는 결코 대중과 싸우지 않았고, 최악의 대접을 받아도 불평하지 않고 받아들였다. 자신이 당한 괴로움에 대한 대가를 주장하지도 않았다. 동정을 받는 것도 대수롭지 않게 여겼다. 또한 불명예로 인해 세상과 격리되어 살아온 세월 내내 비난받을 일 없이 정결한 삶을 산 것도 대체로 그녀에게 유리했다. 보편적인 관점에서 이제 잃을 것도 없고, 무엇인가를 바라거나 얻으리라는 희망도 없기에, 길 잃은 가엾은 이가 삶의 행로로 돌아오려면 진심으로 미덕을 존중할 수밖에 없었을 것이다.

또한 헤스터는 세상에서 가장 하찮은 특권조차도 누리겠다고 나서지 않았고, 단지 누구나 마시는 공기를 마시면서 어린 펄을 위해 제 손으로 성실하게 일해서 일용할 양식을 마련할 뿐이라는 사실을 누구나 알고 있었다. 또한 자선을 베풀 때는 언제나 스스로 인류의 자매임을 인정했다. 가진 것도 별로 없으면서 가난한 이들과 필요한 것을 언제나 나누려는 이는 그녀밖에 없었다. 하지만 문 앞까지 정기적으로 음식을 갖다주고, 왕의 옷을 지을 만한 솜씨로 손수 옷을 마련해 줘도 그 대가로 욕설을 퍼붓는 비뚤어진 마음을 가진 거지도 있었다. 온 마을에 역병이 돌았을 때도 헤스터만큼 헌신적인 사람이 없었다. 일반적인 일이든 개인적인 일이든 온갖 재앙이 닥칠 때마다 사회에서 버림받은 그녀가 즉시 할 일을 찾았다. 그녀는 어려움을 겪어 침울해진 집에는 손님이 아니라 한 식구처럼 찾아갔다. 그녀의 침울함이 동료 인간들과 교류할 수 있게 하는 다리 역할을 했다. 수놓은 글자는 이 세상 빛이 아닌 듯한 편안함으로 은은히 빛났다. 다른 장소에서는 죄의 징표이던 것이 병자의 방에서는 촛불 역할을 했다. 병자의 사지가 굳어질 때는 시간의 경계를 넘어서는 곳까지 은은하게 빛났다. 그래서 지상의 빛이 순식간에 흐려지고, 내세의 빛은 아직 도달하기 직전에, 죽은 이가 발 디딜 곳을 비춰주었다. 위급한 때에 헤스터의 천성은 따뜻하고 넉넉하게 나타났다. 모든 실제적 요구에 변함없이 응답했고, 아무리 많은 이들을 대해도 지치지 않는 다정한 인간애를 나누었다. 치욕의 징표가 붙어 있는 그녀의 가슴은 누울 곳이 필요한 이들에게 푹신한 베개가 되었다. 그녀는 스스로 자처한 자비의 수녀였다. 세상의 엄중한 손이 임명했다고 말할 수도 있겠지만, 세상도 그녀도 이러한 결과를 예상하지 못했다. 주홍 글자는 그녀의 소명을 상징했다. 그녀가 얼마나 도움이 되는 사람이던지, 일을 해내는 힘과 연민하는 힘이 얼마나 강력하던지, 많은 이들이 주홍 글자를 원래 의미로 해석하지 않으려 했다. 그들은 A가 유능함(Able)을 의미한다고 했다. 헤스터 프린은 하나의 여성으로서 매우 강인했으니까.

헤스터 프린이 들어가는 곳은 어둠이 깔린 집뿐이었다. 다시 햇살이 깃들 때, 그녀는 이미 그곳에 없었다. 그녀의 그림자는 문지방을 넘어 사라진 뒤였다. 한 식구처럼 찾아가 도움을 준 그녀는 정성껏 돌봐 준 이들이 감사의 인사를 하려 해도, 한 번 뒤돌아보는 일 없이 떠났다. 거리에서 그들을 만나도 인사를 받으려 고개를 드는 일도 없었다. 사람들이 굳이 말을 걸려고 다가가면, 주홍색 글자를 손가락으로 가리키면서 지나갔다. 이런 태도는 자존심의 발로일 수도 있지만, 겸손이기도 해서 대중에게는 미덕이 깃든 행실 같은 온화한 영향을 미쳤다. 대중은 독재의 성향이 있다. 일반적인 정의라 해도 권리인 양 강하게 요구하면 거부당할 수 있다. 그러나 대중의 관대함에 의해 모든 게 결정된다는 듯 비위를 맞추며 호소할 때 정의보다 더한 것도 가능한 경우가 많다. 대중은 헤스터 프린의 행실을 관대함에 호소하는 것으로 해석해서 과거 그들의 희생자인 그녀가 바라는 것 이상으로 호의를 베풀었다. 혹은 당연히 받을 만한 것 이상으로 호의를 보이려 했다.

관료들과 공동체 안의 현명하고 학식 높은 이들은 헤스터의 훌륭한 자질이나 영향력을 인정하는 데 보통 사람들보다 더 오래 걸렸다. 그들도 보통 사람과 마찬가지로 편견을 갖지만, 그들의 편견은 철통같은 틀을 가진 사유로 단단해져서 제거하기가 더욱 힘들다. 그럼에도 그들의 신랄하고 깊은 주름들이 나날이 조금씩 펴지고 있었다. 수년의 세월이 흐르고 나면, 거의 너그러운 표정으로 바뀔 것 같았다. 지위가 높아서 공공연히 도덕의 수호자 역할을 하는 상류층 사람들의 태도는 그러했다. 그러나 일상생활 속의 개인들은 헤스터 프린이 지은 나약함의 죄를 완전히 용서했다. 오히려 주홍 글자를 그녀가 오랫동안 비통하게 참회한 죄의 징표가 아니라, 많은 선행의 상징으로 여기기 시작했다. "저기 가슴에 글자를 수놓은 여자가 보이나요?" 낯선 사람이 나타나면 마을 사람들이 말하곤 했다. "헤스터예요. 가난한 사람들에게 친절하고, 아픈 사람들을 돌봐 주고, 고통받는 이들을 위로해 주는 사람이죠. 우리 마을에 사는 헤스터예요!" 그렇다고 해도 남의 일이라면 가장 나쁜 이야기를 하고 싶어 하는 게 인간의 본성이라서, 곧이어 그녀에 관한 수년 전의 추문을 속삭이는 것도 사실이었다. 하지만 수군거리던 사람의 눈에도 주홍 글자가 마치 수녀의 가슴에 달린 십자가처럼 보였다. 주홍 글자는 헤스터를 신성한 사람처럼 느끼게 했고, 온갖 위험 속을 안전히 지나갈 수 있게 했다. 도둑들을 만난다고 해도, 무사했을 것이다. 어떤 인디언이 주홍 글자를 향해 활을 쏘아 명중했으나, 그녀에게 상처 하나 입히지 않고 미끄러져 떨어졌다는 소문이 있었고, 그것을 믿는 이들이 많았다.

주홍 글자라는 상징의 효과, 아니 그것이 함축하는 사회적 위치의 효과가 헤스터 프린 자신의 마음에 미친 영향은 강력했다. 그녀의 성격에서 여리고 우아한 이파리들은 붉게 달궈진 징표 때문에 시들었고, 헐벗은 거친 윤곽만 남았다. 만약 그녀에게 친구나 동료가 있었다면 혐오하며 멀어졌을 것이다. 그녀라는 사람의 매력도 비슷한 변화를 겪었다. 부자연스럽게 검소한 옷차림 탓도 있을 것이고, 내세울 줄 모르는 태도의 탓도 있었다. 윤기 흐르고 풍성한 머리카락을 모자로 완전히 감싸서 한 올도 빠져나오지 못하게 한 것도 슬픈 변화였다. 또 다른 이유도 있었다. 헤스터의 얼굴에는 이제 사랑이 싹틀 여지가 없어 보였다. 대리석 조각상 같은 헤스터의 모습은 텅 빈 듯 보여서 정열이 들어설 여지가 없었다. 그녀의 가슴에는 애정이 베개로 삼을 아무것도 남지 않은 듯했다. 여성다운 필수적인 속성이 사라졌다.

이렇게 엄격한 성향이 계발되는 것은 특별히 혹독한 경험을 하고 그것을 헤쳐 나온 여자의 성격이나 신체에 찾아오는 운명이었다. 만약 헤스터가 연약하기만 했다면, 죽고 말았을 것이다. 겉으로 보기에는 마찬가지겠지만, 그런 연약함은 없애 버리거나, 가슴속 깊이 묻어 두어야 했다. 후자의 경우가 아마도 옳은 추측일 것이다. 과거에는 여성이었으나, 여성으로 살기를 멈춘 여자는, 변화를 일으킬 마법의 손길이 닿으면 언제라도 다시 돌아갈 수 있다. 헤스터 프린이 나중에 어떻게 변할지 지켜보기로 하자.

헤스터의 대리석처럼 차가워 보이는 인상은 상황 탓에 열정과 감성 중심의 삶에서 사유 중심의 삶으로 바뀌었기 때문일 것이다. 이 세상과 분리되어 홀로 펄을 가르치고 보호해야 했다. 자신의 자리를 되찾고 싶다고 해도 그럴 가능성이 없었으므로, 사회와 연결된 고리들을 내버렸다. 그녀의 정신은 이 세상의 법을 따르지 않았다. 당시는 이제 막 새롭게 해방된 인간의 지성이 수 세기 전보다 더 활발해지고 폭넓어진 시절이었다. 사람들은 칼을 들고 귀족과 왕들을 쓰러뜨렸다. 더 대담한 이들은 고리타분한 과거의 많은 원칙과 연결된 낡은 편견의 체제를 뒤집어엎고 다시 배열했다. 물론 현실에서가 아니라 원칙이 거주하는 이론의 세계에서만 그러했다. 헤스터 프린은 이러한 정신의 세례를 받았다. 그녀는 대서양 반대편 유럽에서는 이미 흔한 이념이던 사상의 자유를 당연히 여겼다. 그러나 우리의 청교도 조상이 만약 이 사실을 알았더라면, 주홍 글자로 낙인찍은 죄보다 더 끔찍한 죄라고 생각했을 것이다. 바닷가에 있는 외로운 오두막으로, 뉴잉글랜드 사람이라면 감히 들어갈 엄두도 내지 않는 집으로 자유로운 사상이 찾아왔다. 그림자 같은 손님들이 그녀의 집 문을 두드리는 것을 누군가가 보았다면, 악마만큼이나 위험한 존재로 여겼을 것이다.

가장 대담한 사유를 하는 이들이 사회의 외적인 규율을 가장 조용하고 정확하게 따른다는 사실은 놀랍다. 생각만으로 충분해서 굳이 피와 살의 행동으로 나설 필요가 없었다. 헤스터도 마찬가지였다. 그러나 영적인 세계에서 펄이 그녀에게 오지 않았다면 완전히 다를 수도 있었다. 헤스터는 앤 허친슨과 나란히 어떤 종교적 종파의 창설자가 되어 역사에 이름을 남겼을지도 모른다. 그녀는 삶의 한 국면에서 예언자가 되었을 수도 있다. 십중팔구는 그 당시 청교도 제도의 기초를 무너뜨리려 시도한 죄로 준엄한 법정에서 사형을 선고받았을 수도 있었다. 하지만 딸을 키우는 과정에서, 어머니는 열정적 사유에 대한 보상을 상당히 받았다. 하나님의 섭리는 어린 딸의 몸으로 나타나 온갖 어려움에서도 귀히 여기고 발전시켜야 할 여성성의 싹과 꽃에 대한 책임을 헤스터에게 맡겼다. 세상은 적대적이었다. 타고난 딸의 기질에는 뭔가 잘못된 부분이 있었다. 헤스터는 아이의 그런 기질이 부적절한 상황, 그러니까 어머니의 충동적 열정이 넘쳐흘러서 태어난 탓이 아닌지 계속 의심했다. 이 가엾은 아이가 세상에 태어난 것에 대해서도 도대체 그것이 잘된 일인지 잘못된 일인지 쓰라린 마음으로 스스로 묻곤 했다.

여성 전체에 대해서도 이와 같은 암담한 질문이 종종 헤스터의 머릿속에 떠올랐다. 가장 행복한 여성들이라고 해도, 존재의 가치를 인정받을 수 있을까? 개인으로서 자신의 존재는 이미 오래전에 그렇지 않다는 판단을 내렸으며, 그렇게 단정했다. 사색하는 경향이 있는 여성은, 비슷한 경향의 남성과 마찬가지로, 조용하지만 서글프기도 하다. 해낼 수 있는 희망이 전혀 없는 과제들이 눈앞에 놓여 있음을 알기 때문이다. 첫 단계는 사회 전체의 체제를 무너뜨리고 새롭게 건설해야 하는 것이다. 우선 남성의 본성을, 혹은 오랜 세월 대대로 내려온 습관이 쌓여 본성인 양 여기게 된 것을 고쳐야 마땅하다. 그래야 여성도 적절하고 공정한 지위를 누릴 수 있다. 마침내 방해되는 모든 어려움이 해결된다고 해도 여성 당사자가 더 크게 달라져야 한다. 그렇지 않으면 앞선 개혁을 활용할 수 없다. 그런 변화 속에서 여성은 자신의 가장 진실한 생명이라고 여기던 가벼운 본질이 안개처럼 날아갔음을 깨달을 것이다. 여성은 아무리 생각에 잠겨도, 이런 문제를 극복하지 못한다. 해결이 안 되거나, 해결 방법이 오직 하나뿐이다. 여성의 경우에는 감성이 더 우세해지면, 그런 문제는 모두 사라진다. 헤스터 프린의 감성은 이미 정상적으로 건강하게 작동하지 않기 때문에, 어떤 단서도 없이 마음이 캄캄한 미로를 헤매고 있었다. 깎아지를 듯한 절벽을 만나 옆으로 빠지기도 하고, 깊은 골짜기를 만나 되돌아오기도 했다. 주위에는 거칠고 황량한 풍경만 보일 뿐, 편안함이나 위안은 찾을 수 없었다. 무서운 의심이 그녀의 영혼을 덮칠 때도 있었다. 그럴 때는 당장 펄을 천국으로 보내고, 그녀 자신도 하나님의 영원한 심판에 따라 저세상으로 가는 게 나을지도 모른다는 의심이 들었다.

주홍 글자는 제 임무를 다하지 못한 셈이었다.

그런데 딤즈데일 목사가 처형대 위에서 그녀와 우연히 마주친 밤에, 헤스터에게는 새로운 성찰의 주제가 생겼다. 어떤 어려움과 희생을 치른다고 해도 그럴 만한 가치가 있어 보이는 목표가 주어졌다. 그녀는 목사가 심각한 불행에 짓눌린 채 벗어나려 애쓰는 것을 목격했다. 아니, 정확하게 말하자면 이미 벗어날 기력도 없는 상태였다. 목사는 아직 완전히 미치지는 않았으나, 미치기 일보 직전이었다. 양심의 가책에 비밀스럽게 시달리는 것이 얼마나 고통스러운지 알 수 없었으나, 도움을 자청한 손이 치명적인 독을 주입하고 있는 것은 분명했다. 비밀에 둘러싸인 원수가 친구이며 돌봐 주는 사람이라는 명목으로 목사의 곁을 지켰다. 그러면서 딤즈데일 목사의 예민한 용수철 같은 기질을 조종할 기회를 얻었다. 헤스터는 원래 자기에게 진실이나 용기 혹은 충실성이 부족한 게 아닐지 자문하곤 했다. 그래서 목사가 그렇게 엄청난 악을 예감할 수 있고, 희망이라고는 전혀 없는 지경까지 굴러떨어진 것일지도 모른다고 의심했다. 그런 사실에 대해 스스로를 정당화할 수 있는 오직 한 가지 변명은, 당시에는 로저 칠링워스가 정체를 숨긴 채 벌이는 계획을 묵인하는 것 외에는, 그녀를 덮친 것보다 더 끔찍한 파멸로부터 목사를 구해 낼 방법이 없었다는 사실이다. 그러나 그때 그녀의 선택은 충동적이었고, 이제 돌이켜 보니, 더 좋지 않은 선택이었다. 아직 가능하다면, 자신의 실수를 만회하기로 결심했다. 수년 동안 험난한 시련을 겪으면서 강해졌으므로, 감방에서 만나 대화한 날 밤처럼 로저 칠링워스를 상대하는 게 역부족이라고 느껴지지 않았다. 그날은 죄로 인해 위축되어 있었고, 여전히 생생하기만 한 치욕을 당해 반쯤 미쳐 있었다. 그날 이후로 그녀는 스스로 더 높은 단계로 올라갔다. 반면에 노인은 비뚤어진 복수에 대한 집착으로 그녀와 같은 수준에 이르렀거나 더 아래로 내려갔다.

마침내 헤스터 프린은 전남편을 만나서, 그가 손아귀에 넣은 게 분명한 목사를 구하기 위해 무엇이든 하려고 결심했다. 기회는 곧 찾아왔다. 어느 날 오후, 펄과 함께 반도의 외진 곳을 걷고 있을 때, 우연히 늙은 의사를 보았다. 그는 한쪽 팔에는 바구니를 들고, 다른 팔로는 지팡이를 짚은 채 몸을 숙여 약재로 쓸 뿌리와 약초를 찾고 있었다.

14

헤스터와 의사

헤스터는 펄에게 약초 뜯는 사람과 잠깐 이야기할 테니, 그동안 해변으로 가서 조개껍데기나 엉켜 있는 해초를 가지고 놀라고 말했다. 펄은 새가 나는 듯이 달려가서, 하얀 맨발로 촉촉하게 젖은 모래 위에서 뛰어놀았다. 이리저리 돌아다니다가 아이는 잠깐 멈춰 서서 호기심 어린 눈빛으로 물웅덩이를 들여다보았다. 썰물이 남기고 간 물웅덩이는 펄의 얼굴을 비추는 거울이었다. 검은 곱슬머리를 늘어뜨린 채 요정 같은 미소를 눈에 담은 어린 소녀가 펄을 마주 보고 있었다. 함께 놀 친구가 없는 펄은 소녀에게 손을 내밀어 달리기하자고 제안했다. 하지만 환영 속의 소녀도 손짓하며 이렇게 말하는 것 같았다. "여기가 더 좋아!

웅덩이 속으로 들어와!" 그래서 펄은 무릎 높이까지 물이 올라오는 웅덩이 속으로 걸어 들어갔고, 자기의 하얀 발이 바닥에 닿아 있는 것을 보았다. 환영 속의 아이가 짓는 미소가 더 깊은 곳에서 여러 조각으로 흩어져 물결을 따라 이리저리 흘러 다니며 빛났다.

한편 헤스터는 의사에게 다가가서 말을 건넸다.

"할 말이 있어요. 우리와 관련된 이야기예요."

"아하! 늙은 로저 칠링워스에게 헤스터 부인이 할 말이 있으시군요?" 구부리고 있던 허리를 펴고 몸을 일으키며 그가 대답했다. "기꺼이 듣겠어요! 그렇잖아도 여러 곳에서 부인에 관한 좋은 소식이 들려오던데요! 바로 엊저녁에도 현명하고 경건한 치안판사 한 분이 부인의 일을 이야기했어요. 의회에서 부인 문제를 의논했다고 저에게 귀띔하더군요. 공공복지의 안전을 위협하지 않는 범위에서 부인의 주홍 글자를 떼어 내는 것을 논의했다고요. 세상에나, 헤스터, 그래서 나는 존경하는 판사님에게 당장 그렇게 해 달라고 간청했지요!"

"이 글자는 판사님들 마음대로 떼어 내는 게 아니에요." 헤스터가 조용히 대답했다. "이것을 떼어 낼 수 있는 자격이 저에게 생기면, 저절로 떨어질 거예요. 아니면 다른 목적을 위한 것으로 변하겠지요."

"부인에게 잘 어울린다고 생각하면 그냥 달고 다니세요. 여자들의 장식품은 자기 취향을 따라야 하니까요. 화려하게 수놓인 글자가 당신 가슴에 있으니 아주 멋지긴 해요!"

대화를 나누면서 헤스터는 노인을 살펴보았다. 그리고 지난 칠 년 동안 그에게 일어난 변화를 알아차리고 놀라움을 금치 못했다. 그는 늙은 게 아니었다. 세월의 흔적이 눈에 띄었지만, 나이를 잘 견뎌 냈고, 여전히 강인한 활력과 순발력을 유지하고 있었다. 그러나 그녀가 가장 잘 아는 예전의 지적이고 침착하던 모습은 완전히 사라졌다. 그 대신 열심히 뭔가를 탐색하는 듯한 매섭고도 경계하는 눈빛이 생겼다. 그로서는 이러한 표정을 미소로 가리고 싶었겠으나, 미소가 가식적이라 조롱하는 기색이 보여 오히려 내면의 어둠을 더 잘 드러내고 있었다. 노인의 눈에서는 이따금 붉은빛이 이글거렸다. 영혼이 불타면서 가슴속에서 자욱하게 연기를 뿜어내고 있다가, 갑자기 격렬한 감정을 분출할 때마다 순간적으로 불길이 솟아오르는 듯했다. 그는 이것을 가능한 한 재빨리 억누르고, 그런 일이 없었던 것처럼 보이려고 애썼다.

한마디로, 로저 칠링워스 노인은 인간이란 스스로 악마로 변할 능력이 있음을 보여 준 놀라운 증거였다. 적절한 시공간에서 악마 역할을 계속한다면 말이다. 이 불행한 사람은 칠 년 동안 괴로움에 시달리는 목사의 가슴을 끊임없이 파헤치는 데 헌신했고, 그것을 즐겼고, 그의 고통에 기름을 부으면서 악마로 변해갔다.

헤스터의 가슴에는 주홍 글자가 불타고 있었다. 마찬가지로 그녀의 가슴도 폐허가 되었으며, 일부는 그녀의 책임이었다.

"내 얼굴을 왜 그리 빤히 보는 거지요?" 의사가 물었다.

“당신 얼굴을 보니 울고 싶어지네요. 저에게 그런 눈물이 아직 남아 있다면요. 하지만 그 얘기는 다음에 하죠! 저는 그 불행한 분에 대해 할 말이 있어요.”

“그 사람에 대해 무엇을요?” 로저 칠링워스는 그 화제가 반갑고, 그 이야기를 털어놓을 수 있는 유일한 사람과 논의할 기회를 얻게 되어 기뻐하는 것 같았다. “헤스터 부인, 솔직히 말해서 요즘은 그 신사분 생각을 자주 하고 있어요. 그러니 자유롭게 말해요. 무엇이든 대답해 드리지요.”

헤스터가 말문을 열었다. “우리가 마지막으로 이야기를 나눈 이후로 이제 칠 년이 지났어요. 당신은 우리의 관계를 비밀로 하라고 나에게 강요했지요. 그분의 생명과 명예가 당신 손에 달려 있었기 때문에, 당신이 원하는 바대로 침묵하는 것 외에는 선택의 여지가 없어 보였어요. 하지만 침묵을 맹세하면서 매우 불안했던 것도 사실이었어요. 다른 사람들에 대한 모든 의무로부터 내팽개쳐졌으나, 그분에게는 의무가 남아 있었기 때문이에요. 당신과의 약속을 지키면 그분에 대한 나의 의무를 배신하는 것이라고 무엇인가가 마음속에서 속삭였지요. 그날 이후로, 당신처럼 그분과 가까이 지낸 사람은 없어요. 당신은 한 걸음도 놓치지 않고 그분의 뒤를 밟아요. 밤이나 낮이나 그분 옆에 머물러요. 그분의 머릿속을 뒤지고 가슴을 파헤치고 쑤셔 대지요! 그분의 생명을 꽉 쥐고 있으나 그분은 날마다 산 채로 죽어 가고 있어요. 그러나 그분은 여전히 당신을 모르지요. 이 상황을 그대로 놔둔다면, 나를 진실하게 살도록 한 유일한 사람에게 잘못된 행동을 하는 거예요!"

"다른 선택을 할 수 있었나요? 내 손가락으로 그 사람을 가리키기만 하면, 설교단 위에서 감방으로 가게 되었을 거요. 아니 처형대로 갔을지도 모르지!"

"차라리 그게 나았을 거예요!" 헤스터가 소리쳤다.

"내가 그 사람에게 무슨 나쁜 짓을 했다는 거지요?" 로저 칠링워스가 되물었다. "헤스터 프린, 분명히 말하는데, 왕으로부터 받은 가장 후한 치료비라고 해도, 내가 그 불행한 목사에게 베푼 보살핌에 대한 대가가 될 수 없을 거예요! 내가 도와주지 않았더라면, 목사의 생명은 이 년도 안 되어 괴로움에 불타 사라졌겠지요. 목사의 영혼은 말이죠, 헤스터 당신처럼 주홍 글자에 짓눌리게 되면 견딜 힘이 없어요. 오, 내가 그 멋진 비밀을 밝힐 수만 있다면! 하지만 이것으로 충분해! 그를 위해 의술로 할 수 있는 일은 다 했어요. 목사가 지금 숨을 쉬고 있고, 땅 위에서 걷기라도 하는 건 모두 내 덕분이라고요!"

"차라리 세상을 떠나는 게 나을 뻔했어요!" 헤스터 프린이 한탄했다.

"그래, 당신, 말 잘했어!" 로저 칠링워스 노인은 자기 가슴속에서 타오르는 무시무시한 불꽃을 헤스터에게 내보였다. "진작에 죽었더라면 좋았겠지! 어떤 인간도 목사와 같은 고통을 겪어 보지 못했을 거예요. 게다가 원한에 사무친 최악의 적이 보는 앞에서! 목사는 나를 의식하고 있었어요. 저주처럼 끝내 주위에 머무는 영향을 느꼈다고요. 목사에게는 영적인 감각 같은 게 있어요.

하나님이 창조한 가장 예민한 사람일지도 모르죠. 목사는 자기 심장을 조종하는 끈이 결코 호의적이 아님을 알고 있었어요. 오직 죄악을 찾는 눈이 호기심에 차서 자신을 바라보고 있다는 것을 알았지요. 하지만 목사는 그것이 나의 눈과 손이라는 건 알지 못했지요! 청교도들 사이에 퍼져 있는 미신 탓인지, 목사는 자기가 악마에게 홀려서, 무덤에서 기다리고 있을 악몽과 절망적인 생각, 양심의 가책, 용서에 대한 자포자기 같은 괴로움을 미리 맛본다고 상상하고 있어요. 하지만 악마가 아니라 끈질기게 따라붙는 내 그림자였죠! 목사가 가장 심하게 해를 끼친 사람이 가장 가까이 붙어 있던 거죠! 처절한 복수라는 영원한 독성에 의지해서 살게 된 사람이요! 정말이지 그래요! 목사는 틀리지 않았어요! 그의 팔꿈치에는 악마가 붙어 있었어요! 한때 평범한 인간의 심장을 지녔던 이가 목사를 괴롭히려고 악마가 되었어요!"

불행한 의사는 이런 말들을 내뱉으면서 두려워하는 표정으로 두 손을 높이 들어 올렸다. 거울 속을 들여다보다가 제 얼굴이 있어야 할 자리에서 끔찍한 형체를 발견한 사람의 태도였다. 몇 해에 한 번쯤 이런 순간이 찾아온다. 자신의 도덕적 면모를 마음의 눈이 있는 그대로 보게 되는 순간이. 의사는 지금처럼 자신을 똑똑히 본 적이 없었을 것이다.

"그만큼 괴롭혔으면 충분하지 않나요? 그만한 대가를 치른 것 아니냐고요?" 헤스터가 노인을 유심히 바라보며 말했다.

"아니, 그렇지 않아요! 목사의 빚은 늘어난 거예요!" 의사가 대답했다. 말을 이어 가는 동안 사나운 태도가 점차 우울하게 가라앉았다. "헤스터, 구 년 전의 나를 기억하나요? 그때 이미 나의 삶은 초가을도 아니고 가을의 한복판이었어요. 그러나 진지하고, 사려 깊고, 학문을 사랑하면서 조용히 살아가고 있었지요. 나의 지식을 늘려 가는 일에 열심히 노력했어요. 물론 일상적으로는 다른 이들을 더 잘 살게 하려는 목적도 없지는 않았어요. 나의 삶처럼 평화롭고 무해한 삶도 없었지요. 그때의 나를 기억하나요? 당신이 나를 냉정한 사람이라 기억할지 모르지만, 나는 그렇지 않았어요. 남을 배려하느라 내 생각은 거의 하지 않았어요. 친절하고, 진실하고, 정의로웠으며, 다정하지는 않았으나 한결같은 사람 아니었나요? 내 말이 틀렸나요?"

"그 말이 모두 옳아요. 그랬어요."

"그런데 지금 나는 어떤 사람이오?" 노인은 헤스터의 얼굴을 들여다보면서, 자신의 내부에 있는 모든 사악함을 드러냈다. "내가 누군지 이미 말했잖아요! 나는 악마요! 누가 나를 이렇게 만들었지요?"

"제가 그랬어요." 헤스터가 떨리는 목소리로 외쳤다. "저도 그분에 못지않아요. 왜 저에게는 복수하지 않나요?"

"주홍 글자에게 복수를 맡겼어요. 만약 그것이 제대로 복수하지 않았다고 해도, 내가 할 수 있는 일은 더는 없어요!"

의사는 싱긋 웃으며 글자 위로 손가락을 가져갔다.

"주홍 글자는 복수했어요!" 헤스터 프린이 대답했다.

"나도 그렇게 생각해요. 그런데 이제 목사를 어떻게 하란 소리요?"

헤스터는 단호하게 말했다. "나는 비밀을 밝혀야겠어요. 그분은 당신의 진짜 모습을 알아야만 해요. 그 결과가 어떻게 될지는 모르겠어요. 그러나 오래전부터 그분에게 진 신뢰의 빚을 갚아야 해요. 나로 인해 파괴되고 폐허가 된 그분에게 마침내 빚을 갚을 거예요. 그분의 명성이나 세상에서의 위치를 무너뜨릴지 보존할지, 혹은 생명을 어떻게 할지는 모두 당신 손에 달려 있어요. 주홍 글자는 나를 단련하여, 달궈진 쇠처럼 영혼까지 뜨겁게 파고드는 진실에 이르게 했어요. 그런 내가 보기에 그분이 공허하고 황량한 삶을 사는 건 하나도 이롭지 않다고 생각해요. 그래서 머리 굽혀 자비를 간청하지 않는 거예요. 그분에게 원하는 대로 하세요! 그분에게 이로울 건 없어요. 저에게도 없고, 당신에게도 없어요! 어린 펄에게도 이롭지 않아요! 이 절망적인 미로에서 빠져나갈 길은 없어요!"

"대단해요, 헤스터. 나는 거의 당신을 동정할 뻔했어요!" 로저 칠링워스는 억제할 수 없는 전율을 느꼈다. 그녀가 표현한 절망은 거의 장엄하기까지 했다. "당신은 대단한 사람이군요. 일찌감치 나보다 나은 사람을 만났더라면, 이런 불행은 일어나지 않았을 거예요. 당신의 훌륭한 성품이 낭비된 것을 생각하니, 당신이 정말 가엾군요!"

"당신도 가엾어요." 헤스터 프린이 대답했다. "현명하고 정의로운 사람이 증오로 인해 악마가 되었으니까요! 이제 증오를 버리고 다시 한번 인간이 될 수는 없나요? 그분을 위해서가 아니라 당신 자신을 위해서요! 용서하고, 이제 더 이상의 형벌은 그

일을 주관하는 하나님에게 맡겨요! 다시 말하지만, 그분이나 당신, 나 누구에게도 이로울 게 없어요. 모두 여기 암울한 악의 미로 속에서 방황하면서 한 걸음 걸을 때마다 우리가 뿌린 죄악의 돌부리에 걸려 비틀거리고 있어요. 그렇지 않나요! 어쩌면 당신에게는 이로울지도 모르겠어요. 가장 깊은 상처를 받았으니, 용서는 오직 당신 뜻에 달려 있겠네요. 유일한 특권을 포기하실래요? 값을 매길 수 없는 혜택을 받지 않으실래요?"

"잠깐만 헤스터, 진정해요!" 노인은 우울하고 근엄하게 말했다. "용서는 나의 일이 아니에요. 당신이 말하는 그런 힘은 없어요. 오랫동안 잊고 있던 옛 믿음이 돌아와, 우리가 한 모든 일과 우리가 겪은 고통을 설명하네요. 당신이 내디딘 첫걸음이 잘못되어, 악의 싹을 뿌렸어요. 그러나 그 순간 이후로 일어난 일은 모두 어두운 운명 탓이었어요. 두 사람이 나에게 저지른 일은 죄가 아니고, 그냥 죄를 지었다는 환상에 불과해요. 악마의 손에서 그가 할 일을 빼앗아 내가 악마가 되었다는 것도 마찬가지고요. 모두 운명이에요. 검은 꽃이 활짝 피어나도록 두고 봅시다! 이제 당신의 길을 가세요. 목사에게 가서 하고 싶은 대로 해요."

그는 어서 가라는 듯 손을 내저었다. 그리고 다시 약초를 뜯기 시작했다.

15

헤스터와 펄

로저 칠링워스 노인은 헤스터 프린을 뒤로하고 구부정한 자세로 땅을 보며 걸었다. 그는 이제 한 번 보면 잊히지 않는 얼굴로 변했다. 노인은 걸어가면서 허리를 굽혀 약초를 따거나 뿌리를 캐어 팔에 걸고 있는 바구니에 넣었다. 천천히 걸어가고 있는 노인의 회색 수염은 거의 땅에 닿을 지경이었다. 헤스터는 그 뒷모습을 잠시 지켜보았다. 이른 봄에 갓 돋아난 연한 풀을 그가 밟고 지나가면 시들어 버리지 않을까, 그래서 발자국을 따라 푸른 초원을 가로지르며 구불구불한 누런 길이 생기지 않을까, 망상에 가까운 의심에 사로잡혔다. 그가 공들여 따 모으는 약초는 어떤 풀일지 궁금했다. 사악한 계획을 앞당기려는 의도를 읽은 대지가 그의 손길을 맞이하며 이름 모를 독초 덤불을 자라게 하는 건 아닐까? 혹은 온갖 이로운 풀들이 그의 손길이 닿자마자 맹렬한 독을 품은 풀로 변한 것을 보면서 흐뭇해하는 것은 아닐까? 이 세상 어디든 환하게 비추는 햇빛을 노인도 받을까? 혹은 노인이 어디로 가든 불길한 그림자가 따라다니는 것은 아닐까? 그런데 노인은 지금 어디로 가는 길일까? 땅속으로 홀연 가라앉는 것은 아닐까? 그가 가라앉은 자리는 풀이 시들어 황폐해져서, 언젠가 때가 되면 벨라도나 풀과 말채나무, 싸리나무 그리고 이런 척박한 토양에서만 자라는 온갖 독초들이 무성해지는 것은 아닐까? 그는 박쥐 같은 날개를 펴고 하늘로 날아갈 수 있는 게 아닐까, 높이 더 높이 날아갈수록 더 보기 흉해지는 것은 아닐까?

"죄가 된다고 해도, 나는 저이가 싫어!" 헤스터 프린은 노인의 뒷모습을 계속 지켜보면서 씁쓸하게 내뱉었다.

그녀는 이런 감정에 사로잡힌 자신을 나무랐으나, 감정을 없애거나 억누를 수 없었다. 혐오감을 잊으려고, 예전에 먼 나라에서 노인과 함께 지내던 시절을 떠올렸다. 저녁 무렵이 되면 그는 혼자 틀어박혀 있던 서재에서 나와 가정적인 아내의 미소를 보면서 난롯가에 앉아 있곤 했다. 책 속에 파묻혀 고독하게 보낸 시간 동안 가슴속에 스며든 냉기를 쫓아내려면, 따뜻한 미소에 푹 젖을 필요가 있다고 말했다. 당시에는 그런 상황이 행복이라고 생각했으나, 살아오면서 암울한 상황이 되었을 때 되돌아보니 가장 떠올리고 싶지 않은 불행한 기억에 속했다. 어떻게 그런 장면이 가능할 수 있었는지, 그녀는 놀라웠다! 자신이 어떻게 그 사람과 결혼할 엄두를 낼 수 있었는지 새삼 의아하기도 했다! 헤스터가 가장 후회하는 죄는 냉담한 그와 손을 마주 잡는 것을 참고 견뎠다는 것, 자기 입술과 시선에 그의 입술과 시선이 닿으면서 미소가 사라지는 괴로움에 시달렸다는 것이다. 아직 아무것도 모르던 그녀에게 자기 곁에 있는 게 행복이라고 믿게 만든 로저 칠링워스의 죄는 그 뒤에 그가 당한 어떤 불행보다 더 추악했다.

“나는 정말 저이가 싫어!” 헤스터는 아까보다 더 씁쓸하게 말했다. “저이는 나를 속였어! 내가 그에게 한 짓보다 더 나빠!”

남자가 여자의 가슴속에서 최상의 열정을 얻지 못했다면, 그녀의 손을 잡을 때 긴장해야 마땅하다! 여자의 감수성이 더 강렬한 접촉으로 일깨워지면, 흔히 남자들이 따뜻한 현실로 받아들이도록 여자에게 강요하는 조용한 만족이나 대리석처럼 차가운 행복은 비난받기 마련이다. 로저 칠링워스 같은 비참한 운명에 빠질지도 모른다. 그러나 헤스터는 오래전에 이런 부당함에 대한 생각을 끝내야 했다. 여전히 이런 생각을 한다는 게 무슨 의미인가? 긴 세월 동안 주홍 글자로 인한 고통에 시달렸으면서 아무 회한도 없다는 말인가?

로저 칠링워스의 구부정한 뒷모습을 지켜보고 서 있던 짧은 시간 동안, 헤스터의 마음속에 우울한 빛이 스며들어 와서 스스로 인정하지 않던 많은 것을 드러나게 했다.

노인의 모습이 사라지자, 그녀는 딸을 불렀다.

"펄! 아가야! 어디 있니?"

지칠 줄 모르는 아이인 펄은 어머니와 약초 채집하는 노인이 대화를 나누는 동안에도 신나게 놀고 있었다. 앞에서 말했던 것처럼, 처음에는 물웅덩이에 환영처럼 비친 자기 모습을 보고 나와서 같이 놀자고 손짓했다. 물속의 아이가 나오려 하지 않자, 잡을 수 없는 땅과 닿지 않는 하늘로 들어갈 길을 찾았다. 하지만 곧 물속의 아이가 현실이 아닌 것을 깨달았다. 그래서 더 재밌는 놀잇감을 찾으러 갔다. 펄은 자작나무 껍질로 조그만 배들을 만들어서 화물로 달팽이 집을 실었다. 뉴잉글랜드의 어느 상인보다 많은 투자를 해서 출항시켰으나, 대부분 해안 가까이에서 침몰했다. 살아 있는 참게의 꽁지를 붙잡기도 했고, 불가사리 몇 마리를 줍기도 했다. 해파리를 끌고 나와 뜨거운 햇볕에 녹아 버리게 했다. 그다음에는 줄무늬를 그리며 밀려들어 오는 바닷물에서 하얀 물거품을 떠서 바람에 휘날리게 했다. 물거품이 눈송이처럼 흩어지면 땅에 떨어지기 전에 붙잡으려고 쏜살같이 달렸다. 해변을 따라 먹이를 쪼아 먹으며 날개를 퍼덕이는 바닷새들 무리를 발견하고, 장난꾸러기 아이는 앞치마 가득 조약돌을 주워 담았다. 그리고 바위와 바위 사이를 기어다니면서 작은 바닷새들을 뒤쫓았고, 민첩한 솜씨로 돌을 던졌다. 펄이 던진 조약돌이 가슴에 흰 털이 난 작은 새 한 마리를 맞춘 게 분명했다. 새가 부러진 날개를 퍼덕이며 멀리 날아가는 것처럼 보였다. 아이는 한숨을 쉬며 장난을 그만두었다. 자기처럼 야생에서 자란 바닷바람 같은 작은 생명에게 상처를 입힌 것이 마음 아파서였다.

펄의 마지막 놀이는 여러 가지 해초를 모아 스카프나 외투, 머리 장식으로 만들어 작은 인어처럼 치장하는 것이었다. 아이는 옷감과 의상을 독창적으로 장식하는 솜씨를 어머니로부터 물려받았다. 인어 의상의 마지막 장식으로 펄은 거머리말 해초로 어머니의 가슴에서 늘 보던 눈에 익은 장식을 만들었다. A라는 글자였다! 그러나 주홍색이 아니라 선명한 초록색이었다! 아이는 고개를 숙이고 가슴에 있는 초록색 글자를 보았다. 장식은 아이의 이상한 흥미를 자극했다. 아이는 세상에 태어난 목적이 글자의 숨은 의미를 알아내려는 것인 양 계속 내려다보았다.

"왜 이런 걸 붙였느냐고 엄마가 물어볼 것 같아!" 펄은 생각했다.

바로 그때 어머니의 목소리가 들렸다. 펄은 작은 바닷새처럼 가볍게 달려가 어머니 앞에 섰다. 깔깔대고 춤추면서 자기 가슴에 달린 글자를 손가락으로 가리켰다.

"펄, 내 귀여운 아가야." 헤스터는 잠시 말을 잊었다. "그 초록색 글자는 너 같은 아이의 가슴에는 붙일 수 없는 거야. 너는 엄마 가슴에 붙어 있는 글자가 무슨 뜻인지 아니?"

"그럼요. 그건 대문자 A예요. 엄마가 글자 배우는 책에서 가르쳐 줬잖아요."

헤스터는 펄의 작은 얼굴을 유심히 들여다보았다. 하지만, 아이의 검은 눈동자에는 자주 그렇듯 독특한 표정이 드러나 있었으나, 정말로 그 글자에 어떤 의미를 부여했는지를 분명히 알 수 없었다. 헤스터는 그걸 확인하고 싶어 조바심이 났다.

"아가야, 엄마가 왜 이 글자를 달고 다니는지 아니?"

"당연히 알지요." 펄은 명랑한 표정으로 엄마를 바라보았다. "목사님이 항상 가슴에 손을 얹고 있는 것과 같은 이유잖아요!"

"그 이유가 뭔데?" 헤스터는 아이의 터무니없는 대답에 슬그머니 미소가 나왔으나, 다시 한번 생각해 보고는 안색이 창백해졌다. "내 가슴에 있는 글자가 다른 사람의 가슴과 무슨 상관이 있어?"

"몰라요, 엄마. 내가 아는 건 다 말했어요." 펄은 보통 때보다 진지했다. "아까 엄마하고 이야기한 할아버지에게 물어보면 되잖아요! 그 사람은 알겠지요. 그런데 정말 궁금해서 그러는데, 엄마, 그 주홍 글자는 무슨 뜻이에요? 엄마는 왜 그걸 달고 다니는 거예요? 목사님은 왜 자기 가슴에 손을 얹고 있는 거예요?"

아이는 두 손으로 어머니의 손을 잡고, 간절한 눈빛으로 어머니를 바라보았다. 제멋대로이고 변덕스러운 성격에서는 좀처럼 볼 수 없는 일이었다. 헤스터는 펄이 아이다운 신뢰를 보이면서 어머니에게 다가와 제 나름대로는 지혜를 짜내어 공감대를 만들고 싶어 한다는 생각이 들었다. 이때까지 볼 수 없던 펄의 모습이었다. 이제까지 헤스터는 오직 펄에게만 변치 않는 사랑을 쏟았으나, 그 대가로 4월의 바람 같은 변덕 외에는 돌아오는 게 없음을 받아들이려 애썼다. 아이는 활발하게 놀면서 시간을 보내다가 설명할 수 없는 열정을 뿜어내곤 했다. 기분이 아주 좋다가도 성질을 부리기도 하고, 품에 안으려 하면 다정하게 안길 때보다 쌀쌀맞게 밀어낼 때가 더 많았다. 이렇게 못되게 굴다가도 이따금 종잡을 수 없는 이유로 어머니의 뺨에 입을 맞추거나 머리카락을 어루만지거나 했다. 어머니의 가슴속에 좋은 꿈을 꾼 것 같은 기쁨을 남기더니, 곧 다른 놀이로 관심이 옮겨 갔다. 이것은 어머니가 자식의 성향을 판단한 것이었다. 다른 사람들은 바람직하지 않은 특성만을 보았을 것이고, 어두운 아이로 보았을 것이다. 하지만 지금 헤스터의 마음속에는 조숙하고 예리한 펄의 성향 덕분에 곧 어머니와 친구처럼 지낼 수 있는 나이가 될 것이고, 그러면 부모와 자식이 서로에게 존경심을 잃지 않고 어머니의 슬픔을 있는 그대로 나눌 수 있을 것 같은 믿음이 솟았다. 혼란스러운 어린 펄의 성격에는 굽힐 줄 모르는 용기, 강한 의지, 단련하면 자존감이 될 견고한 자만, 그리고 거짓으로 물든 것들에 대한 신랄한 경멸 같은 확고부동한 원칙이 싹트는 게 보였다. 아니, 처음부터 있던 것인지도 모른다. 지금껏 펄은 가장 풍요로운 맛을 지녔으나 아직 덜 익은 과일처럼 차갑고 까다로운 아이였다. 이러한 모든 훌륭한 속성들로, 요정 같은 이 아이가 고귀한 여성으로 자라지 못한다면, 어머니에게 물려받은 악의 탓이 클 거라고 헤스터는 생각했다.

펄이 주홍 글자를 맴돌며 그 속에 담긴 수수께끼에 관심을 보이는 성향은 타고난 기질 탓 같았다. 아이는 주위를 의식하기 시작한 어린 시절부터 자신의 사명이나 되는 것처럼 글자에 집중했다. 헤스터는 정의와 응보를 위한 하나님의 섭리가 펄에게 이처럼 두드러진 경향을 심어 준 건 아닐지 상상했다. 그러나 지금까지는 자비와 은총이라는 목적이 숨어 있을지도 모른다는 의

심은 하지 않았다. 세속적으로는 헤스터의 딸이지만 펄에게 충실함과 신뢰를 전할 영적인 사명이 있다면, 어머니의 가슴속을 싸늘한 무덤처럼 바꿔 버린 슬픔을 달래는 역할이 아닐까? 한때는 그렇게 격렬해서 죽지도 잠들지도 않았으나, 이제는 무덤 같은 가슴속에 갇힌 열정을 극복하게 도울 수 있지 않을까?

헤스터의 머릿속에서 이런 생각들이 뒤섞여서 떠올랐다. 누군가가 귀에 대고 속삭이는 것처럼 생생하게 느껴졌다. 그러는 동안 어린 펄은 여전히 두 손으로 어머니의 손을 잡고 얼굴을 올려다보면서, 한 번, 두 번 그리고 세 번이나 같은 질문을 했다.

"그 글자가 무슨 뜻이에요, 엄마? 엄마는 왜 그걸 달고 다니는 거예요? 목사님은 왜 자기 가슴에 손을 얹고 있는 거예요?"

헤스터는 마음속으로 생각했다. '뭐라고 해야 하지? 안 돼! 어린아이의 동정심을 얻으려 했다가 그 결과를 감당할 수 없을 거야.'

그래서 큰 소리로 말했다.

"바보 같은 소리 마라, 펄. 무슨 그런 질문을 하니? 세상에는 아이들이 알아서는 안 되는 일들이 많아. 목사님이 가슴에 손을 얹는 것에 대해 엄마가 뭘 알겠어? 그리고 주홍 글자는 금색 실로 장식하려고 달고 다니는 거야!"

지난 칠 년 동안 헤스터 프린은 가슴에 있는 징표에 대해 거짓말을 한 적이 없었다. 글자는 단호하고 엄격한 영적 수호신이기도 했다. 그러나 이제는 그녀를 저버렸다. 징표의 엄격한 감시에도 불구하고, 그녀의 가슴에는 새로운 악이 몰래 들어왔거나 혹은 이전의 악이 사라진 적이 없는 기미가 보였다. 펄의 얼굴에서 간절함이 사라졌다.

하지만 아이는 이 문제를 그냥 넘기려 하지 않은 것 같았다. 어머니와 집으로 돌아가는 길에 두세 번, 그리고 저녁 식사 때와 어머니가 재우려 하는 동안 여러 번 물었다. 완전히 잠든 것처럼 보였음에도 펄은 눈을 뜨더니 장난기가 반짝이는 눈으로 물었다.

"엄마, 주홍 글자는 무슨 뜻이에요?"

다음 날 아침, 아이는 잠에서 깨어나 베개에서 머리를 들더니 또 다른 질문을 했다. 이유를 설명할 수는 없으나 아이는 주홍 글자와 관련해서 알고 싶은 게 많았다.

"엄마! 엄마! 목사님은 왜 언제나 가슴에 손을 얹고 있는 거예요?"

"입 다물지 못하겠니, 이 장난꾸러기야!" 헤스터는 전에 없이 거칠게 말했다. "엄마 좀 그만 괴롭혀라. 계속 그러면 캄캄한 벽장 속에 가둬 놓을 거야!"

16

숲속

헤스터 프린은 딤즈데일 목사에게 정체를 속이고 측근으로 머물고 있는 사람의 진짜 정체를 알리겠다고 작정했다. 현재의 괴로움이나 미래의 위험은 상관하지 않았다. 그래서 며칠 동안 목사가 명상에 잠겨 산책하는 장소로 알려진 반도의 해안가나 마을 근처의 숲이 우거진 언덕 같은 곳을 돌아다니며 대화를 나눌 기회를 엿보았으나 헛수고였다. 그녀가 설령 목사의 서재로 직접 찾아갔다고 해도 고결한 목사의 명성에 누가 되는 추문으로 번질 위험은 없었다. 이전부터 많은 이들이 주홍 글자가 상징하는 죄보다 깊은 죄도 고백하러 오기 때문이다. 그러나 로저 칠링워스 노인이 은밀하거나 노골적으로 간섭할까 두렵기도 했고, 아무도 의심하지 않을 일임에도 그녀 스스로 의식이 되어서 꺼려지기도 했다. 한편으로는 목사와 그녀가 함께 이야기할 때는 넓은 세상에서 마음껏 숨 쉴 필요가 있었다. 이런 이유로 헤스터는 사적인 좁은 공간보다는 탁 트인 하늘 아래에서 목사를 만나려 했다.

어느 날 헤스터는 딤즈데일 목사가 기도해 준 적이 있는 환자를 돌보다가, 바로 전날 목사가 개종한 인디언들과 엘리엇 전도사를 방문하러 갔다는 소식을 들었다. 목사는 이튿날 오후에 돌아올 예정이라고 했다. 헤스터는 다음 날, 함께 다니는 것을 성가셔하면서도 어머니가 멀리 외출할 때마다 반드시 따라나서는 펄과 함께 숲속으로 출발했다.

두 사람이 반도를 벗어나 본토로 들어서자, 오솔길이 나타났다. 길은 신비한 원시의 숲속으로 구불구불 이어졌다. 폭이 매우 좁은 길이었다. 나무들이 길 양쪽으로 빽빽하게 우거져 하늘도 간신히 보일 지경이라 숲속은 어둑어둑했다. 헤스터가 오랫동안 방황해 온 도덕적으로 버려진 정신의 풍경과 비슷했다. 낮인데도 서늘하고 음산했다. 머리 위로 회색 구름이 바람을 따라 조금씩 움직이고 있어서, 한 줄기 햇빛이 길 위를 어른거렸다. 이따금 나타나는 빛은 언제나 저 멀리 보이는 숲의 끝자락 어딘가에 있었다. 햇빛의 화사함도 그날의 너무 우울한 분위기 탓인지 두 사람이 다가가면 뒤로 물러났다. 밝은 곳을 발견했다는 기대에 차서 다가가던 두 사람에게 햇빛이 일렁이다가 사라진 자리는 더 쓸쓸해 보였다.

"엄마, 햇빛이 엄마를 좋아하지 않나 봐요. 자꾸 멀리 달아나 숨잖아요. 엄마가 가슴에 달고 있는 것 때문에 그럴 거예요. 자, 봐요! 저기 햇빛이 있잖아요. 엄마는 여기 서 있어요. 내가 달려가서 붙잡을게요. 나는 아직 어린아이니까 나를 보고 달아나지 않을 거예요. 가슴에 아무것도 달고 있지 않고요."

"너는 절대로 이런 걸 달지 않을 거야." 헤스터가 말했다.

"왜요, 엄마?" 제자리에 서서 달릴 준비를 하던 펄이 물었다. "어른이 되면 저절로 생기는 게 아니에요?"

"어서 달려가." 헤스터는 아이를 재촉했다. "햇빛을 잡아 봐! 곧 사라질 거야."

펄은 재빨리 출발했고, 헤스터가 미소 지으며 보고 있는 사이에 실제로 햇빛을 잡았다. 빛 속에 서서 웃는 아이의 모습에 주위가 온통 환해졌고, 민첩한 움직임 덕분에 더욱 생기발랄하게 보였다. 햇빛은 친구를 만나서 기쁜 듯 외로운 아이 주변에 남아 있었다. 헤스터가 마법의 원 속으로 한 걸음 내디딜 수 있을 만큼 가까이 갔을 때도 빛은 사라지지 않았다.

"햇빛이 이제 가려고 해요!" 펄이 고개를 저으며 말했다.

"이것 봐!" 헤스터가 미소를 지었다. "엄마도 손을 뻗어서 잡을 수 있을 것 같은데?"

헤스터가 손을 내밀자, 햇빛은 사라졌다. 혹은 그녀는 춤추고 있는 펄의 밝은 표정을 보면서, 아이가 햇빛을 몸속으로 빨아들였을지도 모른다고 상상했다. 두 사람이 어두운 그늘 속으로 들어가면, 아이가 빛을 다시 내뿜어서 길을 밝혀 줄 것 같았다. 헤스터는 펄의 기질 속에는 물려받은 것이 아닌 새로운 생명력과 꺾이지 않는 명랑함이 있음을 절실히 느꼈다. 펄은 슬픔이라는 질병에 감염되지 않았다. 그즈음 아이들 대부분이 조상의 근심을 연주창*과 같은 질병처럼 물려받곤 했다. 어쩌면 펄의 생기발랄함도 질병일 수 있었지만, 아이가 태어나기 전에 헤스터가 슬픔에 맞서 싸우던 격렬한 힘의 영향일지도 몰랐다. 아이의 성격에는 단단하게 반짝이는 금속 같은 미심쩍은 매력이 있었다. 펄에게는 마음 깊은 곳에서 우러나는 슬픔이 없었다. 물론 평생 이런 슬픔을 못 느끼는 이들도 있다. 따라서 펄에게는 사람을 사람답게 해 주는 연민이 없었다. 그렇지만 펄은 아직 어렸고 시간은 충분했다!

"가자, 펄!" 헤스터는 펄이 햇빛 속에 서 있던 곳 주위를 돌아보며 말했다. "숲속으로 좀 더 들어가서 앉을 곳을 찾아보자."

"난 피곤하지 않아요, 엄마." 어린 소녀가 대꾸했다. "하지만 엄마가 앉고 싶으면 앉아요. 내가 재밌는 이야기를 해 줄게요."

"무슨 이야기를?"

"악마에 대한 이야기예요!" 펄이 엄마의 옷자락을 붙잡고 반은 진지하고 반은 장난기 어린 표정으로 올려다보면서 대답했다. "악마는 이 숲속에 올 때는 언제나 책을 갖고 와요. 크고 무거운 책인데 쇠로 된 걸쇠가 달려 있대요. 그 무시무시한 악마가

* 림프샘의 결핵성 부종인 갑상샘종이 헐어서 터진 부스럼.

사람들을 만날 때마다 펜을 내밀면서 책에 피로 이름을 쓰라고 한대요. 그러고 나면 사람들 가슴에 악마의 징표를 달아 준다잖아요! 엄마도 그런 악마를 만났던 거예요?"

"펄, 그런데 누가 너한테 그런 이야기를 해 줬니?" 헤스터는 당시에 흔하던 미신이라고 생각하면서 물었다.

"어젯밤에 엄마가 간호하러 갔던 집에서요. 난롯가에 있던 어떤 할머니가 말했어요. 할머니는 악마 이야기를 할 때 내가 잠든 줄 알고 있었거든요. 아주 많은 사람들이 여기 숲에서 악마를 만나 책에 이름을 적는대요. 그러고 나서 악마의 징표를 달았대요. 히빈스 부인이라는 성질이 고약한 여자도 그랬대요. 그리고 엄마, 할머니가 이 주홍 글자도 악마가 엄마에게 달아 준 거라고 했어요. 한밤중에 악마를 만나면 글자가 어둠 속에서 빨간 불꽃처럼 빛난대요. 정말 그래요, 엄마? 그리고 한밤중에 악마를 만났어요?"

"네가 자다가 눈을 떴는데 엄마가 없었던 적이 있니?" 헤스터가 되물었다.

"아니요, 그런 기억은 없어요. 나 혼자 두고 가는 게 걱정이 되면, 데리고 가요. 나도 가고 싶어요! 하지만 엄마 말해 주세요! 정말 악마가 있어요? 그리고 엄마가 만난 적 있어요? 이 글자가 바로 그 징표예요?"

"한 번만 말해 주면, 엄마를 귀찮게 하지 않을 거지?"

"네, 전부 이야기해 주면."

"나는 딱 한 번 악마를 만난 적이 있단다! 이 주홍 글자는 악마가 달아 준 징표야!"

두 사람은 대화를 나누며 숲속으로 들어갔고, 지나가는 사람들 눈에 띄지 않을 만큼 숲이 우거져 있는 장소까지 갔다. 그리고 이끼가 두툼하게 깔린 자리를 찾아 앉았다. 과거의 어느 시절에는 우듬지가 하늘 높이 뻗은 거대한 소나무였을지도 모를 줄기와 뿌리가 어두한 그늘에 남아 있었다. 두 사람이 앉아 있는 곳은 작은 골짜기였다. 낙엽이 수북이 쌓인 둑이 양쪽으로 완만하게 솟아 있고, 개울이 가운데에 흐르고 있었다. 개울 바닥에 나뭇잎들이 가라앉아 있는 게 보였다. 그 위를 가로질러 뻗어 있던 큰 나뭇가지가 부러져 떨어질 때마다 흐름을 가로막았다. 소용돌이와 검게 보이는 웅덩이들도 있었다. 반면에 물살이 빠르고 세차게 흐르는 쪽에서는 조약돌과 반짝이는 모래가 보였다. 시냇물의 흐름을 눈으로 따라가다 보면, 가까운 거리의 숲속에서 빛이 물에 반사되어 반짝이는 게 잠깐 보였다. 그러나 나무등걸과 덤불, 그리고 회색 이끼로 뒤덮인 바위가 여기저기에 흩어져 있어서 햇빛은 곧 사라졌다. 거대한 나무들과 화강암 바위들은 작은 개울이 어디로 흘러가는지 숨기기 위해 일부러 그 자리에 놓여 있는 것 같았다. 끊임없이 속삭이며 흐르는 개울이 오래된 숲의 중심에서 흘러나오는 이야기를 누설하거나 물이 고인 매끄러운 표면이 그것을 거울처럼 반사해서 드러낼까 두려웠는지도 모른다. 개울은 실제로 가만히 달래듯 재잘거리고 있었으나, 마치 슬픈 어른들과 불행한 사건들 속에서 놀이 없는 어린 시절을 보내고 있는 아이의 목소리처럼 우울했다.

"어휴, 저 개울 소리! 멍청하고 지겨워!" 잠시 귀 기울이던 펄이 소리쳤다. "왜 그렇게 징징거리는 거야? 기운을 내. 칭얼거리지 좀 마라!"

그러나 개울은 숲에서 짧은 일생을 보내며 매우 장엄한 경험을 했기에 잠자코 있을 수 없었으며, 그것 말고는 달리 할 일도 없는 것 같았다. 개울은 펄과 닮았다. 신비하게 뿜어져 나온 생명의 물줄기도 닮았고, 우울한 그림자가 짙게 드리운 장면들 사이를 통과하는 것도 비슷했다. 다만 작은 개울과는 다르게 펄은 춤추면서 반짝였고, 유쾌하게 재잘거리면서 흘렀다.

"엄마, 이 작은 개울은 뭐라고 하는 거예요?" 펄이 물었다.

"네가 슬프다면, 개울이 너에게 그 슬픔을 대신 말해 주기도 해. 엄마한테는 엄마의 슬픔을 말해 주는 것처럼 들리거든!" 헤스터가 딸에게 말했다. "잠깐만, 펄. 누군가가 나뭇가지를 헤치면서 길을 따라 걸어오는 소리가 들리네. 너는 혼자서 놀고 있어라. 엄마는 저기 오는 사람과 할 이야기가 있어."

"악마가 오는 소리예요?"

"가서 놀라니까? 하지만 숲속으로 멀리 가면 안 돼. 엄마가 부르면 얼른 오는 것 잊지 말고."

"네, 엄마. 그런데 저 사람이 악마면 잠깐만 엄마랑 같이 있으면 안 돼요? 정말로 책을 옆구리에 끼고 있는지 보고 싶어요."

"바보 같은 소리 하지 마!" 헤스터가 조바심치며 말했다. "저 사람은 악마가 아니야! 나무들 사이로 보이잖아. 저 사람은 목사님이야!"

"정말 그러네요." 아이가 대답했다. "그런데 엄마, 목사님이 가슴에 손을 얹고 있어요! 악마의 책에 이름을 적을 때, 그 자리에 징표를 새겼기 때문일까요? 목사님은 왜 엄마처럼 옷 위에 징표를 달지 않았을까요?"

"펄, 어서 가. 이런 성가신 이야기는 다음에 들어줄게!" 헤스터 프린이 소리쳤다. "너무 멀리 가면 안 돼. 개울 소리가 들리는 곳에 있어."

아이는 노래를 부르며 개울을 따라갔다. 우울한 물소리에 경쾌한 리듬을 실어 보려고 애썼다. 그러나 작은 개울은 기운을 차리려 하지 않았다. 여전히 음울한 숲의 경계 안에서 일어난 구슬프고 불가사의한 비밀을 계속 이야기했고, 혹은 아직 일어나지 않은 미래의 애도를 전했다. 어린 시절에 이미 어두운 그림자를 실컷 경험한 펄은 칭얼거리기만 하는 개울을 멀리하기로 했다. 그래서 제비꽃과 숲바람꽃 그리고 높은 바위틈에서 발견한 주홍색 매발톱꽃을 꺾으러 갔다.

요정 같은 딸과 헤어져, 헤스터 프린은 숲을 가로지르는 오솔길을 향해 몇 걸음 걸어 나갔으나, 여전히 숲의 짙은 그림자를 벗어나지 않았다. 그녀는 목사가 홀로 오솔길을 따라 걷고 있는 것을 보았다. 그는 길가에서 꺾은 나무 막대기를 짚고 있었다. 야위고 쇠약한 모습이었고, 의기소침해 보였다. 마을 근처를 산책할 때처럼 이목을 끌 수 있는 상황에서는 이토록 노골적으로 자신을 드러낸 적이 없었다. 울창한 숲속에 혼자 있으니 안타깝게도 그런 모습이 확연히 눈에 들어왔다. 숲 자체가 불행한 영혼에게 힘든 시련일 수 있었다. 목사는 기운이 하나도 없이 걷고 있었다. 한 걸음도 더 나아갈 이유가 없거나, 그렇게 하고 싶은 욕구도 느끼지 못했다. 하고 싶은 대로 할 수 있다면, 가장 가까운 나무뿌리 위에 몸을 던져 아무것도 안 하고 누우려 했을 것이다. 나뭇잎이 그 위에 떨어질 것이고, 점차로 흙이 쌓여서 그 안에 생명이 있든 없든, 무덤을 만들 것이다. 죽음은 너무 결정적인 것이라서 바라거나 피할 수 있는 게 아니었다.

그러나 헤스터에게는, 어린 펄이 말했듯이, 목사가 가슴에 손을 얹고 있는 것 외에는 격렬한 고통에 시달리는 기색이 보이지 않았다.

17

헤스터와 목사

목사는 천천히 걷고 있었다. 그럼에도 그가 거의 지나칠 즈음에야 헤스터 프린은 간신히 주의를 끌 만한 목소리를 낼 수 있었다. 마침내 그가 돌아보았다.

"아서 딤즈데일!" 처음에는 희미한 목소리였으나 다음에는 크게, 그러나 쉰 목소리로 불렀다. "아서 딤즈데일!"

"누구시죠?" 목사가 대답했다.

목사는 급히 자신을 수습하고, 무엇인가를 들킨 사람처럼 놀라서 몸을 꼿꼿하게 세웠다. 소리가 난 방향으로 근심 어린 눈길을 돌리자, 나무 아래에 서 있는 사람의 형태가 눈에 들어왔다. 칙칙한 빛깔의 옷을 입고 있는 데다가, 구름 낀 하늘과 울창한 나뭇잎 탓에 한낮임에도 어둑어둑했기 때문에 여자인지 그냥 그림자인지 알아볼 수 없었다. 어쩌면 그는 살아오는 동안 자기 생각에서 슬그머니 빠져나온 유령에게 자주 홀렸는지도 모를 일이다.

목사가 한 걸음 더 가까이 가자, 주홍 글자가 보였다.

"헤스터! 헤스터 프린! 당신이오? 진짜 살아 있는 당신?"

"그래요!" 그녀가 대답했다. "지난 칠 년 동안 살아 있던 것과 마찬가지로요! 당신은 살아 있는 아서 딤즈데일 맞나요?"

두 사람이 서로 육신을 가진 진짜 존재인지 묻고 심지어 자기 존재조차 의심하는 것은 놀라운 일이 아니었다. 이렇게 어둑한 숲속에서 신기하게도 처음 만난 것처럼 마주쳤기 때문이다. 두 영혼은 묘하게도 무덤 너머의 세상에서 만난 것 같았다. 전생에서는 친밀하게 연결되어 있었지만, 아직 육신을 떠나 영혼이 된 상황이나 영혼끼리 교류하는 것에 익숙하지 않아 서로를 보고 벌벌 떨면서 서 있는 느낌이었다. 하나의 유령이 다른 유령을 보고 겁을 먹은 것이다! 그들은 마찬가지로 자기 자신에게도 같은 두려움을 느꼈다. 극한 상황에 놓이자 이렇게 숨 막히는 순간이 아니고서는 드러나지 않았을 과거의 사건과 경험이 떠올랐기 때문이다. 지나간 순간을 비추는 거울 속에서 영혼은 제 모습을 보았다. 아서 딤즈데일은 두려움에 떨면서, 천천히 주저하면서 죽음처럼 차가운 손을 어쩔 수 없다는 듯 내밀었다. 그리고 마찬가지로 차갑기만 한 헤스터 프린의 손을 잡았다. 악수는 차가웠으나, 첫 만남의 적막함을 사라지게 했다. 적어도 두 사람은 이제 같은 세계에 속한다고 느꼈다.

그와 그녀는 더 이상의 말은 하지 않았고, 누가 이끈 것도 아니지만 숲의 그늘 속으로 함께 조용히 걸어 들어갔다. 그리고 조금 전에 그녀가 펄과 함께 앉아 있던 이끼 위에 앉았다. 말을 시작하면서 처음에는 그저 안면이 있는 이들이 할 만한 이야기를 나누었다. 하늘이 구름에 뒤덮여서 폭풍이 올지도 모르겠다는 말을 주고받고 나서는, 서로의 건강 상태를 물었다. 그렇게 한 걸음씩 소극적으로, 마음속 깊이 품고 있는 주제로 나아갔다. 운명과 상황으로 인해 오랫동안 멀어져 있던 두 사람이 이야기를 진전시키려면 가벼운 일상적 잡담이 필요했고, 그렇게 대화의 물꼬를 터야 진짜 생각이 문턱을 넘어서 나올 수 있었다.

한참 뒤에 목사는 헤스터 프린의 눈을 마주 보며 물었다.

"헤스터, 당신은 평화를 찾았나요?"

그녀는 가슴에 달린 글자를 내려다보고 나서 쓸쓸한 미소를 지었다.

"당신은요?"

"전혀요! 그저 절망뿐이에요!" 목사가 대답했다. "나 같은 인간이, 결국 이런 삶에 이르게 된 내가 달리 무엇을 찾았겠어요? 내가 무신론자였다면, 양심이 없는 사람이었다면, 지저분하고 짐승 같은 본능만 있는 비굴한 인간이었다면, 오래전에 평화를 찾을 수 있었을 거예요. 아니 평화를 잃지도 않았겠지요! 그러나 현재 내 영혼이 있는 상태에서는, 원래 나에게 있던 재능, 그러니까 목사로 선택되도록 하나님이 주신 능력이 이제는 영적인 고통을 불러오는 것이 되고 말았어요. 헤스터, 나는 정말로 비참해요!"

"사람들은 당신을 존경하고 있어요. 그리고 당신은 분명히 그들을 위해 선을 행하고 있는 거예요. 그걸로 위안이 되지 않나요?"

목사가 쓴웃음을 지었다. "헤스터, 더 불행해요, 오직 더 끔찍한 불행뿐이지요! 내가 행하는 것처럼 보이는 선을 나는 믿을 수가 없어요. 그러니 망상에 불과할 거예요. 나처럼 폐허가 된 영혼이 다른 영혼의 구원에 어떤 영향을 미칠 수 있겠어요? 오염된 영혼이 다른 영혼을 정화할 수 있겠어요? 사람들이 나를 존경한다고 하지만, 차라리 그것이 경멸과 증오였으면 좋겠어요! 헤스터, 설교단 위에 서서 천국의 빛이 내 얼굴을 비추고 있는 양 쳐다보는 수많은 눈과 마주칠 때 그게 위로가 된다고 생각해요? 진리를 갈망하는 신도들이 마치 하나님이 내려주신 오순절의 혀가 말하는 것처럼 내 말에 귀 기울일 때는요? 그러고 나서 나의 내면을 들여다보며 신도들이 우상화하는 사악한 자의 실체를 발견할 때는요? 밖으로 보이는 나와 실제의 나 사이의 대조적 모습을 보면서, 쓰라리고 비통한 마음으로 나는 웃었어요. 그리고 사탄도 비웃지요!"

"그건 자기 자신에게 잘못하는 거예요." 헤스터가 위로하듯 말했다. "당신은 깊이 그리고 아프게 뉘우쳤잖아요. 죄는 이미 오래전에 당신을 떠났어요. 현재의 삶은 사람들 눈에 보이는 것만큼 성스럽고 진실해요. 수많은 선행으로 입증되고 봉인된 참회 속에 진실이 없겠어요? 그것이 당신에게 평화를 가져오지 못할까요?”

“아니요, 헤스터, 그렇지 않아요! 그 안에 실체란 없다고요! 싸늘하게 죽어 있는 거라서, 아무 소용도 없어요! 고행이라면 할 만큼 했어요! 그렇지만 참회는 없었다고요! 정말로 참회했다면, 오래전에 거룩한 옷 같은 가식을 벗어던지고, 최후의 심판에서 드러날 내 모습을 세상 사람들에게 보여 주었겠지요. 헤스터, 주홍 글자를 가슴에 달고 드러내 보일 수 있는 게 행복한 거예요! 내 가슴의 글자는 여전히 숨어서 불타고 있어요! 칠 년 동안 사람들을 속이는 고통 끝에 이렇게 나 자신을 그대로 보여 줄 수 있는 한 사람을 마주하고 있는 것이 얼마나 위안이 되는지 당신은 모를 거예요! 만약 나에게 한 명이라도 친구가 있다면, 그가 철천지원수라고 해도, 다른 이들의 칭찬에 염증이 났을 때마다 찾아가 모든 죄인 가운데 가장 사악한 자가 바로 나라고 고백할 수 있다면, 내 영혼은 살아날 수 있을 것 같아요. 그 정도의 진실만 있어도 나는 구원받을 거예요! 하지만 지금은 거짓밖에 없어요! 모두 공허해요! 죽음뿐이에요!”

헤스터 프린은 목사의 얼굴을 마주 보았으나, 차마 말을 꺼낼 수 없어 주저했다. 그러나 목사가 오랜 세월 억눌려 있던 감정을 격렬하게 털어놓으면서, 때마침 그녀가 하려던 말을 시작할 기회를 마련해 주었다. 그녀는 두려움을 떨치면서 입을 열었다.

“지금 당신에게 필요한 그런 친구가 바로 저예요. 눈물을 흘리며 당신이 하는 이야기를 들을 수 있는 친구요. 제가 바로 죄를 함께 범한 사람이잖아요!" 헤스터는 다시 망설이다가, 말을 이었다. "당신이 조금 전에 말한 철천지원수도 오래전부터 당신과 한 지붕 아래 살고 있었어요!"

목사는 숨이 막힐 듯 놀라더니, 심장을 뜯어내려는 듯 가슴을 움켜잡고 벌떡 일어났다.

"아니, 그게 무슨 말이죠? 한 지붕 아래 있는 원수라뇨! 무슨 말을 하는 거예요?"

헤스터 프린은 이제야 이 불행한 사람이 입은 깊은 상처에 자기 책임이 있음을 분명히 느꼈다. 그렇게 오랫동안, 아니 다만 한순간이라도, 사악한 목적밖에 없는 사람이 뜻대로 거짓말을 하도록 허용한 사람은 바로 그녀 자신이었다. 적이 가면을 쓴 채 계속 곁에서 맴돌았다면, 아서 딤즈데일처럼 예민한 존재의 자기장은 명백히 그것을 감지했을 것이다. 헤스터가 이런 문제를 무심히 지나치던 시기가 있었다. 자신의 괴로움 때문에 사람이 싫어졌고, 자신이 견뎌야 하는 운명이 더 혹독하다고 생각하면서 목사를 내버려두었다. 그러나 최근에 목사와 처형대 위에서 밤을 새운 이후로, 그에 대한 부드러운 연민이 살아났다. 그녀는 이제 더 정확하게 목사의 마음을 읽었다. 그리고 로저 칠링워스가 목사 곁에 붙어 있으면서 악의적이고 비밀스러운 독성으로 목사를 둘러싼 공기를 전부 감염시키는 것, 공인된 의사로서 목사의 신체적, 영적인 병들을 간섭하는 것, 이러한 나쁜 기회들이 잔인한 목적에 사용되고 있다는 것을 분명히 알게 되었다. 고통받는 이의 양심은 그로 인해 계속 불안정한 상태였고, 그러한 경향은 고통으로 병이 나아가는 게 아니라, 목사의 영적 존재를 무너뜨리고 부패하게 했다. 그 결과 속세에서는 미치지 않을 수 없고, 천상에서는 선과 진리인 하나님으로부터 영원히 소외될 수밖에 없다. 이러한 소외가 아마도 속세에서 광기로 나타나는 것일 테다.

그녀가 한 짓이 한때 열정적으로 사랑하던 사람에게 파멸을 가져왔다! 헤스터가 로저 칠링워스에게 이미 말했듯이, 목사의 명예가 훼손되거나 차라리 죽음을 맞이하는 것이 그녀가 스스로 선택한 대안보다 오히려 바람직했으리라. 헤스터는 지금 심각한 잘못을 고백하느니 기꺼이 숲속의 나뭇잎 위에 몸을 던져, 아서 딤즈데일의 발치에서 죽고 싶었다.

"아서, 저를 용서해 주세요! 다른 모든 일에 있어서, 저는 진실하고자 애썼어요! 진실은 제가 굳게 지킬 수 있던 유일한 미덕이었기에, 어떤 극단적 상황에서도 그것을 잃지 않으려 했어요. 당신의 선량함이나 생명, 명예가 의심받을 때만 제외하고요! 그때 속이는 일에 동의했어요. 하지만 죽음이 반대쪽에서 위협하고 있더라도 거짓말은 절대 좋지 않아요! 제가 무슨 말을 하려는지 모르겠어요? 그 노인! 그 의사! 사람들이 로저 칠링워스라고 부르는 사람! 그 사람은 제 남편이었어요!"

목사는 한순간 폭력적인 감정이 담긴 눈으로 헤스터를 바라보았다. 그 감정 속에는 그의 높고 순수하고 부드러운 자질들이 뒤섞여 있었으나, 악마 같은 측면도 있었다. 악마는 지금 나머지 부분까지 차지하려 들었다. 헤스터는 이렇게 사악하고 사나운 목사의 표정을 이전에는 마주한 적이 없었다. 아주 짧은 시간 동안 목사는 악마처럼 변했다. 그러나 오랜 고통에 시달리면서 몹시 나약해진 그는 일시적인 분노도 버티지 못했다. 그는 무기력하게 땅에 주저앉아 두 손에 얼굴을 묻었다.

"알아차려야 했는데!" 목사가 중얼거렸다. "나는 알고 있었어요! 그 사람을 처음 본 순간이나 이후에도 그를 볼 때마다 마음이 저절로 움츠러들었어요. 그 비밀이 이미 나에게 암시를 준 것이지요. 왜 나는 깨닫지 못했을까요? 헤스터 프린, 당신은 이 일이 얼마나 공포인지 모릅니다! 수치스러워요! 야비해요! 병들고 죄책감에 시달리는 가슴을 고스란히 드러냈을 때 그는 얼마나 흡족하게 바라보았을까! 끔찍하게 추악한 일이에요! 이 어리석은 여자야, 이건 당신 탓이오! 용서할 수 없어요!"

"저를 용서해야 해요!" 헤스터는 울부짖으며 목사의 발밑에 있는 낙엽 위에 몸을 던졌다. "하나님이 저를 벌하실 테니, 당신은 용서해야 해요!"

그녀는 절박한 애정으로 갑자기 목사를 두 팔로 감싸서 품에 꼭 안았다. 그의 뺨이 주홍 글자에 닿았으나 개의치 않았다. 목사는 그녀에게서 벗어나려 애썼으나 헛수고였다. 헤스터는 자기 얼굴을 무섭게 노려보지 못하게 하려고 그를 놓아주지 않았다. 온 세상이 그녀를 향해 인상을 찌푸렸다. 이 외로운 여자를 칠 년 동안 험악한 얼굴로 바라보았다. 그녀는 모두 견뎠고, 슬프고 확고한 눈으로 한 번도 외면한 적이 없었다. 하늘도 마찬가지로 그녀를 보고 인상을 찌푸렸으나, 그녀는 죽지 않았다. 그러나 이 창백하고, 나약하고, 죄책감에 휩싸여 슬픔에 잠긴 목사의 험악한 얼굴까지 보아야 한다면, 헤스터는 살 수 없었다!

"아직도 저를 용서하지 않은 거예요?" 그녀가 계속 말했다. "저를 무서운 얼굴로 보지 않으실 거죠? 저를 용서하실 거죠?"

"용서해요, 헤스터." 마침내 목사가 대답했다. 깊은 슬픔이 담긴 목소리였으나 분노는 없었다. "이제 모두 용서해요. 하나님이 우리 두 사람을 용서하시기를! 헤스터, 우리가 세상에서 가장 나쁜 죄인이 아니에요. 타락한 목사보다 더 나쁜 사람이 하나 더 있네요! 그 노인의 복수는 나의 죄보다 더 사악해요. 그는 인간의 마음에 있는 신성함을 모독한 냉혈한이에요. 헤스터, 당신과 나는 결코 그런 죄를 짓지 않았어요!"

"그런 죄를 짓지 않았죠, 결코!" 그녀가 속삭였다. "우리의 죄에는 신성함이 있었어요. 우리도 느꼈죠! 서로에게 그렇게 말했죠! 잊으셨나요?"

"쉿, 헤스터!" 아서 딤즈데일이 몸을 일으키며 말했다. "아니요. 잊은 적 없어요!"

두 사람은 이끼 낀 나무 등걸에 다시 나란히 앉아 손을 꼭 잡았다. 살아오는 동안 그들에게 가장 절망적인 순간이었다. 이제 그들은 갈 곳이 없었다. 오랫동안 걸어오면서 은밀하게 이어지던 길은 점점 어두워져만 갔다. 그럼에도 그 길 위에서 서성이게 만들면서 조금만 더, 조금만 더 하며 걷다 보면 다른 순간이 나타날 것처럼 이끄는 힘이 있었다. 두 사람 주위의 숲은 어둑했고, 바람이 스쳐 지날 때마다 삐걱거리는 소리를 냈다. 나뭇가지들은 머리 위로 축 늘어져 있었고, 높이 솟은 고목 한 그루가 수심에 잠긴 신음 소리를 냈다. 그 아래에 앉아 있는 두 사람의 슬픈 사연과 앞으로 닥칠 비극을 다른 이들에게 들려주려는 것 같았다.

그래도 여전히 두 사람은 머뭇거렸다. 헤스터 프린은 치욕의 짐을 떠안아야만 하고, 목사는 허울 좋은 명예를 내걸어야 하는 마을로 이어지는 오솔길은 얼마나 음산해 보였는지! 그래서 그들은 한순간이라도 더 머무르려 했다. 어떤 황금빛 햇살도 이 울창한 숲의 어스름만큼 소중하지 않았다. 아무리 주홍 글자라 해도, 여기 오직 그의 눈만 있는 자리에서는 타락한 여인의 가슴을 태우지 않았다! 신과 인간을 모두 기만한 아서 딤즈데일이라 해도, 여기, 그녀만 있는 자리에서는 잠깐이라도 진실해질 수 있었다!

목사의 머릿속에 갑자기 어떤 생각이 떠올랐다.

"헤스터, 무서운 일이 또 생겼네요! 로저 칠링워스는 당신이 자기 정체를 드러낼 거라는 걸 알잖아요. 그렇다면 그가 우리의 비밀을 계속 지킬까요? 이제 그가 어떻게 복수할까요?"

"그는 이상하게도 비밀을 고집하는 기질이 있어요." 헤스터가 사려 깊게 대답했다. "남몰래 복수를 실행하면서 그런 기질이 더 두드러지게 되었겠지요. 그가 비밀을 폭로하지는 않을 것 같아요. 분명히 자신의 사악한 욕망을 채울 다른 방법을 찾을 거예요."

아서 딤즈데일은 몸을 움츠린 채, 초초한 듯 손으로 가슴을 누르면서 한탄했다. 이제는 습관처럼 저절로 나오는 몸짓이었다. "내가, 이제 내가, 어떻게 더 이상 소름 끼치는 원수와 같은 공기를 마시며 살 수 있겠어요? 헤스터, 나를 위해 생각 좀 해 봐요. 당신은 강하잖아요. 해결책을 생각해 봐요!"

"이제부터 그 사람과 한집에서 지내면 안 돼요." 헤스터가 단호하게 천천히 말했다. "더 이상 그 사람의 사악한 눈에 마음을 드러내서는 안 돼요."

"차라리 죽는 게 훨씬 낫지요!" 목사가 대답했다. " 하지만 어떻게 피하지요? 나에게 선택의 여지가 남아 있던가요? 당신이 나에게 그 사람의 정체를 밝혔을 때처럼 이번에는 내가 낙엽 위에 쓰러지는 게 나을까요? 당장 그 속에 묻혀서 죽는 게 나을까요?"

헤스터의 눈에서 눈물이 흘러나왔다. "어쩌다가 당신이 이런 파멸의 구렁텅이에 빠지게 되었을까요! 나약한 마음 때문에 죽겠다고요? 다른 이유는 없잖아요!"

"나에 대한 하나님의 심판이지요. 내가 싸우기에는 너무 벅찬 일이에요." 양심의 가책에 시달리는 목사가 대답했다.

"하나님께서 자비를 보여 줄 거예요. 그것에 의지해서 힘을 낼 수만 있다면요." 헤스터가 대답했다.

"나를 위해 힘을 내 주세요! 어떻게 해야 할지 알려 주세요."

헤스터 프린은 목사의 눈을 가만히 들여다보았다. 본능적으로 산산조각 나고 무너져서 홀로 설 수조차 없는 영혼에 보이지 않는 힘을 불어넣어 주려 애썼다. "세상이 그렇게 좁은가요? 우주가 단지 저 마을의 경계 안에만 있나요? 얼마 전까지만 해도 마을은 여기 우리를 둘러싸고 있는 숲처럼 나뭇잎만 무성한 곳이었잖아요? 숲속의 저 오솔길은 어디로 이어지나요? 마을로 돌아가는 길이라고, 당신은 말하겠죠! 맞아요. 하지만 계속 앞으로 갈 수도 있어요! 멀리, 더 멀리, 황야로 갈 수 있어요. 한 걸음씩 옮겨 갈수록 점점 눈에 보이지 않는 곳으로 갈 거예요. 낙엽들이 백인의 발자국을 덮어 버려서 보이지 않는 곳까지요. 거기서 당신은 자유로워질 거예요! 짧은 여정만으로도 가장 비참하던 세계에서 행복한 세계로 갈 수 있어요! 이 광활한 숲에는 당신의 마음이 로저 칠링워스의 시선에서 벗어날 그늘이 없을까요?"

"물론 있겠지요, 헤스터. 하지만 오직 낙엽 아래뿐이에요!" 목사는 슬픈 미소를 지었다.

"넓은 바다에도 길이 있잖아요!" 헤스터가 말을 이었다. "당신은 그 길을 따라 이곳에 왔어요. 당신이 마음만 먹는다면, 다시 그 길을 따라 돌아갈 수 있어요. 우리 고향의 외딴 시골 마을이든 넓은 런던이든 갈 수 있어요. 독일이나, 프랑스 아니면 유쾌한 이탈리아로 갈 수도 있지요. 그 사람의 능력과 지식에서 얼마든지 벗어날 수 있어요! 무쇠처럼 냉혹한 사람들과 그들의 의견이 당신에게 무슨 상관이에요? 그들은 이제껏 당신의 탁월함을 너무 오랫동안 얽어매고 있었어요!"

"이루어질 수 없는 일이에요!" 목사는 마치 꿈속의 일을 이루어 달라는 말을 들은 것처럼 대답했다. "나는 어디로든 갈 힘이 없어요. 비참하고 죄 많은 사람이지만, 하나님의 섭리로 자리 잡은 곳에서 지상에서의 내 존재를 어떻게든 이어 가려는 생각밖에 없어요. 비록 영혼을 잃었지만, 다른 인간의 영혼을 위해 내가 할 수 있는 일을 하겠어요! 신실하지 못한 파수꾼이지만, 그래도 초소를 떠나지는 못해요. 쓸쓸한 임무가 끝나고 나면 마침내 죽음과 불명예라는 대가가 돌아온다고 해도요!"

"당신은 지난 칠 년 동안 불행의 무게에 짓눌려 나약해졌어요." 헤스터는 자기 힘으로 그를 일으켜 세우려고 굳게 마음먹었다. "그런 것들 모두 뒤에 남기고 떠나야 해요! 숲속의 길을 따라 멀리 갈 때 방해할 수 없게요. 만약 바다를 건너고 싶다면, 아예 배 안에 실어서도 안 돼요. 여기서 망가지고 부서진 것들은 그냥 여기에 두고 가야 해요! 더 이상 미련 갖지 마세요! 모두 새롭게 시작하세요! 여기서 한 번 시도하고 실패한 것에서 모든 가능성을 써 버린 건가요? 그렇지 않아요! 미래에는 여전히 시도하고 성공할 일이 많아요. 누려야 할 행복이 있어요! 행해야 할 선행도 있고요! 거짓된 삶을 진실한 삶으로 바꿀 수 있어요. 만약 당신의 영혼이 그러한 사명에 응한다면, 인디언들을 가르치거나 복음을 전도하세요. 아니면 당신의 본성에 맞게, 문명사회에서 가장 지혜롭고 명성 높은 사람들과 어울려 학자나 현자가 되세요. 가르치세요! 글을 쓰세요! 움직이세요! 쓰러져 죽는 것 말고, 어떤 일이든 하세요! 아서 딤즈데일이라는 이름을 버리고, 두려움이나 수치심 없이 쓸 수 있는 다른 이름으로 명성을 높이세요. 왜 당신의 삶을 갉아먹는 고통 속에서 하루라도 더 지체하려 하는 건가요! 그런 고통은 새로운 일을 할 의지와 힘을 나약하게 만들어요! 회개할 힘조차 없게 만든다고요! 일어나서 어서 여기를 떠나요!"

"아, 헤스터!" 아서 딤즈데일이 외쳤다. 그녀의 열렬한 힘에 이끌려 그의 눈에서 잠깐 섬광이 번쩍였다가 곧 사라졌다. "당신은 무릎 아래가 떨려서 비틀거리는 남자에게 달리기 경주에 나가라고 하는군요! 나는 이곳에서 죽어야 해요. 넓고 낯설고 거친 세상을 혼자서 헤쳐 나갈 힘과 용기가 남아 있지 않아요!"

부서진 영혼이 마지막으로 내뱉는 절망의 표현이었다. 목사는 손만 뻗으면 닿을 듯한 더 나은 운명을 잡을 힘도 없었다.

그는 되풀이해서 말했다.

"헤스터, 나 혼자서는 못 해요!"

"당신 혼자서 가게 하지 않아요!" 그녀는 나지막이 속삭였다.

해야 할 말은 그게 전부였다!

18

쏟아지는 햇살

아서 딤즈데일은 희망과 기쁨이 담긴 표정으로 헤스터의 얼굴을 바라보았다. 물론 그 속에는 두려움도 있었다. 그가 모호하게 암시한 것을 용감하게 입 밖으로 표현한 그녀의 대담함에 겁이 났다.

그러나 헤스터 프린은 용감하고 적극적인 기질이었고, 오랜 기간 법과 사회에서 소외되어 살았기에 목사에게는 전혀 낯선 일인 자유로운 사고에 익숙했다. 그녀는 도덕적 제약이 없는 자유로운 공간에서 규율이나 지침 없이 방황하며 살아왔다. 그 공간은 조금 전에 두 사람이 운명을 논의하던 원시림처럼 광활하고, 얽히고설켜 있고, 그늘진 곳이었다. 그녀의 지성과 마음은 사막을 거주지로 삼았고, 그곳에서 미개한 숲속의 인디언들처럼 자유롭게 돌아다녔다. 지난 몇 년 동안 그녀는 인간이 만든 제도, 성직자나 입법자들이 확립한 것들을 멀리 떨어져서 관찰했다. 목사나 법관들의 제복, 형틀, 교수대, 가정을 상징하는 난롯가 혹은 교회 같은 것들을 인디언들과 마찬가지로 큰 존경심 없이 비판적으로 보았다. 운명과 행운을 대하는 이런 태도가 헤스터를 자유롭게 했다. 주홍 글자는 다른 여자들이 감히 발 디딜 수 없는 영역으로 그녀를 들여보냈다. 수치심, 절망, 고독! 이 세 가지는 그녀를 가르쳤다. 엄격하고 거친 교사들이었고, 그녀를 강하게 만들었지만, 잘못 가르친 것도 많았다.

반면에 목사는 일반적인 규율의 범위를 벗어나는 경험을 한 번도 해 본 적이 없었다. 단 한 번 가장 신성한 규율을 너무 심각하게 위반했다. 그러나 이것은 열정의 죄였을 뿐, 원칙을 버린 것도 의도적인 것도 아니었다. 그 비참한 사건 이후로, 그는 병적일 정도의 열성을 가지고 세밀하게 감정의 미세한 결과와 자신의 생각을 관찰했다. 행동은 쉽게 조정할 수 있기에 굳이 관찰할 필요는 없었다. 당시 상류층에 속해 있던 목사는 사회의 규정과 원칙, 심지어 편견에도 속박되어 있었다. 성직자의 권위 체계에도 당연히 얽매일 수밖에 없었다. 그는 한때 죄를 지었고, 그로 인해 아물지 않은 상처가 덧나면서 양심의 고통에 민감하게 시달리던 사람이었다. 전혀 죄를 지은 적이 없는 사람보다 목사 같은 이가 미덕의 선 안에 있는 안전함을 훨씬 굳게 믿었을 것이다.

헤스터 프린에게 지난 칠 년 동안 규율의 속박 밖에서 치욕을 당하면서 견딘 기간은 모두 현재의 순간을 준비하기 위한 것일 수도 있겠다. 하지만 아서 딤즈데일은 다르다! 그런 사람이 또다시 타락한다면, 어떻게 자기 죄를 가볍게 해 달라고 호소할 수 있겠는가? 그는 아무 변명도 할 수 없을 것이다. 다만 오랜 세월 날카로운 고통에 시달려 피폐해졌든가, 회한으로 인해 정신이 어두워지고 산만해졌든가, 죄를 인정하고 달아나거나 위선자로 남거나 하는 두 가지 사이에서 양심이 평정을 찾기가 어려웠든가, 인간으로서 죽음과 치욕의 위험을 피하고, 예측할 길 없는 적의 흉계에서 달아나려 했다는 변명이 도움이 될는지도 모른다. 마지막으로 가엾은 순례자가 쓸쓸하고 황량한 사막을 걷다가, 쇠약해지고, 병들고, 비참해졌을 때, 인간다운 애정과 연민의 빛이 비치고 새롭고 진실한 인생이 나타났기에, 지금 그가 짊어지고 있는 운명과 바꾸려 했다고 변명하는 게 나을지도 모른다. 한번 죄악으로 인간의 영혼이 부서지면, 지상에 살아 있는 상태에서는 결코 회복할 수 없는 게 엄중하고 슬픈 진실이다. 적이 다시는 성채를 뚫고 들어오지 못하도록 감시하고 지켜야 한다. 적이 다음에 공격할 때는 이전에 성공했던 통로 말고 다른 길을 선택할 수 있기 때문이다. 그러나 성벽은 여전히 무너진 채로 있으니 적은 근처로 숨어들어 와 잊히지 않은 승리를 다시 거둘 수도 있을 것이다.

만약 어떤 갈등이 있었더라도 설명할 필요는 없었다. 목사는 달아나기로 결심했고, 게다가 혼자가 아니라는 사실만으로 충분했다. 목사는 마음속으로 생각했다.

'지난 칠 년 동안 평화와 희망을 느낀 순간이 한 번이라도 있었다면, 나는 하나님의 자비를 믿고 현재를 견딜 것이다. 하지만 나의 운명은 이제 돌이킬 수 없으니, 사형 집행 전에 사형수에게 허락된 위안을 빼앗기면 안 되는 것 아닐까? 아니면 헤스터의 말대로 이것이 더 나은 삶을 사는 길이라면, 나는 그 길을 선택해서 더 나은 미래로 가야 해! 그녀와 함께가 아니라면, 더는 살 수가 없다. 강인한 그녀가 나를 붙잡아 줄 거야. 얼마나 다정하게 위로해 주는지! 오, 주여. 감히 고개를 들어 바라볼 수 없는 당신에게 용서를 구합니다!'

"떠나는 거예요!" 목사의 눈을 마주 보며 헤스터가 조용히 말했다.

일단 마음의 결정을 내리고 나자, 괴로움에 시달리던 목사의 가슴에 이상한 기쁨의 빛이 비치기 시작했다. 죄수가 마음속 지하 감옥에서 막 빠져나온 순간, 문명도 없고 기독교도 없고 법도 없는 야생의 자유로운 공기를 호흡하면서 느끼는 상쾌한 기분과 같았다. 목사의 영혼은, 땅 위를 벌레처럼 기어다니게 하던 모든 불행을 벗어나, 한 번에 비약하여 뛰어오르더니 하늘 가까이에서 내려다보는 시야를 얻었다. 기질적으로 종교성이 강하기에, 목사의 그런 기분 속에는 경건한 느낌이 배어 있었다.

"내가 다시 기쁨을 느낄 수 있다니!" 목사는 스스로 의아해하며 소리쳤다. "내 안에서 기쁨의 근원은 사라진 줄 알았어요! 헤스터, 당신은 나의 둘도 없는 천사예요! 나는 병들고, 죄로 더럽혀지고, 슬픔에 그을린 채로 이 숲속의 나뭇잎 위에 몸을 던지게 될 줄 알았어요. 그런데 이제 완전히 새롭게 태어나 자비로운 하나님을 찬양하는 새로운 힘을 얻었어요! 이미 더 나은 삶이에요! 우리는 왜 진작에 이런 삶을 찾지 못했을까요?"

"이제 뒤돌아보지 말자고요. 과거는 사라졌어요! 무엇 때문에 우리가 머뭇거리겠어요? 보세요! 저는 이 징표와 모든 걸 버리고, 그런 일은 일어난 적 없는 것처럼 잊을 거예요!"

이렇게 말하고 나서 헤스터는 주홍 글자를 고정하고 있던 핀을 풀더니 가슴에서 떼어 내 낙엽 속으로 멀리 던졌다. 신비한 징표는 개울가에 떨어졌다. 한 뼘만 더 날아갔어도 개울 속에 떨어졌을 테고, 여전히 이해할 수 없는 이야기를 계속 중얼거리고 있는 개울은 또 하나의 슬픔을 싣고 흘러가야 했을 것이다. 그러나 자수로 장식하여 잃어버린 보석처럼 반짝이고 있는 글자는 개울가에 떨어졌다. 어떤 불운한 나그네가 줍게 된다면, 이후로 이상한 죄책감이나 울적해지는 마음 같은, 이유 없는 불행에 시달릴지도 모를 일이다.

낙인이 사라지자, 헤스터는 긴 한숨을 내쉬었다. 짓눌려 있던 그녀의 영혼이 수치심과 괴로움에서 벗어났다. 얼마나 홀가분하고 편안한지! 그런 자유를 맛보기 전까지는 글자의 무게를 알지 못했다! 그녀는 관습에 따라 머리를 감싸고 있던 모자를 충동적으로 벗었다. 짙고 풍성한 머리카락이 어깨 위로 늘어졌다. 숱이 많은 머리카락이 빛과 그림자를 만들어 얼굴의 부드러운 매력이 드러나게 했다. 숨어 있던 여자다움에서 우러난 환하고 부드러운 미소가 입가에 머물렀고, 눈에서도 빛났다. 오랫동안 창백하기만 하던 뺨에 붉은 기운이 은은히 감돌았다. 그녀의 성(性), 그녀의 젊음, 그녀의 풍요로운 아름다움까지, 흔히 돌이킬 수 없는 과거라 부르는 것으로부터 돌아와 꽃피었다. 처녀 시절의 희망, 아무것도 모르던 시절의 행복이 이 순간 마법의 원 안으로 모였다. 땅과 하늘 사이를 채우고 있던 어둑한 기운은 단지 두 사람의 마음 탓이던 것처럼 슬픔이 사라지자 함께 걷혀 버렸다. 갑자기 하늘이 미소 짓는 듯 눈부신 햇빛이 나오더니 어둑한 숲으로 쏟아져 내렸다. 푸른 이파리들이 반가워하며 반짝이고, 누런 낙엽이 황금빛으로 빛나고, 엄숙하게 서 있는 나무의 회색 줄기에 윤기가 돌았다. 이제껏 그림자로 보이던 사물들이 환하게 빛났다. 개울도 즐겁게 반짝이며 숲의 중심으로 흘러갔다. 그곳은 이제 기쁨의 신비를 간직하게 되었다.

자연은 연민을 보여 주었다. 문명화되지 않은 야생이자, 인간의 법에 한 번도 굴복하지 않았고, 더 높은 진리의 빛을 받은 적도 없는 숲의 자연이 두 영혼의 기쁨을 함께 나누었다! 갓 태어났거나 혹은 죽음과 같은 잠에서 깨어났거나, 사랑은 항상 빛을 만들어야 하고, 환한 빛으로 마음을 가득 채워서, 바깥세상으로 넘쳐흐르게 해야만 한다. 어쩌면 숲은 여전히 어둑어둑했을지도 모르지만, 헤스터와 아서 딤즈데일의 눈에는 눈부시도록 밝게 보였다!

헤스터는 기쁨으로 설레며 목사를 돌아보았다.

"당신도 펄을 아실 거예요! 우리 귀여운 펄이요! 그 아이를 본

적이 있잖아요, 네, 저도 기억해요! 하지만 이제 그 아이를 달리 보게 될 거예요. 특이한 아이지요! 저는 그 아이를 이해하기 어려워요! 하지만 저처럼 당신은 펄을 끔찍이 사랑하게 되겠죠. 아이를 어떻게 대해야 할지 저에게 가르쳐 줄 수 있을 거예요."

"펄이 나를 알게 되면 좋아할까요?" 목사가 불안한 듯 말했다. "오래전부터 아이들을 대할 때 움츠러들곤 했지요. 나를 꺼리거나 친근감을 느끼지 못하는 아이들이 많았어요. 예전부터 나는 펄을 만나는 게 겁이 났어요!"

"아, 그건 슬프군요!" 헤스터가 대답했다. "하지만 펄은 당신을 정말 좋아하게 될 거예요. 당신도 그 애를 사랑하게 될 거고요. 가까운 곳에 있을 테니, 아이를 불러 볼게요. 펄! 펄!"

"아이가 보여요." 주위를 살피던 목사가 말했다. "저기 있네요. 저 멀리 시냇물 건너편에서 햇빛 속에 서 있어요. 아이가 나를 좋아할 거라고 생각해요?"

헤스터는 미소를 지어 보이면서 다시 펄을 불렀다. 목사의 말대로 아이는 저 멀리, 울창한 나뭇가지 사이 쏟아지는 햇살 속에서, 환한 빛의 옷을 입은 모습으로 서 있었다. 햇살이 앞뒤로 어른거리면서 빛이 왔다가는 다시 사라졌고, 아이는 흐릿하거나 선명하게 보였고, 그럴 때마다 진짜 사람처럼 보였다가 영혼처럼 보였다가 했다. 아이는 어머니의 목소리를 듣고, 천천히 숲을 헤치고 다가왔다.

어머니와 목사가 이야기하는 동안, 펄은 지루하지 않은 시간을 보냈다. 세상에서 죄책감과 괴로움에 시달리다가 넓고 울창한 숲의 가슴에 안긴 사람들에게는 막막해 보일지도 모르지만, 외로운 아이에게 숲은 좋은 놀이 상대가 되어 주었다. 음산한 분위기조차 나름대로 아이를 상냥하게 환영하는 듯했다. 숲에는 지난해 가을에 열려 봄에 익은 덩굴딸기들이 시든 이파리 위에 핏방울처럼 빨갛게 맺혀 있었다. 펄은 그것들을 따 모으면서 야생의 맛을 실컷 맛보았다. 숲속의 작은 동물들은 아이를 보고 달아나려 하지 않았다. 새끼 열 마리를 거느린 자고새 한 마리가 펄의 뒤에서 위협하듯 달려왔지만, 이내 자신의 맹렬함을 뉘우치는 듯 새끼들을 달래며 꾹꾹거렸다. 낮게 드리워진 나뭇가지에 앉아 있던 비둘기는 펄이 그 밑으로 지나가자, 경고인지 인사인지 알 수 없는 소리로 울어 댔다. 다람쥐는 자기 집이 있는 나무의 높은 곳에 올라가 화가 난 것인지 즐거운 것인지 계속 재잘거렸다. 기분이 어떤지 알아차릴 수 없을 정도로 작은 다람쥐였다. 장난인지 짜증이 난 것인지 펄의 머리를 향해 개암 하나를 던지면서 또 뭐라고 지껄였다. 지난해에 다람쥐가 날카로운 이빨로 갉아먹다가 남은 열매였다. 여우 한 마리가 펄이 낙엽 위로 걸어가는 소리에 잠이 깨서는, 놀라고 호기심에 가득 찬 눈으로 바라보았다. 살금살금 달아나는 게 나을지, 그 자리에서 다시 잠드는 게 나을지 고민하는 눈치였다. 있을 법하지 않지만, 늑대가 나타나서는 펄의 옷 냄새를 맡고는 마치 쓰다듬어 달라는 듯이 머리를 들이밀었다는 이야기가 전해진다. 하지만 숲에서 태어나 자란 야생 동물들이 인간의 아이인 펄에게서 비슷한 야생의 냄새를 맡았다는 게 진실일 것이다.

펄은 주변에 잡초가 자라는 마을의 거리나 어머니와 함께 사는 오두막집에서와 달리 숲속에서는 온순했다. 꽃들은 그 사실을 아는 것 같았다. 아이가 지나칠 때면 꽃들이 각기 속삭였다. “예쁜 아이야, 나를 데려가. 나를 데려가서 몸치장하렴!” 펄은 꽃을 기쁘게 해 주려고 제비꽃, 아네모네, 매발톱꽃, 그리고 눈앞에 서 있는 나무에서 연둣빛 잔가지들을 꺾었다. 이것들로 머리와 어린 허리를 꾸미자, 펄은 어린 님프나 숲의 요정, 아니면 원시림과 가장 가깝게 교감하는 그 무엇처럼 보였다. 펄은 어머니의 목소리를 듣고 그런 모습으로 천천히 돌아왔다.

목사가 눈에 보이자, 아이는 걸음을 늦추었다!

19

개울가의 펄

“곧 펄을 끔찍이 사랑하게 될 거예요.” 목사와 나란히 앉아 펄을 지켜보다가 헤스터 프린이 되뇌었다. “예쁜 아이라고 생각하지 않으세요? 꽃으로 꾸민 모습을 좀 보세요. 타고난 솜씨예요! 진주, 다이아몬드, 루비를 숲에서 구할 수 있었더라도, 지금보다 더 예쁘지는 않을걸요. 대단한 아이예요! 저 아이의 이마가 누구를 닮았는지 저는 알지요!”

아서 딤즈데일이 조용히 미소를 지었다. “헤스터, 당신은 모를 거예요. 저 사랑스러운 아이가 항상 당신 곁에 있는 것을 보면서 내가 얼마나 여러 번 놀랐는지 알아요? 오, 어떻게 그런 생각을 했는지, 얼마나 벌벌 떨었는지요! 아이의 얼굴에 나타난 내 모습을 세상 사람들이 알아차리게 될까 무서웠어요! 하지만 아이는 당신을 더 많이 닮았어요!"

"아니 그렇지 않아요. 저만 닮지는 않았어요." 헤스터가 상냥하게 미소를 지었다. "조금만 있으면 저 애가 누구의 아이인지 찾아내려 하는 이들을 두려워할 필요 없어요. 들꽃을 머리에 꽂고 있으니 낯설어 보일 정도로 예쁘네요! 고향인 영국에 두고 온 어떤 요정이 저 아이를 꽃으로 꾸며서 우리에게 보내 준 것 같아요."

두 사람은 나란히 앉아 전에는 경험해 보지 못한 감정을 느끼면서, 펄이 천천히 다가오는 것을 지켜보았다. 아이는 두 사람을 하나로 묶는 끈이었다. 칠 년 전에 태어날 때 아이는 두 사람이 그토록 감추고자 하던 어두운 비밀을 드러내는 주홍 글자 같은 존재였다. 만약 불꽃의 성격을 능숙하게 읽는 예언자나 마법사가 있다면, 이 상징 속에 모두 명백히 적혀 있어서 드러난 그대로를 해독했을 것이다! 펄은 두 사람이 하나로 통합된 존재였다. 과거의 죄가 무엇이든, 두 사람의 육신과 영혼이 결합하여 영원히 한 아이 속에 머물게 된 것을 바라보면서, 그들의 세속적 삶과 미래의 운명이 서로 얽혀 있음을 어떻게 의심할 수 있을까? 이런 생각들과 의식하지도 규정할 수도 없는 생각들이 두 사람에게 다가오는 아이 주위까지 놀랍고 신비하게 보이게 했다.

"펄에게 말을 걸 때 너무 이상하게 굴지 말아 주세요. 너무 격렬한 감정을 보이시면 안 돼요." 헤스터가 속삭였다. "펄은 가끔 변덕을 부리는 엉뚱한 작은 요정 같은 아이지요. 특히 이유를 알 수 없는 감정은 참지 못해요. 하지만 강한 애정이 있어요! 아이는 나를 사랑해요. 당신도 사랑할 거예요!"

목사는 헤스터 프린을 곁눈질하며 말했다. "당신은 모를 거예요. 내 마음이 이 만남을 얼마나 간절히 원했는지요! 하지만 솔직히 말하면, 앞에서도 이미 말했듯이, 아이들은 나랑 친해지려 하지 않아요. 내 무릎 위에 올라오지도 않고, 귀에 대고 재잘거리지도 않고, 미소를 지어도 마주 웃어 주지 않아요. 멀리 떨어져서 이상하다는 듯이 바라봐요. 아주 어린 아기들은 내가 품에 안으면 울음을 터뜨리지요. 하지만 펄은 어렸을 때 두 번이나 나를 친근하게 대했어요! 첫 번째는 당신도 잘 알 거예요! 두 번째는 당신이 펄을 데리고 근엄한 옛 총독의 집에 왔을 때였어요."

"그때 당신이 저와 펄을 대신해서 용감하게 나서 주셨죠! 저는 기억해요. 아마 펄도 그럴 거예요. 두려워할 것 없어요! 처음에는 낯을 가리고 수줍어할지도 모르지만, 곧 당신을 좋아하게 될 거예요!"

이제 펄은 개울 건너편의 가장자리에 이르러 그 자리에 섰다. 그리고 헤스터와 목사가 이끼 덮인 나무 등걸에 걸터앉아 자기를 기다리고 있는 모습을 물끄러미 바라보았다. 아이가 멈춰 선 곳은 우연히 개울이 흐름을 멈춘 웅덩이 바로 앞이었다. 수면이 매끄럽고 잔잔해서, 꽃과 잎사귀로 만든 화환을 쓴 펄의 그림처럼 아름다운 모습을 그대로 비추고 있었다. 현실보다 더욱 정교하고 영적으로 보였다. 물속에 비친 모습은 살아 있는 펄과 거의 흡사했으나 오히려 어렴풋하고 잡히지 않는 특성은 실제의 아이에게 나눠 준 것 같았다. 어스름한 숲속에서 펄이 눈도 떼지 않고 두 사람을 바라보며 서 있는 모습은 기이해 보였다. 펄은 온통 눈부신 햇빛 속에 휩싸여 있었다. 마치 빛과 교감하면서 자기에게 끌어오는 것처럼 보였다. 아이의 발밑 개울 속에는 똑같은 모습의 또 다른 아이가 황금빛 햇살 속에 서 있었다. 헤스터는 펄과 멀리 떨어져 있는 듯한 찜찜하고 초조한 기분이었다. 아이가 홀로 숲속을 거닐다가 어머니와 함께 살고 있던 세계에서 벗어나 이제는 돌아오려 해도 영영 돌아올 길을 찾지 못할 것처럼 느꼈다.

헤스터의 이런 느낌은 옳기도 하고 틀리기도 했다. 아이가 어머니와 멀어진 것은 사실이지만, 그것은 펄이 아니라 헤스터의 잘못 때문이었다. 아이가 어머니 곁을 떠나 혼자 돌아다니는 사이에 어머니의 감정 속으로 친밀한 다른 사람 하나가 비집고 들어왔다. 그래서 세 사람의 상황이 모두 변했기 때문에 이제 막 숲속을 헤매다가 돌아온 펄은 자기 자리를 찾지 못했고, 자기가 어디에 있는지도 알지 못했다.

예민한 목사도 펄을 지켜보다가 무언가를 느꼈다. "이상한 생각이 들어요. 이 개울이 두 세계의 경계선이라 당신이 다시는 펄을 만나지 못할 것만 같아요. 아니면 저 아이가 요정이라서, 우리가 어린 시절에 들은 전설처럼 개울을 건너지 못하게 된 것인가요? 부탁이니, 어서 건너오라고 재촉해요. 저렇게 가만히 서 있는 것을 보니 벌써 걱정이 돼요."

"아가야, 어서 이리 건너와!" 헤스터가 양팔을 들어 올려 재촉했다. "왜 그렇게 느린 거야! 전에는 그렇게 꾸물거린 적이 없잖아? 여기 엄마 친구가 있어, 당연히 네 친구이기도 해. 너는 이제 사랑을 두 배로 받게 될 거야, 엄마 혼자서 너를 사랑할 때보다! 개울을 훌쩍 뛰어넘어서 이리로 오렴. 어린 사슴처럼 펄쩍 뛸 수 있잖아!"

펄은 꿀처럼 달콤한 말에도 아무 반응을 나타내지 않은 채 개울 저편에 꼼짝하지 않고 서 있었다. 이제 펄은 동물처럼 반짝이는 눈으로 어머니를 바라보고 다시 목사를 바라보다가 두 사람을 동시에 바라보았다. 두 사람이 어떤 관계인지 찾아내어 이해하려는 것 같았다. 어떤 알 수 없는 이유로, 아서 딤즈데일은 아이의 눈이 자신을 향하는 것을 느끼자 거의 습관처럼 저절로 손을 가슴에 얹었다. 그러자 독특한 권위가 담긴 태도로 펄은 손을 뻗어 작은 집게손가락으로 어머니의 가슴을 가리켰다. 아이의 발밑 개울에 비친 작은 화환을 머리에 쓰고 햇빛 속에 서 있는 소녀도 똑같이 손가락질했다.

"이상한 아이구나, 왜 엄마에게 오지 않는 거지?" 헤스터가 소리쳤다.

펄은 여전히 집게손가락으로 어머니를 가리키면서 눈살을 찌푸렸다. 유치하면서 거의 갓난아기 같은 표정을 짓고 있어서 더 눈에 띄었다. 어머니가 낯설고도 들뜬 미소를 지으면서 계속 손짓을 하자, 아이는 발까지 동동 구르면서 훨씬 더 오만한 표정과 몸짓을 했다. 개울에 비친 몽환적인 예쁜 아이도 마찬가지로 찡그린 표정과 손가락질과 오만한 몸짓으로 펄에게 동조했다.

"어서 오지 못해, 펄? 엄마 화낼 거야!" 헤스터 프린은 다른 때

같으면 딸의 이런 변덕에 그다지 놀라지 않았겠지만, 지금은 더 얌전하게 행동하기를 바랄 수밖에 없었다. "어서 개울을 건너와! 말 안 들으면 내가 그쪽으로 간다!"

펄은 어머니가 달래는 말에 누그러지지 않았던 것처럼, 위협에도 전혀 놀라지 않았다. 오히려 갑자기 격렬한 분노를 터뜨리면서 거친 몸짓으로 몸을 뒤틀며 발을 동동 굴렀다. 동시에 아이가 질러 대는 야생 동물처럼 날카로운 비명이 숲 전체로 울려 퍼졌다. 혼자 유치하고 말도 안 되는 분노에 휩싸여 있었음에도, 메아리치는 소리 때문에 숨겨진 군중이 동정과 격려를 보내는 것 같았다. 개울에 비친 화가 난 펄의 그림자도 꽃으로 치장한 채 발을 동동 구르며 거친 몸짓을 했다. 그러는 동안에도 여전히 작은 집게손가락은 헤스터의 가슴을 가리키고 있었다!

"저 애가 무엇 때문에 화를 내는지 알겠어요." 헤스터는 목사에게 곤란하고 성가신 모습을 감추려 애쓰면서도 안색이 창백해졌다. "아이들은 매일 눈앞에서 보며 익숙해진 모습이 조금이라도 변하면 어쩔 줄을 모르죠. 펄은 내가 항상 가슴에 달고 있던 것을 찾는 거예요!"

"부탁인데 아이를 달랠 방법이 있으면 어서 해 봐요!" 목사가 미소를 지으려 애쓰며 덧붙였다. "히빈스 부인 같은 늙은 마녀가 심술궂게 구는 것보다야 덜하지만, 어린아이가 저렇게 노여워하니 어쩔 줄을 모르겠어요. 펄처럼 어리고 예쁜 아이가 화를 내도 쭈글쭈글한 마녀가 그러는 것과 마찬가지로 초자연적인 효과가 있네요. 만약 당신이 나를 사랑한다면, 애를 좀 달래 봐요!"

헤스터는 뺨을 붉히면서 다시 펄을 향해 시선을 돌렸다. 그러면서도 곁눈질로 목사를 의식하지 않을 수 없었다. 헤스터는 크게 한숨을 내쉬었다. 천천히 말을 시작하기도 전에 얼굴이 죽은 사람처럼 창백해졌다.

"펄, 네 발 앞을 봐." 슬픈 목소리로 헤스터는 말했다. "거기! 발 앞에! 개울 건너편에 말이야."

아이는 어머니가 가리키는 곳으로 시선을 돌렸다. 개울 가장자리 아주 가까운 곳에 주홍 글자가 떨어진 채 금빛 자수가 물에 비치고 있었다.

"그걸 이리로 가져와!" 헤스터가 말했다.

"엄마가 와서 가져가요!" 펄이 소리쳤다.

"어떻게 저런 아이가 있는지 몰라요!" 헤스터가 옆에 있는 목사를 돌아보았다. "펄에 대해 할 말이 참 많아요. 그러나 진실을 말하자면, 저 꼴 보기 싫은 징표에 대해서는, 아이의 태도가 옳아요. 나는 얼마 동안은, 단지 며칠만 더, 징표를 달고 다니는 괴로움을 견뎌야만 해요. 이 지역을 떠나서 우리가 그리워하던 땅으로 돌아갈 때까지는요. 숲속에 그걸 숨길 수는 없죠! 내 손으로 바다 한가운데에 던져서, 영원히 삼켜 버리게 하겠어요!"

이렇게 말하면서, 헤스터는 개울가로 다가가 주홍 글자를 집어 들어 다시 가슴에 달았다. 그러나 조금 전에 깊은 바다에 던지겠다는 희망을 말했음에도, 치명적인 징표를 운명의 손으로부터 돌려받고 나니 불행이 다시 그녀를 덮쳐 오는 것 같았다. 그녀는 그것을 무한한 공간 속으로 내던졌었는데! 한 시간 동안 자유롭게 숨 쉴 수 있었는데! 다시 늘 있던 자리에서 반짝이고 있는 주홍색 불행이라니! 전형적이든 아니든, 죄에는 언제나 운명적인 성격이 있었다. 주홍 글자를 달고 나서 그다음으로 헤스터는 늘어뜨렸던 머리카락을 모아서 모자 속으로 집어넣었다. 슬픈 글자 속에 무엇인가를 시들게 하는 주문이 걸려 있는 것처럼 그녀의 아름다움, 여성다운 따뜻함과 풍요로움이 저무는 햇살처럼 사라졌다. 그녀에게 회색 그림자가 드리워진 듯 보였다.

서글픈 변화가 모두 이루어지고 나서 그녀는 펄에게 손을 내밀었다.

"얘야, 이제 엄마를 알아보겠어?" 나무라는 목소리였으나 침착한 말투였다. "이제 개울을 건너와. 이제 치욕의 징표도 달고 슬픈 엄마로 돌아왔으니, 다시 내 딸이 될래?"

"네, 그럴게요!" 펄은 개울을 뛰어넘어 헤스터의 품에 안겼다. "이제 진짜 엄마예요! 나는 엄마 딸인 펄이고요!"

평소와는 다른 다정한 태도로, 펄은 어머니의 얼굴을 끌어당겨 이마와 뺨에 입을 맞추었다. 하지만 이 아이는 어쩌다가 자기가 위로할 기회가 있어도 그 속에 반드시 괴로움을 섞어 넣고자 했다. 펄은 어머니의 가슴에 달린 주홍 글자에도 입을 맞추었다!

"그런 짓은 하지 마!" 헤스터가 말했다. "잠깐 엄마를 사랑하는 척하더니 금세 나를 놀리는구나!"

"목사님은 왜 저기 앉아 있어요?" 펄이 물었다.

"너를 기다리고 있어. 자, 이제 가서 목사님의 축복을 받자! 목사님은 펄을 사랑하고, 네 엄마도 사랑하셔. 너는 목사님이 좋지 않니? 어서 가자! 목사님이 우리를 기다리셔!"

"목사님이 우리를 사랑해요?" 펄이 총명한 눈빛으로 어머니의 얼굴을 올려다보았다. "목사님이 우리랑 손을 잡고 셋이 다 함께 마을로 돌아가요?"

"지금은 아니지만, 얘야. 하지만 며칠 뒤에는 우리와 손을 잡고 함께 걸어갈 거야. 우리 집이 생길 거고 난롯가에 함께 앉을 거야. 너는 목사님의 무릎 위에 앉게 될 거고. 너에게 많은 것을 가르쳐 줄 것이고, 너를 많이 사랑해 줄 거야. 너도 목사님을 좋아하잖아, 그렇지?"

"목사님은 그때도 자기 손을 늘 가슴 위에 얹고 있을 건가요?" 펄이 물었다.

"그런 바보 같은 질문이 어딨어!" 헤스터가 소리쳤다. "어서 가서 목사님의 축복을 받자!"

그러나 응석받이 아이들이 위험한 경쟁자에게 보이는 본능적인 질투심 때문인지, 아니면 괴팍한 기질에서 나오는 변덕 때문인지, 펄은 목사에게 호의를 보이지 않았다. 몸을 뒤로 뻗치면서 이상하게 찡그린 표정으로 가기 싫어하는 아이를 어머니가 억지로 목사 앞으로 데려갔다. 펄은 갓난아기 때부터 유별난 점이 있었고, 그런 변덕스러운 성정에 새로 장난기까지 더해져서 여러 다른 표정으로 바뀌곤 했다. 목사는 괴로울 정도로 당황했으나, 입맞춤하면 자신을 좋게 받아들이지 않을까 해서 몸을 굽혀 아이의 이마에 입술을 갖다 대었다. 그러자 펄은 어머니를 뿌리치고 개울로 달려가더니, 그 위로 몸을 굽혀 이마를 씻었다. 꺼

림칙한 입맞춤이 완전히 씻겨 내려 개울을 따라 흘러가 흩어질 때까지 씻었다. 그러고 나서 펄은 멀리 떨어져 헤스터와 목사를 조용히 지켜보기만 했다. 그동안 두 사람은 새로운 상황에 맞추어서 목적을 이룰 수 있으려면 어떻게 해야 할지 의논했다.

마침내 운명적인 만남이 끝났다. 적막한 골짜기에는 우중충한 고목들만 남게 되었다. 나무들은 울창한 나뭇잎 혀로 지나간 시절에 그곳에서 일어난 일들을 길게 속삭이곤 했는데, 그 이야기를 알아들을 현명한 인간은 없었다. 그리고 음울한 개울은 이미 자신의 작은 품에 짊어지고 있는 너무 많은 비밀에 이 이야기를 덧붙일 테지만, 그렇다고 더 명랑해질 일은 없었다. 예전과 다름없이 중얼거리며 흘러갈 뿐이었다.

20

미로 속의 목사

목사는 헤스터 프린과 어린 펄보다 앞서 출발했다. 걸어가다가, 어머니와 딸의 희미한 윤곽이 어스름한 숲속으로 사라졌는지 확인하려 뒤를 돌아보았다. 인생에서 일어난 엄청난 변화를 곧바로 현실로 받아들일 수 없었다. 그러나 회색 옷을 입은 헤스터가 여전히 나무 등걸 옆에 서 있었다. 오래전 폭풍에 쓰러진 나무가 상당한 시간 동안 이끼로 뒤덮였으며, 지상에서 가장 무거운 짐을 지고 있는 운명적인 두 사람이 그곳에 앉아 한 시간 동안의 휴식과 위안을 찾았다. 펄 또한 눈에 거슬리는 제삼자가 사라지자, 개울가에서 춤추듯 달려와 어머니 곁의 제 자리를 찾아서 앉아 있었다. 그러니 그는 잠든 것도 아니었고, 꿈을 꾼 것도 아니었다!

그는 이상하게도 마음이 산만했다. 혼란스러운 느낌을 털어 버리려고 헤스터와 함께 대략 정해 놓은 출발 계획을 더 세밀하게 되새겨 보았다. 두 사람은 군중과 도시들로 이루어진 구세계가 뉴잉글랜드나 아메리카 대륙의 황무지보다 몸을 숨기고 은신처를 구하기에 적당할 것이라고 판단했다. 뉴잉글랜드에는 인디언의 오두막이나 유럽인들이 해안을 따라 건설해 놓은 정착지들밖에 없었다. 목사의 건강 상태는 숲속의 힘든 생활을 견뎌 내기 어려웠다. 더욱이 그의 타고난 재능, 교양, 쌓아 올린 지식은 세련된 문명 속에서만 생활의 터전을 마련할 수 있었다. 문명이 발달한 곳일수록, 목사는 더 섬세하게 적응할 수 있을 것이다. 두 사람이 이런 선택을 논의하다가 그즈음 우연히 어떤 배 한 척이 항구에 정박 중이라는 이야기가 나왔다. 당시에는 드물지 않던 미심쩍은 순양함 중 하나였는데, 완전히 불법적인 것은 아니고 그저 정해진 목적지 없이 두루 이곳저곳을 돌아다녔다. 최근에 스페니쉬 메인*에 도착한 이 배는 사흘 안에 브리스틀†로 출발할 예정이었다. 헤스터 프린은 자발적으로 자비 수도회

* 아메리카 본토나 카리브해, 멕시코만에 있는 스페인 제국의 일부를 총칭하는 용어. 스페인 서인도제도로 알려진 카리브해에서 스페인이 통제하는 수많은 섬과 해당 지역을 가리킨다.

† 영국 잉글랜드 서부의 에이번강에 딸린 무역상 중요한 항구 도시이다.

에 가입해서 봉사하면서 그 배의 선장이나 선원들과 친분을 쌓았다. 따라서 여의치 못한 사정을 설명하면서 어른 두 명과 아이 하나를 비밀리에 승객으로 태워 달라고 직접 부탁할 수 있었다.

목사는 큰 관심을 드러내며 헤스터에게 배가 출발하게 될 정확한 시간을 물어보았다. 앞으로 나흘째 되는 날일 것이라고 했다. “정말 다행이군요!” 그는 혼잣말로 중얼거렸다. 딤즈데일 목사가 왜 그 날짜를 다행으로 여겼는지 밝히기가 망설여진다. 그럼에도 독자에게 숨김없이 말하자면, 오늘부터 사흘째 되는 날, 목사가 총독 취임식에서 축하 설교를 하기로 되어 있었기 때문이다. 그런 행사에서 설교하는 것은 뉴잉글랜드 목사의 삶에서 가장 영광스러운 순간이었기 때문에 자기 경력을 끝내는 방식으로는 더없이 적당한 기회였다. 이 모범적인 사람은 생각했다. ‘적어도 사람들은 나에 대해 말하겠지. 그는 공적인 의무를 수행하지 않았거나 잘못 수행하고 떠난 것은 아니라고!’ 가엾은 목사의 심오하고 날카로운 성찰이 이토록 처참하게 자기를 기만하다니 참으로 슬픈 일이다! 과거에 그에게는 더 나쁜 부분이 있었고, 현재에도 있을 수 있다. 그러나 이렇게 한심할 정도로 나약한 적은 없었다. 오래전부터 성격의 본질을 갉아먹은 미묘한 질병 때문임이 분명했다. 상당한 기간 자신에게 보여 주는 얼굴과 대중에게 보여 주는 얼굴이 서로 다르면, 누구라도 결국 어느 쪽이 진실인지 혼란을 일으킬 수밖에 없다.

딤즈데일 목사는 헤스터와 만나고 돌아오면서 기분이 들떠 있었다. 전에 없던 힘이 솟아 빠른 걸음으로 서둘러 마을을 향했다. 숲속으로 난 오솔길은 그가 황무지로 향하던 때 보았던 것보다 돌발적인 자연의 장애물들이 많아서 더 험하고 거칠었으며 사람이 지나다닌 흔적도 거의 없었다. 그러나 그는 질척이는 진흙탕을 뛰어넘고, 앞을 가로막는 덤불을 헤치고 언덕에 올랐으며 구덩이 속으로 뛰어들었다. 스스로 놀랄 정도로 지치지 않은 활력으로 길 위의 모든 어려움을 극복했다. 그는 불과 이틀 전에 같은 길을 걸으면서 얼마나 힘이 빠졌는지, 숨을 돌리기 위해 얼마나 자주 멈추었는지 떠올렸다. 마을이 가까워지면서, 그의 앞에 계속 모습을 드러내는 눈에 익은 사물들이 달라졌다고 느꼈다. 그런 사물들과 헤어진 것이 하루 이틀 전이 아니라 며칠 전, 아니 몇 해 전인 것 같았다. 실제로 거리의 집들은 그가 기억하는 특징 그대로였다. 기억 속 박공지붕들도 그대로이고 꼭대기에 달린 바람개비들도 그대로였다. 그럼에도 무엇인가가 달라졌다는 느낌은 여전히 사라지지 않았다. 작은 마을 주변에서 그가 마주친 지인들이나 그들이 살아가는 모습도 마찬가지였다. 그들은 더 늙었거나 더 젊어 보이지 않았다. 노인들의 수염이 더 하얗게 되지도 않았고, 어제 기어다니던 아기가 오늘 걸을 수 있는 것도 아니었다. 그가 며칠 전에 길에서 헤어진 사람이 어떻게 달라진 것인지 설명하기 어려웠지만, 그럼에도 목사의 가장 깊은 감각은 변화를 감지했다. 비슷한 느낌이 자기 교회의 벽 아래를 지나갈 때 가장 강렬하게 다가왔다. 교회 건물은 매우 낯설면서도 매우 친숙해서, 딤즈데일 목사는 자신이 이제까지 꿈속에서 교회를 본 것인지, 아니면 단순히 지금 그가 꿈을 꾸고 있는 것인지 두 감각 사이에서 혼란을 느꼈다.

이런 현상은 외부에서 일어난 변화 때문이 아니라 낯익은 광경을 바라보는 사람에게 갑자기 중요한 변화가 일어났기 때문이다. 목사가 경험한 하루의 공간이 의식에 개입해서 몇 년의 세월이 흐른 것처럼 느끼게 했다. 목사의 의지와 헤스터의 의지, 그리고 두 사람 사이에 엮인 운명이 일으킨 변화였다. 마을은 어제와 같은 마을이었으나, 목사는 숲에서 다른 사람이 되어 돌아왔다. 아마도 그는 자신을 맞아 주는 친구들에게 이렇게 말했을지도 모른다. "나는 당신이 생각하는 그 사람이 아니에요! 나는 숲속 저편에 그를 두고 왔어요. 깊숙한 골짜기의 이끼 낀 나무 등걸 옆에, 음울한 개울가에 버리고 왔어요! 어서 가서 당신의 목사를 찾아보라고요. 수척한 몸과 야윈 뺨, 하얗고 고통으로 주름진 이마가 벗어던진 옷처럼 팽개쳐 있는 것을 보세요!" 친구들은 그래도 여전히 그에게 주장했을 것이다. "당신이 바로 그 사람이에요!" 하지만 착각한 것은 친구들이지 그가 아니었다.

딤즈데일 목사가 집에 도착하기 전에, 그의 내면에 있는 사람이 사고와 감정에서 혁명적인 변화를 일으켰다는 다른 증거가 나타났다. 실제로 그의 내면에 있는 왕국에서는 왕조와 도덕률이 완전히 바뀐 것이나 다름 없었다. 그것이 바로 불행하고 놀란 상태인 목사에게 일어나는 충동에 대한 적절한 설명이었다. 한 걸음을 걸을 때마다 그는 이상하고 거칠고 사악한 일을 하고 싶었고, 동시에 그것이 무의식적이면서도 고의적임을 직감했다. 그것 역시 자기 자신이었으나 그러한 충동에 반대하는 자아보다 더 심오한 자아로부터 비롯한 것이었다. 예를 들면, 교회의 집사 중 한 사람을 만났다. 그 선량한 노인은 연장자이면서 바르고 경건한 성품, 그리고 교회에서의 지위가 부여한 부성애와 가부장적 특권을 보여 주며 목사에게 말을 걸었다. 더불어 딤즈데일 목사가 성직자로서나 개인으로서 받아야 할 거의 숭배에 가까운 존경심도 표했다. 사회적 지위와 재능이 부족하지만 연륜과 지혜를 갖춘 노인으로서 지위가 높은 젊은이에게 어떻게 자연스럽게 경의와 존경심을 표할 수 있는지 보여 주는 아름다운 사례였다. 딤즈데일 목사는 수염이 허연 집사와 대화를 나누는 동안, 성찬식에 대한 어떤 불경스러운 제안이 마음속에서 불쑥 떠올라 그 말을 내뱉고 싶었으나 지극히 조심스러운 자제력으로 막을 수 있었다. 목사는 자기 혀가 제멋대로 움직여 끔찍한 말을 내뱉는 것은 아닐까, 그래서 정말로 원하지 않았는데 원해서 한 일이 되어 버리지는 않을까 걱정스러워서 몸을 벌벌 떨었고 안색도 재처럼 창백해졌다. 마음속에 이러한 공포를 느끼면서도 아버지 연배의 경건한 집사가 목사의 불경한 말을 듣고 화석처럼 굳어질 모습을 상상하면서 웃지 않을 수 없었다!

비슷한 일이 또 있었다. 목사가 서둘러 거리를 걸어가고 있는데, 교회에서 가장 나이가 많은 여신도를 만나게 되었다. 신실하고 모범적인 노부인은 가난하고 외로운 미망인이었고, 그녀의 마음속에는 세상을 떠난 남편과 아이들, 오래전에 죽은 친구들과의 추억이 묘지에 늘어선 사연 많은 비석처럼 가득 들어 있었다. 다른 이들에게는 이런 추억이 모두 무거운 슬픔일 수 있지만, 지난 30년 이상 계속 성경 속에 있는 종교적 위안과 진리를 양식 삼아 살아온 그녀에게는 슬픈 추억도 장엄한 기쁨이었다. 그녀가 딤즈데일 목사의 신도가 된 이후에 지상에서 맛보는 노부인의 가장 큰 위안은 우연히든 일부러든 목사를 만나서 따뜻하고 향기로우면서 천국의 입김이 서린 복음의 진리를, 좀 어두운 귀를 쫑긋 세운 채 열심히 듣는 것이었다. 물론 천국에서 내린 위안이 아니라면 아무 가치가 없기는 해도 말이다. 그러나 이번에는 목사가 노부인의 귀에 대고 뭐라고 말하려는 순간, 영혼의 적이 방해하는 것처럼, 성경 구절이나 적절한 말이 하나도 떠오르지 않았다. 그 대신 짧고 신랄하면서 영혼의 불멸성을 부인하는 주장만 떠오를 뿐이었다. 그녀에게 그런 말을 했다면, 아마 노부인은 맹독성 주사를 맞은 것처럼 즉시 쓰러져 세상을 떠났을지도 모른다. 목사는 실제로 자기가 무슨 말을 했는지 나중에 기억할 수 없었다. 아마도 그의 말이 너무 혼란스러워서 선량한 미망인이 뚜렷한 의미를 이해할 수 없었을 것이다. 또는 하나님의 섭리가 나름의 방법으로 해석해 주었을 것이다. 목사가 말을 마치고 오면서 뒤돌아보았을 때, 노부인의 창백하고 주름진 얼굴에서 마치 하늘나라의 빛 같은 신성한 감사와 기쁨의 표정이 보였으니까.

이어서 세 번째 일이 일어났다. 목사는 노부인과 헤어진 뒤 신도들 가운데 가장 어린 여신도를 만났다. 그녀는 목사가 처형대 위에서 밤샘하고 난 다음 날의 안식일 설교를 듣고 새로 교회에 들어온 터였다. 속세의 일시적 쾌락 대신에 천국의 희망을 얻고자, 주위의 삶이 어두워질수록 본질은 더 밝을 것이라 믿으며 완전한 어둠을 마지막 영광으로 장식할 소망을 지닌 처녀였다. 그녀는 낙원에 핀 백합처럼 아름답고 순수했다. 목사는 무구하고 신성한 그녀가 가슴속 제단에 누구를 모셔 놓았는지 잘 알고 있었다. 그녀는 목사를 모신 제단 주위에 눈처럼 하얀 장막을 드리운 채 신앙에는 사랑의 온기를 부여하고, 사랑에는 신앙의 순결함을 더하고 있었다. 그날 오후, 사탄은 가엾은 처녀를 어머니 곁에서 멀리 불러내어 이 고통스럽고 유혹에 빠진, 아니 차라리 타락하고 절망에 빠진 사람이라고 해야 할 목사가 지나가는 길목으로 데리고 온 것이었다. 그녀가 가까이 다가왔을 때, 악마의 우두머리가 목사에게 곧 검은 꽃을 피워 적절한 시기에 검은 열매를 맺도록 그녀의 부드러운 가슴속으로 악의 씨앗을 떨어뜨리라고 속삭였다. 자신을 신뢰하는 처녀의 영혼에 미치는 힘을 목사는 느끼고 있었기에 사악한 표정으로 한번 보기만 해도 무구한 들판을 모두 불태울 수 있고, 또한 반대로 한마디의 말로도 들판을 소생하게 할 수 있음을 알았다. 그래서 이제까지 버틴 것보다 더욱 강력한 힘을 쥐어짜서 외투로 얼굴을 가리고, 아는 체도 하지 않고, 처녀가 그의 무례함을 어떻게 해석하든 상관없이 서둘러 지나쳤다. 처녀는 호주머니나 작업용 가방 속처럼 해롭지 않은 사소한 것들로 가득 찬 자신의 양심을 뒤지고, 가엾게도 자기가 저질렀을지도 모를 잘못을 상상하며 괴로워했다. 그리고 다음 날 아침, 눈이 퉁퉁 부은 얼굴로 집안일을 했다.

마지막 유혹에 승리한 것을 축하할 시간도 없이 목사는 또 다른 충동을 의식했다. 우스꽝스럽기까지 한 끔찍한 것이었다. 길에서 놀고 있는 어린 청교도들에게 입에 담기조차 부끄러운 사악한 말을 가르치고 싶었다. 이제 막 말을 배우기 시작한 아이들이었다. 입고 있는 목사 옷에 어울리지 않는다며 그런 끔찍한 말을 자제하고 있었는데, 마침 스페니쉬 메인에서 온 배의 선원을 우연히 만났다. 여기까지 오는 동안 여러 사악한 행동을 필사적으로 억눌러 온 가엾은 목사는 술에 취한 채 타르 냄새를 풍기고 있는 흑인 선원과 악수하고 싶었다. 그러고 나서 무절제한 생활을 하는 선원들과 상스러운 농담을 하고, 하나님을 거스르는 욕설도 실컷 하면서 기분 전환하고 싶은 마음이 간절했다! 목사를 마지막 위기에서 구한 것은 부분적으로는 목사의 타고난 좋은 취향이었다. 그보다 강력한 것은 성직자의 허울 좋은 예법으로 습관이 된 태도였다. 대단한 신념이 있어서는 아니었다.

'무엇이 나를 이렇게 괴롭히고 유혹하는 걸까?' 목사는 거리에 멈춰 서서 한 손으로 이마를 때리며 고민했다. '내가 미쳤나? 아니면 악마에게 완전히 넘어간 건가? 숲에서 악마와 계약을 맺고 피로 서명했나? 그래서 이제 악마의 가장 사악한 상상력으로 보여 줄 수 있는 온갖 악행을 속삭이면서 의무를 이행하라고 재촉하는 건가?'

딤즈데일 목사가 혼잣말하면서 이마를 손으로 치고 있는 바로 그 순간, 마녀로 소문난 히빈스 부인이 옆으로 지나갔다. 그녀는 위풍당당한 차림새를 하고 있었다. 높은 머리 장식에 주름이 풍성한 벨벳 가운을 입은 채, 그 유명한 노란 녹말로 풀 먹인 주름 깃을 달고 있었다. 히빈스 부인의 절친한 친구인 앤 터너가 토머스 오버베리 경 살해 혐의로 교수형을 당하기 전에 비법을 전수했다는 빳빳한 깃이었다. 마녀가 그의 생각을 읽었는지 아닌지 알 수 없으나, 원래 목사와 대화하는 일이 거의 없는 그녀가 걸음을 멈추었다. 목사의 얼굴을 날카로운 시선으로 살피더니, 교활한 미소를 지었다.

"목사님, 숲에 다녀오신 모양이지요?" 마녀가 높은 머리 장식을 까딱거리며 말했다. "다음에는 저에게 미리 알려 주시길 정중히 부탁드리겠어요. 영광스럽게도 목사님과 동행할 수 있거든요. 제 자랑을 하려는 건 아닌데요, 제가 말씀만 잘하면 아무리 낯선 신사분이라 해도 숲의 권력자에게 융숭한 대접을 받으실 수 있답니다!"

"고백하건대, 부인." 노부인의 높은 신분에 어울리는 존중과 자신이 받은 교육의 결과인 근엄한 태도로 목사가 대답했다. "제 양심과 인격을 걸고 맹세하건대, 부인의 말씀이 무슨 의미인지 전혀 모르겠습니다. 저는 권력자를 만나러 숲에 간 것이 아닙니다. 앞으로도 그런 자의 환심을 사기 위해 그곳에 가지 않을 것입니다. 저는 경건한 친구인 사도 엘리엇을 만나려는 분명한 목적이 있었습니다. 그가 많은 소중한 영혼을 이교도로부터 개종시킨 것에 대해 함께 기뻐하기 위해서였습니다!"

"하, 하, 하!" 늙은 마녀가 킬킬거렸다. "좋아요, 아무래도 낮에는 그렇게 말해야겠지요! 제법 능란하게 시치미를 떼시네! 하지만 자정의 숲에서는 다른 대화를 나누게 될 겁니다!"

노부인은 나이에 어울리는 위엄 있는 모습으로 지나쳐 갔지만, 여러 번 뒤를 돌아보며 목사에게 비밀스러운 친근감을 나타내듯 미소를 보냈다.

'나 자신을 팔아넘긴 건가?' 목사는 생각에 잠겼다. '사람들 말이 사실이라면, 저 노랗고 빳빳한 깃을 달고 벨벳을 두른 늙은 마녀는 악마를 자기의 왕이자 주인으로 선택했다는데, 나도 그런 것인가!'

가엾은 목사여! 그는 아주 비슷한 협상을 했다! 행복을 꿈꾸다가, 그것이 치명적인 죄라는 것을 알면서도 전에는 한 번도 하지 않은 자발적인 선택을 하고 말았다. 그리고 전염성 강한 죄의 독성이 그의 도덕 체계 전체에 빠르게 퍼져 나갔다. 그것은 모든 축복받은 충동을 마비시켰고, 온갖 나쁜 것들과 연결된 생생한 욕망을 일깨웠다. 경멸, 원한, 이유 없는 악의, 쓸데없이 악을 바라는 욕망, 선하고 성스러운 것 전부를 향한 조롱 같은 모든 악행이 깨어나 그를 겁주면서 동시에 유혹했다. 만약 히빈스 노부인과의 만남이 실제로 일어난 일이라면, 이는 목사가 사악한 인간이나 비뚤어진 영혼들의 세계에 공감하고 친근감을 느꼈음을 보여 주는 증거였다.

목사는 이제 묘지 가장자리에 있는 집에 도착해서 서둘러 계단을 올라 자신의 서재로 피신했다. 그리고 거리를 지나면서 끊임없이 충동질을 당한 이상하고 사악한 기이한 일들을 하나도 저지르지 않고 사람들 앞에 자신을 드러내지 않은 채 무사히 이 피난처에 도달한 것을 기뻐했다. 그는 익숙한 방으로 들어가 책,

창문, 벽난로, 태피스트리가 걸린 아늑한 벽을 둘러보았다. 그러나 숲속 골짜기에서 마을로, 그리고 거리를 걸어가는 내내 그를 괴롭히던 낯선 감각이 여전히 남아 있었다. 여기 이 방에서 그는 책을 읽고 글을 썼다. 여기 이 방에서 금식과 철야를 견디다 반쯤 죽어서 밖으로 나온 적도 있었다. 여기 이 방에서 기도하려고 애썼고 숱한 괴로움을 겪었다! 이 방에는 고대 히브리어로 쓴 방대한 내용의 성경책이 있었다. 모세와 예언자들이 그에게 말했고, 하나님의 목소리도 내내 들렸다. 탁자 위의 잉크와 펜 옆에는 완성되지 않은 설교문이 있었다. 이틀 전에 쓰다가 생각이 나지 않아서 문장이 중간에 끊어진 상태였다. 그것이 바로 자기 자신이었다. 이런 일들을 해 왔고 고통받아 온 사람, 야위고 창백한 뺨의 목사가 바로 그였다. 그리고 그가 바로 총독 취임 축하 설교 준비를 위해 글을 쓰는 중이었다! 그러나 그는 예전의 자아를 경멸하고, 동정하지만, 반쯤 부러운 호기심을 가지고 멀찍이 떨어져서 응시했다. 그 사람은 사라졌다! 숲에서 돌아온 사람은 다른 사람이었다. 더 현명하고 예전의 단순함이 결코 도달할 수 없던 숨겨진 비밀에 대한 지식을 터득한 사람이었다. 알게 되면 가슴이 쓰라린 그런 지식을!

이런 생각에 잠겨 있는데 서재 문을 두드리는 소리가 들렸다. “들어오세요!” 목사가 말했다. 사악한 영혼과 마주칠지도 모른다는 두려움을 피할 수 없었다. 역시 그러했다! 로저 칠링워스 노인이 들어왔다. 목사는 새하얗게 질린 얼굴로 말없이 서서 한 손은 히브리 경전 위에, 다른 손은 가슴 위에 얹고 있었다.

"집에 돌아오셨군요, 목사님!" 의사가 말했다. "경건한 사도 엘리엇을 잘 만나셨나요? 그런데 목사님 얼굴이 너무 창백해 보이네요. 황무지를 가로지르는 여행이 너무 힘드셨나 봐요. 총독 취임 설교를 하려면 힘이 필요하실 텐데 제 도움이 필요하지 않을까요?"

"아니요, 그렇게 생각하지 않아요. 여행하고, 황야에서 살고 있는 거룩한 사도를 보고, 그곳에서 신선한 공기를 마신 것이 매우 좋았어요. 너무 오래 서재에만 틀어박혀 있었나 봐요. 선생님의 약이 이제는 필요하지 않네요. 그 약이 효험이 좋긴 하지만요."

목사가 말하는 내내 로저 칠링워스는 환자를 대하는 의사의 진지한 태도로 유심히 바라보았다. 하지만 목사는 노인의 가식적인 태도에서 자기가 헤스터 프린과 만났음을 노인이 알고 있거나 의심하고 있음을 거의 확신했다. 의사 역시 목사가 자기를 더 이상 신뢰하지 않으며 가장 냉혹한 적임을 눈치 챘다는 걸 깨달았다. 서로 너무나 많이 알게 되었기 때문에, 어느 정도는 표현해야 당연할지도 모른다. 하지만 이상하게도 어떤 상황이 말로 표현되기까지는 시간이 오래 걸리기 마련이다. 특정 주제를 피하고 싶은 두 사람이 그 주제의 바로 언저리까지 접근했다가 뒤로 물러서는 것은 안전을 위한 일이기도 하다. 목사는 로저 칠링워스가 이제껏 숨겨 온 진짜 의도를 드러내는 말을 하리라는 우려를 전혀 느끼지 못했다. 하지만 의사는 늘 그렇듯이 넌지시 찔러보는 식의 음험한 방식으로 비밀에 가까이 다가갔다.

"오늘 밤에는 부족하나마 제 치료를 받아 보지 않겠어요? 이

번 총독 취임 축하 설교를 위해서 무슨 수를 써서라도 목사님을 건강하고 활기차게 만들어야 해요. 사람들은 목사님으로부터 하나님의 말씀을 듣기를 기대하거든요. 한 해가 지날 때마다 목사님이 사라지지 않을까 근심하지요."

"그래 봤자 저세상으로 가는 거지요." 목사는 경건한 체념을 드러냈다. "천국이 이곳보다 더 나은 곳이길 바랍니다. 솔직히 말씀드리면, 저는 신도들과 덧없이 흘러가는 계절들을 다시 함께할 것 같지 않아요! 하지만, 제 몸의 현재 상태는 선생님 약이 필요 없을 것 같네요."

"그 말씀을 들으니 기쁘네요." 의사가 대답했다. "오랜 세월 제 처방이 별 효험이 없더니 이제야 약이 듣나 봐요. 목사님의 병이 치료만 된다면, 뉴잉글랜드 전체의 감사를 받을 일인데, 그러면 정말 행복할 거 같아요!"

"잘 돌봐 주셔서 진심으로 감사드려요." 딤즈데일 목사는 근엄한 미소를 지었다. "감사를 드리지만, 오직 기도로 당신의 선행을 갚을 수밖에요."

"훌륭한 분의 기도는 황금으로 보답하는 것과 마찬가지지요!" 로저 칠링워스가 서재를 떠나면서 말했다. "그건 곧 새로운 예루살렘에서 통하는 금화지요. 거기엔 하나님의 각인이 새겨져 있을 테지요!"

목사는 혼자 있게 되자, 하인을 불러서 음식을 갖다 달라고 했다. 자기 앞에 음식이 차려지자, 왕성한 식욕으로 먹었다. 그러고 나서 예전에 쓰다가 만 총독 취임 축하 설교문을 불 속으로 던져 넣고 곧바로 다시 쓰기 시작했다. 이번에는 생각과 감정이 흘러넘치는 대로 글을 썼다. 스스로 성령이 임했다고 느꼈다. 다만 이렇게 위대하고 장엄한 음악을 하나님이 왜 자기처럼 추악한 오르간의 파이프를 통해 전달하려 하는지 의아했다. 그러나 그 수수께끼는 저절로 풀리거나 혹은 영원히 풀리지 않는 채로 두기로 하고, 그는 진지하게 서두르면서 동시에 희열을 느끼면서 자기 일을 계속했다. 밤은 날개 달린 말처럼 달렸고, 목사는 그 위에 올라탔다. 마침내 커튼 사이로 찾아온 아침이 발그레한 얼굴을 내밀며 엿보았다. 먼동이 트면서 서재를 가득 채운 황금빛 햇살에 목사는 눈이 부셨다. 펜은 여전히 손가락 사이에 있었고, 목사의 뒤에는 글씨로 채워진 엄청난 양의 종이가 쌓여 있었다!

21

뉴잉글랜드의 축제일

새 총독이 시민으로부터 공직을 임명받는 날에 헤스터 프린과 펄은 일찌감치 장터로 향했다. 제조업자들과 마을 주민들이 이미 엄청나게 몰려들고 있었다. 그들 사이에는 사슴 가죽옷을 입고 있는 인상이 험한 사람들도 섞여 있었다. 식민지의 작은 도시를 에워싼 숲속의 정착지에서 온 이들 같았다.

지난 칠 년 동안의 여느 때와 마찬가지로 이 공휴일에 헤스터는 거친 회색 천으로 만든 옷을 입었다. 단지 색조 때문이 아니라 옷차림의 설명할 수 없는 독특함 때문에, 그녀의 개성은 사라지고 몸의 윤곽도 흐릿해졌다. 그러나 주홍 글자가 어슴푸레한 불분명함에서 그녀를 다시 끌어냈다. 글자가 뿜어내는 빛 때문에 도덕적인 측면으로도 주목을 받았다. 그녀의 얼굴은 마을 사람들에게 오랫동안 익숙한 그대로 대리석처럼 고요했다. 가면 같았다. 아니 죽은 이의 얼굴 같은 얼어붙은 침착함이 있었다. 이러한 음산함은 헤스터가 누구의 동정도 받지 못한다는 점에서 죽은 것이나 마찬가지였기 때문이고, 여전히 사람들과 어울리는 것처럼 보이지만 실제로는 세상을 등지고 있다는 사실 때문이기도 했다.

어떤 탁월한 능력을 지닌 관찰자가 마음을 먼저 읽은 다음 그것과 연결된 변화를 얼굴과 태도에서 찾아내려 했다면, 이날 헤스터의 얼굴에 나타난 표정을 발견했을 것이다. 이전에 볼 수 없었고 지금도 눈에 보일 만큼 생생하지는 않았으나 무엇인가가 있었다. 지난 칠 년 동안 이 불행한 여자는 군중의 시선을 필연과 고행 그리고 견뎌야 할 종교적 엄격함으로 여겼다. 영적인 관찰자라면 그녀가 이날 마지막으로 군중의 시선을 기꺼이 마주하는 것으로 긴 세월의 고통을 승리로 바꾸려 한다는 것을 알아차렸을 것이다. "주홍 글자와 그걸 달고 다니는 여자를 마지막으로 보시죠!" 그녀를 대중의 희생자이자 평생 묶여 사는 노예로 바라보았을 사람들에게 헤스터는 말할지도 모른다. "이제 얼마 안 있으면 이 여자는 당신들 눈앞에서 사라져요! 몇 시간만 지나면, 이 여자의 가슴을 태우고 있던 징표를 깊고 신비한 바다가 삼켜 버릴 거예요!" 인간의 본성에는 당연히 모순이 있다는 전제 아래, 우리는 헤스터가 존재에 깊이 녹아든 고통으로부터 자유를 얻으려는 순간에 회한의 감정을 느꼈으리라고 추측할 수 있다. 여성으로서 한창때 내내 맛보았던 쓰디쓴 쑥과 알로에 음료의 마지막 잔을 숨도 안 쉬고 한 번에 마셔 버리고 싶은 강렬한 욕망이 있지 않을까? 앞으로 그녀의 입술에 제공될 인생의 와인은 화려한 황금빛 비커에 담긴 풍요롭고 맛있고 기운이 돋는 것이어야 한다. 그렇지 않으면 그녀가 늘 마셔 온 강력한 효험이 있는 음료의 밑바닥에 가라앉은 쓰디쓴 앙금이 나른한 우울함으로 남을 것이다.

펄은 요정처럼 발랄하게 차려입었다. 햇살처럼 환한 옷을 우울한 회색의 존재가 만들었다는 것은 추측하기 어려웠다. 마찬가지로 아이의 옷을 디자인한 화려하고 섬세한 상상력이 헤스터의 소박한 옷에 독특한 특성을 부여한 바로 그 상상력이라는 사실도 떠올리기 힘들 것이다. 펄에게 썩 잘 어울리는 드레스는 아이의 성격이 바깥으로 흘러나와 표현된 형태처럼 보였다. 나비의 날개에서 다채로운 빛을 분리할 수 없고, 화려한 꽃잎을 물들인 아름다움을 분리할 수 없듯이 아이와 옷도 떼어 낼 수 없었다. 아이의 옷차림은 타고난 기질과 완전히 하나를 이루고 있었다. 행사가 있던 바로 그날, 아이의 기분은 유난히 흥분되고 들썩였다. 마치 가슴에 달고 있는 다이아몬드가 심장이 고동칠 때마다 반짝이거나 섬광을 내뿜으며 미묘하게 변화하는 듯했다. 아이들은 자신과 연결된 사람의 마음이 동요하면 함께 흔들리기 마련이다. 특히 집안에 문제가 있거나 급격한 변화가 일어날 것 같은 조짐이 있을 때 그러하다. 어머니의 불안정한 가슴에 달린 보석인 펄은 춤추는 활력으로 대리석처럼 무표정한 헤스터의 이마에서 아무도 감지할 수 없는 감정을 드러내고 있었다.

흥분한 아이는 어머니 곁에서 걷는 게 아니라 새처럼 폴짝폴짝 뛰었다. 아무 의미도 없는 소리를 제멋대로 질러 댔고, 가끔 귀를 찢는 소리로 흥얼거렸다. 두 사람이 장터에 도착했을 때, 아이는 그곳에서 벌어지는 소란과 북적거림을 보고 더욱 들뜨기 시작했다. 평소에 그곳은 마을 사람들이 물건을 사고파는 곳이 아니라 교회당 앞에 있는 넓고 한적한 풀밭이었기 때문이다.

"엄마, 이게 무슨 일이에요?" 아이가 소리쳤다. "왜 모든 사람이 오늘 일을 안 하는 거예요? 온 세상이 노는 날인가요? 저기 봐요, 대장장이예요! 검댕이 묻은 얼굴을 씻고 안식일에나 입는 옷을 입었어요. 어떤 사람이 친절하게 즐기는 방법을 가르쳐 주기만 하면 될 거 같아요! 저기 브라켓 간수 할아버지가 고개를 끄덕이며 저를 보고 웃어요. 왜 그러는 거죠?"

"네가 아기였을 때가 생각나서 그럴 거야." 헤스터가 대답했다.

"아무리 그래도 나를 보고 고개를 끄덕이면서 웃으면 안 돼요. 검은 피부에 못생긴 늙은이가! 아는 척을 하고 싶으면 엄마를 보고 하라고 해요. 엄마는 회색 옷에 주홍 글자를 달고 있으니까요. 그런데 보세요, 엄마. 낯선 사람들이 정말 많아요. 인디언들도 있고 선원들도요! 저 사람들은 장터에 왜 왔을까요?"

헤스터가 대답했다. "행렬이 지나가기를 기다리고 있는 거야. 새 총독과 치안판사들이 지나가고, 목사님들과 높은 사람들, 훌륭한 사람들이 악대와 병사들을 앞세우고 지나갈 거야."

"그 목사님도요?" 펄이 물었다. "목사님이 개울가에서 그랬던 것처럼 제게 두 손을 내밀어 반기실까요?"

"목사님도 행렬에 나오겠지. 하지만 오늘은 아는 체하지 않을 거야. 너도 인사하면 안 돼."

"정말 괴상하고 징징대는 사람이군요!" 아이는 마치 혼잣말처럼 중얼거렸다. "한밤중에 우리를 불러서 엄마와 내 손을 잡았잖아요. 저쪽 처형대 위에 함께 서 있었죠! 그리고 늙은 나무들만 들을 수 있고 손바닥만 한 하늘만 볼 수 있는 숲속에서, 엄마와 이끼 더미 위에 앉아 이야기했고요! 그리고 내 이마에 입을 맞추었죠. 개울물로도 잘 씻어지지 않았어요! 하지만 여기 햇살이 환한 낮에 여기 사람들 앞에서는 늘 우리를 모른 체하지요. 우리도 아는 체해서는 안 된다니요! 목사님은 손을 항상 가슴 위에 올려놓고 있는 괴상하고 징징대는 사람이에요!"

"조용히 해라, 펄! 너는 아직 그런 일들에 대해 잘 몰라." 헤스터가 말했다. "이제 그분 얘기 그만하고, 주위를 좀 보렴. 오늘은 사람들 얼굴이 다 즐거워 보이는구나. 아이들은 학교에 안 가고, 어른들은 일터와 밭에 나가지 않았어. 즐겁게 지내려고 그러는 거야. 오늘부터 새로운 총독님이 우리를 다스리는 거란다. 나라가 처음 세워졌을 때부터 늘 그랬듯이 오늘은 기뻐하면서 즐겁게 지내는 거야. 가난하고 낡은 세계가 지나가고 좋은 시절이 다시 온 것처럼!"

헤스터가 말한 대로 사람들의 얼굴이 기쁜 빛으로 환했다. 드문 일이었다. 청교도들은 예전에 그랬고 지난 두 세기 동안 계속 그래 왔듯이, 한 해 중에 이 축제의 계절에만 나약한 인간에게 허용되는 유쾌함이나 공개적 기쁨을 집중적으로 쏟아 냈다. 축제일 단 하루만은 지금까지의 음울한 관습의 구름을 떨쳐 버렸다. 그래 봤자 다른 사회에서 일반적으로 괴로움을 겪을 때 드러내는 무거움과 비슷한 정도였지만.

그러나 우리는 어쩌면 그 시대의 분위기와 예의범절을 잘 드러내는 회색빛이나 검은색을 과장하는 것인지도 모른다. 지금 장터가 열린 보스턴 사람들이 청교도적 침울함을 태어날 때부터 물려받은 건 아니었다. 그들은 밝고 풍요로운 엘리자베스 시대에서 살던 영국인들이었다. 그 시대의 영국인들의 생활을 큰 시야로 훑어보면 세계에 전례가 없을 정도로 위풍당당하고 즐거운 삶이었다. 뉴잉글랜드 정착민들이 선조에게 물려받은 취향을 따랐다면 화톳불, 연회, 야외 연극과 행진 등으로 대중적 행사를 치렀을 것이다. 또한 장엄한 의식을 거행할 때, 유쾌한 놀이와 엄숙함을 결합했을 것이다. 이런 축제에서 국민 모두 환상적이고 화려한 수를 놓은 예복을 입는 일도 가능했을 것이다. 식민지 정치가 시작된 날을 기념하는 의식에서 이런 시도를 하려고 노력한 흔적이 있기는 했다. 자랑스러운 옛 런던에서 목격한 국왕의 대관식까지는 아니더라도, 화려한 시장 취임식에 대한 어렴풋한 기억이나 여러 번 반복되어 색이 바랜 화려함이 있었다. 이곳 관리들이 매해 치르는 취임식의 관습 속에 조상들이 만든 제도의 흔적이 남아 있었다. 당시 영연방 식민지의 선조이자 창시자인 정치가, 성직자, 군인들은 외관상 당당한 위용을 갖추는 것을 의무로 여겼다. 그리고 공적으로나 사회적으로 저명한 사람들에게 어울리는 옷차림은 고풍스러워야 했다. 고위층들은 모두 대중의 눈앞에서 행렬을 따라 걸으며 새로 세워진 정부의 단순한 구조에 꼭 필요한 위엄을 부여해야 했다.

또한 장려한 것은 아니지만, 그날만은 다양한 산업에서 생산하는 제품과 재료를 종교에 맞게 하도록 엄격하게 적용하던 평소의 규정을 완화하는 것을 허용했다. 그러나 엘리자베스 시대의 영국이나 제임스 시대의 영국에서 그렇게 흔하던 오락 기구나 시설은 여기에 없었다. 연극 같은 대담한 공연도 없었다. 하프를 뜯으면서 민요를 노래하는 가수도, 음악에 맞춰 원숭이를 춤추게 하는 재주꾼도, 마술을 흉내 내는 요술쟁이도 없었다. 수백 년 전부터 존재했고, 유쾌하게 웃고 싶은 마음을 자극해서 여전히 대중을 휘어잡는 능력이 있는 어릿광대도 찾아볼 수 없었다. 전문적인 오락은 엄격하게 금지되었다. 단지 법을 융통성 없게 적용해서가 아니라 그 법에 생명력을 부여하는 일반적인 대중의 정서에 호응한 결과였다. 그럼에도 사람들의 매우 정직한 얼굴은 음울하게나마 미소를 짓고 있었다. 식민지 주민들이 오래전에 시골의 장터에서 혹은 영국의 마을 공터에서 보며 즐겼던 놀이 경기가 아주 없지는 않았다. 그런 경기에서 반드시 필요한 용기와 남자다움 때문에 새로운 땅에서도 그것들이 계속 이어져야 한다고 생각했다. 장터 여기저기서 레슬링 경기가 눈에 띄었다. 콘월식이니 데번셔식이니 하면서 다양한 방식*으로 진행되었다. 한쪽 구석에서는 육척봉(quaterstaff) 친선 경기가 펼쳐졌고, 가장 흥미를 끌었던 것은, 앞서 여러 번 언급된 처형대 위에서 두 명의 검술 고수들이 방패와 넓은 칼을 들고 시합을 시작한 것이었다. 그러나 마을 관리가 끼어들어 검술 시합을 중단시키는 바람에 군중들이 실망했다. 관리는 마을의 신성한 곳을 놀이 장소로 함부로 사용해 법의 위엄이 침해되는 것을 허용하지 않았다.

당시 사람들은 기쁨이라고는 모르던 초기 이주민이었으나, 살아생전 즐기는 법을 알던 조상의 후손이기도 했다. 따라서 경축일을 즐기는 태도를 비교하자면, 그들의 먼 후손인 우리보다 훨씬 나았다고 단언해도 좋을 것이다. 그들의 직계 후손이자 초기 이민자들의 다음 세대는 청교도의 가장 어두운 그늘 속에 있었고, 국민의 안색도 너무 침울해져서 오랜 세월이 흘러도 어둠이 말끔히 씻기지 않았다. 우리는 잊힌 오락과 유희의 기술을 여전히 다시 배우지 못했다.

장터 사람들의 일상적 모습은 전반적으로 영국 이주민 특유의 슬픈 회색, 갈색, 또는 검은색 일색이었으나 이따금 다양한 색채가 뒤섞여 활기를 띠었다. 한 무리의 인디언들이 보였다. 신기하게 수놓인 사슴 가죽 예복에 조개껍데기로 만든 구슬 띠를

---

* 콘월(Cornwall)과 데번셔(Devonshire)는 영국 남서부에 서로 이웃하고 있는 주이며, 전통적으로 경쟁 관계이다. 두 지방 모두 느슨한 신발을 신고 레슬링을 하는데 신발의 종류가 약간 다르다. 데번셔는 상대방의 정강이를 차기 위해 밑창이 두꺼운 신발을 신는다고 한다.

두르고, 빨강과 황토색 깃털을 꽂고, 활과 화살과 창으로 무장하고 있었다. 그들은 청교도들보다 더 굳은 표정으로 거리를 두고 떨어져 서 있었다. 몸에 온통 물감을 칠하고 있는 야만인이 장터에서 가장 거친 사람들은 아니었다. 이런 판단이 정당화될 수 있는 것은 몇몇 선원들 때문이었다. 스페니쉬 메인을 거쳐 온 배의 선원들이 축제일을 구경하기 위해 상륙해 있었다. 그들은 햇볕에 검게 탄 얼굴에 수염이 덥수룩한 무법자 행색이었다. 폭이 넓고 짧은 바지를 허리띠로 여미거나, 금판을 대고 쥠쇠로 고정하기도 했다. 모두 긴 칼을 차고 있었고, 단검을 차고 있는 사람도 있었다. 기분 좋고 즐거울 때도 종려나무로 만든 챙이 넓은 모자 아래에서 짐승 같은 흉포함이 엿보이는 눈빛을 반짝였다. 그들은 두려움이나 양심의 가책 없이 주위 사람들이 모두 지키는 규칙을 어겼다. 마을 관리의 바로 코앞에서 담배를 피우기도 했다. 마을 사람들이라면 한 모금에 1실링의 벌금을 물어야 할 일이었다. 또한 주머니에 넣고 다니던 술병을 꺼내 마음 내키는 대로 포도주나 독한 술을 마셨다. 놀라서 바라보는 사람들에게 마셔 보라고 권하기도 했다. 뱃사람들이 해안에 상륙해서 제멋대로 굴었을 뿐 아니라 바다에서는 더 치명적인 일들을 저지르는 게 허용된 걸로 보아 그 시대는 도덕적으로 불완전했음을 뚜렷이 알 수 있다. 당시 선원들은 요즘이라면 거의 해적으로 고발당할 짓을 하곤 했다. 당시 뱃사람들로서는 특별히 행실이 나쁜 표본이라고 할 수는 없으나, 우리가 지적해야 할 사항은, 그 배의 선원들이 스페인 무역선을 약탈했다는 사실이다. 현대의 법정에 서게 된다면 모두 목이 달아날 일이다.

그러나 옛 시절의 바다는 그저 제멋대로 파도가 치고, 출렁이고, 거품을 일으켰다. 거센 폭풍에만 굴복했을 뿐, 인간의 법으로는 규제할 시도조차 할 수 없었다. 파도를 타고 다니는 해적들도 약탈을 그만두고 나면, 즉시 육지에서 정직하고 경건한 사람으로 살아갈 수 있었다. 심지어 일생 그렇게 무모하게 살고 있는 사람과 거래를 해도 문제가 되지 않았으며, 심지어 일상적으로 교제해도 괜찮은 사람으로 여겼다. 검은 외투에 풀 먹인 깃을 달고 고깔모자를 쓴 청교도 장로들은 쾌활한 뱃사람들이 소란스럽게 떠들고 무례하게 구는 모습을 보면서도 자애로운 미소를 보였다. 의사인 로저 칠링워스 노인처럼 평판이 좋은 시민이 수상한 배의 선장과 친숙하게 이야기를 나누며 장터로 들어서는 것을 보아도 놀라거나 거슬려 하는 이는 없었다.

선장은 허영이 줄줄 흐르는 화려한 옷차림을 하고 있어서 군중 속에서 단연코 눈에 띄었다. 옷에는 리본이 잔뜩 달려 있었고, 모자에는 금빛 레이스를 두른 뒤 다시 금 사슬로 한 겹을 더 둘렀으며, 모자 꼭대기에는 깃털도 꽂고 있었다. 허리에는 칼을 차고 있었고 이마에는 칼자국이 나 있었다. 머리카락을 빗은 형태로 보아 그는 상처를 감추기보다는 드러내고 싶어 하는 것 같았다. 만약 육지 사람이 그런 옷을 입었거나 그런 얼굴로 돌아다녔다면, 혹은 그런 옷에 그런 얼굴로 그토록 당당한 태도를 보였다면, 치안판사 앞에서 엄중한 심문을 받았을 것이다. 그런 다음 벌금이나 징역 아니면 칼을 쓰고 군중 앞에서 구경거리가 되는 벌이 기다리고 있었을 것이다. 그러나 선장의 경우에는, 물고기에게 반짝이는 비늘이 있는 것처럼, 그런 옷차림은 그 인물로부터 떼어 낼 수 없는 특징으로 여겨졌다.

의사와 헤어진 뒤 브리스틀호 선장은 한가롭게 장터를 거닐었다. 그러다가 헤스터 프린이 서 있는 곳에 이르렀고 마침내 그녀를 알아보았다. 선장은 주저하지 않고 그녀에게 말을 건넸다. 보통은 헤스터가 서 있는 곳이라면 어디든 마법의 원처럼 그녀를 둘러싼 작은 공간이 생겼다. 서로 팔꿈치가 닿을 정도로 북적이는 사람들이 어느 정도 거리를 둔 채 아무도 원 안으로 발을 들여놓는 모험을 하지 않았다. 그것은 주홍 글자를 달고 있는 사람이 어쩔 수 없이 겪는 도덕적 고독이기도 했다. 헤스터의 뒤로 물러서려는 태도 때문이기도 하고, 이제는 더 이상 매정하지는 않다 해도 마을 주민들이 가까이 가는 것을 꺼리기 때문이기도 했다. 전에는 그런 경우가 없었으나 지금은 헤스터와 선원이 누가 엿들을 염려 없이 대화를 나누기에 좋은 상황이 되었다. 더욱이 헤스터 프린의 평판이 매우 달라져서, 마을에서 도덕적으로 완고하기로 소문난 부인이 외간 남자와 이야기를 나눈 것과 크게 다르지 않게 받아들여졌을 것이다.

"그런데 부인, 부인이 부탁한 것 말고 자리를 하나 더 준비하라고 객실 담당에게 명령해야겠어요! 이번 항해에서는 괴혈병이나 티푸스 걱정은 없겠네요! 선의(船醫)가 한 명 있는 데다가 의사 선생까지 타게 되었으니 말이죠. 유일한 걱정은 약재나 환약이에요. 게다가 스페인 배에서 사들인 약재가 꽤 많거든요."

"무슨 말씀이세요?" 헤스터는 겉으로 드러내지는 않았으나 매우 놀라서 물었다. "의사가 배를 탄다고요?"

"아, 몰랐군요." 선장이 소리쳤다. "이 마을의 의사라면서, 칠링워스라고 하던데요. 당신들과 함께 내 배에 탈 거라고요? 아, 당신은 알 거라고 생각했는데요. 그 사람 말이 당신들과 일행이고, 일전에 말한 신사분과는 아주 가까운 친구라 했어요. 왜 그, 까다로운 늙은 청교도들이 괴롭힌다는 사람이요!"

"당연히 두 분이 잘 아는 사이지요. 오랫동안 같은 집에서 살았거든요." 헤스터는 침착한 태도를 잃지 않았으나 마음속으로 경악했다.

선장과 헤스터의 대화는 그것으로 끝이었다. 그러나 바로 그 순간 그녀는 칠링워스 노인이 멀리 장터의 한구석에서 미소를 지으며 자신을 보고 있는 것을 발견했다. 그 미소는 넓고 북적거리는 광장을 가로질러, 왁자지껄한 말들과 웃음을 그리고 사람들의 다양한 생각과 기분과 관심사를 통과해 비밀스럽고 섬뜩한 의미를 전달했다.

22

행렬

헤스터 프린이 생각을 추슬러 놀랍고 새로운 상황에서 할 수 있는 일이 무엇인지 따져 보기도 전에 거리를 따라 점점 가까워지는 군악대 소리가 들렸다. 관리들과 시민들의 행렬이 교회당을 향해 다가가고 있음을 의미했다. 일찍부터 확립되어 이제까지 지켜 온 관습에 따라, 교회당에서는 딤즈데일 목사가 새 총독의 취임 축하 설교를 하기로 되어 있었다.

행렬의 선두가 모습을 보였다. 느리고 당당하게 행진하면서 모퉁이를 돌아 장터를 가로질렀다. 맨 앞에서 오는 것은 악대였다. 서로 잘 맞지 않는 다양한 악기들로 구성되어 있었고, 연주 솜씨도 그리 대단하지 않았으나, 북과 나팔이 어울려서 내는 소리가 위대한 목적을 대중에게 잘 전달하고 있었다. 음악은 사람들의 눈앞에서 펼쳐지는 이 장면에 고귀하고 영웅적인 분위기를 불어넣어 주었다. 펄은 처음에는 손뼉을 치며 좋아하다가, 웬일인지 아침 내내 들떠서 안절부절못하던 기분을 한순간에 잃었다. 아이는 아무 말도 없이 바라보기만 했고, 마치 파도 위로 떠다니는 바닷새처럼 음악의 물결을 타고 위로 솟아오르는 듯 보였다. 그러나 군악대 행렬의 뒤를 따라 명예 의장대 역할을 하는 군대가 나타나 무기와 번쩍이는 갑옷에 햇빛이 반사되는 걸 보자 예전의 기분으로 돌아왔다. 여전히 유서 깊고 명예로운 명성을 지닌 채 과거로부터 행진해 온 일군의 병사들은 용병으로 구성되어 있지 않았다. 그들은 신사들이었고, 군인 정신으로 한껏 충전되어 일종의 군사학교를 창립하고자 하는 이들이었다. 성전 기사단*을 떠올리게 하는 이 학교는 학문도 배우면서 실전에 대비한 평화적인 훈련을 하려는 계획을 세우고 있었다. 군인 정신이 높이 평가받고 있다는 사실은 대열을 이루는 구성원 하나하나의 다소 거만한 태도에서 엿볼 수 있었다. 실제로 그들 중 일부는 네덜란드나 다른 유럽 지역의 전쟁에 참전하여 군인으로서 명예와 위엄을 누릴 자격을 상당히 갖춘 이들이었다. 광택

---

* 1118년 8명의 프랑스 왕국 기사들이 예루살렘을 수호한다는 목적을 가지고 창립한 수도회. 솔로몬 성전에서 수도회를 창립했기 때문에 이런 명칭이 붙었다. 훗날 이단으로 지목되어 해체되었다.

을 낸 빛나는 갑옷을 입고, 투구 위에서 깃털이 휘날리는 모습은 오늘날에는 상상도 할 수 없는 화려한 모습을 뽐내고 있었다.

그럼에도 사려 깊은 관찰자의 눈에는 의장대의 바로 뒤에서 따라오는 공직자들이 한결 훌륭해 보였다. 겉으로 드러나는 태도에 권위가 느껴져서 그들과 비교하면 군인들의 거만한 걸음걸이가 우스꽝스러운 정도는 아니더라도 천박해 보였다. 우리가 재능이라 하는 것을 지금보다 훨씬 대수롭지 않게 여기던 시대였지만, 안정적이고 품위 있는 성품을 만드는 중후한 요소들이 당시의 공직자들에게 있었다. 사람들은 세습권에 의해 존중받을 만한 자질을 소유했으나, 자손 대에 이르러서는 거의 남아 있지 않았다. 공직자를 선출하고 평가하는 데 있어서도 매우 미미한 영향력으로 줄어들었다. 변화는 좋을 수도 있고 나쁠 수도 있지만, 아마도 부분적으로는 둘 다일 것이다. 그 옛날, 영국의 이주민들이 바다를 건너 황량한 해안에 정착했다. 그들은 왕과 귀족 그리고 온갖 대단한 계급을 뒤로하고 여기까지 왔지만, 누군가를 존경하는 능력과 존경할 사람이 필요한 마음이 여전히 강하게 남아 있었다. 그래서 백발에 품위 있는 이마를 지닌 이들과 오랜 세월 고결하려 노력한 이들에게, 속 깊은 지혜와 슬픈 경험을 한 이들에게, 변치 않을 듯한 인상을 주는 중후한 인품을 지닌 이들에게 그들의 존경심을 바쳤다. 최초로 대중에게 선출되어 권력의 자리에 오른 초창기 정치가들, 즉 브래드스트리트, 엔디콧, 더들리, 벨링엄과 그들의 동료들은 그리 탁월해 보이지 않았으며, 활발한 지성보다는 묵직한 절제력이 돋보였다. 그들에게는 강인함과 자립심이 있었고, 어려울 때나 위기에 처할 때는 일시적인 격랑에 맞서는 절벽처럼 국가의 안녕을 위해 일어섰다. 여기서 설명한 성격의 특징은 식민지 치안판사들의 각진 얼굴과 건장한 체격에서도 잘 드러나 있었다. 타고난 위엄을 갖춘 태도로만 보자면, 실질적인 민주주의를 이끌던 이런 인물들이 영국의 상원 의원에 뽑히거나 왕을 보좌하는 추밀원 고문으로 임명된다고 해도 전혀 부끄럽지 않을 정도였다.

치안판사들 다음으로는 눈에 띄게 성스러워 보이는 젊은이가 뒤따르고 있었다. 그가 바로 경축일 기념 설교를 하게 될 사람이었다. 그 당시 목사라는 직업은 정치가보다 더 뛰어난 지적 능력을 보여 주었다. 더 고귀한 동기를 추구한다는 것을 제외하더라도, 공동체로부터 거의 숭배에 가까운 존경을 받고 있어서 그 직업에 종사하려는 야심을 갖는 이들이 많았다. 인크리스 매더*의 경우처럼 성공한 목사는 정치적 권력까지도 손에 쥘 수 있었다.

행렬 속에 있는 딤즈데일 목사를 지켜본 이들의 말에 의하면, 그가 처음 뉴잉글랜드 해안에 발을 디딘 이후로, 그처럼 기운찬 걸음과 태도를 보여 준 적이 없었다고 한다. 여느 때와 달리 무

---

* Increase Mather(1639~1723). 매사추세츠주 도체스터에서 출생. 엄격한 청교도인 리처드 매더의 아들로 자라서 열두 살에 하버드 대학교에 입학했고, 1656년에 졸업했다. 영국으로 건너가 트리니티 칼리지에서 석사학위를 받고, 왕정복고 전까지 영국에서 설교했다. 찰스 2세가 즉위하자 뉴잉글랜드로 떠나 1661년 보스턴에 있는 노스 교회의 목사가 되었다.

기력한 걸음걸이가 아니었고 몸도 곧게 펴고 있었다. 심지어 손을 가슴에 얹는 불길한 동작도 하지 않았다. 하지만 목사를 제대로 관찰했다면 그 힘이 몸에서 나온 것이 아님을 알아차렸을 테다. 그것은 영적인 힘인 듯했고, 천사의 도움일지도 몰랐다. 아마도 오랫동안 열성적으로 계속된 사유의 용광로에서만 추출되는 강력한 강장제의 흥분 효과일지도 모른다. 또는 일렁이는 물결 같은 시끄럽고 날카로운 음악이 그의 예민한 기질에 활력을 불어넣어 치솟는 파도처럼 그를 끌어올렸는지도 모른다. 그럼에도 넋이 나간 듯한 표정을 보면 딤즈데일 목사가 과연 음악을 듣고 있는지도 의문이었다. 몸은 익숙하지 않은 힘에 이끌려 앞으로 나아가고 있었으나, 그의 마음은 어디에 있었던 걸까? 그의 마음은 자신의 영역 아주 깊은 곳에서 초자연적 활동을 하느라 분주했다. 곧 세상에 내놓을 위풍당당한 사상의 행렬을 정비하는 것이었다. 그래서 그는 아무것도 보지 못했고, 아무것도 듣지 못했고, 아무것도 알지 못했으며, 자기 주위에 무엇이 있는지도 몰랐다. 다만 영적인 요소가 허약한 육신을 일으켜 세워 그 무게를 의식하지 못한 채 움직이게 했고 그것을 영적인 상태로 전환했다. 비범한 지성을 지닌 이들이 병적인 상태가 되면 엄청난 힘을 발휘하는 경우가 있다. 며칠 동안의 생명력을 그렇게 소진하고 나면 그다음에는 얼마 동안 무기력해진다.

목사에게 시선을 고정하고 있던 헤스터 프린은 음산한 기운이 밀려오는 것을 느꼈으나, 무엇 때문에 어디에서 오는 것인지 알지 못했다. 목사는 그녀의 세계와 멀리 떨어져 있었고, 그녀의 손이 닿지 않는 곳에 있는 것처럼 보였다. 그녀는 두 사람 사이에 한 번쯤은 시선이 마주칠지도 모른다고 상상했다. 그녀는 어둑한 숲속을 떠올렸다. 고독과 사랑, 번민이 깃든 작은 골짜기와 이끼 낀 나무 등걸이 있었다. 그곳에서 두 사람이 손을 잡고 앉아서 나누던 슬프고 열정적인 이야기와 시냇물의 침울한 웅얼거림이 뒤섞였다. 그 순간 둘은 서로를 얼마나 깊이 이해했던가! 저 사람이 그 사람인가? 지금 그녀는 그가 누군지 거의 모를 지경이었다! 자랑스럽게 지나쳐 가는 그는, 울려 퍼지는 음악과 함께 존경스러운 성직자들의 장엄한 행렬에 휩싸여 있었다. 그의 세속적인 위치는 너무 높아서 닿을 수 없었고, 지금 그녀가 보고 있는 그 역시 공감할 수 없는 머나먼 생각 속에 있어 닿을 수 없었다! 모두 망상이었을 것이다. 생생한 꿈을 꾼 것에 불과했다. 목사와 그녀 사이에는 진정한 유대감이 있을 수 없다는 생각이 들면서 그녀는 우울해졌다. 여느 여자들처럼 헤스터의 내면에는 많은 여성이 있었기 때문에, 목사를 용서할 수 없을 것 같았다. 적어도 지금 운명의 무거운 발소리가 점점 더 가깝게 들려오는 이 순간에는 더욱 그러했다! 두 사람의 세계에서 그가 완전히 나가 버렸기에 그녀가 어둠 속에서 차가운 손을 내밀어 더듬어 보아도 그를 발견할 수 없었다.

펄은 어머니의 감정을 느끼고 반응했거나, 아니면 스스로 목사 주변에 감돌고 있던 분위기를 감지했을 것이다. 아이 역시 그가 멀리 떨어져 잡히지 않는 세계에 있음을 느꼈다. 행렬이 지나가는 동안 아이는 불안했고, 이제 막 날아오르기 직전의 새처럼 폴짝폴짝 뛰었다. 행렬이 모두 지나간 뒤, 아이는 헤스터의 얼굴을 올려다보았다.

"엄마, 저 사람이 나에게 개울가에서 입맞춤한 그 목사님 맞아요?"

"얘야, 제발 좀 조용히 해!" 헤스터가 속삭였다. "장터에 나오면 숲속에서 있었던 일을 말해서는 안 돼."

"그 사람이 아닌 것 같아서요. 정말 이상해 보였어요." 펄이 말을 이었다. "그렇지 않았으면 나는 달려가서 그 사람에게 지금 사람들이 모두 보는 앞에서 입을 맞춰 달라고 하려 했어요. 숲속의 나무들 사이에서 지난번에 그랬던 것처럼. 그러면 목사님은 뭐라고 말했을까요, 엄마? 가슴에 손을 대면서 나를 보고 얼굴을 찌푸렸겠지요. 그리고 저리 가라고 했겠지요?"

"그분이 뭐라고 하셨을까, 펄." 헤스터가 대답했다. "지금은 입맞춤할 때가 아니야, 그리고 이런 장터에서는 입맞춤하는 게 아니라고 했겠지? 이 바보야. 목사님에게 그런 말을 안 한 건 아주 잘한 일이야!"

딤즈데일 목사에 대해 같은 감정을 내비친 사람이 있었다. 괴벽, 혹은 정신 이상이라고 해야 할 성향 때문에 마을 사람들이 감히 하려고 하지 않는 일을 시도한 사람이 있었다. 공공장소에서 주홍 글자를 달고 있는 사람과 대화를 시작한 것이다. 히빈스 노부인이었다. 그 여자는 세 겹으로 된 주름 깃을 달고 자수로 장식한 조끼와 풍성한 벨벳 가운을 입고 손잡이가 금으로 된 지팡이를 짚은 화려한 차림새로 행렬을 구경하러 나와 있었다. 흘러간 시대의 노부인은 당시에도 여전히 성행하던 강신술의 주요 인물로 널리 알려져 있었다. 훗날 이러한 명성의 대가로 목숨을 잃었다. 군중은 그 화려한 주름 사이에 역병의 병균이 감춰져 있기라도 한 듯 행여 그녀의 옷자락에 스칠까 두려워하며 일제히 길을 비켰다. 히빈스 부인과 헤스터 프린이 함께 있는 것을 보고, 이제는 헤스터에게 호의를 갖는 사람이 많았음에도, 노부인에게 겁을 먹은 탓에 사람들의 두려움은 두 배가 되었다. 장터에 있던 사람들은 두 여자가 서 있는 곳에서 더 멀리 떨어지려고 움직이기 시작했다.

"도대체 어떤 사람이 그런 상상을 하겠어!" 노부인이 헤스터에게 은밀하게 속삭였다. "저 성스러운 사람이 말이야! 사람들이 지상 위의 성자라고 떠받들 뿐 아니라 실제로도 그렇게 보이잖아! 나라도 그렇게 믿겠어. 지금 막 지나간 행렬 속에서 걸어가는 그를 보면, 서재 밖으로 나가 히브리어 성경을 외우면서 숲속으로 바람 쐬러 갔던 사람이라고 누가 상상이나 하겠냐고! 으흥! 헤스터 프린, 우리 같은 이들이야 그게 무슨 의미인지 알잖아! 하지만 정말로 나는 저 목사가 바로 그 사람이라는 건 믿을 수가 없네. '어떤 분'이 바이올린을 켜고 있을 때, 군악대 뒤를 따라가는 교회 신도들을 그 자리에서 보았지. 같은 박자로 나와 함께 춤추었거든. 그때 인디언 무당이나 라플란드 마법사도 우리와 어울려 번갈아 손을 잡고 춤췄어! 세상사를 아는 여자에게는 별일도 아니지. 그런데 저 목사 말이야! 헤스터, 당신이 숲속의 오솔길에서 마주친 사람이 저 사람 맞아?"

"부인, 저는 무슨 말씀인지 모르겠습니다." 헤스터 프린은 히빈스 부인이 제정신이 아니라고 느꼈다. 그러나 이상하게도 그녀가 자기를 포함하여 그렇게 많은 이들과 악마와의 개인적 관계를 확신하고 있다는 사실이 놀랍고 무서워서 충격을 받았다. "저로서는 딤즈데일 목사님처럼 하나님의 말씀을 전하는 학식이 높고 경건한 사람에 대해 함부로 말할 수 없습니다!"

"흥, 이 여자야!" 노부인이 헤스터를 향해 손가락을 흔들어 보였다. "내가 숲에 그렇게 자주 드나들었는데 누가 거기에 갔는지 판단하는 능력이 없을 것 같아? 그래, 춤추면서 머리에 썼던 화환의 꽃잎이 머리카락에 남아 있지 않더라도 다 알아! 헤스터, 나는 당신을 알아. 내 눈에 징표가 보이기 때문이지. 우리 모두 햇빛 아래에서 볼 수 있고, 어둠 속에서는 불꽃처럼 타오르니까. 당신은 그것을 훤히 보이게 달고 다니니까 의심할 여지가 없지. 하지만 저 목사는 말이야! 귀 좀 빌려줘, 내가 까놓고 말해 줄 테니! 마왕은 저 목사처럼 부하가 되기로 서명하고 봉인까지 한 뒤에 그걸 숨기는 자를 보면, 그 징표가 훤한 대낮에 온 세상 사람들 눈에 보이도록 하고야 말지. 목사가 항상 가슴 위에 손을 얹고 숨기려고 하는 게 뭘까? 응, 헤스터 프린?"

"그게 뭐예요, 히빈스 부인?" 펄이 진지하게 물었다. "그걸 보신 적이 있어요?"

"별거 아니란다, 귀여운 아가야!" 히빈스 부인은 펄을 매우 존중하는 태도를 보였다. "너도 언젠가는 보게 될 거야. 사람들이 네가 마왕의 혈통이라고들 하더라! 날씨 좋은 밤에 네 아버지를 보러 나와 함께 날아가지 않을래? 그러면 목사가 왜 손을 그의 가슴 위에 얹고 다니는지 알 수 있을 거야!"

기괴한 귀족 노부인은 장터가 떠나가라고 요란하게 웃어 대더니 그 자리를 떠났다.

교회당에서는 개회 기도를 하는 중이었다. 이윽고 설교를 시작하는 딤즈데일 목사의 목소리가 들렸다. 헤스터는 무엇엔가 이끌리듯 교회당 근처에 머물렀다. 신성한 건물은 설교를 들으려는 사람들로 꽉 차 있어서 그녀는 처형대의 기둥 바로 옆에 설 수밖에 없었다. 그 자리에서도 설교의 처음부터 끝까지 거의 모든 내용을 들을 수 있었다. 선명하지는 않았으나 낮게 중얼거리다가 막힘없이 흘러나오는 목사 특유의 목소리가 들려왔다.

목사의 목소리는 그 자체로 훌륭한 재능이었다. 설교하는 이가 사용하는 언어를 전혀 알아듣지 못하는 사람이 목소리의 음색과 운율만 들어도 마음이 흔들릴 지경이었다. 음악과 마찬가지였다. 어디서 교육받은 사람이든 상관없이 마음에 호소하는 언어로 열정과 슬픔을, 높이 치솟았다가 부드럽게 가라앉는 감정을 이야기했다. 교회당 벽을 통과한 목사의 목소리는 분명하게 들리지 않았으나, 헤스터 프린은 의도를 잘 알아들을 수 있었고 친밀하게 공감할 수 있었다. 무슨 말인지 잘 들리지 않는 단어들과는 별개로 설교의 내용을 완전히 이해할 수 있었다. 목소리가 더 명료하게 들렸더라면 아마도 너무 지나쳤을지도 몰랐다. 영적인 느낌을 제대로 전달하지 못했을 것이다. 지금 헤스터는 마치 바람이 휴식을 취하기 위해 잠잠해진 것 같은 나지막한 목소리를 듣고 있었다. 그러고 나서 점점 감미롭고 힘차게 높아지다가 경이롭고 웅장한 분위기가 그녀를 휘감았다. 목소리는 이따금 장엄해졌고, 그럴 때는 그 안에 애통함의 정수가 담겨 있었다. 크고 나지막하게 고통을 표현하고, 괴로워하는 인간을 떠올리면서 속삭이거나 비명을 지를 때는 모든 이의 가슴을 흔들었다! 깊은 비애의 울림만 들리거나, 황량한 침묵 속에서 한숨만 쉴 때도 있었다. 그러나 목사의 목소리가 높아지면서 위풍당당해지며 억누를 수 없이 솟구쳐 올랐을 때, 엄청난 성량으로 교회당을 채우고 단단한 벽을 뚫고 나와 밖으로 울려 퍼졌을 때, 만약 그 목소리를 유심히 듣는 사람이 있었더라면, 어떤 고통의 절규를 감지할 수 있었을 것이다. 그것은 무엇이었을까? 슬픔과 죄책감으로 가득 찬 사람의 마음이, 그것이 슬픔에 관한 것이든 죄에 관한 것이든, 인류의 너그러운 가슴에 그 비밀을 털어놓는 호소였을 것이다. 매 순간 한마디를 내뱉을 때마다 연민과 용서를 구하고 있었으며, 그것은 결코 헛되지 않았다! 목사에게 가장 어울리는 힘을 실어 준 목소리는 그윽하고 낮은 속삭임이었다.

헤스터는 그 시간 내내 조각상처럼 처형대 밑에 서 있었다. 목사의 목소리가 그 자리에 붙잡아 두지 않았더라도 인생의 치욕이 처음 시작된 그 장소는 그녀에게 피할 수 없는 자력 같은 힘을 미쳤다. 헤스터의 내면에는 생각이라고 하기에는 불분명한 어떤 느낌이 있었고 그 무게가 늘 마음을 짓눌렀다. 그 장소는 거기에 섰던 이전과 이후의 삶을 아우르는 궤도와 연결되어 있으며 통일성을 부여하는 지점 같았다.

한편, 어린 펄은 어머니 곁을 떠나 장터에서 마음껏 놀고 있었다. 아이는 변덕스럽게 반짝이는 빛으로 침울한 군중을 유쾌하게 만들었다. 나뭇잎이 울창하게 우거진 어둑한 나뭇가지 위로 화려한 깃털의 새가 보일락 말락 옮겨 다니는 것 같았다. 펄은 같은 자리에 오래 있지 않았고, 때로는 이리저리 방향을 꺾으면서 불규칙하게 움직였다. 오늘따라 지칠 줄 모르고 발끝으로 춤추듯 돌아다니는 것이, 아이의 기분이 안절부절못하는 상태임을 보여 주고 있었다. 어머니의 불안한 태도로부터 영향을 받은 탓이었다. 펄은 쉴 새 없이 두리번거리며 호기심을 자극하는 것을 볼 때마다 그쪽으로 달려갔고, 사람이든 물건이든 원하는 것이 있으면 덥석 붙잡아 자기 것으로 만들고 싶어 했다. 그러나 누군가가 조금이라도 행동을 통제하려는 것을 단연코 허용하지 않았다. 청교도들은 그런 모습을 보고 미소를 짓기도 했지만, 아이의 작은 몸과 움직임에서 반짝이는 설명할 수 없는 아름다움과 기이한 매력 때문에 계속 악마의 자식이라고 수군댔다. 펄은 달려가서 황야에서 온 인디언의 얼굴을 빤히 쳐다보았다. 인디언은 자기보다 더 야성적인 아이의 기질을 감지했다. 그다음으로 아이는 타고난 대담함을 가지고 그러나 조심스러운 성향도 함께 지닌 채, 선원들의 무리 속으로 뛰어들었다. 육지의 인디언만큼 거친 바다의 남자들은 놀라움과 감탄의 눈으로 펄을 바라보았다. 밤마다 뱃머리에서 반짝이는 인광을 영혼으로 삼아서, 바다 거품 한 조각이 작은 아이의 모습으로 나타난 듯 보였다.

모여 있는 뱃사람들 속에 헤스터 프린과 이야기를 나누었던 선장이 있었다. 그는 펄의 모습에 홀딱 반해서 입을 맞추려고 손을 내밀어 붙잡으려 했다. 그러나 차라리 공중에서 벌새를 잡는 게 나을 것 같다고 판단한 선장은 모자에 감았던 금 사슬을 벗겨서 아이에게 던졌다. 펄은 그것을 받자마자 아주 멋진 솜씨로 목과 허리에 감았다. 금 사슬은 아주 잘 어울렸고 곧 아이의 일부가 되었다. 그 모습을 바라보던 선장이 말을 건넸다.

"저기 주홍 글자를 달고 있는 사람이 네 엄마지? 말 좀 전해 주겠니?"

"들어 보고 좋은 이야기라면 전해드릴게요." 펄이 대답했다.

"엄마에게 전해라. 얼굴빛이 검고 등이 굽은 늙은 의사를 다시 만나서 이야기했는데, 의사가 직접 자기 친구를 데리고 배에 타겠다 하더라고. 네 엄마가 말한 그 신사라는 사람 말이야. 그러니 네 엄마는 아무 걱정도 하지 말고, 그냥 너랑 오면 돼. 이 말을 전하겠냐, 이 꼬마 마녀야?"

"히빈스 부인이 내 아빠가 마왕이라고 했어요!" 펄이 짓궂은 미소를 지었다. "나를 그렇게 나쁜 이름으로 부르면, 아빠에게 이를 거예요. 그러면 아빠가 보낸 폭풍이 아저씨 배를 쫓아다닐 걸요!"

펄은 이리저리 돌아서 장터를 가로질러 어머니에게 돌아왔고, 선장의 말을 전했다. 이제껏 강하고 침착하게 버티던 헤스터의 영혼이 피할 수 없는 어둡고 가혹한 운명과 마주하면서 마침내 무너질 지경에 이르렀다. 목사와 그녀에게 불행의 미로를 벗어날 통로가 열리는 것처럼 보이던 순간, 운명은 길 한가운데에서 냉혹한 미소를 지으며 자신을 드러냈다.

선장의 뜻하지 않은 전갈에 헤스터는 곧 쓰러질 것처럼 당황했다. 그런 와중에 또 다른 시련이 닥쳤다. 근처 시골에서 온 많은 이들은 주홍 글자에 대해 과장되고 왜곡된 수많은 소문만 들었지 직접 눈으로 본 적은 없었다. 그런 이들이 여러 구경거리를 다 보고 흥미를 잃고 난 후 이제는 무례하고 저속한 관심을 가지고 헤스터 프린에게 몰려들었다. 아무리 뻔뻔스러워도 몇 미터 거리로 형성된 원 안으로는 들어올 수는 없었다. 그들은 신비한 징표가 불러일으킨 혐오의 원심력에 의해 그만큼 거리를 두고 제자리에 가만히 서 있었다. 소문으로 주홍 글자의 의미를 이미 알고 있는 선원들 무리도 구경꾼을 따라 몰려들어 햇볕에 그을린 무법자 같은 얼굴들을 원 안으로 들이밀었다. 인디언들까지도 백인의 차갑고 어두운 호기심에 이끌려 군중 사이로 슬그머니 끼어들어 와, 헤스터의 가슴을 뱀처럼 찢어진 검은 눈으로 응시했다. 그들은 아마도 눈부신 자수로 장식한 징표를 달고 있는 사람이 고귀한 신분의 백인일 거라고 상상했을 테다. 마지막으로 마을 주민들도 서서히 근처로 모여들었다. 다른 지역 사람들이 보이는 관심 탓에 이미 시들해진 사건에 흥미가 되살아난 듯했다. 다른 무엇보다도 헤스터 프린을 괴롭힌 것은 이미 익숙해진 그녀의 치욕을 바라보는 냉담한 시선이었다. 칠 년 전에 교도소 문을 나설 때 그녀를 기다리던 몇몇 부인들의 익숙한 얼굴을 헤스터는 알아볼 수 있었다. 그들 가운데 유일하게 연민을 보이던 젊은 부인의 얼굴만 없었다. 헤스터는 그녀를 위해 수의를 만들었다. 이제 곧 떼어 버릴 수 있을 거라고 믿던 마지막 순간에, 불타는 주홍 글자는 이상하게도 더 큰 관심과 흥분 속에서 눈길을 받으며, 처음 그것을 달았던 날 이후로 가장 아프게 그녀의 가슴에서 이글거리고 있었다.

영원히 벗어날 수 없을 교활하고 잔인한 판결처럼 치욕적인 마법의 원 안에 헤스터가 서 있는 동안, 훌륭한 설교자는 성스러운 설교단 위에서 영혼까지 그에게 맡겨 버린 사람들을 바라보며 서 있었다. 교회 안에는 성자와도 같은 목사! 장터에는 주홍 글자를 달고 있는 여인! 두 사람에게 똑같이 불타오르는 낙인이 찍혀 있으리라고 추측하는 상상보다 터무니없고 불경스러운 일이 있을까?

23

참회

듣는 사람들의 영혼을 굽이치는 파도 위로 높이 떠받치던 감동적인 목소리가 마침내 멈췄다. 잠시 침묵이 흘렀다. 하나님의 말씀을 전해 듣고 나면 당연히 뒤따라야 할 깊은 정적이었다. 중얼거림과 나지막한 웅성거림이 뒤를 이었다. 청중을 또 다른 정신세계로 이동시켰던 주문이 풀리면서 여전히 두려움과 경탄을 가슴에 품은 채 사람들은 자기 자신으로 돌아왔다. 잠시 후, 군중은 교회당 문밖으로 쏟아져 나오기 시작했다. 설교가 끝나고 나자, 목사의 불꽃 같은 말과 풍부한 사색의 향기로 무거워진 공기보다는 이제 그들이 돌아갈 비천하고 세속적인 삶에 어울리는 다른 공기가 필요했기 때문이다.

바깥 공기 속에서 청중의 황홀경은 말로 터져 나왔다. 온 거리와 장터에서 목사를 칭송하는 웅성거림이 들려왔다. 그의 설교를 들은 이들은 그동안 말하거나 들은 것보다 더 잘 알게 된 것들을 쉬지 않고 서로 이야기했다. 그들의 일치된 증언에 따르면, 오늘 설교한 목사처럼 지혜롭고 신성하게 하나님의 말씀을 전한 사람은 없었고, 영성이 그처럼 사람의 입을 통해서 분명하게 전해진 적도 없었다. 하나님의 영성은, 말 그대로, 그에게 내려와서 그를 사로잡고 설교대에 놓여 있던 원고로부터 그를 들어올렸다. 청중만큼 목사 자신도 놀랄 설교였다. 설교의 주제는 신과 인류 공동체의 관계였고, 여기 뉴잉글랜드 황무지에 세우고 있는 정착지를 특별히 예로 들어서 이야기했다. 그리고 설교가 끝나 가고 있을 무렵, 이스라엘의 옛 선지자들을 사로잡았던 것처럼 예언의 성령이 목사에게 내려와 강한 힘으로 그 목적을 이루어갔다. 차이점이 있다면, 이스라엘 선지자들이 자기 나라에 내릴 심판과 멸망을 예언했던 것에 반해, 목사는 이 땅에 새로 모여든 주님의 사람들에게 고귀하고 영광스러운 미래를 예언했다. 그러나 그 모두를 통틀어, 설교 내용 전체에는 곧 세상을 떠날 사람의 자연스러운 회한으로밖에는 해석할 수 없는 깊은 비애가 깔려 있었다. 그렇다. 그들이 매우 사랑했고, 그 또한 그들 모두를 무척 사랑했으며, 긴 한탄 없이는 하늘나라로 떠날 수 없던 목사는 때 아닌 죽음을 예감했고, 곧 눈물 속에 신도들을 남겨 놓게 되리니! 지상에 머물 시간이 얼마 남지 않았다는 생각이 목사의 설교가 빚어낸 효과를 더욱 돋보이게 했다. 천사가 하늘로 올라가는 길에 사람들 머리 위에서 눈부신 그림자 같은 환한 날갯짓을 하여 황금빛 진실의 소나기를 쏟아부은 것 같았다.

사람들 대부분은 다양한 영역에서 언제든 한 번은 이전과 이후의 어떤 시절보다 찬란하고 승리로 가득 찬 인생의 순간을 맞는다. 물론 당시에는 거의 깨닫지 못하다가 한참 뒤에야 알게 되기 마련이다. 딤즈데일 목사도 그런 절정의 순간을 맞은 것이었다. 그는 가장 자랑스럽고 고귀한 최고의 자리에 서 있었다. 목사라는 직업 자체가 높은 지위를 보장하던 초기 뉴잉글랜드에서 그는 지성적이고, 지식이 풍부하며, 웅변 능력이 탁월하고 가장 순수하고 고결하다는 명성을 얻었다. 총독 취임 축하 설교를 마치고 목사가 성경 받침대 위로 머리를 숙일 때 서 있던 자리가 바로 그것이었다. 한편, 헤스터 프린은 불타는 주홍 글자를 가슴에 달고 처형대 기둥 옆에 서 있었다!

다시 음악 소리가 의장대와 보조를 맞추어 크게 울려 퍼지면서 교회당을 나섰다. 거기서부터 행렬은 시청으로 향할 것이고, 엄숙한 연회로 그날의 의식을 마무리할 예정이었다.

다시 한번 존경스럽고 근엄한 원로들의 행렬이 군중 속으로 열린 넓은 길을 따라 이동하기 시작했다. 사람들이 정중하게 한쪽 옆으로 물러나자, 총독과 치안판사, 노인과 현자들, 거룩한 목사들 그리고 명성이 높고 탁월한 이들이 그들 사이로 지나갔다. 장터 한가운데에 이르자 사람들이 함성으로 그들을 맞이했다. 그 시대 사람들은 통치자들에게 어린아이 같은 충성심을 보였으므로 오늘날보다 함성 소리가 더 컸을 게 틀림없다. 이러한 함성은 아직도 사람들의 귀에 울려 퍼지고 있는 열띤 설교의 뜨거운 감동 덕분이기도 했다. 저마다 마음속에서 강렬한 충동을 억누를 수 없었다. 교회당 안에서는 억눌렸던 것이 하늘 아래에서는 절정으로 치솟았다. 많은 이들이 모여 있었고, 그들의 감정이 고조되어 교향악처럼 서로 어우러졌으므로, 오르간 소리 같은 돌풍이나 천둥소리, 파도의 포효보다 더 엄청난 소리가 났다. 여러 사람이 동시에 느낀 충동이 거대한 마음으로 뭉쳐져 한껏 부풀어 오른 목소리가 하나 되어 울려 퍼졌다. 이런 함성이 뉴잉글랜드 땅을 뒤흔든 적이 일찍이 있던가! 뉴잉글랜드 땅에서 딤즈데일 목사만큼 다른 형제들의 존경을 받은 이는 없었다!

그때 목사는 어떤 모습이었나? 머리 주위에는 찬란한 입자들이 떠다니며 후광을 만들고 있지 않았나? 성령에 의해 영묘해지고, 숭배하는 사람들에 의해 신격화된 그가 행렬을 따라갈 때 정말로 발이 땅에 닿았을까?

군인들과 식민지 원로들의 행렬이 앞으로 지나가고 나자, 모든 시선이 행렬 속에서 다가오고 있는 목사에게 쏠렸다. 군중에게 목사의 모습이 보이자, 함성은 사라지고 웅성거림만 남았다. 모든 승리 속에서 그는 얼마나 나약하고 창백해 보였는지! 그 활력, 아니 하나님의 말씀을 전달할 때까지 그를 지탱하기 위해 하늘에서 내려 준 영감이 사라지고 말았다. 이제 주어진 역할을 충실히 완수했으므로. 바로 직전까지 그의 뺨을 물들이고 있던 붉은 기운은 마치 마지막 남은 불씨 속에서 사위어 가던 불꽃처럼 꺼졌다. 산 사람이라 믿어지지 않을 정도로 핏기 없는 얼굴이었다. 생명의 기운이 하나도 느껴지지 않는 사람이 무기력하게 비틀거리면서도 넘어지지 않고 걷고 있었다!

동료 목사인 존 윌슨이 지성과 감각이 급격히 무너지고 있는 딤즈데일 목사의 상태를 알아차리고, 서둘러 달려와 부축했다. 그러나 그는 부들부들 떨면서도 노목사의 팔을 단호하게 뿌리쳤다. 그런 움직임을 걷는다고 표현할 수 있다면, 그는 계속 앞으로 걸어 나갔다. 저 앞에서 어머니가 팔을 내밀어 격려하며 부르는 모습을 보고 아기가 비틀거리며 나아가려 애쓰는 것과 비슷한 모습이었다. 나중에는 어떻게 앞으로 나아가고 있는지 거의 알 수 없는 지경에서, 그는 풍상에 시달려 거무스름해진 처형대 맞은편에 이르렀다. 한 번도 잊은 적이 없는 곳이었다. 황량하게 흘러간 오랜 세월 저편에서 헤스터 프린이 세상의 치욕스러운 시선과 맞서던 자리였다. 그런데 지금 그곳에 펄의 손을 잡고 헤스터가 서 있었다! 그녀의 가슴에는 여전히 주홍 글자가 있었다! 목사는 그 자리에서 걸음을 멈췄다. 행렬의 움직임에 맞춰 위풍당당하고 경쾌한 음악이 여전히 연주되고 있었다. 음악은 그에게 행렬 속으로 돌아가 앞으로 나아가라고 재촉했다! 하지만 그는 멈췄다.

벨링엄은 지난 몇 분 동안 딤즈데일 목사를 근심 어린 눈으로 지켜보고 있었다. 그는 이제 행렬에서 빠져나와 목사를 부축하러 다가갔다. 목사의 안색은 이제 그가 나서지 않으면 반드시 쓰러질 지경이었다. 벨링엄은 마음에서 마음으로 전달되는 막연한 암시를 쉽게 따르는 사람은 아니었으나, 목사의 표정에는 벨링엄을 뒤로 물러서게 하는 무엇인가가 있었다. 한편 군중은 두려움과 경이로움을 느끼면서 그 장면을 바라보았다. 그들이 보기에는 목사의 육신이 허약해진 것은 단지 영적인 힘이 더 강해진 때문이었다. 목사가 그들의 눈앞에서 희미한 빛 속에 떠올라 마침내 천국의 찬란한 빛 속으로 사라졌다고 해도, 이처럼 거룩한 사람에게는 특별히 고귀한 기적도 아니라고 여겼을 것이다!

목사는 처형대 쪽으로 몸을 돌려 두 팔을 벌린 채 외쳤다.

"헤스터, 이쪽으로 와요! 나의 사랑스러운 펄, 어서 이리 오렴!"

두 사람을 바라보는 목사의 얼굴은 죽은 사람처럼 핼쑥했다. 그러나 다정하면서도 묘한 승리의 빛이 담겨 있었다. 아이는 특유의 새 같은 몸짓으로 달려가서 목사의 무릎을 두 팔로 끌어안았다. 헤스터 프린은 천천히, 자신의 의지에 반하는 어쩔 수 없는 운명의 힘에 떠밀리듯 다가갔지만, 목사가 있는 곳에 닿기 직전에 걸음을 멈추어야 했다. 바로 그 순간 로저 칠링워스 노인이 군중을 헤치고 나타나 목사가 하려는 일을 제지했기 때문이다. 노인은 매우 어둡고 불안하고 사악한 표정을 짓고 있어서 마치 방금 지옥에서 솟아난 것처럼 보였다. 노인은 달려가 목사의 팔을 잡았다.

"미쳤소? 멈추시오! 당신의 목적이 뭐요? 저 여자를 돌려보내요. 이 아이도 떼어 내고! 그러면 모든 일이 잘 풀릴 거요. 당신의 명성을 더럽히면, 불명예 속에서 죽게 돼요! 난 아직도 당신 목숨을 구할 수 있어요! 당신의 신성한 직업에 치욕을 안기려는 거요?"

"유혹자여! 당신은 너무 늦었어!" 목사는 두려워하면서도 단호한 눈빛으로 노인을 바라보았다. "당신의 힘은 예전 같지 않아! 하나님의 도움으로, 이제 나는 당신에게서 벗어났소!"

목사는 다시 주홍 글자의 여자를 향해 손을 내밀었다.

"헤스터 프린," 그가 진지하면서도 간절하게 외쳤다. "두렵고도 자비로운 하나님의 이름으로 부탁합니다. 그분께서 저에게 은총을 베푸셔서 이 무거운 죄와 비참한 고통 때문에 칠 년 동안이나 하지 못한 일을 마지막 순간에 할 수 있도록 해 주셨어요. 자, 이리로 와서 당신의 힘으로 나를 잡아 주세요! 헤스터, 당신의 힘으로요. 그러나 그 힘이 하나님의 뜻대로 나를 이끌도록요! 이 비참하고 비뚤어진 노인이 온 힘을 다해서, 자기 힘과 악마의 힘까지 합해서 나를 하나님의 뜻과 반대로 이끌려 했어요! 헤스터, 이리 와요! 저 처형대 위까지 나를 부축해 주세요!"

군중은 소란 속에 휩싸였다. 목사 바로 가까이에 서 있던 신분이 높고 품위 있는 사람들은 매우 놀라서 충격을 받았다. 자신들이 목격한 일의 의미에 대해 당장 머릿속에 떠오른 설명은 받아들이기 힘들었고, 다른 것은 상상할 수 없어서 몹시 당혹스러워했다. 그들은 이제 곧 하나님이 내릴 심판을 기다리면서 할 말을 잊은 채 멍하니 보고 있을 뿐이었다. 목사가 헤스터의 어깨에 기댄 채 부축을 받으면서 처형대의 계단을 오르는 모습을 사람들은 조용히 지켜보았다. 그러는 동안 목사는 죄로 인해 태어난 아이의 작은 손을 꼭 쥐고 있었다. 로저 칠링워스 노인이 그들의 뒤를 따랐다. 그들이 모두 배우로 참여한 죄책감과 슬픔의 연극에 자신도 밀접하게 연관되어 있고, 그래서 마지막 장면에 참석할 자격이 있다는 듯한 태도였다.

“온 세상을 다 찾아 헤매도 당신을 숨겨 줄 곳은 없었어.” 노인이 음험한 표정으로 목사를 바라보면서 말했다. “아무리 높은 곳이든 낮은 곳이든, 당신은 나에게서 달아날 수 없었을 거요. 오직 이 처형대 말고는!”

“나를 이곳으로 인도한 하나님께 감사합니다!” 목사가 대답했다. 그러나 여전히 몸을 떨면서 두려움과 불안이 깃든 눈으로, 입술에는 희미한 미소를 띤 채 헤스터를 바라보았다.

“우리가 숲속에서 꿈꿨던 일보다 이것이 더 낫지 않나요?”

“몰라요! 저는 모르겠어요!” 헤스터가 서둘러 대답했다. “더 나으냐고요? 네, 그러면 우리는 둘 다 죽게 되는 거군요. 펄도 함께!”

“당신과 펄은 하나님의 뜻에 따르면 돼요. 하나님은 자비로우세요! 나는 하나님이 눈앞에서 명백히 펼쳐 보여 준 대로 할 거예요! 헤스터, 나는 죽어 가고 있어요. 그러니 서둘러 나의 부끄러움을 고백해야 해요.”

딤즈데일 목사는 헤스터 프린에게 한쪽 몸을 기대고 다른 손으로는 펄의 한 손을 잡았다. 그리고 그대로 위엄 있고 존경스러운 통치자들과 거룩한 그의 동료 목사들, 그리고 군중을 향해 몸을 돌렸다. 사람들은 죄로 가득 차 있으면서 고뇌와 회개 역시 깊었던 중대한 문제가 곧 폭로되리라는 사실에 섬뜩해하면서도, 한편으로는 눈물 어린 동정심을 주체할 수 없었다. 정오를 지난 태양이 목사를 비추고 있었다. 땅을 딛고 선 채 영원한 하나님의 법정에서 자신의 죄를 고백하려는 목사의 모습이 뚜렷이 드러났다.

“뉴잉글랜드 사람들이여!” 엄숙하고 당당한 목소리가 사람들 머리 위로 높게 울려 퍼졌다. 그러나 여전히 떨림이 느껴졌고, 헤아릴 수 없이 깊은 회한과 비애에서 헤어 나오려는 절규였다. “그렇습니다. 여러분은 저를 사랑해 주셨죠! 거룩하게 여기셨죠! 여기 서 있는 저를 보세요. 세상의 죄인에 불과합니다! 드디어! 드디어! 저는 이 자리에 섰습니다. 칠 년 전에 섰어야 할 자리였어요. 여기 이 여자와 함께요. 이제 결코 부족하지 않은 힘을 지닌 그녀의 팔에 의지해서 제가 여기까지 기어 올라왔습니다. 그리고 이 끔찍한 순간에도 제가 엎어져서 기어다니지 않게 저를 부축하고 있네요. 보세요, 헤스터가 달고 있는 주홍 글자를요! 여러분은 이걸 볼 때마다 몸서리를 쳤지요! 헤스터가 어디를 가든, 불행이라는 짐을 지고 쉴 곳을 찾아 헤맬 때도 주홍 글자는 무섭고 혐오스러운 빛을 주위에 뿜어냈어요. 하지만 여러분 가운데 서 있던 한 명에게도 죄와 치욕의 낙인이 있었음에도, 여러분은 그를 보고 몸서리치지 않았어요!”

여기까지 말하고 나서 목사는 자신의 비밀을 채 말하지 못한 채 숨을 거둘 것 같았다. 그러나 안간힘을 써서 자신을 쓰러뜨리려는 쇠약한 육신과 꺼져 가는 심장에 저항했다. 그는 모든 사람의 부축을 뿌리치고 헤스터와 펄을 뒤로 한 채 한 걸음 앞으로 나왔다.

"낙인은 그 남자에게도 있었지요!" 모두 털어놓을 각오가 되어 있었으므로, 그는 맹렬한 태도로 말을 이었다. "하나님의 눈이 그것을 보고 있었어요! 천사들은 언제나 그것을 손가락질했어요! 악마도 잘 알고 있었기에 불타는 손가락으로 끊임없이 괴롭혔어요. 그러나 그것을 사람들에게는 교활하게 숨길 수 있었어요. 그리고 죄 많은 세상에서 너무나 순수해서, 또한 천상에 있는 형제들이 그리워서 슬퍼하는 척하며 여러분 사이로 잘도 걸어 다녔지요! 이제 죽음의 시간을 맞이하여, 그가 여러분 앞에 섰어요! 그는 헤스터의 주홍 글자를 다시 한번 보라고 여러분에게 권합니다! 그가 여러분에게 말합니다. 저 글자와 그 불가사의한 두려움까지 모두 남자의 가슴에 찍혀 있는 낙인의 그림자일 뿐이며, 그 자신의 붉은 낙인조차도, 그의 가장 깊숙한 마음에 있는 것을 불태운 형상에 지나지 않는다고요. 죄인에 대한 하나님의 심판을 의심하는 사람이 여기 있습니까? 보세요! 여기 끔찍한 증거가 있어요!"

그는 경련을 일으키듯 사제복을 여민 띠를 앞가슴에서 벗겨냈다. 마침내 그것이 드러났다! 그러한 현현을 묘사하는 것은 무례한 일일 것이다. 순간적으로 공포에 질린 군중의 시선은 소름끼치는 기적에 집중되었다. 그러는 동안 목사는 날카로운 고통의 절정에서 승리를 쟁취한 사람처럼 흥분한 얼굴에 홍조를 띤 채 서 있었다. 그러더니 처형대 위에서 무너지듯 쓰러졌다! 헤스터가 그의 상체를 일으켜 자기 가슴에 머리를 기대게 했다. 로저 칠링워스 노인은 마치 죽은 사람처럼 넋이 나간 표정으로 목사

옆에 무릎을 꿇었다.

"내 손에서 달아나다니! 내 손에서 달아나다니!" 의사는 같은 말을 되뇌었다.

"하나님께서 당신을 용서해 주시기를! 당신도 큰 죄를 지었어요!" 목사가 말했다.

그는 노인에게서 눈을 돌려 여자와 아이를 응시했다.

"내 귀여운 펄." 목사가 힘없이 말했다. 그의 얼굴에 깊은 안식을 얻은 영혼에서 배어 나오는 다정하고 부드러운 미소가 번졌다. 아니, 이제 짐을 벗었으므로 아이와 함께 즐겁게 뛰어놀 것처럼 보였다. "사랑하는 펄, 지금 나에게 입 맞춰 주겠니? 숲에서는 안 하려 했었지! 하지만 이제는 해 주겠지?"

펄이 목사의 입에 입술을 갖다 댔다. 어떤 마법이 깨졌다. 자기가 하나의 역할을 맡은 비통한 장면에서 야성적인 아이는 동정심을 느꼈다. 아이의 눈물이 아버지의 뺨에 떨어지면서, 인간의 희로애락 속에서 자라나 세상과 영원히 다투지 않고, 그 속에서 살아가는 여성이 되겠다는 맹세가 되었다. 어머니를 괴롭히는 고통의 전달자라는 사명도 모두 끝났다.

"헤스터, 안녕!" 목사가 속삭였다.

"우리가 다시 만날 수 있나요?" 목사의 얼굴 위로 고개를 숙이며 그녀가 속삭였다. "저세상에서 영원한 삶을 함께할 수 있나요? 분명히, 분명히, 이 모든 고통을 겪으면서, 우리는 서로에게 속죄했어요! 당신은 죽어 가면서도 빛나는 눈으로 저 먼 영원을 보고 있군요. 뭐가 보이는지 말씀해 주실 수 있나요?"

"헤스터, 쉿! 조용히." 목사가 떨리는 목소리로 엄숙하게 말했다. "우리가 어긴 법! 이 자리에서 끔찍하게 폭로된 죄! 이것들만 생각해야 돼요! 나는 두려워요! 정말 두려워요! 우리가 하나님을 잊었을 때, 서로의 영혼에 대한 존중을 깨뜨렸을 때, 그때 이미 우리가 영원하고 순수한 삶으로 재회할 수 있다는 희망은 헛된 것이 되었을지도 몰라요. 하나님은 알고 계세요. 그리고 자비롭지요! 무엇보다도, 나의 고통 속에서 그분의 자비를 증명해 주셨어요. 나에게 불타오르는 고통을 주어 가슴을 짓누르게 해서요! 저 음험하고 무시무시한 노인을 보내어, 그 고통이 늘 시뻘겋게 달아오르게 해서요! 나를 여기로 데려와, 사람들 앞에서 자랑스러운 불명예 속에서 죽게 해서요! 이런 괴로움들이 없었더라면, 나는 영원히 길을 잃었을 거예요! 하나님의 이름을 찬미하세요! 그의 뜻이 이루어지이다! 잘 있어요!"

마지막 말을 끝낸 뒤 목사는 숨을 거두었다. 그때까지 침묵하던 사람들이 두렵고 놀라워하면서 이상하게도 낮게 웅성거렸다. 이제 막 세상을 떠난 영혼을 배웅하는 무거운 중얼거림이라고밖에 달리 표현할 길이 없었다.

24

결말

며칠이 흘렀다. 사람들이 앞선 장면을 목격하고 나서 생각을 정리하는 데 충분한 시간이 지난 뒤였다. 처형대 위에서 일어난 일을 설명하는 여러 이야기가 사람들 사이에서 돌아다녔다.

목격자 대부분은 불행한 목사의 가슴에서 헤스터 프린이 달고 다니던 것과 매우 비슷한 형태인 주홍 글자가 몸에 직접 새겨진 것을 보았다고 증언했다. 그것이 어떻게 생기게 되었는지 여러 가지 설명이 있었지만, 모두 추측임이 틀림없었다. 어떤 사람들은 헤스터 프린이 치욕의 징표를 달았던 첫날, 딤즈데일 목사가 스스로 소름 끼치는 고문을 가하면서 참회의 과정을 시작했다고 단언했다. 목사는 온갖 부질없는 방법으로 스스로 고문을 계속했다. 다른 이들은 세월이 상당히 흐를 때까지 낙인이 나타나지 않았다가 노련한 마법사인 로저 칠링워스 노인이 마술과 독극물을 사용하여 그것이 밖으로 드러나게 했다고 주장했다. 목사의 독특한 감수성과 그의 영혼이 몸에 미치는 놀라운 영향을 가장 잘 이해하던 몇몇 사람들은, 언제나 사라지지 않던 예리한 회한이 마음 깊은 곳으로부터 그를 갉아먹은 끝에 마침내 하나님의 무서운 심판의 글자로 드러난 것이라고 수군거렸다. 독자는 이런 해석들 중에 하나를 선택할 수 있다. 그 불길한 징표에 대해 우리가 조명할 수 있는 단서는 모두 제시했고, 징표도 제 기능을 다했으니, 이제는 기꺼이 머릿속에서 그 깊은 흔적을 지워야겠다. 오랫동안 이야기를 풀어 나가다가 바람직하지 않을 정도로 너무 선명하게 뇌리에 박혀 버렸다.

그럼에도 이상한 점은 있다. 모든 장면을 처음부터 끝까지 목격했으며 딤즈데일 목사에게서 한 번도 시선을 뗀 적이 없었다는 어떤 이들이 그의 가슴은 갓 태어난 아기처럼 깨끗했다고 주장한다는 것이다. 더욱이 그들의 말에 따르면, 목사는 죽어 가면서 헤스터 프린이 그토록 오래 주홍 글자를 달아야 했던 죄에 대해서 후회를 암시하거나 조금이라도 연관이 있다고 인정한 적이 없다고 했다. 몇몇 존경받을 만한 목격자들의 주장은, 목사가 자신이 죽어 가고 있음을 의식했고, 또한 사람들이 자신을 이미 성자나 천사 같은 존재로 여긴다는 것을 알았으므로, 타락한 여자의 품에 안겨 마지막 숨을 거두는 것으로, 인간 스스로 선택한 정의가 얼마나 무가치한지 세상에 보여 주려 했다는 것이다.

인류의 영성을 위해 애쓰다가 끝내 삶을 바치면서, 그는 자기 죽음을 신화로 만들었다. 숭배자들에게 하나님의 무한한 순수 앞에서 모두가 죄인이라는 위대하고 애절한 교훈을 남기기 위해서였다. 그 우화는 우리 중에서 가장 거룩한 사람이라고 해도 하늘에서 내려다보는 하나님의 자비를 더 명확하게 분별할 능력이 있을 만큼만 뛰어날 뿐임을 가르쳐 준다. 또한 우리가 선망하며 숭상하는 인간의 미덕도 환상에 불과하다는 것을 철저하게 보여 준다. 진실이냐 아니냐의 중대한 논의는 그만하고, 딤즈데일 목사에 대해 이렇게 각색된 이야기는 어떤 사람, 특히 성직자의 친구들이 그의 인격을 옹호하고자 애쓴 충실함의 사례로 간주해야 한다. 그가 거짓되고 죄에 물든 먼지 같은 존재라는 증거는 주홍 글자를 비추고 있는 한낮의 햇살처럼 명확하다.

우리가 지키고자 한 권위는 헤스터 프린을 직접 알던 개인이 목격자로 구술한 내용이나 동시대의 목격자에게 들은 이야기를 근거로 작성한 옛 기록들이었다. 가련한 목사의 불행한 경험으로부터 감동적으로 얻은 많은 교훈 중에서, 이것만을 문장으로 남기겠다. "진실하라! 진실하라! 진실하라! 그대가 범한 죄가 최악이 아니라 하더라도, 가장 최악으로 추정할 수 있는 흔적을 남겨라. 거짓 없이 세상에 드러내라!"

딤즈데일 목사가 죽은 뒤 로저 칠링워스라고 알려진 노인의 외모와 태도에는 놀라운 변화가 일어났다. 노인의 모든 힘과 활력 그러니까 모든 생명력과 지적 능력이 한순간에 사라진 것처럼 보였다. 노인은 뿌리째 뽑혀 햇빛에 내던져진 잡초처럼 완전히 시들어 쪼그라들었고, 사람들의 눈에 거의 띄지 않게 되었다. 이 불행한 사람은 복수를 계획하고 체계적으로 실행하는 것을 제 삶의 원칙이자 목적으로 삼았다. 완전한 승리를 거둔 뒤 목적이 사라지자 더 이상 원칙을 지탱할 실제적 재료가 남지 않게 되었다. 말하자면 지구상에서 그가 할 수 있는 사악한 일이 없어졌다. 인간성을 잃은 인간에게 남은 일은 주인인 악마가 일거리와 임금을 주는 자리로 가는 것뿐이다. 그러나 오랜 시간 우리와 가까웠던 그림자 같은 존재인 로저 칠링워스와 그의 동료들에게도 자비를 베풀고자 한다. 증오와 사랑이 근본적으로 같은 것인지 아닌지는 관찰하고 탐구할 만한 흥미로운 주제이다. 증오와 사랑이 최대한 발전하려면 높은 단계의 친밀감과 사람의 마음에 대한 지식이 있어야 한다. 두 가지 감정 모두 한 사람의 애정 생활과 영적인 삶에 필요한 양식을 다른 사람이 공급하는 것이므로 집착하게 만든다. 그러므로 열정적인 연인이나 그만큼 뜨겁게 미워하던 사람이 떠나고 나면, 그 빈자리로 인해 쓸쓸하고 황량해지기 마련이다. 따라서 철학적으로 고려할 때, 두 가지 감정은 본질적으로 동일해 보인다. 우연에 의해 하나는 천상의 광채에서 나타나고, 다른 하나는 어둡고 음산한 빛에서 나타나는 것이 다를 뿐이다. 서로에게 피해를 입혔다고 할 수 있는 늙은 의사와 목사는, 영적인 세계에서는, 지상에서 서로에게 품던 증오와 반감이 그들도 모르는 새 황금빛 사랑으로 변한 것을 발견할지도 모른다.

이런 논의는 제쳐 두고, 독자에게 전달해야 할 현실적인 사항이 있다. 목사가 죽은 바로 그 해에 로저 칠링워스가 세상을 떠났다. 유언 집행관인 벨링엄 치안판사와 윌슨 목사에게 남긴 유언에 의하면, 그는 뉴잉글랜드와 영국에 있는 상당한 재산을 헤스터 프린의 딸인 펄에게 물려주었다.

그때까지만 해도 악마의 자식이라는 수군거림을 듣던 요정 같은 아이 펄은 그 시대 신세계에서 가장 부유한 상속녀가 되었다. 당연히 이러한 상황은 세간의 평판에 매우 중대한 변화를 불러왔고, 만약 어머니와 딸이 계속 식민지에 남아 있었더라면, 결혼 적령기가 되었을 때 펄의 야생적인 피가 가장 독실한 청교도의 혈통과 섞였을지도 모른다. 하지만 의사가 죽은 지 얼마 지나지 않아, 주홍 글자를 가슴에 단 사람은 펄과 함께 사라졌다. 오랜 세월 동안 이따금 막연한 이야기들이 바다 건너로 전해졌으나 그것은 마치 해안으로 떠밀려 오는 머리글자가 새겨진 나무토막처럼 근거 없는 소문에 불과했다. 이제 주홍 글자에 관한 이야기는 전설로 변했다. 그러나 그것이 지닌 마법의 주문은 여전히 강력했고, 가련한 목사가 죽은 처형대와 헤스터 프린이 살던 해안가의 오두막에는 왠지 무시무시한 분위기가 감돌았다. 어느 날 오후, 해안가 오두막 근처에서 놀고 있던 아이들 몇 명이 회색 옷을 입은 키가 큰 여자가 오두막 현관으로 다가가는 걸 보았다. 오랜 세월 동안, 그 문은 한 번도 열린 적이 없었다. 하지만 그녀가 열쇠로 열었거나, 손으로 잡아당겨 썩어 가는 나무와 쇠가 부서져 문이 열렸는지 알 수 없었다. 아니면 그림자처럼 장애물들을 그냥 통과했을지도 모른다.

아무튼 그녀는 안으로 들어갔다. 문턱에서 잠시 멈춰 서서 반쯤 몸을 돌렸다. 아마도 혼자서, 완전히 변해 버린, 그토록 힘들게 살던 옛집으로 들어가는 것이 견딜 수 없을 정도로 황량했기 때문일 것이다. 그녀의 머뭇거림은 순간적이었으나, 가슴에 달린 주홍 글자를 알아볼 수 있었다.

그렇게 헤스터 프린은 돌아왔고, 오랫동안 잊혔던 치욕을 다시 집어 들었다. 하지만 어린 펄은 어디에 있었을까? 만약 살아 있다면, 아마도 한창 꽃다운 여성으로 피어났을 것이다. 요정 같은 아이가 처녀인 채로 때 이르게 세상을 떠났는지, 아니면 제멋대로이고 활발한 기질이 부드럽고 유순해져서 여자로서 품위 있는 행복을 누리게 되었는지 아무도 알지 못했고, 소문을 들은 사람도 없었다. 하지만 헤스터의 남은 삶을 살펴보면, 주홍 글자를 달고 은둔하던 사람에게 사랑과 관심을 쏟는 가까운 이가 다른 세계에서 살고 있었다는 증거가 보였다. 헤스터에게 편지들이 왔고, 문장(紋章)으로 봉인되어 있었으나 영국의 문장학에서는 찾아볼 수 없는 형태였다. 오두막 안에는 헤스터가 전혀 사용하지 않는 편리하고 사치스러운 물건들이 있었다. 오직 부유층만이 살 수 있는 물건이었으며, 그녀를 사랑하는 사람이 아니면 보낼 수 없는 것들이었다. 그 밖에도 작은 장식품들과 추억을 기념하는 아름다운 상징들 같은 자질구레한 것들도 있었다. 모두 사랑이 넘치는 섬세한 손길로 만든 것이었다. 언젠가는 헤스터가 아기 옷에 수를 놓고 있었다. 금빛 찬란한 소재로 아낌없이 만든 환상적인 옷이라서, 만약 어떤 아이가 음울한 분위기의 사회에서 입고 다니면 공공연히 소란이 일어날 법했다.

그 시대에 호사가들이 믿었고, 백 년 뒤에 이것을 탐구한 조세사정관 퓨씨도 믿었고, 최근에 그의 자리를 이어받은 퓨씨의 후임자 중 한 명도 굳게 믿은 것은 펄이 살아 있었을 뿐만 아니라 결혼했고, 행복했으며, 어머니를 늘 염두에 두면서 살았다는 사실이다. 펄은 딸로서 슬프고 외로운 어머니를 가장 즐겁게 해 주었으리라는 것도.

그러나 펄이 가정을 이루고 살고 있는 곳, 어딘지 알 수 없는 나라보다 여기 뉴잉글랜드에 헤스터 프린의 진실한 인생이 있었다. 여기에 그녀의 죄가 있었다. 슬픔이 있었고, 무엇보다 아직 참회해야 할 것이 남았다. 그러므로 그녀는 돌아왔고, 이제껏 서술한 음울한 이야기 속의 그 징표를 그녀의 자유의지로 다시 달았다. 아무리 무쇠처럼 냉혹한 시대의 엄격한 치안판사라 해도 그것을 다시 달라고 강요하지는 못했을 것이다. 이후로 그녀의 가슴에서 그것이 사라진 적은 없었다. 그러나 헤스터가 사려 깊게 자기희생적으로 살아가는 동안, 주홍 글자는 더는 세상의 경멸과 조롱을 자아내는 낙인이 아니었다. 슬픔에 잠겨 두려움과 존경하는 마음으로 바라보는 대상이 되었다. 헤스터 프린은 이기적인 목적이 없었고, 자신의 이익과 즐거움을 위해 잔꾀를 부리며 살지도 않았기 때문에, 사람들은 슬프고 당혹스러운 일이 생기면 그녀를 찾았다. 헤스터 자신이 엄청난 시련을 겪은 사람이기에 적절한 조언을 구하곤 했다.

특히 되풀이해서 상처받고, 버림받고, 부당한 취급을 당하거나, 나쁜 길로 빗나가거나, 부정하고 죄를 짓는 열정에 빠지는 여성들, 혹은 존중받지도 못하고 무시만 당해서 마음속에 풀 길 없는 우울한 짐을 지고 있는 이들이 헤스터의 오두막으로 찾아왔다. 그리고 왜 그들이 그렇게 비참한지, 어떤 해결책이 있는지 물었으며, 헤스터는 최선을 다해 그들을 위로했고 조언해 주었다. 또한 더 밝은 세상이 오면, 그러니까 이 세상이 하나님의 뜻에 맞게 완성되면, 새로운 진리가 드러나서 남자와 여자의 관계가 확실한 행복을 보장하는 토대 위에서 세워질 수 있을 거라는 그녀의 확고한 믿음을 이야기해 주기도 했다. 헤스터가 젊었을 때는 자신이 예언자의 운명일지도 모른다는 헛된 상상도 했다. 하지만 거룩하고 신비한 진리의 사명이 죄로 물들고, 수치심에 고개를 늘 숙이고 있어야 하며, 평생 슬픔의 짐을 진 여자에게 맡겨질 리 없다는 불가능성을 오래전에 깨달았다. 다가오는 계시의 천사와 사도는 반드시 여자여야 했으나, 높고 순수하며 아름다워야 했고, 어두운 슬픔이 아니라 천상의 기쁨을 매개체로 한 지혜를 얻어야 했다. 인생의 목적을 이룬 진실한 삶에 의해 실제로 신성한 사랑이 얼마나 우리를 행복하게 할 수 있는지 보여 주어야 한다!

헤스터 프린은 그렇게 말하고 나서는 슬픈 눈으로 주홍 글자를 내려다보곤 했다. 그로부터 여러 해가 지난 뒤 킹스 채플 근처의 묘지 안에 오래되어 내려앉은 무덤 근처에 새로운 무덤이 하나 만들어졌다. 낡은 무덤 바로 옆이었으나, 땅속에 잠든 두 사람의 유골이 섞이지 않을 만큼 떨어져 있었다. 두 무덤의 묘비는 하나였다. 주위에 늘어선 멋진 문장들이 조각된 비석들과는 달리, 단지 석판 하나로 만들어진 단순한 묘비에는 방패 모양의 문장 비슷한 것이 새겨져 있었다. 오늘날 호기심 많은 관찰자가 그것을 발견하면 의도를 알 수 없어 당혹스러울 테다. 거기에는 하나의 도안이 새겨져 있었다. 그 도안을 살펴보고 결론을 내린 문장 전문가의 한마디가 아마 이제 막 우리가 이야기를 끝낼 전설의 상징적 구절이면서 간단한 요약일 것이다. 너무 어두침침한 문장이었다. 그늘진 배경 위에 한 부분만 오직 빛나고 있으나, 실상 그 빛은 그림자보다 더 어두워 보였다.

바탕은 검은색, 글자 A는 주홍색

도슨트 권용선이 선택한 그림

Clara Schumann(1819~1896), ***Variation on theme by Robert Schumann(Album leaf)***

미국 동부의 청교도 공동체에서 헤스터 프린의 파란만장한 삶이 펼쳐지는 동안, 유럽에서는 한 여성이 고군분투하고 있었습니다. 여섯 아이의 어머니이자 한 남자의 아내로서 그리고 피아노 연주자이자 작곡가로서 여러 역할을 탁월하게 수행했던 클라라 슈만. 여기 그녀가 작곡한 변주곡 악보가 한 장 있습니다. 음악은 악보에 기입된 내용을 악기로 연주함으로써 표현되는 것이지만 사실은 그 이상입니다. 탁월한 연주자는 악보 그대로가 아닌 자기만의 해석으로 매번 작품을 새롭게 탄생시키니까요. 클라라는 작곡을 하면서 자신의 예술 세계를 펼쳐 보였고, 연주를 하면서 기존 작품에 새로운 해석의 기운을 불어넣었습니다. 헤스터 프린이 청교도 세계의 규범 외부에서 새로운 삶의 방식을 실험했듯 클라라 슈만은 음악의 세계에서 같은 일을 했던 것이지요. 주어진 삶에 순응하는 데 머물지 않고, 세상을 향한 질문과 상상 속에서 무엇인가를 실행하는 사람만이 자신이 원하는 별을 움켜쥐게 된다는 걸 보여 주었던 사람들. 여러분은 자신의 별을 위해 무엇을 하고 있나요?

calando

도슨트 권용선과 함께 읽는

『주홍 글자』

그린비 도스트 세계문학 07
주홍 글자

초판1쇄 펴냄 2025년 07월 10일

지은이 너새니얼 호손
옮긴이 부희령
해설 권용선
펴낸이 유재건
펴낸곳 (주)그린비출판사
주소 서울시 서대문구 이화여대2길 10, 1층
대표전화 02-702-2717 | **팩스** 02-703-0272
홈페이지 www.greenbee.co.kr
원고투고 및 문의 editor@greenbee.co.kr

편집 이진희, 민승환, 성채현, 문혜림 | **디자인** 심민경, 조예빈
독자사업 류경희 | **경영관리** 장혜숙

책값은 뒤표지에 있습니다. 잘못 만들어진 책은 구입처에서 바꿔 드립니다.
ISBN 979-11-94513-25-4 03840

독자의 학문사변행學問思辨行을 돕는 든든한 가이드 _(주)그린비출판사

차례

도스트 권용선과 함께 읽는 『주홍 글자』

우리가 살고 있는 이 세계는 언제부터 '당연한' 세계가 되었을까요? 정해진 시간에 맞춰 학교나 일터에 가서 맡은 바 역할을 충실히 하고, 휴일에는 종교 활동이나 여가 생활을 하고, 가끔 나를 대신할 정치의 대표자를 뽑고, 도덕적으로나 법적으로 해야 할 것과 하지 말아야 할 것을 구별하는 보통의 시민으로 사는 일이 원래부터 당연한 일이었을까요? 지금 우리 눈엔 당연하게 느껴지는 '자본주의적' 삶의 방식들이 법적·문화적·제도적으로 안착되기까지는 사실 제법 시끄러운 소동들이 끊임없이 반복되었어요. 『주홍 글자』는 무엇보다 한 여성의 독특한 삶의 방식에 관한 이야기지만, 그 사람의 삶이 펼쳐지는 공동체 속에 지금 우리가 살아가는 이 세계가 아주 작은 형태로 접혀 들어가 있답니다. 고전의 힘이란 어쩌면 이런 데 있는 게 아닐까요? 작은 이야기 속에 큰 이야기와 오래 지속되는 인간의 삶을 차곡차곡 접어 넣어서 언제든 원하는 방식으로 조금씩 꺼내 볼 수 있도록 하는 것 말이죠.

계몽의 알레고리와 봉인되지 않는 'A'의 세계

죄지은 자들, 보잘것없는 자들에 대한 체포, 제안받은 불륜, 수용,
입술을 삐죽대며 거절하는 것, 나는 그런 것들이나 그런 것들의
울림에 신경 쓴다. … 나는 오고 또 온다.
— 월트 휘트먼, 「나 자신의 노래」 중에서

1. 보스턴, 마녀의 솥단지와 실험실의 비커

너새니얼 호손의 『주홍 글자』(1850)는 잘못된 사랑의 결과로 가슴에 주홍 글자 'A'를 달고 살아가야 하는 한 여자의 삶을 그린 작품으로 널리 알려져 있습니다. 하지만 이 작품은 일반적인 의미에서 로맨스 소설이 아닙니다. 왜냐하면 여기에는 남녀 간의 사랑과 연애에 관한 이야기는 단 한 문장도 나오지 않거든요. 소설은 주인공인 헤스터 프린의 '불륜'을 취조하고 단죄하는 재판 장면으로부터 시작되고, 그녀의 죽음으로 끝이 나죠. 조금 더 자세히 들여다보면 유부녀였던 헤스터 프린의 연애 상대가 누구

였는지 추적하는 사람과 그것을 감추려는 사람의 긴장 관계도 보이고, 헤스터를 대하는 마을 사람들의 태도가 변화해 가는 모습도 보이고, 작은 청교도 공동체에서 기독교와 법이 질서의 중심으로 자리 잡고 있는 양상도 확인하게 되지요.

하지만 표현된 내용의 행간을 들여다보면 더 많은 이야기들이 숨어 있음을 발견하게 됩니다. 종교의 자유와 더 나은 삶에 대한 기대를 품고 유럽에서 이주한 사람들이 북아메리카 동부 지역에 정착한 후 어떤 모습으로 살아갔는지, 그들의 삶에 법과 종교가 어떻게 관계 맺으며 어떤 힘을 발휘했는지, 비기독교적 신앙이 미신이나 광기의 영역으로 배제되는 데 과학과 이성이 어떤 역할을 했는지, 가부장적 가족 제도가 청교도적 금욕주의와 만나 여성들을 어떻게 억압하게 되었는지 등등. 이런 내용들은 모두 헤스터 프린의 삶, 그녀가 가슴에 단 주홍 글자 'A'가 새겨진 검은색 헝겊에서부터 뻗어 나가고, 그 주위를 배회하며 다시 그 글자로 되돌아옵니다. 주홍색의 글자 'A'는 근대적인 법과 종교와 관습의 명령을 거부한 여성에게 가해진 사회적 낙인이며, 명령에 순응하지 않는 자를 타자화하여 배제하기 위한 일종의 기호로 출발합니다. 하지만 그 의미는 단단하게 고정된 것이 아니죠. 주어진 그대로가 아닌 자기만의 방식과 의지로 새로운 삶을 꾸려 가는 사람에게 'A'의 의미는 계속 변화하게 되고, 결국에는 일종의 훈장과도 같은 것이 되니까요.

헤스터 프린이 살았던 시대와 그 분위기는 어땠을까요? 1492년 콜럼버스가 아메리카 대륙을 발견한 이래, 그곳을 정복하고 개

발하고 지배하려는 유럽인들의 시도는 계속되었습니다. 하지만 전염병과 기근, 원주민들의 저항에 부딪혀 정착하는 데 실패를 거듭하다가, 버지니아에 제임스타운이 건설되면서 본격적으로 구대륙 특히 영국 사회가 '이식'되기 시작합니다. 이식은 사람들의 이주와 함께 종교와 정치와 법과 풍습에 실려 진행되었지만, 구대륙의 것을 그대로 답습한 것은 아니었어요. 17세기 중반, 청교도인들이 매사추세츠의 보스턴 지역에 식민지를 건설했을 때, 영국 왕의 특허장과 그가 임명한 총독을 앞세웠지만, 시간이 지남에 따라 이주민들의 성격과 정착지의 환경이 상호 작용하면서 점차 고유한 색채로 바뀌어 나가게 됩니다. 식민지 초기의 이주는 대체로 가족 단위로 이루어졌고, 가장 기본적인 사회 단위인 타운을 중심으로 마을 공동체가 형성되었다고 해요. 주민들은 매년 타운 회의를 열어 마을의 중요한 일을 관장할 대표를 선출했는데, 이때 회의 참가자는 성인 남자로 제한되었어요. 여성들이 정치에 참여하고 투표권을 행사하게 된 것은 그로부터 약 삼백여 년의 세월이 더 흐른 뒤였지요. 식민지 초기부터 미국은 남성 중심의 가부장적 사회로서의 성격을 확고히 했던 것입니다.

신앙의 자유를 찾아 신대륙으로 이주한 청교도인들에게 교회는 그들의 삶에서 가장 중요한 장소였고, 타운의 모든 구성원들에게는 예배에 참석할 '의무'가 있었어요. 이주민들은 성경에 나오는 '언덕 위의 마을'을 현실 속에서 구현하기 위해 근면하고 검소한 생활을 실천해야만 했고요. 사실 식민지 초기 청교도인

들의 마을 공동체에서 정치와 종교는 그 경계가 모호할 만큼 서로 긴밀하게 연결되어 있는 하나의 유기체와도 같았어요. 영국에서 파견된 식민지 총독과 관료들이 '법령집'을 근거로 타운의 치안과 풍속을 담당했다면, 교회와 성직자들은 '성경'을 앞세워 주민들 간의 정신적 유대감을 강화하고 일상의 윤리를 교화하는 역할을 맡았다는 점에서 통치의 역할 분배만 있었을 뿐이지요. 특히, 정치의 영역이 온전히 자리 잡지 못한 시기에 마을 구성원들의 삶에 정신적 지반이 된 종교는, 이른바 미국의 정신을 프로테스탄티즘*의 틀 안에서 적극적으로 주조해 낸 사상의 핵심이었고, 대학이 설립되고 신문이 대중화되기 전까지 그 역할을 주도적으로 담당했습니다.

더불어 새로운 사상의 기운들이 유럽으로부터 빠른 속도로 식민지로 유입되기 시작했어요. 과학과 이성의 힘으로 세계의 비밀을 풀고 진보의 길로 나아갈 수 있다는 계몽주의의 활기는 17~18세기 전반에 걸쳐 양 대륙을 거의 동시에 사로잡았고, 미국 독립의 기저에 있는 여러 사상이 대서양을 풍미하던 영국 및

* 리처드 호프스태터는 미국의 반지성주의적 경향이 프로테스탄티즘의 유산이라고 주장한다. "사상은 무엇보다도 실용적이어야 한다는 정서, 학설이나 교의에 대한 멸시, 사상을 닦는 것에 대한 경멸, 감정에 호소하는 힘이 있는—혹은 여론 조작 기술을 가진—인간을 사상가보다 중시하는 태도. 이는 모두 20세기에 시작된 것이 아니라 미국 프로테스탄티즘의 유산이다"(리처드 호프스태터, 『미국의 반지성주의』, 유강은 옮김, 교유서가, 2017, 89쪽).

유럽 대륙 철학으로부터 건너온 것이기도 했지요. 하지만, 여전히 사람들의 관념 속에서는 이성과 광기, 문명과 야만, 정상과 비정상, 법과 관습이 완벽하게 분할되지 않았고, 서로 뒤섞인 채 공적 영역과 사적 공간을 넘나들고 있었지요. 따라서 한 인간이 담당해야 할 몫 또한 단일한 것이 아니었는데, 호손이 기억하는 그의 1대 선조의 모습 또한 그렇습니다. "그는 군인이자 의회의 의원이었고, 치안판사였다. 교회의 지도자이기도 했"(21쪽)다라고 그는 「세관」에서 말하고 있지요.

호손의 조상 중에는 1692년 매사추세츠 세일럼의 마녀재판에 참여한 판사도 있었다고 해요. 열아홉 명이나 되는 마을의 여자들이 '마녀'라는 누명을 쓰고 처형당한 이 그로테스크한 사건의 시작은 부두교 의식을 사용할 줄 알았던 흑인 여성 티튜바를 마을 소녀들의 몇몇 부모가 고발하면서부터였어요. 강력한 청교도 공동체였던 세일럼에서 부두교 의식을 사용하는 가난한 비-백인 여성은 쉽게 타자화되었고, 백여 명의 사람이 마녀로 지목되어 고발되는 등 마을 전체가 히스테리 증세를 보였던 엄청난 사건이었지요. 세일럼에서 시작된 마녀사냥은 뉴잉글랜드의 다른 지역으로도 곧 확산되었는데, 대체로 과부이거나 사회적 신분이 낮은 자, 평소 행실이 반듯하지 못한 자, 또는 상당한 재산을 소유하여 공동체의 가부장적 규범에 위협이 된다고 판단되는 여성들이 쉽게 '마녀'로 간주되었다고 해요. 결국, 마녀사냥은 성인 백인 남성 중심의 공동체 질서를 유지하고 강화하는 데 위협이 되는 요소들을 폭력적으로 배제하는 과정이기도 했던 셈

이지요. 청교도, 이성(理性), 남성 중심의 세계에서 부두교, 광기, 여성은 타자로 전락하여 지배의 대상이 되거나 폭력적으로 제거되어야만 했으니까요. 마녀로 고발된 여자들은 살아남기 위해 자신이 마녀임을 거짓으로 고백해 처형당하거나 또 다른 누군가를 마녀로 고발해 종교와 이성의 얼굴을 한 죄의 편에 가담해야만 했어요. 흥미로운 것은 이 모든 사태의 출발이었던 티튜바라는 여성은 처형되지 않았다는 점인데요. 비기독교인이었던 그녀에게 죄를 고백하고 용서를 구한다는 기독교인들의 방식은 낯선 것이었고, 마녀가 아니었던 그녀는 자신이 마녀라고 말할 수 없었으니까요.

그 자신이 세일럼 출신이기도 했던 호손에게 이러한 '마녀사냥'은 조상의 박해 정신과 핏자국을 아프게 확인하는 일이었을 겁니다. 그래서 그는 "조상들을 대신해서, 나 자신이 그들의 수치를 받아들인다. 그들이 불러들인 … 저주가 지금 당장이나 곧 사라지기를 기도한다"(21~22쪽)라고 말했던 것이었을 테고요. 어쩌면 약 이백 년의 시차를 두고 그가 보스턴의 세관 사무실에서 우연히 대문자 A가 새겨진 주홍빛 천 조각과 헤스터 프린의 삶이 적혀 있는 작은 서류 뭉치를 발견했을 때, 그는 '마녀'의 억울함을 풀어 주고 그 명예를 회복시켜야겠다고 마음먹었던 것은 아니었을까요? 그때 호손은 세관 공무원이 아닌 문필가로서 자기 운명을 다시 발견한 것처럼 보이는데요. 주홍 글자가 새겨진 천 조각을 우연히 자기 가슴에 대어 보며 그는 이렇게 말합니다. "마치 타오르는 듯한 열기를 느꼈다. 완전히 신체적인 것

은 아니었으나, 거의 그러했다. 붉은색 천이 아니라 붉게 달궈진 쇳조각으로 만든 글자 같았다."(52쪽)

2. 법과 종교의 바운더리

소설은 "처음에 새로운 식민지를 건설한 이들이 인간의 미덕과 행복을 무엇이라 꿈꾸었든 상관없이, 아무것도 세우지 않은 빈터에 그들이 가장 먼저 해야 할 일은 당연히 묘지와 교도소 지을 곳을 따로 떼어 놓는 일이라고 여겼다"(71쪽)는 문장과 함께 시작됩니다. 어째서 '묘지'와 '교도소'가 '가장 먼저'일까요? 이민자들이 꿈꾸었던 유토피아는 그들이 도착한 자리에 이미 자리 잡고 있던 원주민들을 죽이거나 내쫓거나 가두고 난 뒤에야 비로소 그 터를 닦을 수 있었기 때문이었겠지요. 혹은 유토피아는 공동체를 구성하는 인물들 사이의 위계 혹은 권력관계가 의례와 법질서라는 문명의 제도로 자리 잡는 것으로부터 시작된다고 그들이 믿었기 때문일 수도 있겠군요. '묘지'와 '교도소'는 식민지에 정착하는 일이 목숨을 걸고 싸우는 과정이라는 것을 의미합니다. 누군가는 실제로 목숨을 잃고 또 다른 누군가는 타인의 목숨을 빼앗거나 상해를 입힌 죄목으로 교도소에 가는 일의 반복, 그 와중에 전염병과 기근과 자연재해에 속수무책일 수밖에 없다는 점을 깨닫는 것, 이런 고단한 시간들의 축적 속에서 이민자들은 애초에 꿈꾸었던 '인간의 덕성과 행복에 찬 어떤 유토피아'에 대한 꿈을 조금씩 현실적이고 세속적인 것으로 조정해야만 했을 겁니다.

신의 영역에 속하는 불가항력의 자연현상을 제외한 시련들은 식민지인들에게 극복하고 정복하며 해결해 나가야 할 숙제였고, 시련을 극복하고 질서 잡힌 삶을 유지하기 위해 그들은 법과 종교를 양손에 나눠 쥐어야만 했습니다. 그런 점에서 호손의 『주홍 글자』는 그들이 수호하고자 한 가치들, 이를테면 종교적 금욕주의와 가부장적 법질서 같은 것들이 위협받았을 때 어떻게 대처했는지를 보여 주는 한 사례인 셈이지요. '묘지'와 '교도소'를 둘러싼 풍경을 장황하게 설명하고, 주홍색 A가 선명한 웃옷을 입은 헤스터 프린이 어린아이를 안고 감옥 문을 나서는 모습을 묘사하는 것으로부터 시작되는 소설의 도입부는 종교의 계율을 위반하고 가부장적 법질서를 교란한 자를 공동체가 어떻게 취급하고 그 영향력을 어떤 방식으로 중단시키려고 했는지 보여 줍니다. 작가의 일차적 관심사는 로맨스 혹은 불륜이 아니었던 것이지요.

감옥에서 나온 헤스터는 시장터에 마련된 처형대 앞에 세워집니다. 처형대는 프랑스 혁명기의 단두대처럼 '선량한 시민 정신을 고양'시키는 효과적인 장치이고, 처형대 위에 올려놓은 형틀은 죄인의 생명과 죗값을 교환하는 징벌의 도구라고 할 수 있겠습니다. 때로는 처형보다 더 잔인한 징벌이 처형대 위에서 행해집니다. '어떤 죄'에 대해서는 법이 죽음보다 못한 삶을 명령하는데, 법은 군중들 앞에 죄인의 얼굴을 전시하고 그가 지은 죄목을 발표하고 사람들로 하여금 타산지석의 교훈으로 삼게 합니다. "한 사람의 범죄가 무엇이든, 수치심으로 제 얼굴을 숨기

지 못하게 하는 형벌보다 잔인하면서 인간성에 어긋나는 능욕은 없다. 이 형벌의 핵심이 바로 그것이었을 테다"(81쪽)라고 작가는 말합니다. 군주의 '생사여탈권'이 더 이상 영향력을 끼칠 수 없는 계몽주의 시대, 식민지라는 특수한 공간에서 인격을 모욕하는 '형벌의 기본 정신'은 행위에 대한 처벌과 행위 주체에 대한 인격적 모독이 분화되지 않은 상태라는 시대의 특성을 그대로 드러내지요. 영국 법에 근거해 죄의 유무를 판단하고 징벌의 가부를 평결하는 식민지 재판정의 모습은 호손의 작품 속에서 이렇게 묘사됩니다.

> "어쩌면 게으름을 피운 노예나 부모가 법정에 고발한 패륜아가 태형대에 세워진 것일 수도 있다. 혹은 매질을 당하고 마을에서 쫓겨난 도덕률 폐기론자, 퀘이커 교도, 또는 다른 이단의 신도일 수도 있다. 혹은 백인의 독주를 마시고 거리에서 소란을 피운 떠돌이 인디언이 채찍을 맞고 숲 그늘로 내몰린 것인지도 모른다. 어쩌면 치안판사의 미망인이자 성질이 고약한 히빈스 부인 같은 마녀가 교수형을 당하는 것일 수도 있다.(74~75쪽)"

여기서 '게으름을 피운 노예, 패륜아, 이단의 신도, 인디언, 마녀' 등은 문명화되지 못한 인물들이라 할 수 있는데요. 그들은 매를 맞거나 쫓겨나거나 처형되는 식으로 문명의 장소로부터 배제됩니다. 공동체는 법의 이름으로 그들의 행위를 단죄하고 격리시킴으로써 불순한 것들로부터 공동체를 보호하고 구성원

들에게 경각심을 불러일으키려는 목적을 실천해 나갔던 셈이지요. 죄를 지은 자에 대한 법의 태도, 즉 위법한 행위에 대한 처벌과 행위 주체에 대한 인격 모독의 미분리 상태를 의심하지 않는 법 집행자들의 태도는 '문명인'의 바깥에 있는 자들을 비이성의 존재 혹은 야만인이라는 하나의 카테고리 속으로 거칠게 범주화시키곤 했던 것입니다.

형벌의 기본 정신은 다양하게 변주됩니다. "헤스터 프린은 일정 시간 동안 처형대 위에 서 있어야 할 뿐, 그 추악한 기구의 악마적 성향에 굴복하여 목에 칼을 쓰고 머리를 고정하고 있는 것은 아니었다"(81~82쪽)라고 작가는 말합니다. 처형대 위에 있는 죄인은 군중들의 분노에 찬 시선을 감수하며 수치심을 느껴야 하고, 그 장면을 바라보는 군중들은 죄인을 조롱거리로 삼기보다 두려움을 느끼며 일벌백계의 교훈을 얻어야 했으니까요. 여기에 "총독과 몇몇 관료, 판사나 장군, 마을의 목사 … 그들 모두 교회당의 발코니에 서거나 앉아서 처형대를 내려다보고 있"(82~83쪽)는 상황은 판결의 집행이 진지하고 효과적인 의미를 만들어 내는 데 중요한 역할을 담당하게 됩니다.

헤스터의 '간통죄'는 당대의 일반적인 법적 판단에 따르면 사형 평결을 받을 만한 것이지만, 그녀의 우유부단함과 남편의 부재가 정상 참작되어 형벌의 무게는 줄어듭니다. 그녀는 주홍 글자가 새겨진 헝겊을 가슴에 단 채, 구경꾼들 앞에 세 시간 동안 노출되는 치욕을 당한 후 '숲'으로 유폐됩니다. 헤스터 프린에게 내려진 사형 선고는 "일반 대중의 감정을 반영"(74쪽)한 것에 지

나지 않았던 셈이지요. 법 집행 과정에서 일상적으로 행해지던 조리돌림은 '초기 청교도인들의 엄격한 성격'에 맞게 엄숙한 분위기로 대체됩니다. "어느 경우든 구경꾼들은 똑같이 근엄한 표정을 지었을 것이다. 종교와 법이 거의 일치할 뿐 아니라 서로 완전히 뒤섞여 있어서 공적 규율을 가장 온건하게 적용하든 가장 가혹하게 적용하든 똑같이 존중하는 이들의 태도였다"(75쪽)라고 소설에 제시되어 있는 것처럼요.

개인의 일탈과 위법 행위를 단죄하는 법적 판단과 종교적 도덕관념, 그리고 대중의 정서적 이해의 뒤섞임은 재판의 평결 자체뿐만 아니라 형의 집행 과정에서도 확인됩니다. 총독과 치안판사, 목사 등 마을의 권력자 그룹은 헤스터의 형이 집행되는 동안 "인간이 진정 수치스럽게 여겨야 할 일은 죄를 범하는 일이지 죄를 고백하는 일이 아니"(93쪽)라며 그녀에게 죄를 고백하라고 다그치고 있는데요. 고백의 강요는 일차적으로 공범을 찾기 위한 취조의 성격을 띤 것이지만, 대중적 호기심을 만족시키기 위한 의도 역시 포함된 것이며, 대중 앞에서 고백의 명령이 수행될 때 재판-권력의 권위와 능력이 가시화되고 강화되는 효과도 동시에 포함하게 됩니다. 『성의 역사』에서 미셸 푸코는 죄를 고백하는 제도가 성직자의 세속 권력을 강화하는 데 핵심적인 기능을 했다고 말한 바 있는데요. 이때 성직자는 죄의 고백과 보속의 절차 속에서 신과 인간을 매개하는 위치에 서서 죄를 고백하는 신자의 '비밀'을 독점적 정보로 갖게 됨으로써 종교적 권위와 세속적 권력을 동시에 획득하게 된다는 것이지요.

헤스터 프린의 형 집행 장면에서 흥미로운 점은 '죄의 고백'이 관례적인 종교적 의례의 형식으로 비밀스럽게 이루어지지 않는다는 점인데요. 죄의 고백과 보속이 내밀하게 이루어지던 구대륙의 가톨릭적 전통은 종교 개혁 이후 개신교의 경우 교회(혹은 성직자)를 매개하지 않고 신과 직접 소통하는 신자 개인의 '구원'의 문제에 집중하는 것으로 변형되었음을 여기서 간접적으로 확인할 수 있습니다. 오직 신만이 신뢰할 만한 존재가 되는 것이지요. 칼뱅주의의 성격이 강한 지역의 경우 '개인적 고해성사가 소리 없이 사라져 버린' 경우도 있었다고 해요. 이러한 현상은 소설 속에서 죄를 '공개적으로' 고백하는 방식으로 변형되고, 종교적인 보속의 자리에 재판과 형의 집행이 자리 잡는 식으로 표현됩니다. 죄와 벌을 둘러싼 이러한 종교와 법률의 협업은 소설에서 묘사된 재판과 형 집행 절차의 전 과정에서 확인됩니다.

소설에서 죄의 고백을 거부하는 헤스터 프린의 태도 때문에 신자와 성직자 양자 간의 권력관계는 실패로 돌아간 것처럼 보입니다. 하지만 이미 공개된 죄의 증거물 즉 아이의 존재는 신도 대중과 교회의 관계를 더욱 강력한 것으로 이어 주지요. "윌슨 목사는 가엾은 죄인의 고집을 꺾을 수 없음을 깨닫고, 군중에게 이런 경우를 대비해 준비한 설교를 시작했다. 죄와 그로부터 파생되는 온갖 일들을 치욕의 글자와 관련해서 이야기했다. 그가 주홍 글자의 의미를 강조하면서 한 시간 이상 군중에게 누누이 설명하는 바람에 그 상징은 사람들의 상상에서 새삼 공포 그 자체가 되었고, 그 빛깔은 지옥의 불길에서 온 것처럼 느껴졌다. 그

동안 헤스터 프린은 멍한 눈빛으로 치욕의 처형대 위에 서 있었다. 지치고 무관심한 태도였다"(97쪽)라고 하는데요. 치욕의 주홍빛 글자는 대중들에게 지옥의 공포를 심어 줍니다. 하지만 간통죄의 또 다른 주체는 여전히 비밀에 부쳐지고, 공동체의 법과 종교는 헤스터 프린의 형을 집행함으로써 대중들을 교화하는 것에 만족해야만 하지요. 이때 이 둘의 힘이 미치지 않는 곳에 숨어 있는 또 다른 한쪽의 죄에 대한 '사적인 복수'가 시도됩니다.

법은 개인과 사회의 모든 관계에서 만들어지는 각종 '폭력'과 그것을 예방하고 징벌하는 폭력을 독점하려는 성격을 지닙니다. 법은 공동체-국가의 질서와 치안을 유지하는 데 저해되는 모든 개인의 일탈 행위뿐만 아니라 사적인 상해와 그에 대한 복수까지도 독점적으로 행사하고자 합니다. 법의 바깥에서 행사되는 폭력은 그 자체로 법에 위협이 되기 때문이지요. 발터 벤야민에 따르면 "법의 수중에 있지 않을 때의 폭력은 그것이 추구할 수도 있는 목적들 때문이 아니라 그것이 법의 바깥에 현존한다는 사실 자체 때문에 법을 위협"*하는 것으로 받아들여지는 것입니다. '사적인 복수'는 그것이 폭력적이고 위법적이기 때문에 문제일 뿐만 아니라, 보다 근본적으로는 폭력을 분류하고 판단하고 징벌을 독점적으로 행사하는 '법의 힘'에 도전하기 때문에 위험한

---

* 발터 벤야민, 「폭력의 비판을 위하여」, 자크 데리다, 『법의 힘』, 진태원 옮김, 문학과지성사, 2004, 144쪽.

것이 됩니다. '사적인 복수'가 정의로운가 그렇지 않은가에 대한 판단은 여기서 중요한 것이 아닙니다.

헤스터 프린의 간통을 둘러싼 법적 판단과 징벌의 과정은 국가와 법에 대한 관념, 법과 종교의 분화가 불철저했던 시기의 문제, 즉 한편으로는 종교적 교화와 손을 잡고 또 다른 한편으로는 죄에 대한 징벌을 시도하는 사적 복수를 묵인할 수밖에 없었던 법의 딜레마를 보여 준 셈이라고 할 수 있습니다. 바꿔 말해 사적인 복수가 시도되는 바로 그 지점에서 법의 무능은 드러난다고 할 수 있을 텐데요. 감옥으로 헤스터를 찾아온 전남편은 배우자의 배신에 슬픔과 분노를 감추지 않지만, 복수의 대상이 누구이어야 하는지 명확하게 알고 있습니다. "그는 당신처럼 옷에 치욕의 글자를 붙이고 다니지는 않겠지요. 하지만 나는 그의 가슴 속에 있는 글자를 읽을 수 있을 것이오. 그렇다고 그를 위해 두려워하지 마시오! 내가 하늘에서 내리는 징벌에 간섭하거나, 손해를 무릅쓰고 그를 인간의 법에 고발할 거라는 생각은 하지 마시오"(105쪽)라고 그는 말합니다. 복수는 그 대상을 정확하게 찾아내는 것으로부터 출발하고, 이 과정은 소설 전개상 중요한 갈등의 한 축을 담당하게 됩니다.

여기서 흥미로운 점은, 사적인 복수에 대한 종교의 입장인데요. 종교는 이미 오래전부터 죄에 대한 보속과 징벌의 주체였고, 성직자들은 신과 인간을 매개하는 자로서 '구원의 믿음'은 그들의 세속적인 권력이 지탱되는 확실한 근거였다는 점을 일단 떠올려 보지요. 헤스터 프린의 남편인 로저 칠링워스의 복수의 시

도는 종교의 역할을 가로채려 한다는 점에서 딤즈데일 목사에게는 간통죄 그 자체보다 심각한 죄로 인식되고 있어요. "헤스터, 우리가 세상에서 가장 나쁜 죄인이 아니에요. 타락한 목사보다 더 나쁜 사람이 하나 더 있네요! 그 노인의 복수는 나의 죄보다 더 사악해요. 그는 인간의 마음에 있는 신성함을 모독한 냉혈한이에요. 헤스터, 당신과 나는 결코 그런 죄를 짓지 않았어요."(256쪽)라고 그는 말합니다. 여기서 딤즈데일 목사가 가정 파탄의 주범이고 칠링워스가 그 피해자라는 점은 가려지지요. 목사는 '신성한 인간의 마음'을 범한 것이 더 큰 죄라고 말하는데, 그것은 복수를 위해 타인을 속이고 상처 입히는 행위를 문제 삼는 것이 아닙니다. 목사의 분노의 원인은 '신성한 인간의 마음'으로 표현된 어떤 '신성'이 공격받았다고 느꼈기 때문입니다. 종교의 입장에서 오직 신만이 죄를 처벌하는 주체가 될 수 있고, 사적인 복수의 시도는 그 자체로 죄가 되는 것이니까요. 이런 점에서 법과 종교는 사적인 복수를 금지하고 죄에 대한 판결을 독점적으로 취급하려는 동일한 욕망을 지닌다고 할 수 있는데, 그러한 욕망을 실천하는 과정 속에서 세속적인 권위를 획득하고 권력을 유지해 나가게 되는 것이지요.

3. 불륜을 불허하는 자본주의 정신

종교와 법률을 거의 동일한 것으로 이해했던 초기 청교도 이민자들, 특히 마을 여자들이 헤스터의 간통죄를 바라보는 태도는 한층 엄격하고 신랄해 보입니다. 그녀들은 같은 여자로서 수치

심을 느끼며 자신이 저지르지 않은 죄 때문에 여자라는 이유로 함께 망신을 당해야 하는 처지에 분노하지요. 그녀들은 “저 여자는 우리 모두에게 수치를 안겼으니, 죽어야 마땅”(77쪽)하다라고 주장하는데, 자신들의 판단이 전적으로 감정적인 것이 아니라 합리적인 법적 판단에 의한 것이라는 점을 강조하기 위해 ‘성경이나 법률 책’을 근거로 댑니다. 여기서 분노의 표면적인 이유는 결혼 생활의 핵심인 배타적 부부관계의 의무를 저버리고 ‘여자 망신’을 시킨 헤스터의 행위에 있지만, 근본적으로는 제도적으로 허용되지 않은 욕망을 절제하지 못한 것, 즉 ‘금욕’의 청교주의적 윤리를 위반하고 일부일처제의 가부장적 질서를 교란했다는 데 있습니다. 불륜이 종교와 관습적 도덕의 판단이라면 간통은 제도 바깥의 사랑에 대한 법적인 판단이라고 할 수 있는데요. 프로테스탄티즘은 ‘금욕’이라는 행위 준칙을 통해 사랑을 가부장적 질서 안으로 포획함으로써 자본주의적 이윤 추구에 위배되는 불필요한 노동과 감정의 소비를 죄악시했던 것입니다.

막스 베버는, “‘영리욕’, ‘이윤 추구’, 화폐 취득, 그것도 많은 화폐 취득을 추구하는 것 자체는 자본주의와 전혀 상관이 없다. 이러한 추구는 웨이터, 의사, 마부, 예술가, 부패한 관리, 군인, 도덕, 십자군, 도박사, 거지들 사이에 존재했고 또 존재한다. 이는 그러한 추구의 객관적 가능성이 어떻게든 주어졌고 또한 주어진 동서고금의 ‘모든 종류와 상황의 인간들’ 사이에서 그래 왔다고 할 수 있다…. 무제한적으로 영리를 탐하는 것은 자본주의와 아무런 상관이 없으며, 자본주의 ‘정신’과는 더더욱 그러하다. 자

본주의는 오히려 이러한 비합리적인 충동의 억제, 또는 적어도 합리적 조절과 동일할 수 있다"*라고 말합니다. 즉, 이윤이나 영리를 추구하는 것 자체는 '근대적' 자본주의와 무관한 노동과 인간관계의 보편적 상황에 연관되지만, '근대적' 자본주의 정신은 '비합리적 충동의 억제'나 '합리적 조절' 등의 표현에서 알 수 있듯 욕망을 '합리성'과 연결시킴으로써 이윤을 무제한적으로 탐하는 욕망 자체를 인간의 의지와 노력으로 통제 가능하고, 조절 가능한 것으로 전환시켰다는 점에서 다르지요. 근대 자본주의 정신이 이윤의 무제한적인 추구에 대해 비판적인 태도를 취했다면 청교도인들의 윤리는 금욕을 권함으로써 '합리적인 삶'에 방해되는 감정과 욕망을 제한하고자 했던 것입니다.

이런 점에서 헤스터의 간통죄에 대한 형 집행이 '시장터'에서 이루어진다는 소설의 설정은 흥미롭습니다. '시장터'야말로 청교도인들에게 욕망의 합리적 조절을 훈련할 수 있는 교육장이 될 수 있기 때문입니다. 그곳에서 사람들은 '갖고 싶지만 불필요한' 물건들, '원하지만 맺어질 수 없는' 관계들에 대한 욕망을 '합리적'으로 조절하고 억제함으로써 청교도적인 금욕주의를 내면화하고 일상화하게 됩니다. 그들에게 생필품 외의 사치품과 혼인

* Max Weber, *Gesammelte Aufsätze zur Religionssoziologie*, 1920. 김덕영, 「종교·경제·인간·근대」(막스 베버, 『프로테스탄티즘의 윤리와 자본주의 정신』, 김덕영 옮김, 길, 2010), 598쪽에서 재인용.

관계 바깥의 사랑은 모두 욕망의 조절에 실패했다는 것을 증명하는 잉여적인 것에 불과할 뿐이기 때문이지요. “마을의 모든 주민이 모여 엄격한 눈초리로 헤스터 프린을 바라보고 있”(85쪽)는 장터에서 헤스터는 욕망의 절제에 실패한 죄의 고백을 강요당하고 군중들은 죄지은 자가 감당해야 하는 치욕과 죄의 징표인 ‘A’를 보며 욕망의 합리적 조절에 실패했을 때 어떤 결과가 초래되는지 교훈을 얻게 되는 것입니다.

헤스터 프린의 고난은 일시적으로 그녀의 죄를 판단하고 형을 집행하는 법의 영역에서 이루어지는 것처럼 보입니다. 하지만 진정한 시련은 감옥 문 바깥, 일상의 공간에 마련되어 있습니다. 그녀가 감옥 문을 나서 일상의 세계로 돌아가자마자 시련은 본격화되는데요. 길에서 만나는 목사들은 훈시를 하고, 사람들을 그녀를 에워싸고 비웃거나 눈살을 찌푸렸으며, 아이들은 뒤에서 그녀를 조롱하지요. 무엇보다 주홍 글자를 바라보는 사람들의 ‘차가운 시선’이야말로 헤스터에게는 또 다른 징벌에 다름 아니었을 겁니다. 낯선 사람들이 보내는 시선은 새로운 낙인이었고, 낯익은 사람들의 차가운 시선은 치욕의 확인이었을 테니까요. 그러나 헤스터를 가장 고통스럽게 만든 것은 전혀 다른 성격의 것이었는데, 그녀가 고백을 거부함으로써 여전히 베일에 싸여 있는 연인이자 마을 사람들의 존경을 받는 젊은 목사 딤즈데일이 보내는 그 시선은 마치 “헤스터가 느끼는 괴로움의 절반을 나누겠다는 듯 잠시 위로해 주는 듯”(118쪽)했기 때문이지요.

다른 한편, 헤스터가 직면한 징벌적 상황은 법의 명령에 의한

것이 아니라 스스로 자처한 현실이라고도 할 수 있어요. "그녀의 눈앞에 넓은 세상이 펼쳐져 있었다. 판결문에는 이렇게 외따로 떨어진 청교도들의 정착지 안에서 살아야 한다는 제한은 없었다. 그녀가 태어난 곳이나 유럽의 다른 곳으로 돌아가 자신의 정체와 기질을 숨긴 채, 마치 완전히 다른 존재가 된 듯 새로운 모습으로 살아갈 자유가 있었"(110쪽)는데도 그녀는 마을을 떠나지 않으니까요. 절반의 진실과 절반의 자기기만 속에서 그녀는 죄지은 곳에서 벌을 받겠다고 결심하는데, 그녀에게 마을이란 치욕과 시련의 장소이기 이전에 사랑하는 사람이 여전히 숨 쉬고 있는 공간이기 때문입니다. 헤스터는 마을 안에 머무는 것도, 마을을 완전히 떠나는 것도 아닌 방식으로 자리를 잡게 되는데요. 마을에서 제법 떨어져 있고 숲에서 멀지 않은 곳, "초기 이주민이 지었으나 주변의 땅이 경작하기에는 너무 거칠어서 버려진 … 이주민들의 관습적인 사교 활동 영역 밖"(112쪽)에 놓여 있는 오두막이 그녀의 거처가 됩니다. 마을이 합리적 이성이 작동하는 문명의 장소이고 숲은 그것과 대척점에 있는 야만과 광기의 공간이라고 한다면, 헤스터의 집은 문명과 야만, 이성과 광기의 사이에 위치하여 그 어느 쪽에도 온전히 속하지 않는 제3의 지대라 할 수 있습니다. 어느 쪽으로도 쉽게 포섭되지 않는 이 장소는 법과 종교의 불철저한 분리만큼이나 난감하지요.

그런데 헤스터에게 마을이 형벌의 공간이기만 한 것은 아니었습니다. 마을 사람들을 상대로 헤스터는 자기 재능으로 노동을 했고, 그녀의 바느질 솜씨로 만든 각종의 사치품들은 그녀가

마을 사람들과 교류할 수 있는 특화된 상품이 되었으니까요. 청교도인들에게 사치품이란 소박한 삶을 추구하는 그들의 생활윤리에 어긋나는 것이었지만, “사치 금지법까지 만들어 일반 평민이 이와 비슷한 사치를 누리는 것을 통제했으면서도 지위나 재산으로 자격을 갖춘 사람에게는 기꺼이 허용”(113쪽)했다는 점에서 당시 청교도 윤리의 불평등성을 볼 수 있지요. 바느질은 당시 대체로 가사 노동에만 전념했던 식민지 여성들이 가질 수 있는 흔치 않은 직업 기술 중 하나였는데요. 헤스터의 재능은 점차 해당 분야에서 대체 불가능한 확고한 지위를 만들어 내고, 그녀에게 경제적 여유를 제공합니다. “헤스터의 바느질은 점점, 아니 제법 빠르게 유행이 되어 갔다. … 지금과 마찬가지로 다른 사람들은 구할 수 없는 것을 어떤 이들은 쉽게 얻을 수 있는 아리송한 상황 때문인지, 혹은 헤스터가 아니면 채울 수 없는 틈새가 남아 있던 것인지 … 분명한 것은 그녀가 바느질한 시간만큼 괜찮은 보수를 받을 일거리가 항상 있었다”(114쪽)라고 작가는 말합니다. 사치를 금지하는 식민지의 법 조항에도 불구하고 그녀는 부와 권력을 가진 자들을 위한 상품의 생산자가 되어 안정된 생활 기반을 마련할 수 있었던 셈이지요.

하지만, “신부의 순결한 수줍음을 가려 줄 하얀 베일을 수놓는 일에 그녀의 솜씨가 필요했다는 기록은 전혀 없다”(114쪽)라는 작가의 말에서도 확인할 수 있듯, 마을 사람들이 헤스터를 공동체의 일부로 다시 받아들이거나 그녀의 불륜에 관용을 베풀었던 것은 아닙니다. 단지 그녀가 지닌 재능의 한 측면이 마을

사람들의 필요를 충족할 만한 것이었고, 앞서 인용했듯 "헤스터의 바느질은 점점, 아니 제법 빠르게 유행이 되어"(114쪽) 인기가 있었다는 얘기지요.

순결을 상징하는 신부의 드레스를 제외하고, 마을에서 벌어지는 비일상적 의식에 사용되는 의복과 장식들에 그녀의 솜씨는 독점적으로 사용됩니다. 청교도인들의 도덕적 엄숙성조차도 합리적인 노동과 생산의 결과물 앞에서는 부차적인 것이 되었던 셈인데요. 막스 베버가 '불륜을 불허하는 자본주의 정신'이라고 표현했을 때도, 그것은 노동과 생산의 역할을 방기하는 노동자에 대한 비관용적 태도를 의미하는 것이지, '불륜'이란 사적 관계에 대한 도덕적 판단을 의미하는 것은 아니었어요. 작가의 말처럼, "한 명의 여자로서 카인의 이마에 찍힌 낙인보다 더 견딜 수 없는 징표를 달고 있지만, 타고난 기질과 능력이 남달라서 세상에서 아주 내쳐질 수 없"(115~116쪽)던 것이겠지요.

헤스터에게 드리워진 마녀의 이미지가 완전히 사라진 것도 아니었어요. 마을 사람들은 헤스터의 웃옷에 매달린 A라는 주홍글자, "그 글자가 지상의 염료통 속에서 붉게 물들여진 천으로 만든 게 아니라 지옥의 불로 새빨갛게 달궈진 것이며, 헤스터 프린이 밤중에 나다닐 때는 항상 이글이글 불타오른다고"(120쪽) 수군대기도 했으니까요.

4. 파워 게임의 승자는 누구인가. 의사와 환자 혹은 과학자와 목사

'합리성'은 청교도들의 자본주의적 도덕관념인 금욕적 세계관에만 연결되는 것은 아닙니다. 그것은 기본적으로 세계를 파악하고 이해하는 하나의 태도, 즉 주체의 시선에 포착된 대상을 체계적으로 이해하고 분류하고 분석하고 계산하는 데 사용되는 수학적이고 과학적인 이성의 세계 인식 방법으로 17~18세기 계몽 이성의 작동 방식이라고 할 수 있습니다. 이런 점에서 의사인 칠링워스와 목사인 딤즈데일의 갈등은 합리적 이성의 영역인 과학이 종교나 여타의 영역에 비해 우위를 차지하게 되는 과정에 대한 일종의 알레고리가 됩니다.

소설에서 자신의 혼인 관계를 파탄 낸 원수를 찾아 의사로 변신한 칠링워스의 실패한 혹은 불충분한 '복수'는 그 자체로 과학과 주술이 미분리 상태로 혼거하던 시대의 상황을 보여 줍니다. '신정 사회'인 청교도 공동체에서 종교가 정치에 비해 상대적 우위를 점하고 있었다면, 과학은 그러한 종교(혹은 넓은 의미에서 비과학의 영역)의 힘과 대결하며 자기 영토를 확장해 가던 상황이었지요. 종교와 정치, 종교와 과학은 각 분과의 불철저한 분리 상태에서 서로 의지하고 견제하며 함께 성장했고 근본적으로 적대적 대결 상태에 있었던 것은 아닙니다. 오히려 주술, 마법, 광기, 신화와 같은 것들을 '야만'의 범주에 속하는 것으로 인식함으로써 계몽하거나 배제해야 할 공동의 적으로 바라보고 있었어요.

의사는 자신이 복수해야 할 대상이 목사라는 것을 모르고, 목

사는 자신이 앓고 있는 병 혹은 죄책감의 원인이 의사라는 것을 모르고 있습니다. 오히려 그들은 과학과 종교라는 서로 다른 지성의 능력에 매력을 느꼈고, 그것은 특히 목사 쪽에서 강렬하게 인식하고 있습니다.

> "젊은 목사는 늙은 과학자와 친교를 맺는 일에 마음을 빼앗겼다. 그는 과학자의 깊고 탁월한 지성, 그리고 동료 목사들에게서는 찾아볼 수 없는 폭넓고 자유로운 사상을 발견했다. … 그럼에도 목사가 일상적으로 교류하던 이들과 다른 지성을 매개로 해서 우주를 들여다보면서, 비록 불안한 즐거움이지만, 위안을 느끼기도 했다."(164~165쪽)

언제나 매혹당하는 쪽이 약자라 할 수 있겠지요. 목사가 과학자에게 매력을 느끼는 이유는 그에게는 없는 '자유로운 사상'과 '다른 지성'을 갖고 있기 때문입니다. 게다가 그들은 의사와 환자 관계이지요. 둘 사이 힘의 역학 관계는 일단 과학자-의사 쪽으로 기울어져 있지만, 목사-환자는 쉽게 무너지지 않습니다. 두 사람은 사상과 학문의 영역뿐만 아니라 종교와 윤리, 공적이거나 사적인 것까지도 두루 포괄할 만큼 폭넓은 대화를 나누지만, 각자가 지닌 '비밀'을 서로 털어놓지는 않지요. 서로에게 '비밀'을 고백하지 않는다는 점에서 목사와 의사, 즉 종교와 과학의 대결은 계속 긴장 상태를 유지해야만 하고, 복수의 성공이나 새로운 지배 관계가 확정되기 위해서는 더 많은 시간이 요구됩니다.

죄의 고백을 둘러싼 태도와 입장의 차이는 분명합니다. 목사에게 "그러한 폭로는 심판의 날에 삶의 어두운 문제가 풀리는 것을 기다리던 지성적인 존재들이 지적 만족을 얻기 위한 것"(175쪽)에 불과하며, 종교적 관점에서 '비밀'은 최후의 날 오직 신 앞에서만 기쁜 마음으로 털어놓을 수 있는 것이니까요. 지적인 만족을 위한 과학적 탐구심만으로는 인간의 영혼이나 이 세계의 비밀을 모두 풀 수 없지요. 그래서 목사는 이성의 한계를 해결하기 위해서는 '인간의 마음을 헤아리는 것'이 필요하다고 말하는 것이고요. 과학이 자기 한계를 드러내는 곳이 바로 종교의 능력을 확인하는 지점이라는 것을 주장하는 셈입니다.

그러나 현실적으로 유리한 입장에 서 있는 것은 의사 쪽입니다. 병을 치료하기 위해서는 환자 자신이 의사에게 '병의 증세를 하나도 숨김없이 털어놓는 것'이 필요하기 때문이겠죠. 의사는 목사의 병을 정신 질환의 징후로 보고 영혼의 상처나 괴로움을 고백하라고 압박합니다. 죄를 고백하는 신자와 보속하는 성직자의 관계가 여기서 병의 치료를 둘러싼 의사와 환자 간의 권력관계로 바뀌지요. 목사에게 병의 원인을 고백하도록 하는 것은 불가능한데, 헤스터와의 위법적인 관계를 폭로하는 것에 대한 두려움 이전에, 그에게 영혼의 문제를 고백할 대상은 의사가 아니기 때문입니다. "주제넘게 환자와 하나님 사이에 나서려는 당신은 도대체 누구냔 말이오?"라며 목사는 화를 냅니다. 그렇기 때문에 죄의식을 견디지 못한 목사가 신자들 앞에서 설교의 형식을 빌려 '애매한 고백'을 했을 때, 그것은 일종의 자가 치료

의 시도가 됩니다. 하지만 목사의 시도는 실패하죠. 병의 치료는 종교의 능력 바깥의 영역에 속하기 때문입니다.

> "죄책감을 고백하면서 자신을 속이려고 애썼지만, 그에 따르는 순간적인 안도감도 없이, 도리어 수치스러운 자기 합리화라는 한 가지 죄악을 더 얻었다. 그는 순전한 진실을 말했고, 그것을 가장 심각한 거짓으로 바꿔 버렸다."(191~192쪽)

여기서 종교의 언어로 '진실'이라고 표현한 그것은 과학의 언어로 '병의 원인'이라고 부르는 것과 동일합니다. 다만, 과학이 '병'이라는 하나의 사태(결과)를 해결(치료)하기 위해 그 원인을 추적한다면, 종교적 관점에서 '진실'은 확인 가능한 사실 그 이상이며 보다 추상적이고 복잡한 일련의 과정들까지 포함한다는 점에서 다르지요.

종교와 과학은 서로 경쟁하고 대립하지만, 하나가 다른 하나를 완벽하게 포함하거나 절멸시키는 것은 불가능합니다. 점차 현세를 지배하는 힘은 과학 쪽으로 기울지만 복된 내세와 정신의 평화를 담당하는 종교의 영역은 남겨지는 식으로 타협할 뿐이죠. 이러한 상황이 곧 종교의 비과학성을 의미하는 것은 아닙니다. 종교가 신과 인간 사이의 관계에 집중하는 영역이라면, 그 사이를 매개하는 사제 혹은 목사에게는 시대가 요구하는 지성이 있기 때문인데요. 특히 『주홍 글자』의 무대인 보스턴이 속해 있는 뉴잉글랜드 지역이 그랬습니다. "개척 초기에 뉴잉글랜드

는 농업 사회도 아니고 공업 사회나 교역 사회도 아니었다. 그곳은 사고를 중시하는 사회이고 사상이 활약하는 장이었다"[*]고 해요. 그래서 청교도인들은 "자기네 목사가 유명한 학자이기를 기대했고… 이 청교도 이민자들은 성서와 풍부한 학식에 근거한 리더십으로 지적·학문적 전통을 세웠고, 이 전통 덕분에 뉴잉글랜드는 3세기 동안 교육과 학문의 업적에서 미국을 이끌 수 있었다"[†]라고 하고요. 호손이 딤즈데일을 "영국의 훌륭한 대학을 졸업한 … 당시 유행하던 모든 학문을 황량한 시골 마을에 전달"(93쪽)한 사람으로 묘사했던 것도 이런 맥락을 전제한 것이었지요.

법이 개인들 사이에 사적인 복수를 허락하지 않음으로써 폭력을 독점하고 권력을 전유했다면, 과학은 그동안 종교가 독점해 왔던 고백의 장치를 통한 지배를 분점하기 위해 기회를 엿봅니다. 하지만, 딤즈데일의 고백이 신과 대중들 앞에서 공개적으로 이루어짐으로써 칠링워스는 사적인 복수의 기회를 상실하지요. 자신의 죽음을 예감한 목사가 헤스터가 치욕을 당했던 그 처형대 앞에 섰을 때, 마을 사람들에게 그것은 '곧 하나님이 내릴 심판'으로 이해되며, 그가 자신의 죄와 가슴에 새겨진 죄의 징표

---

* Moses Coit Tyler, *A History of American Literature*, Ithaca, New York, 1949. 호프스테터, 『미국의 반지성주의』, 95쪽에서 재인용.

† 앞의 책, 95~96쪽.

를 공개했을 때 의사는 "내 손에서 달아나다니!"라며 목사 옆에 무릎을 꿇게 됩니다. 목사는 자신이 인간 사회의 법을 어겼다는 죄의식보다 신의 '율법'을 어겼다는 '가책'을 더 크고 고통스럽게 느끼지요. 의사의 추궁을 피해 그는 자신이 사랑하는 신과 자신을 사랑하는 신자들 앞에서 최후의 고백을 하게 되었다는 데 '승리감'을 맛봅니다. 딤즈데일은 이렇게 말해요. "무엇보다도, 나의 고통 속에서 그분의 자비를 증명해 주셨어요. … 나를 여기로 데려와, 사람들 앞에서 자랑스러운 불명예 속에서 죽게 해서요!"(334쪽) 그는 죄를 고백할 상대로 신을 선택함으로써 과학과 종교의 헤게모니 싸움에서 종교가 우위에 있다는 것을 대중들 앞에서 증명해 보이고자 했던 것입니다. 과학 쪽으로 기울었던 판세는 소설의 마지막 부분에서 다시 종교 쪽으로 기우는 것처럼 보입니다. 과학은 인간의 현실적 삶과 관계 맺지만, 종교는 죽음까지도 아우르기 때문이지요.

5. 내부도 외부도 아닌 자의 수난과 성과

호손이 『주홍 글자』를 썼던 19세기 중반, 이 시대의 종교와 과학은 비이성적·비합리적인 것으로부터 온전히 자립하지 못한 상태였습니다. "정착지나 외따로 떨어진 오두막 위를 사탄과 함께 날아다니는 마녀들이 지르는 소리"(197쪽)를 드물지 않게 들을 수 있었던 시대, "해와 달이 뜨고 지는 규칙적인 자연현상 말고 유성의 출현 같은 드문 일들은 초자연적인 근원에서 비롯된 계시로 해석되는 게 보통"(204쪽)인 시대였으니까요. 그 시대의 사

람들은 마법사와 마녀, 주술사로 대표되는 광기의 세계와 의사와 목사와 판사들로 구성되는 이성의 세계를 모두 자연스럽게 받아들였지만, 주술의 세계는 점차 제거되어 갔습니다. 총독의 누이라는 지위조차도 마녀로 지목된 히빈스 노파를 구하지 못했던 것처럼, 공동체 내부의 강력한 프로테스탄티즘 윤리와 식민지의 법질서를 정착시키기 위한 노력은 계몽 이성을 앞세워 가차 없이 진행되었던 것이지요.

마법과 주술의 힘이 여전히 작동하는 시대를 살았던 사람들에게 '주홍 글자'는 단순히 죄의 상징 이상이었는데요. "어떤 인디언이 주홍 글자를 향해 활을 쏘아 명중했으나, 그녀에게 상처 하나 입히지 않고 미끄러져 떨어졌다는"(215쪽) 소문이 드물지 않게 마을 사람들 사이에 떠돌고 있던 시기였거든요. 마을 사람들에게 주홍 글자의 초능력은 인디언의 주술적 능력을 넘어서는 것으로 이해되는데, 그것은 청교도 공동체의 외부, 그들의 윤리와 법질서의 바깥에 있지만 그 존재만으로도 마을 사람들을 끊임없이 긴장시킵니다. "주홍 글자가 보이면 이상하게도 공포가 전염되는 것처럼 달아나곤 했다"(112쪽)라고 하니까요.

하지만, 주홍 글자의 의미는 시간이 지나면서 점차 다른 차원으로 이동하게 됩니다. 'A'가 죄의 상징으로만 받아들여졌을 때 헤스터는 마녀와 같은 불길한 존재였지만, 그녀가 공동체의 구성원들을 위해 자선을 베풀고 봉사에 앞장서는 활동을 멈추지 않았을 때 "그들은 A가 유능함(Able)을 의미한다"(213쪽)라고 이해하기 시작했고, "주홍 글자를… 죄의 징표가 아니라, 많은 선

행의 상징으로"(214쪽) 간주하게 되죠. 주홍 글자는 "수녀의 가슴에 달린 십자가처럼"(215쪽) 승화되어 갔던 것입니다. 다시 말해, 간통을 뜻하던 주홍 글자 'A'는 헤스터가 독보적인 바느질 솜씨(Able)로 마을의 사치품 수요에 부응하고, 이웃에 대한 애정(Affection)으로 선행을 베풀면서 그녀를 존경할 만한(Admirable) 인물로 비치게 하는 장치로 기능하게 되는 것이지요.

하지만 주홍 글자의 의미가 긍정적인 것으로 바뀌어 나갔다는 것이 곧 헤스터가 청교도 공동체에 받아들여졌다는 의미는 아닙니다. 헤스터는 여전히 마을-문명이나 숲-야만의 공간 중 어느 곳에도 속하지 않고 그 '사이'에서 살아가며, 그 힘으로 온전히 자립에 성공하게 됩니다.

> "그녀의 정신은 이 세상의 법을 따르지 않았다. 당시는 이제 막 새롭게 해방된 인간의 지성이 수 세기 전보다 더 활발해지고 폭넓어진 시절이었다. 사람들은 칼을 들고 귀족과 왕들을 쓰러뜨렸다. 더 대담한 이들은 고리타분한 과거의 많은 원칙과 연결된 낡은 편견의 체제를 뒤집어엎고 다시 배열했다. 물론 현실에서가 아니라 원칙이 거주하는 이론의 세계에서만 그러했다. 헤스터 프린은 이러한 정신의 세례를 받았다. 그녀는 대서양 반대편 유럽에서는 이미 흔한 이념이던 사상의 자유를 당연히 여겼다. 그러나 우리의 청교도 조상이 만약 이 사실을 알았더라면, 주홍 글자로 낙인찍은 죄보다 더 끔찍한 죄라고 생각했을 것이다."(216~217쪽)

스스로 사고하고 행동하는 자, 이성의 자율적 사용과 '사색의 자유'를 추구하는 주체에게 복종만을 강요하는 '세상의 법률' 즉 '성경과 법령집'의 명령은 낡고 고루한 것에 불과합니다. 하지만, 구체제의 몰락과 새로운 질서의 구성 과정을 촉발했던 유럽 사회의 계몽주의와 과학적 합리주의 사상이 동시대 신대륙의 식민지 정착촌에서는 대단히 예외적인 것이었고, 이 시간의 낙차와 공동체의 폐쇄성 속에서 헤스터 프린은 단죄되고 배제되고 이단시되었던 것입니다.

그런데 헤스터는 어디에서 누구로부터 새로운 사상을 배울 수 있었던 것일까요? 작가는 그녀가 "오랜 기간 법과 사회에서 소외되어 살았기에 … 자유로운 사고에 익숙했다"(262쪽)라고 말합니다. '신정 사회'의 '바깥'이라는 그녀의 위치가 마을 공동체 내부에서는 잘 보이지 않는 불편과 부당을 더 잘 보이게 했던 셈이지요. 즉 그녀는 마을도 숲도 아닌 그 경계에 서 있었기 때문에 "인간이 만든 제도, 성직자나 입법자들이 확립한 것들을 멀리 떨어져서"(263쪽) 바라볼 수 있었던 것입니다.

어쩌면 숲속, 마귀와 마녀들이 들끓는다고 믿어졌던 저 공포와 야만의 공간이야말로 그 시대 사람들의 세계관으로는 이해할 수 없었던, 완전히 새로운 종류의 사상과 지식과 활기로 넘쳐났던 낯선 장소였던 것은 아닐까요?

"우주가 단지 저 마을의 경계 안에만 있나요? 얼마 전까지만 해도 마을은 여기 우리를 둘러싸고 있는 숲처럼 나뭇잎만 무성한

곳이었잖아요? 숲속의 저 오솔길은 어디로 이어지나요? 마을로 돌아가는 길이라고, 당신은 말하겠죠! 맞아요. 하지만 계속 앞으로 갈 수도 있어요! 멀리, 더 멀리, 황야로 갈 수 있어요. 한 걸음씩 옮겨 갈수록 점점 눈에 보이지 않는 곳으로 갈 거예요. 낙엽들이 백인의 발자국을 덮어 버려서 보이지 않는 곳까지요. 거기서 당신은 자유로워질 거예요! 짧은 여정만으로도 가장 비참하던 세계에서 행복한 세계로 갈 수 있어요!"(258~259쪽)

마을과 숲의 접경 지역에서 살았던 헤스터는 적어도 숲을 통과해야만 한다는 것, 그 고난을 견디고 길을 스스로 '개척'함으로써만 '자유'와 '행복'에 도달할 수 있음을 알고 있었던 것처럼 보입니다. 여기서 딤즈데일을 향한 헤스터의 거침없는 목소리를 통해 식민지 초기 자유사상가였던 앤 허친슨을 떠올리게 됩니다. 그녀는 식민지 목사들의 권위와 영적인 능력을 일부 의심했고, 여성의 역할에 대한 청교도 사회의 일반적인 생각을 공격했습니다. 그녀는 이단 행위와 폭동 교사죄로 고소되어 추방되었는데, 호손은 『주홍 글자』의 1장에서 감옥 문 앞에 핀 들장미 덤불을 묘사하던 중 "기이한 우연 덕에 장미 덤불은 역사 속에서 살아남았다. … 성스러운 앤 허친슨이 교도소 문 안으로 걸어 들어가던 발자국에서 솟아난 것인지"(73쪽)라고 허친슨을 언급했지요. 그녀는 당시 주류와는 다른 방식으로 생각하고 활동함으로써 스스로 고난의 길을 갔던 인물이었던 것입니다.

이런 점에서 호손의 『주홍 글자』는 금지를 위반함으로써 수

난을 감내해야만 했던 인물들을 통해, '다른 삶'의 가능성과 좌절된 희망 속에서도 굳건히 자신의 삶을 살아 낸 사람들에 대한 애정과 존경을 표현한 작품이라 할 수 있을 것입니다. 허친슨은 비록 실패했고 신도들 앞에서 자신의 죄를 고백한 딤즈데일에게 행복한 미래는 보장되지 않았지만, 목사의 죽음 이후 마을을 떠났던 헤스터가 다시 오두막으로 돌아왔을 때, 그녀는 이전과는 다른 방식의 삶을 실천하는 모습을 보여 줍니다. 특히 법과 종교가 허락하지 않는 금지된 사랑 때문에 고통받는 여성들을 위로하며, "또한 더 밝은 세상이 오면, 그러니까 이 세상이 하나님의 뜻에 맞게 완성되면, 새로운 진리가 드러나서 남자와 여자의 관계가 확실한 행복을 보장하는 토대 위에서 세워질 수 있을"(342쪽) 것이라고 그녀가 말할 때, 그 안에는 차별과 혐오 없는 평등한 세상에 관한 기대와 희망이 굳게 자리 잡고 있습니다. 이러한 "헤스터가 사려 깊게 자기희생적으로 살아가는 동안, 주홍 글자는 더는 세상의 경멸과 조롱을 자아내는 낙인이 아니"라, "슬픔에 잠겨 두려움과 존경하는 마음으로 바라보는 대상"(341쪽)으로 받아들여지게 됩니다. 주홍 글자의 의미를 바꾸며 헤스터 프린과 함께 다른 세상을 꿈꾸었던 사람들의 희망은 지금도 우리가 사는 이 세계 어딘가에서 조용히, 하지만 뜨겁게 자라고 있는지도 모릅니다.